I0646487

NOUVEAUX MÉMOIRES

D'UN

BOURGEOIS DE PARIS

IMP. POUPART-DAVYL ET COMP., RUE DU BAC, 30.

NOUVEAUX MÉMOIRES

D'UN

BOURGEOIS

DE PARIS

Depuis le 10 décembre 1848 jusqu'aux élections générales de 1863

LE SECOND EMPIRE

PAR

LE DOCTEUR L. VÉRON

DEUXIÈME ÉDITION

PARIS

LIBRAIRIE INTERNATIONALE

15, BOULEVARD MONTMARTRE

A. LACROIX, VERBOECKHOVEN ET Cⁱᵉ, ÉDITEURS

à Bruxelles, à Leipzig et à Livourne

1866

A M. ÉMILE DE GIRARDIN

Nous avons tous deux combattu, moi, sans doute, avec moins de talent, mais avec la même énergie et la même conviction, la loi du 31 mai.

Nous nous inquiétions également, l'un et l'autre, des révolutions qui ajournent toujours à plus ou moins long terme la liberté, le progrès et toutes les prospérités du pays.

Liés par une vieille amitié et par une certaine communauté d'idées politiques, agréez que je vous dédie ces Nouveaux Mémoires; ils auront, du moins à vos yeux, le mérite d'une indépendance absolue.

L. VÉRON.

A MES LECTEURS

Rien n'est si difficile que de conduire avec sagesse, en toutes convenances, les derniers jours à passer dans ce monde, pour finir son temps. Dans la vie, comme au théâtre, tout est bien qui finit bien. « Ai-je bien joué mon rôle ici-bas? » disait un empereur romain aux amis qui entouraient son lit de mort.

Par un ciel gris et froid, le ciel des tristesses et des défaillances, en prenant l'œuf frais du matin, je confiai à un ami cet inattendu projet de me désintéresser, dans ce monde, de tout et de tous, et d'apprendre à me taire en vieillissant. J'estimais, ce jour-là, que ce qu'il y a au monde de plus spirituel, de plus habile, de plus convenable, c'est de ne rien dire.

Cette confidence faite à un ami reçut une amicale et grondeuse publicité ; mais bientôt, par une subite conversion, ces beaux projets de sagesse et de silence se sont trouvés emportés par ce torrent d'excitations d'esprit qui se succèdent dans la vie, même la plus discrète, la plus retirée, excitations qui trouvent bientôt tant de prétextes à rompre le silence. *Écouter toujours et ne rien dire, il n'y a pas de situation si cruelle !* s'écriait Juvénal.

Voilà comme, après un silence, heureux, j'en conviens, mais non sans quelques impatiences parfois, j'écrivis soudain, sur une belle page blanche et d'une main ferme encore : Nouveaux Mémoires d'un Bourgeois de Paris.

Dès que ce Rubicon fut passé, je me sentis tout rempli d'une grande joie. Je ne cherchais pas à m'isoler du présent, mais, ô bonheur ! je rêvais au temps passé, et je revoyais ces journées pleines de tumulte, d'agitation, d'espérance et de crainte, qui me rendirent du moins, dans les ardeurs d'une lutte à outrance et d'une conviction entraînante, les battements de cœur, les heureux frémissements d'une seconde jeunesse : lutte engagée pour les plus graves intérêts de la civilisation et de la société !

Au milieu de la foule et du bruit, passaient tranquillement les honnêtes gens, satisfaits d'avoir accompli leur devoir, et rêvant au nouveau destin de la patrie.

Or, dans cette foule, se rencontrait un homme jeune encore, celui de tous qui faisait le moins de bruit. Calme au milieu des violences, demandant très-peu, avec la ferme volonté de tout obtenir, il était le seul peut-être qui, par tant d'études silencieuses, de travaux passionnés, par une connaissance approfondie des hommes et des choses, par sa prison, par son exil, par ses malheurs, puis, par les retours d'une fortune si différente et si favorable, eût, au milieu de tous, été digne de l'attention universelle.

L'Europe entière avait les yeux sur lui, et ne semblait pas le regarder. Sitôt qu'il eût retrouvé les joies de la patrie et de la liberté, il fut en France le citoyen le plus remarquable et le plus remarqué. Les grands politiques, cependant, hésitaient à reconnaître en lui un génie à la hauteur des plus célèbres conducteurs de nations.

Certes, je ne voudrais pas me vanter ici d'une prescience à laquelle je ne saurais aspirer; cependant, les faits sont là, et le lecteur les retrouvera dans ce nouveau livre, attestant que je n'ai pas été le dernier à présager que ce nouveau venu rendrait à la France, inquiète et malheureuse, l'espérance et la force, et qu'il en serait le guide et le conseil. Je n'ai pas été, non plus, le dernier à le

servir, mais je l'ai servi en homme libre et désintéressé, estimant qu'une ambition exagérée est
souvent une honte, et, au moins, un ridicule.

Au reste, il ne faudrait pas s'enorgueillir de cette
modération qui contient obscurément tant de
bonheur intime.

On n'est pas un ambitieux, on reste un curieux;
on ne met pas la main aux grandes affaires, mais
on se plaît à les regarder ; on se plaît à étudier les
grands acteurs, les grandes choses, et quand on a
bien compris événements et personnages, on se
donne à soi-même, parfois, la permission de les
montrer à ses voisins, comme soi-même on les
a vus.

Enfin, ce fut toujours un vif plaisir d'être assis
sur le rivage, de contempler les tempêtes de la
haute mer, avec cette espérance, que peut-être
on aura la chance heureuse de tendre la main à
quelques naufragés.

A défaut de talent, je crois du moins, dans
ces nouveaux Mémoires, n'avoir manqué de respect ni de justice envers personne, et je crois pouvoir dire avec Tacite : « *Ceux qui font profession
d'une bonne foi incorruptible doivent raconter
sans amour comme sans haine.* »

Après quelques journées passionnément politiques, je suis fièrement resté *Gros Jean comme
devant,* simple bourgeois de Paris, cherchant, le

nez au vent, de l'esprit, du talent, de la comédie, partout où je pense en trouver, soit dans les feuilles gravement littéraires et politiques, soit dans les feuilles légères, soit dans les revues compactes, soit au théâtre, soit dans les livres d'hier, soit dans les vieux livres d'un autre temps.

Pour conserver ses libres allures, en politique surtout, il faut n'avoir rien à demander soit à ceux que, par devoir de conscience, on est entraîné à combattre, soit à ceux qui vous inspirent un honnête dévouement.

Je n'ai jamais eu, dans ma vie, qu'un seul protecteur, un protecteur haut et puissant, c'est le public.

La première Revue un peu lettrée, écrite par des écrivains nouveaux, j'eus l'honneur de la fonder. Ces écrivains, vieillis en même temps que moi, me tiennent compte, encore aujourd'hui, de la carrière qui leur fut ouverte, et le public voulut bien applaudir à cette heureuse pensée de ma première jeunesse.

Au lendemain d'une révolution qui brisait un trône relevé par tant de miracles, je me charge, à mes risques et périls, de l'administration d'une véritable Académie, où tous les beaux-arts ont leurs grandes entrées, et, grâce à d'honnêtes et vaillants artistes qui voulurent bien m'accepter, le public daigna encore m'honorer de ses faveurs et d'une constante prospérité.

Enfin, quand il fallut renoncer à ce gouvernement, plein de nobles fêtes et de sérieux succès, je m'attachai à relever l'ancienne fortune d'un journal qui fut longtemps populaire, par la réunion des écrivains les plus aimés de la foule : MM. Étienne, Jay, de Jouy et enfin M. Thiers, « non ce parvenu, mais ce nouvel arrivé, » comme disait de ce jeune écrivain le prince de Talleyrand.

La voix puissante du *Constitutionnel* avait peut-être cessé d'être écoutée, et ce fut pour moi une grande victoire quand, par mes soins, l'écho revint à ce grand journal, dont la voix semblait s'éteindre.

On peut voir, dans ces Mémoires, comment j'ai sû mettre à profit cette nouvelle adoption du public, ce renouveau de popularité qui, pour ce journal, dure encore.

Le public acceptera-t-il ces nouveaux Mémoires qui racontent, en toute sincérité, l'époque la plus difficile et la plus dangereuse que l'histoire de France ait traversée depuis un siècle?

La curiosité du public m'est peut-être déjà venue du seul intérêt, je ne l'ignore pas, des événements que je raconte ; mais cette curiosité seule suffit, et au delà, à l'ambition d'un humble écrivain tel que moi.

Le Dr L. VÉRON.

NOUVEAUX MÉMOIRES

BOURGEOIS DE PARIS

———

Ces nouveaux *Mémoires d'un Bourgeois de Paris* représentent la suite et *le complément* des premiers. Ils racontent tout d'abord cette époque inquiète, agitée, comprise entre l'élection du 10 décembre et l'installation définitive du second Empire.

Cette époque intermédiaire, dont je n'ai pas abordé l'étude dans mes premiers Mémoires, abonde en faits curieux. On y remarque les conflits de chaque jour, les luttes incessantes entre les Assemblées qui se sont succédé, et le pouvoir exécutif que représentait le prince Louis-Napoléon, élu Président de la République en 1848.

Au milieu de beaucoup de faits inconnus qui mettront en relief ma situation personnelle d'alors, je raconterai au jour le jour, pour ainsi dire, les nombreux incidents, les conspirations patentes ou souterraines qui amenèrent le coup d'État du 2 décembre 1851.

J'essaierai ensuite de raconter le nouveau régime, les mœurs nouvelles, l'état de la France au dedans et au dehors, et la situation des lettres, des arts et du théâtre sous le règne de S. M. Napoléon III.

PRÉSIDENCE

DE LA

RÉPUBLIQUE

CHAPITRE PREMIER

Candidature du prince Louis Napoléon à la présidence de la République.
— Le prince élu représentant du peuple dans cinq départements. —
Lettre du prince Napoléon, écrite d'Arenenberg, le 7 janvier 1834. —
Il signe avec son nom de Napoléon. — Résultats de l'élection du 10 décembre. — Le président de l'Assemblée, le citoyen Marrast, proclame
président de la République le citoyen Charles-Louis-Napoléon Bonaparte, né à Paris, depuis le présent jour, jusqu'au deuxième dimanche
de mai 1852. — La Constitution de 1848, votée le 4 novembre, promulguée le 12 novembre, place de la Concorde. — L'Assemblée nationale
reçoit le serment du président de la République ; cette Assemblée devient
Assemblée constituante, puis Assemblée législative. — Premier ministère du président de la République. — M. Léon de Maleville. —
M. Bixio. — M. de Falloux. — Mon arrestation du 22 décembre; détails
et méprise. — M. Changarnier nommé commandant en chef des gardes
nationales du département de la Seine et des troupes de ligne comprises
dans la première division militaire. Discussion de l'Assemblée à ce sujet.
— M. L. de Maleville quitte le ministère de l'intérieur. Discussion à ce
sujet. — Élection du vice-président de la République. — M. Boulay de
la Meurthe. — L'Assemblée constituante. — Le ministère du 20 décembre
se préoccupe des questions urgentes de l'administration. — Le maréchal
Bugeaud, nommé général en chef de l'armée des Alpes. — Les services
rendus par cette armée. — Le maréchal Bugeaud, dans les coulisses de
l'Opéra, dirigeant la répétition générale d'un ballet, *la Révolte au Sérail*.
— Étude du maréchal Bugeaud. — M. Carlier, placé à la tête de la police
municipale, avec des attributions politiques. — L'Assemblée législative

ouvre sa première session ; tumulte ; constitution définitive du bureau ;
M. Dupin est proclamé président de l'Assemblée. — Retraite volontaire de M. Léon Faucher. — M. Drouyn de Lhuys remplacé par
M. Alexis de Tocqueville ; M. Léon Faucher par M. Dufaure ; M. Buffet par M. Lanjuinais. — Mon voyage en Allemagne. — Réception
que me fait M. le comte de Chambord. — Mon retour à Paris ; je
vais à l'Élysée. — Dîner avec le ministre de la guerre, M. Rulhières,
M. Fould et mademoiselle Rachel. — M. Edmond Didier. — Les
petites rancunes de M. Léon Faucher. — M. E. Didier est invité à
dîner à l'Élysée. — Henri Didier. — M. Romieu et M. le comte de
Persigny. — Une lettre anonyme. — M. Léon Lambert.

Un brusque décret de l'Assemblée nationale fixait
au 10 décembre 1848 l'élection du Président de la République, dans une pensée peu favorable à la candidature du Prince Louis-Napoléon ; mais déjà le pays avait
accordé au digne héritier de ce nom populaire une
confiance qui grandissait chaque jour. Le Prince avait,
en effet, été élu représentant du peuple aux élections
du 6 septembre (1848) dans cinq départements :
l'Yonne, la Charente-Inférieure, la Moselle, la Corse
et le département de la Seine. Il opta pour ce dernier
département.

Le nom de Napoléon exerçait déjà sur la majeure
partie des populations cet ascendant décisif que M. de
Persigny prophétisait depuis longtemps.

Je citerai à cette occasion une lettre curieuse du
Prince Napoléon, écrite d'Arenenberg, le 7 janvier 1834, à M. Belmontet, député de Tarn-et-Garonne.
M. Belmontet est l'un des auteurs d'une terrible tragédie en collaboration avec M. Soumet, intitulée *Une
fête de Néron*) ; plusieurs fois réélu, il est encore aujourd'hui député de ce même département.

« Arenenberg, 7 janvier 1834.

« Cher monsieur Belmontet,

« Je vous remercie de l'aimable lettre que vous m'avez écrite. Les premiers mots m'avaient fait battre le cœur, car vous disiez que c'était au bruit du canon que vous m'écriviez (1). J'ai été élevé à croire qu'on ne tirait le canon en France que pour signaler une victoire nationale. Hélas! il en est bien autrement aujourd'hui.

« Ma mère me charge de vous dire bien des choses de sa part. Je signe depuis quelques jours avec mon nom de Napoléon, parce que mon grand'père et mon père l'ont voulu ainsi. Ce sera là un fardeau, il est vrai : mais je saurai le porter, n'importe dans quelle position que le sort me place.

« Croyez toujours à mon amitié.

« Signé : NAPOLÉON-LOUIS BONAPARTE. »

Le scrutin qui s'ouvrit dans la France entière pour cette élection du 10 décembre, donna les résultats suivants ; ils sont très-connus, mais peut-être n'est-il pas inutile de les rappeler :

(1) Je pense que M. Belmontet faisait allusion aux graves émeutes qui, après 1830, ont si souvent alarmé Paris, et contre lesquelles on a plus d'une fois tiré le canon.

7,336,385 citoyens prirent part au vote.

Louis-Napoléon obtint	5,334,226	voix.
Le général Cavaignac	1,448,107	»
Ledru-Rollin	370,119	»
Raspail	36,226	»
Lamartine	19,910	»
Le général Changarnier	4,790	»

Il y eut 12,000 voix perdues.

ƖLe 12 décembre, les bureaux de l'Assemblée se réunirent pour nommer la commission chargée de contrôler les votes du président de la République. Cette commission était composée de MM. Arnaud (Ariége), Tranchant, Carnot, Molé, Vaulabelle, Sarrans, Buchez, Waldeck-Rousseau, Pleignard, Baume, Liechtemberger, Baroche, Charton, Ferdinand Barrot, Conti, Feuilhade, Ducos, Beaumont (Somme), Astouin, Richard (Jules), Nachet, Abbal, Pelletier, Durant-Savoyat, Charlemagne, Geyras, Woirhaye, Chauffour (Bas-Rhin), Laissac et Sauteyra.

Tous ces noms, appartenant aux divers partis plus ou moins représentés dans l'Assemblée, offraient certes toutes les garanties d'indépendance et de loyauté.

En conséquence, après d'insignifiantes observations sur de légères infractions à la loi électorale, après avoir écarté en peu de mots une protestation s'appuyant sur ce fait, que M. Louis-Napoléon n'aurait pas joui, *sans interruption*, de la qualité de citoyen français, M. Waldeck-Rousseau, rapporteur de cette commission de contrôle, conclut en proposant à l'Assemblée nationale de proclamer M. Louis - Napoléon Bonaparte Président de la République française.

Le président de l'Assemblée, le citoyen Armand Marrast, mit aux voix les conclusions de la Commission. Seuls les membres qui siégeaient sur les bancs les plus élevés de la Montagne ne se levèrent ni pour ni contre. Les conclusions de la Commission furent adoptées, et M. Armand Marrast proclama le Président de la République en ces termes :

« Attendu que le citoyen Charles-Louis-Napoléon Bonaparte, né à Paris, remplit toutes les conditions d'éligibilité fixées par l'article 44 de la Constitution;

« Attendu que, par suite du scrutin ouvert dans toute l'étendue de la République, le citoyen Charles-Louis-Napoléon Bonaparte a réuni la majorité absolue;

« Vu les art. 47 et 48 de la Constitution;

« L'Assemblée nationale le proclame Président de la République française, depuis le présent jour jusqu'au deuxième dimanche de mai 1852. »

La Constitution de 1848 avait été revisée en hâte et superficiellement, surtout au point de vue de l'élection du Président de la République; votée le 4 novembre, elle fut promulguée le 12 novembre, par la voix peu écoutée du citoyen Armand Marrast, sur la place de la Concorde. Cette promulgation solennelle fut précédée et suivie de plusieurs salves d'artillerie, qui causèrent dans tout Paris quelque surprise et même un peu d'effroi. Depuis la Révolution de 1848, Paris avait pris la triste habitude de s'effrayer.

Élue le 23 avril 1848, réunie le 4 mai, l'Assemblée nationale cessait d'exister le 27 mai 1849. C'est l'Assemblée nationale qui a fait la Constitution; elle, eut l'honneur d'installer le Président de la République, et reçut son serment le vingtième jour du mois de décembre 1848. Elle prit ainsi le nom d'*Assemblée constituante*. C'est l'*Assemblée législative* qui lui a succédé.

Le 20 décembre, quelques jours après l'élection du 10, élection décisive pour le Président de la République, importante pour la nation tout entière, le Président constitua le ministère que voici :

M. Odilon Barrot, représentant du peuple, ministre de la justice, chargé de présider le conseil des ministres en l'absence du Président de la République ;

M. Drouyn de Lhuys, représentant du peuple, ministre des affaires étrangères ;

M. Léon de Maleville, représentant du peuple, ministre de l'intérieur ;

M. Rulhières, général de division, représentant du peuple, ministre de la guerre ;

M. de Tracy, représentant du peuple, ministre de la marine et des colonies ;

M. de Falloux, représentant du peuple, ministre de l'instruction publique et des cultes ;

M. Bixio, vice-président de l'Assemblée nationale, ministre de l'agriculture et du commerce ;

M. Hippolyte Passy, membre de l'Institut, ministre des finances.

Je comptais dans ce ministère nouveau plusieurs alliés politiques, et même plus d'un ami.

J'avais beaucoup vu M. Léon de Maleville, alors qu'il remplissait les fonctions de secrétaire général près de M. Charles de Rémusat, ministre de l'interieur pendant la courte durée du cabinet de 1840 dont je soutenais la politique dans *le Constitutionnel*.

C'était l'ancienne opposition sous le règne de Louis-Philippe qui dominait dans ce cabinet : l'ancienne gauche y était représentée par le chef même du ministère du 23 février, M. Odilon Barrot, et par M. de Tracy ; l'ancien centre gauche, par le ministre de l'intérieur, M. Léon de Maleville, et par MM. Drouyn de Lhuys et Hippolyte Passy. Le ministre du commerce, M. Bixio, ce grand caractère et ce bel esprit qui vient de disparaître, aimé et regretté de tant d'honnêtes gens, représentait les Républicains de la veille que leur bon sens et leur patriotisme avaient ralliés de bonne heure à la modération. Bixio, dans les jours de juin, sachant que l'émeute s'était emparée du Panthéon, avait résolu de le reprendre, et sans armes, il s'était présenté à ces furieux. Une balle le traverse de part en part. Il tombe ; et comme on le rapportait à son logis, il reconnaît un sien ami qui naguère lui soutenait, à propos du beau duel que raconte M. Mérimée en son conte du *Vase étrusque*, que l'homme blessé d'une balle tournait sur lui-même avant de tomber. — Vous

aviez raison, dit Bixio, *on tourne!*... Son collègue,
M. de Falloux, sous le dernier gouvernement, aurait
été classé parmi les légitimistes de la nuance la plus
tempérée. M. de Falloux s'était distingué dans l'Assemblée nationale par le courage avec lequel il avait dénoncé le danger des ateliers nationaux. Un jour, comme
il parlait aux Républicains du roi Louis XIV, du grand
roi : « Quand il mourut, dit-il, ce fut un cri dans toute
l'Europe : *Le roi est mort!* » Un seul des membres du
cabinet, le général Rulhières, pouvait être considéré
comme ayant appartenu *à l'ancien parti conservateur.*

Le Président de la République espérait avoir composé de cette sorte un ministère de conciliation, en
certaine harmonie avec la majorité de l'Assemblée nationale. Mais, à l'installation même de ce premier cabinet, se produisirent des incidents fâcheux, préludes
significatifs de conflits plus graves et plus inquiétants
pour le pays.

Deux jours après la nomination de ce ministère
nouveau, je fus menacé d'une arrestation bien imprévue. Voici les faits :

Le 22 décembre, à sept heures du matin, deux
hommes de la police en habit bourgeois montèrent au
second étage de ma maison, par l'escalier de service.

— Ouvrez-nous, dirent-ils à mon domestique, la
porte de M. Véron.

— Pourquoi faire?

— Nous sommes porteurs d'un mandat d'amener.

A ces mots, voilà mon jeune serviteur qui descend

quatre à quatre les degrés de ce petit escalier pour chercher l'assistance du concierge.

— Mais, répondit le concierge, il y a déjà deux hommes de la police dans le grand escalier, à la porte de l'appartement.

On voit que toutes les issues étaient bien gardées, et que toutes les chances d'évasion étaient prévues.

Heureusement que ma gouvernante vint ouvrir la grande porte à ces messieurs, et, sans s'intimider le moins du monde :

— Que voulez-vous à mon maître? leur dit-elle.

— Nous venons pour l'arrêter. Ouvrez-nous tout l'appartement!

— Je ne vous ouvrirai rien du tout!

Et comme elle répétait en s'écriant : Mon maître est sorti!

— Allez chercher le commissaire! disaient-ils.

— Allez-y vous-mêmes!

Justement le commissaire arrivait escorté de deux nouveaux agents. Il s'empresse de montrer son écharpe. Il n'y avait pas à répliquer. Il entre avec ses hommes.

— Et cherchez bien! disait la vaillante Sophie.

Elle est à mon service depuis trente-cinq ans. Elle me fut recommandée par la belle entre les belles danseuses, cette ravissante Elssler, qui fut une des reines de Paris. Quiconque l'a vue en sa *Cachucha* incendiaire, et vêtue à ravir, le feu dans les yeux, le sourire à la lèvre, agitant dans sa main charmante les castagnettes provoquantes, n'a pas oublié cette merveille. Elle était l'étoile de l'Opéra de Londres, quand

je lui portai moi-même un bel engagement pour l'Opéra
de Paris. Jeune et charmante au degré supérieur, elle
obtint, danseuse et mime, par son élégance, par la
nouveauté de ses *pointes*, par sa physionomie à la fois
naïve et piquante, un succès comparable aux succès
de mademoiselle Taglioni.

Elle inspira de vives passions à des hommes distingués, célèbres, qui tenaient leur place déjà dans l'histoire de leur pays.

Pendant ma direction de l'Opéra et du *Constitutionnel*, cette même Sophie que m'avait donnée Fanny
Elssler, causait familièrement, librement avec des
gens de lettres, avec des hommes politiques, des députés ou des ministres, qui l'encourageaient par leur
bienveillance. Elle prit ainsi l'habitude de donner, sans
qu'on l'interrogeât, son avis sur les affaires publiques.

— Monsieur le commissaire, dit-elle enfin, *nous*
avons été des premiers dans *le Constitutionnel* à proposer la candidature du prince Louis-Napoléon pour la
présidence de la République, et, voici qu'au lendemain de son élection, on vient *nous* arrêter : c'est une
abomination !

— Montrez-moi, dit alors le commissaire un peu
rasséréné, la bande qui enveloppe *le Constitutionnel*
et la suscription d'une lettre adressée à M. Véron.

Et du premier coup d'œil :

— Vous avez raison, madame, reprit l'homme à
l'écharpe, et l'erreur est manifeste. Le nom de votre
maître est *Véron;* le nom de celui que nous cherchons
s'écrit : *Veyron.*

Il donne aussitôt l'ordre aux agents de se retirer.

Dans la même journée, j'eus la visite du préfet de police d'alors, M. Rébillot, honnête homme et bien élevé, ancien colonel de gendarmerie sous la Restauration. Il m'apportait ses excuses et ses regrets.

A sept heures du soir, M. de Maleville, ministre de l'intérieur, se présentait en personne pour s'informer minutieusement de tout ce qui s'était passé le matin. J'étais absent, mais il trouva à qui parler, et l'héroïne de la matinée lui fit, mot à mot, le récit de ma quasi-arrestation.

— Dites bien à M. Véron tous mes regrets; si j'avais été ministre depuis trois ou quatre jours seulement, on n'eût pas commis cette erreur de nom, préméditée peut-être par les agents du précédent pouvoir.

Huit jours, en effet, avant cette descente de la police, les mêmes agents étaient venus demander à me parler. On leur dit que je ne pouvais pas les recevoir; ils répondirent d'un ton menaçant : « Il y sera bien forcé! »

Pendant la dictature du général Cavaignac, la police avait constamment l'œil sur *le Constitutionnel* et sur ses rédacteurs. Le général Cavaignac, dictateur un instant, n'avait-il pas emprisonné et mis au secret pendant plusieurs jours, sans procès, sans jugement, M. Émile de Girardin, directeur de *la Presse?* Et qui donc, à ce propos, ne se fût pas ému des éloquentes objurgations de la charmante femme et du grand poëte madame Delphine de Girardin?

J'attachai si peu d'importance à cette méprise de la police, que je m'opposai expressément à ce qu'on en parlât dans *le Constitutionnel*.

Le programme du nouveau cabinet du 20 décembre 1848 fut porté à la tribune par M. Odilon Barrot; ainsi, le président du conseil du 23 février 1848 se retrouvait au pouvoir, dix mois après. On ne criait plus alors, comme en 1848 : « Vive la Réforme ! et place aux banquets ! » Les populations demandaient, au contraire, que l'ordre matériel, l'ordre moral fussent rétablis dans le pays, à tout prix.

Bientôt le général Changarnier est investi par une ordonnance du double commandement des gardes nationales du département de la Seine et des troupes de ligne comprises dans la 1re division militaire. Un premier engagement se produit à ce sujet entre le nouveau ministère et l'opposition de l'Assemblée nationale. Cette fois, M. Ledru-Rollin insiste sur l'irrégularité d'une pareille ordonnance; il prétend que cette innovation annihile la responsabilité du ministre et viole la Constitution. Mais lorsque après la plus terrible guerre civile, lorsque 60,000 hommes bivouaquent encore dans Paris, la situation de la capitale peut-elle être considérée comme une situation normale et régulière? A cette armée toujours prête contre la révolte, il faut un chef investi de l'unité de commandement. « *Nécessité n'est pas légalité!* répond simplement M. Odilon Barrot.

Cette discussion se prolonge entre M. Ledru-Rollin et le ministre de l'intérieur, M. Léon de Maleville. Un ordre du jour motivé, impliquant un blâme contre le gouvernement, est proposé par MM. Degousée et Ducoux; mais la Chambre vote l'ordre du jour pur et simple. Ce fut un premier succès pour le ministère du 20 décembre 1848.

Après quelques jours de durée, ce cabinet subit les modifications suivantes : M. Bixio est remplacé par M. Buffet au ministère de l'agriculture et du commerce; démocrate sincère, mais trop engagé avec les partis extrèmes, M. Bixio ne peut rester dans un cabinet conservateur et réparateur. M. Léon de Maleville quitte le ministère de l'intérieur; il est remplacé par un des amis de Béranger, M. Léon Faucher.

La retraite de M. Léon de Maleville fut un événement. On voulut l'expliquer par une lettre un peu vi qu'aurait adressée le Président de la République à son ministre. On fit même circuler dans Paris un *fac-simile* de cette prétendue lettre. Le Prince-Président aurait, disait-on, réclamé du ministre de l'intérieur la remise de dossiers relatifs aux affaires de Strasbourg et de Boulogne, et même il aurait exprimé son mécontentement du retard apporté à l'exécution de ses ordres.

Ce premier conflit n'était que le résultat des rapports nouveaux entre le chef du gouvernement responsable et ses ministres, responsables comme lui.

Le Président de la République, pénétré de sa propre responsabilité, bien décidé par conséquent à gouverner par lui-mème, rencontrait, dès ses premiers pas, des résistances, surtout chez les parlementaires d'ancienne date. La curiosité de l'opinion publique cherchait, dans

la retraite de M. Léon de Maleville, des motifs plus secrets et plus personnels.

Ce qu'il y a de vrai, c'est qu'à cette époque le Président se plaignait un jour à moi des propos fâcheux
que tenait sur son compte M. Léon de Maleville, et qui
lui avaient été, me dit-il, très-fidèlement rapportés. Je
doutai de ces propos, je le dis au Prince, et je fis de
mon mieux pour le calmer.

Le 6 janvier 1849, une lettre signée publiait dans un
journal (*la Liberté*) une accusation précise de détour-
nement des dossiers relatifs aux affaires de Strasbourg
et de Boulogne. Cette lettre et cette accusation amenèrent à la tribune M. Léon de Maleville, l'ex-ministre
de l'intérieur : « Aujourd'hui, dit-il, ces cartons, ces
dossiers, sont encore sous le scellé. » Bientôt, dans un
juste sentiment d'indignation, M. de Maleville s'écria :
« Oui, sur mon honneur, quiconque dira que le ministre de l'intérieur, M. de Maleville, a touché à ces
papiers, les a fouillés, les a vus, les a retenus et en a
détourné une seule pièce, celui-là aura lâchement
menti ! »

M. Léon Faucher, le nouveau ministre de l'intérieur,
confirma de tous points les déclarations du ministre
qu'il avait remplacé.

Après ces explications, on somma M. de Maleville de
dire enfin les motifs sérieux de sa retraite, et pourquoi
donc il avait refusé au Président la communication des
pièces de Strasbourg et de Boulogne; il répondit :
« J'ai reçu du Président de la République des témoignages qui ont désintéressé ma susceptibilité; mais j'ai

craint qu'un souvenir de froissement n'altérât la confiance dont j'avais besoin pour garder mon portefeuille. »

Ce qui frappa tout le monde en cet incident de tribune, ce fut la malicieuse affectation de donner la plus grande publicité à des calomnies contre le Président de la République, et de rappeler des souvenirs qu'il était au moins inutile de réveiller.

Aux termes de la Constitution de la République, le Président devait, dans le mois qui suivrait son élection, présenter une liste de trois candidats, parmi lesquels l'Assemblée choisirait le vice-président; la Constitution disait encore : Le vice-président prête le même serment que le Président; il ne peut être choisi parmi les parents ou alliés du Président, jusqu'au sixième degré inclusivement. En cas d'empêchement du Président, le vice-président le remplace. Si la présidence devient vacante par décès, démission ou autrement, il est procédé dans le mois à une nouvelle élection. Le vice-président, disait encore l'art. 71 de la Constitution, préside le conseil d'État.

Le 18 janvier, le cabinet présenta la liste des trois candidats à la vice-présidence; ces trois candidats étaient MM. Boulay (de la Meurthe), le général Baraguay-d'Hilliers et M. Vivien.

On dirait que ces trois noms, auxquels toute popularité faisait défaut, n'avaient été préférés et choisis que pour faire briller d'un plus vif éclat l'auréole de l'illustre origine que portait au front le Président de la République.

Les deux premiers noms inscrits sur cette liste excitèrent dans l'Assemblée un certain étonnement et quelques murmures. Le Président de la Chambre, M. Armand Marrast, rappela aux interrupteurs le respect dû à la prérogative présidentielle.

L'Assemblée vota pour le vice-président un traitement de 48,000 francs, ce qui fit dire à de mauvais plaisants : « C'est un *boulet de* 48. » Quant à son logement, l'Assemblée adopta cette simple disposition : Le vice-président de la République sera logé aux frais de l'État.

M. Boulay (de la Meurthe), le premier sur la liste, fut élu le 20 janvier, à la majorité de 417 voix contre 277 données à M. Vivien.

M. Boulay (de la Meurthe), après avoir prêté serment, prononça un discours plein de respect pour les institutions républicaines, de reconnaissance pour le Président de la République, son ancien ami, et pour l'Assemblée qui l'avait honoré de ses suffrages.

On pouvait être assuré que le Président de la République n'aurait à subir du vice-président placé près de lui aucun empiétement de l'autorité, aucune entrave, et certes ce n'était pas de ce côté-là que devait se trouver la résistance à ses volontés.

L'année 1848, inaugurée dès son deuxième mois par tant d'épreuves redoutables, se trouvait encore, à sa dernière heure, en présence de difficultés nouvelles.

La nation venait d'être consultée sur le choix d'un

président de la République ; elle s'était prononcée à la presque unanimité, et son vote était vraiment une volonté.

L'enthousiasme et l'ardeur de la France pour le nom plein de gloire et pour cet homme nouveau, donnaient au prince Napoléon une force morale incontestable. Mais le Président était placé devant une Constitution d'un autre temps, d'un autre régime. L'application rigoureuse en était même, au moins pour un temps, suspendue ; elle touchait à l'impossible dans ses dispositions qui réglaient les relations du pouvoir législatif avec le pouvoir exécutif.

La presque unanimité des électeurs qui s'était produite dans la France entière, était loin de se manifester dans le sein de la représentation nationale.

L'Assemblée, après avoir terminé l'œuvre obscure et difficile de la Constitution, s'était encore réservé, pendant quelque temps, tous les droits d'une Assemblée constituante. De graves conflits d'attributions étaient à redouter entre elle et le pouvoir exécutif. Les premiers choix du Président témoignèrent d'un vif désir de conciliation.

Le ministère du 20 décembre une fois constitué, on se préoccupa des questions urgentes de l'administration publique.

Le maréchal Bugeaud, sage législateur et vaillant capitaine, admiré pour son courage, écouté à la tribune, habile agriculteur à qui conviendrait si bien cette parole d'un ancien : *Le sol le plus fécond se réjouit d'une charrue honorée du laurier militaire* (1), fut nommé général en chef de l'armée des Alpes.

Cette armée, organisée par le général Oudinot, était forte de 72,000 hommes et de 6,000 chevaux. Elle avait déjà rendu dans plusieurs circonstances graves d'importants services ; on lui attribuait, avec raison, le maintien de l'ordre à Lyon ; mieux encore, une de ces divisions était arrivée de Mâcon à marches forcées sur Paris, à la première journée des événements du triste mois de juin.

Par son attitude énergique sur la frontière, cette armée avait peut-être aussi empêché les soldats de l'Autriche de franchir le Tessin et d'envahir le Piémont.

J'avais l'honneur d'être accepté du général Bugeaud. Je vois encore ces yeux clairs, ce regard-porte-foudre, et ce teint basané où la vie et le sang pétillaient tantôt dans la joie et tantôt dans la colère. Il était, tour à tour, superbe et bon enfant.

C'était un gai causeur, un caractère aimable, empressé auprès des dames. Il avait beaucoup vécu à Périgueux avec M. Romieu, préfet de la Dordogne, et, tout sérieux qu'était le maréchal, il passait volontiers à son préfet ses saillies souvent trop vives et sa bonne humeur qui, d'ordinaire, était un peu leste.

Un soir qu'ils avaient dîné chez les Frères-Provençaux, le général se laissa conduire à la répétition d'un nouveau ballet, *la Révolte au Sérail.* Cette aimable

(1) *Gaudet tellus vomere laureato.* (Cicéron, *de Senectute.*)

émeute avait pour ses chefs légitimes les premiers et les plus charmants sujets de la danse : mesdemoiselles Noblet, Fitzjames, Vagon, Pauline Leroux, Duvernay. Ces nombreux bataillons en maillots et en jupons courts, armés de légers fusils, faisaient la charge en douze temps et exécutaient les manœuvres les plus gracieuses et les plus compliquées.

Pensez donc à l'ébahissement du général, lorsqu'il vit répandue en ce Champ-de-Mars, si nouveau pour lui, cette armée coiffée de casques élégants. Mademoiselle Taglioni avait été nommée, par droit de conquête et par droit de naissance, au commandement en chef de ces jolis bataillons de danseuses. Soudain, voici le général Taglioni qui présente au général Bugeaud, son camarade, la proposition de lui déléguer le commandement de toutes ces forces. Le général Bugeaud, content de cet honneur inespéré, l'accepte, et, d'une voix forte et brève, il commande et dirige une suite d'évolutions à faire envie à la compagnie Charlet, de la garde nationale. Il n'y eut pas dans les rangs pressés de ces jeunes coryphées une seule hésitation. Le *Portez arme!* fut admirable et le défilé splendide. On ne vit jamais dans une main plus forte une plus légère épée, et le général Bugeaud, la remettant au général Taglioni : — Madame, lui dit-il, je vous rends les armes.

Mademoiselle Duvernay, que le général avait distinguée, était destinée au plus brillant avancement. Elle était la grâce même et le charme en personne. Elle s'était élevée elle-même, avec grand soin, lisant

de bonne heure tous nos chefs-d'œuvre et les sachant
par cœur. Elle en était encore à ses premiers débuts,
très-acceptée du public parisien, lorsqu'un de ces brillants
lants mariages comme on n'en voit que dans les
fables... et dans les coulisses de l'Opéra, lui ouvrit à
deux battants les portes du grand monde. Elle habite,
à cette heure, l'hôtel historique de M. Molé, l'un des
hommes d'État les plus sérieux de la Révolution de
Juillet. Ce riche hôtel, voisin de l'Élysée-Bourbon,
entre une vaste cour et un jardin presque royal, qui
suffisait à la demeure d'un premier ministre, mademoiselle
moiselle Duvernay, devenue veuve d'un Anglais,
M. Stévens, l'a fait réparer à son usage. On dirait ce
beau chapitre de La Bruyère : « Non, les troubles,
Zénobie, qui agitent votre empire... Quelqu'un de ces
pastres qui habitent les salles voisines de Palmyre,
devenu riche par les progrès de vos rivières, achètera
un jour à deniers comptants cette royale maison pour
l'embellir et la rendre plus digne de lui et de sa fortune.
tune. »

Je retrouve, en ce moment, une éloquente étude du
maréchal Bugeaud, par ce même Romieu qui savait
tenir une plume en ses moments de calme et de sang-
froid.

« Le maréchal Bugeaud, dont je m'honore d'avoir
été l'ami, dit-il, s'est dévoué avec un rare et intelligent
gent courage au rôle futur que lui indiquaient les signes
de guerre civile. A l'ombre de ses châtaigniers, dans
le pauvre pays du Périgord, où il avait donné, la bêche

en main, tant d'utiles exemples, il avait entrepris, au
début de nos troubles, un hardi mouvement de réaction contre les anarchistes. Son haut renom de sage et
de guerrier ralliait déjà, comme autour d'un centre,
l'action de dix départements circonvoisins. J'ai conservé la première lettre où il m'annonce que si les
agitateurs parisiens s'opposent à l'installation de l'Assemblée constituante, il est décidé à quitter sa retraite
et à marcher sur la turbulente capitale, avec cinq
cent mille hommes prêts à rejoindre son drapeau. Il
les eût commandés, j'en suis sûr, avant d'avoir parcouru cinquante lieues, et plus d'un régiment l'eût
suivi. Sa mâle parole, à la fois claire et pénétrante,
son geste ferme et confiant, je ne sais quel mélange de
force et de naïveté, faisaient du maréchal Bugeaud un
des hommes les plus sympathiques à la foule.

« Cette physionomie, qui semblait celle d'un paysan,
s'animait avec une merveilleuse promptitude. Un enfant eût pris plaisir à l'entendre causer de guerre ou
d'agriculture, tant il savait jeter de charme et d'intérêt sur ces arides récits. Il fallait le voir debout, sur
une grossière estrade, dominer de la voix une masse
pressée de laboureurs, enseigner le grand art de la
culture dont il était un maître, et combattre, dans le
piquant patois du pays, les mauvaises méthodes aussi
bien que les mauvaises opinions. Dieu s'était plu, d'ailleurs, à loger cette âme énergique et simple dans un
corps que rien n'ébranlait ; intempéries, fatigues,
courses de chasse ou de guerre, rien n'avait prise sur
sa robuste santé. Sauf l'empereur Justinien, qui ne

dormait qu'une heure, je ne crois pas qu'un autre fils
d'Adam eût jamais moins connu le besoin du sommeil.
Ses mœurs rustiques, dont il riait parfois, répugnaient
au luxe et aux élégances de la vie. Il eût fait le repas
de Probus et eût émerveillé, comme lui, les messagers
de la cour de Perse, lorsqu'ils rencontrèrent l'empereur mangeant sur l'herbe un reste de pois au lard, au
milieu de ses légions conquérantes.

« On se souvient de son audacieuse visite au camp
d'Abd-el-Kader, où, trouvant l'émir trop longtemps
assis, il le souleva de sa forte main, à la face de vingt
mille Arabes indignés. La touche vigoureuse de ce caractère ressortait, comme un frappant contraste, sur
les nuances effacées du tableau contemporain. Aussi
quel ascendant lorsqu'il se mit à parcourir la France,
et qu'il se rendit à l'armée de Lyon! Chaque pas lui
donnait un fidèle, chaque parole un dévoué. Personne
n'a gagné davantage à être connu.

« L'enfantine bonté de ce rude soldat prêtait un in-
dicible attrait au spectacle de son intérieur, au pa-
triarcat de sa famille, aux causeries de son foyer. De
proche en proche, et par amendements successifs, les
esprits étaient revenus sur son importance, ses qualités,
son sincère patriotisme, en partant des injustices
de 1832, jusqu'à la popularité de 1849. »

Tel était le nouveau commandant très-sérieux de
l'armée des Alpes que venait de nommer le Président
de la République. Le Président pouvait, avec une égale
confiance, le présenter à ses amis et à ses ennemis.

L'administration intérieure ne recevait pas une organisation moins vigoureuse.

M. Carlier, homme d'un grand sens, d'un caractère énergique, hardi, déterminé, d'une physionomie intelligente et sévère, fut placé à la tête de la police municipale, avec des attributions politiques.

Durant ma direction de l'Opéra, j'avais beaucoup vu M. Carlier; il était alors spécialement attaché à la surveillance de ce théâtre, en qualité d'officier de paix. Un jour, pendant un bal masqué, au milieu du plus grand tumulte et même de rixes nombreuses, M. Carlier, doué d'une grande force physique, intervient de sa personne, et sans aucun secours des hommes de police, il arrête de sa main les perturbateurs, met fin au désordre sans qu'il se produisît aucune plainte, aucune réclamation.

C'est à M. Carlier que Paris, encombré des arbres de la liberté qui gênaient la circulation, doit de les avoir vus disparaître. On avait planté un arbre de la liberté tout au bout du pont Royal. Il fit plus : de son autorité privée, il fit fermer les clubs, à l'heure où l'on disputait encore pour savoir s'il fallait écrire *club* ou *cleub*. Et comme on ne s'habituait guère au costume tyrolien des gardiens de Paris, il les habilla d'une façon plus décente, à peu près comme on habille aujourd'hui les sergents de ville.

Le 28 mai 1849, l'Assemblée législative ouvrit sa première session. Cette solennité devint presque l'occasion d'une émeute : une foule d'hommes en blouse, un millier environ, stationnaient aux abords du palais législatif; des groupes nombreux s'échelonnaient rue de Bourgogne et sur le quai; quelques cris de : *Vive la République démocratique et sociale!* se succédaient à de courts intervalles. A la vue des représentants qui commençaient à arriver, la foule grossit et se rapprocha du palais. On put craindre un instant que la cour ne fût envahie. Le général Changarnier, M. de Kératry, président d'âge, durent se concerter pour faire dégager par des régiments d'infanterie et de cavalerie les approches du palais; l'intérieur était confié à la garde du général Forey. Chaque représentant, à son passage, était accueilli, selon ses opinions connues, par des manifestations approbatives ou menaçantes.

Vers six heures et demie, une bande de quinze cents hommes environ entourait le palais de l'Assemblée législative aux cris de : *Vive la Sociale! Vive l'Amnistie!* Cette bande fut encore dispersée par quelques détachements de cavalerie.

Mais une effroyable scène de tumulte se produit dans l'Assemblée : quatre des secrétaires provisoires montent à la tribune pour déclarer qu'ils quittent le bureau. C'est en vain que M. Odilon Barrot, que M. de Kératry prennent la parole, pour apaiser le tumulte. C'est alors que le maréchal Bugeaud monte à la tribune; par quelques mots pleins de noblesse et d'esprit de conciliation, il rétablit le calme et obtient du silence. Le duc d'Isly demande que l'ancien bureau revienne à sa place, et la proposition est votée à l'unanimité.

On profite de cette trêve momentanée entre les partis

qui divisaient l'Assemblée pour constituer définitivement le bureau. Trois candidats sont proposés pour la
présidence; les bancs les plus nombreux de la Chambre
portent M. Dupin; une réunion présidée par M. Dufaure vote pour M. de Lamoricière; le parti montagnard vote pour M. Ledru-Rollin. M. Dupin aîné
obtient 336 voix, M. Ledru-Rollin 182 et M. de Lamoricière 76. M. Dupin est proclamé président de l'Assemblée législative. 182, tel était alors le chiffre de la
minorité socialiste. MM. Baroche, Bedeau, Jules de
Lasteyrie, Denis Benoist, Desèze et de Tocqueville,
sont élus vice-présidents; MM. Arnaud (de l'Ariége),
Peupin, Lacaze, Chapot, Heeckeren et Bérard sont
proclamés secrétaires.

L'honorable représentant de la Nièvre reprenait,
après onze ans d'intervalle, possession du fauteuil de
la présidence qu'il avait occupé pendant sept sessions
consécutives, dans la Chambre des députés, sous le
règne de Louis-Philippe.

La retraite volontaire de M. Léon Faucher fut l'occasion d'un remaniement ministériel.

Le 2 juin 1849, M. Drouyn de Lhuys fut remplacé
au ministère des affaires étrangères par le regrettable
et sérieux Alexis de Tocqueville; M. Léon Faucher,
ministre de l'intérieur, par M. Dufaure; M. Buffet,
ministre de l'agriculture et du commerce, par M. Lanjuinais.

Toutes ces petites révolutions dans la grande révolution semblaient jeter une clarté nouvelle sur le véritable personnage de ces temps qui sont déjà si loin de

nous. L'intérêt véritable est autour du Président de la
République, et comme j'eus l'honneur de l'approcher
en ces temps-là, peut-être ai-je le droit de raconter
mes justes et sincères impressions.

Vers la fin de l'été 1849, j'avais fait, avec quelques
camarades, un voyage d'agrément en Allemagne. Nous
remontions le Rhin sur le bateau à vapeur. En appro-
chant de l'établissement thermal d'Ems, je demandai
au directeur du bateau s'il y avait dans ce rendez-vous
de malades et d'oisifs quelque chose ou quelqu'un qui
fût digne de notre attention ou simplement de notre
curiosité. — Ma foi, dit-il, vous arrivez bien à propos,
vous pourrez entendre la nouvelle chanteuse, Jenny
Lind, et saluer monseigneur le comte de Chambord.

En effet, le soir même de mon arrivée, Jenny Lind
donnait un concert. Elle était encore, à cette époque,
une cantatrice hors de toute comparaison : un grand
style, une belle voix, un soprano aigu; elle vocalisait
comme la Sontag, avec sûreté et perfection; elle
chantait avec une justesse rare. Elle se montra tour à
tour cantatrice dramatique et chanteuse légère. M. le
comte de Chambord, accompagné de la jeune princesse de Modène, sa femme, n'était séparé de nous que
par une légère barrière à hauteur d'appui. Nous reconnaissant pour des Français, il applaudit Jenny Lind
avec autant d'enthousiasme que nous. — Oh! messieurs, nous dit-il spontanément, que je serais heureux d'entendre ce beau talent à Paris!

A la fin du concert, comme tout le monde se reti-

rait, M. le comte de Chambord voulut bien nous présenter à la princesse.

M. le marquis de la Rochejacquelein, de son propre
mouvement, avait sollicité pour moi une audience à
minuit, après le concert.

M. le comte de Chambord m'interrogea beaucoup
sur la situation de la France et sur l'état de Paris en
particulier. Le prince, dont la physionomie rappelle
un peu celle de son aïeul Henri IV, me questionna
longuement. Il se montra surtout curieux de l'état de
nos finances après la République de 1848. Je ne lui
répondis qu'avec une certaine réserve sur les personnes et sur les choses.

M. le duc de Lévis me dit en me reconduisant, après
cette audience, qui avait duré près d'une heure :

— Vous êtes content du Prince, n'est-ce pas, monsieur Véron ? Si jamais nous rentrons en France,
soyez tranquille, nous ne *reviendrons* pas, nous *arri-
verons!*

J'étais très-souffrant lorsque je rentrai à Paris. Un
de mes compagnons de voyage, Lautour-Mézeray,
destitué en 1848, comme sous-préfet de Toulon, ac-
court me réveiller de grand matin pour m'entretenir
avec insistance de son désir d'être nommé préfet d'Alger, en remplacement de celui qui devait donner sa
démission.

— Lève-toi, me dit-il, et cours, je t'en prie, à l'Élysée, parler de mon affaire. On s'entretenait déjà hier
à la Chambre de la démission du préfet d'Alger, les
prétendants vont se mettre en campagne.

Les aides de camp de service à l'Élysée se hâtaient de m'annoncer, et j'étais reçu aussitôt.

Le Prince, du plus loin qu'il me vit, à l'entrée du salon, me dit :

— Ah! vous voilà, monsieur Véron; vous êtes donc devenu légitimiste ? Faisant allusion à mon voyage d'Ems et à mon entrevue avec M. le comte de Chambord, dont il avait été très-vite informé.

— Monseigneur, vous êtes peut-être le seul qui ne deviez pas douter aujourd'hui de mes opinions politiques : j'ai fait mes preuves, et je suis tellement sûr que vous croyez à mon dévouement, que je viens vous solliciter, non pour moi, il est vrai, mais en faveur d'un de mes amis.

Le Prince, accoudé sur le marbre de la cheminée :

— Parlez, dit-il, je vous écoute.

— Si je suis bien informé, lui dis-je, le préfet d'Alger donnera tantôt sa démission, et je viens vous demander de vouloir bien nommer à sa place l'ancien sous-préfet de Toulon, M. Lautour-Mézeray.

Le Prince se dirige tout de suite vers son bureau, et prend note de ma demande.

— J'en parlerai à Rulhières, je le ferai venir dès demain matin.

J'avais l'honneur de connaître le général Rulhières, je l'avais souvent rencontré chez M. Thiers. Peu de jours après ma visite à l'Élysée, je me rendis au ministère de la guerre. Je racontai en peu de mots nos justes ambitions.

— Précisément, me dit-il, le Président m'a demandé

des renseignements sur M. Lautour ; il paraît tout disposé à vous donner contentement.

Mais voilà Son Excellence, l'ancien colonel de cavalerie, aujourd'hui général, qui laisse de côté l'affaire dont je l'entretenais avec chaleur pour me parler longuement de mademoiselle Rachel avec admiration.

— Eh bien! général, lui dis-je, quel jour voulez-vous venir dîner chez moi avec elle et avec M. Fould? Vous serez deux à l'admirer.

Sur quoi le général fixa le jour le plus prochain, et je le quittai plein d'espérance pour le succès de mon entreprise.

Il vint enfin ce grand jour de la Rachel présentée. Il n'y avait que les deux invités, qui la reçurent comme une déesse, et vraiment elle en avait la majesté. Au théâtre, hors du théâtre, elle jouait volontiers les grands rôles. Elle unissait, à volonté, la grâce au sérieux, et quand elle voulait quelque chose, elle était la femme la plus séduisante du monde. En ce moment, elle était tout entière à la préfecture de Lautour-Mézeray, qui lui avait envoyé un bouquet de ses plus beaux camellias, et déjà même au second service, elle aurait pu dire comme Suzanne à Figaro : — Tu viens de gagner ton procès.

Peu de jours après, *le Moniteur* publiait le décret qui nommait M. Lautour préfet d'Alger.

Je ne m'en tins pas là; je sollicitai encore, et j'obtins sans trop de peine, pour deux hommes que j'aimais, les deux sous-préfectures les plus importantes, parce qu'elles sont aux portes de Paris : la sous-préfecture de Sceaux et celle de Saint-Denis.

Ce métier si nouveau et si charmant de solliciteur écouté, m'inspirait au fond de l'âme une vive reconnaissance. Il me grandissait à mes propres yeux, et je comprenais tout l'attrait de la faveur. Je n'étais pas enivré, sans doute, mais j'étais touché profondément. Mes deux protégés me poussaient encore à la reconnaissance ; ils étaient si contents de moi ! Le premier, M. Edmond Didier, était un jeune homme intelligent et sympathique à tous ceux qui l'approchaient. Fils de M. Didier, secrétaire général au ministère de l'intérieur, au début du dernier règne, il avait compris tous les honneurs de la vie active, et, peu de jours après l'élection du 10 décembre, il sollicitait spontanément une sous-préfecture. Il fut d'abord envoyé à Prades, département des Pyrénées-Orientales ; un peu plus tard, il passait à la sous-préfecture de Montluçon. Pendant un congé à Paris, il fit une chute de cheval qui le mit en danger de mort et dont les suites ont brisé sa carrière politique, sitôt commencée et d'une façon si brillante.

Le nouveau ministre de l'intérieur, M. Léon Faucher, fit supporter d'assez mauvaise grâce à ce jeune homme les petites rancunes du rédacteur en chef du *Courrier français*. Le ministre, en ce moment, se souvenait beaucoup trop de ses petites luttes avec *le Constitutionnel*.

Le Constitutionnel était sorti victorieux de ce combat à armes courtoises, *le Courrier français* était mort,

et, modestie à part, c'était bien plus la faute de
M. Léon Faucher que la mienne.

Le jour même de sa révocation, Edmond Didier reçut une invitation à dîner à l'Élysée; on eût dit que le
Président protestait contre la décision de son ministre
de l'intérieur : — Monsieur, dit-il au sous-préfet
destitué, la première préfecture vacante sera pour vous.

Le 5 octobre, un mois tout au plus après sa révocation, il fut nommé préfet du département de l'Ariége.
Il avait alors vingt-cinq ans.

Par le jeune Edmond Didier, je fus bien vite en rapport avec son frère aîné, Henri Didier. Il avait, autant
que moi, la plus vive passion pour les œuvres des plus
grands peintres modernes. Autant que moi, il admirait
Decamps, Troyon, Diaz, Ary Scheffer. Cet amour des
tableaux porte en soi un charme infini. Un beau tableau est l'ornement du logis le plus modeste et le
plus riche. Il réjouit le regard attristé, il augmente la
joie intime de la maison. C'est un grand sujet de cau-
serie et d'ambitions sans cesse renaissantes. Ah! quelle
joie! emporter chez soi ce frais paysage ou ce petit tableau d'histoire, et le poser en grand triomphe au plus
bel endroit de son musée!

Un jour, une avant-veille de ces élections générales,
qui font battre à l'unisson tant de cœurs jeunes et
vieux, Henri Didier me vint dire : — Vous ne croiriez
pas que ma candidature aux élections de l'Ariége est
repoussée obstinément par M. Romieu! C'est dom-
mage, il me semblait que j'avais de grandes chances
pour être nommé.

M. Romieu, ancien préfet, assistait M. le comte de Persigny dans le travail des premières élections générales.

Romieu, gai causeur, mystificateur plein de naturel et d'esprit, mais jamais blessant, aimant le plaisir, d'un infatigable entrain, avait été contraint pendant un assez long temps au travail le plus assidu, le plus fatigant auprès de M. de Persigny.

— Vous devez être fatigué, monsieur Romieu, lui dit le ministre.

— A ce point que nous aurions peut-être besoin tous deux de nous égayer dans un dîner fin, avec riante compagnie.

— Croyez-vous, monsieur Romieu?

Romieu répliqua avec le plus grand sérieux :

— Monsieur le ministre, c'est indispensable !

J'écrivis donc, *hic et nunc*, une lettre pressante à ce terrible Romieu que j'ai toujours trouvé très-obligeant, et mon candidat, Henri Didier, fut autorisé à se présenter sous les auspices du gouvernement aux élections de l'Ariége. Il fut nommé sans conteste. Et même il est resté, jusqu'à ce jour, l'un des représentants qui ont le mieux conservé les vives ardeurs des premiers jours.

Dans l'été de 1850, je reçus de Sisteron (Basses-Alpes) une lettre écrite simplement au crayon et sans signature. On m'y rappelait mes assiduités au café de Paris, au milieu de spirituels camarades qui s'étaient déjà acquis une certaine célébrité, dans la presse ou dans les livres, au théâtre enfin : M. Émile de Girardin; M. Lautour-Mézeray; M. Nestor Roqueplan;

M. Mazère, l'auteur du *Jeune Mari*, de *la Mère et la Fille*, des *Trois Quartiers*, à la Comédie-Française, et de plusieurs comédies au Gymnase, voisines de M. Scribe et de son bel esprit; M. Romieu; M. Malitourne; M. Armand Bertin, du *Journal des Débats;* mon vieux Saint-Ange, fils du traducteur d'*Ovide*, et l'un des meilleurs stratégistes de son temps.

La lettre était bien faite et remplie abondamment des parfums et des échos de notre jeunesse. On y retrouvait la bonne humeur, le prestige et l'abandon des belles années, quand l'espérance est si prochaine. Il n'y avait d'étonnant, en tout ceci, que l'endroit d'où cette lettre était datée. Au reste, elle ne fut pas longtemps anonyme. Un des nôtres, le sagace et spirituel Malitourne, eut bientôt reconnu, à des signes certains, que la lettre émanait du sous-préfet de Sisteron, M. Léon Lambert.

J'obtins du Président de la République, pour ce jeune sous-préfet, un premier changement de résidence : il fut nommé à Cosne et, bientôt après, peu de jours avant le coup d'État, sous-préfet de l'arrondissement de Sceaux.

Nous retrouverons tous ces convives, et bien d'autres de tout âge, dans ma salle à manger, au second tome de ces Mémoires.

CHAPITRE II

Les plus habiles inventeurs d'une action historique et les faiseurs de prologue (invention toute nouvelle de l'école moderne), voulant indiquer *le lieu de la scène*, auraient grand'peine à trouver mieux que le fort de Ham, une prison d'État qui a joué un assez grand rôle au temps du *bon plaisir* et des lettres de cachet. Entre ces murailles, contemporaines de la grande Bastille, la vie est austère et le silence est profond. Ce fut pourtant dans ce lieu sévère que le jeune condamné du

Luxembourg attendit, courageux et patient, l'instant
de la délivrance. Il avait foi dans son étoile; il se disait que ce n'était point pour mourir dans une obscure
et lente prison qu'il portait le plus grand nom de l'Europe moderne. Il espérait, il attendait.

Cette prison de Ham, en Picardie, est devenue un
de ces lieux célèbres qu'il n'est plus permis d'ignorer,
et si nous pénétrons en curieux sous ces voûtes, à
chaque porte, ouverte ou fermée, nous rencontrerons
une date, une peine, une douleur.

La forteresse de Ham a la forme d'un grand carré
flanqué de quatre tours rondes, liées ensemble par
trois remparts. La plus épaisse de ces tours fut cons-
truite par Louis de Luxembourg, connétable de Saint-
Pol. Une seule porte s'ouvre du côté de la ville par un
pont-levis, jeté sur un fossé desséché. Au sud et à l'est,
les murs de la forteresse sont baignés par le canal de
Saint-Quentin.

Le cœur est saisi de tristesse à l'aspect de ce château
fort, qui remonte aux premiers siècles de la monarchie, et dont les fondations rappellent les cachots de
Louis XI.

Au milieu de cette vieille enceinte, s'élèvent deux
constructions en briques qui servent de casernes; à
l'extrémité est située la prison. Elle consiste en un
bâtiment triste et froid, presque adossé aux remparts
extérieurs, dont le voisinage intercepte à la fois le
grand air et la lumière.

Au premier étage de ce bâtiment, on aperçoit deux
fenêtres garnies de barreaux de fer; ce sont les fe-

nêtres de l'humble logis habité par S. A. I. le Prince Louis-Napoléon.

Plus tard, une façon d'aventurier africain, nommé Bou-Maza, que nous avons vu, promené par ses cornacs, de salon en salon, dans les meilleures maisons de Paris, fut enfermé dans ces murailles qui pleuraient leur ancien captif.

L'Europe entière vous redirait par quelle habileté suprême, et trompant les surveillances, son chien même étant de complicité dans sa fuite, le futur Empereur traversa d'un pas ferme, en plein jour, sous l'habit d'un ouvrier, ce seuil de fer. A peine il était Président de la République et si voisin du trône, il voulut revoir ces lieux, témoins de tant d'angoisses et d'espérances, et sa visite, au mois de juillet 1849, fut une véritable fête pour toute la population de la ville de Ham.

Cette fois, la tristesse antique de ces rues silencieuses, dont chacune aboutit à la prison d'État, faisait place à la joie unanime, et chacun voulait voir de ses yeux celui qui la veille encore habitait ces geôles, qui ont lâché si rarement leur proie.

Au-devant de ce revenant glorieux, s'étaient portés les conseillers et les magistrats de la cité. Les indigents, secourus par cette main ouverte à toutes les misères, accouraient au-devant de leur bienfaiteur. Pendant sa longue captivité, il s'était concilié l'estime et les sympathies des habitants par son aimable caractère et par ses bienfaits. Les autorités et les gardes nationales de Noyon, de Péronne, de Saint-Quentin, la patrie du peintre Latour, qui remplit tout le musée de Saint-Quentin, etc., avaient été invitées à cette fête et s'y étaient rendues avec empressement.

Les villes et les villages que le Président devait traverser sur sa route avaient rivalisé de somptuosité pour le fêter à son passage.

A Noyon s'élevait, à l'entrée de la ville, un arc de triomphe, et la population tout entière s'était rendue au-devant du Prince.

Le Président arrive à Ham à onze heures et demie du matin; il est accompagné du vice-président de la République, de M. Lacrosse, ministre des travaux publics; du ministre de la guerre, du colonel Vaudrey, de MM. de Persigny et Laity, ses officiers d'ordonnance. Plusieurs représentants du peuple, quelques autres fonctionnaires, et notamment MM. Vieillard, Lagrénée, Beaumont (de l'Oise), le général Piat, le préfet de la Somme, M. Foucher, procureur de la République, escortent le Prince.

Il entre au bruit du canon dans cette ville de Ham. Il traverse, au milieu des acclamations, le pont jeté sur la Somme. Un arc de triomphe, portant cette inscription : *Au Président de la République, à l'élu du dix décembre!* se dresse à l'extrémité de ce même pont, qu'il avait traversé, il y a trois ans, comme un prisonnier qui s'évade. Et maintenant, il le traverse au bruit enivrant du canon de la forteresse, du carillon dans les clochers et des acclamations de la ville entière. Le maire de Ham lui adresse les paroles suivantes, au nom des habitants :

« Monsieur le Président,

« La ville de Ham, représentée par son corps municipal, vient vous prier d'accepter ses hommages respectueux ; elle s'estime heureuse et fière en voyant au
milieu d'elle l'élu de toutes les sympathies ; elle se
rappelle avec reconnaissance votre bonté inépuisable,
à laquelle les malheureux n'ont jamais fait appel en
vain. C'est un jour de bonheur pour nous tous, et nous
apprécions à toute sa valeur la faveur de votre démarche.

« La France entière vous doit, monsieur le Président, une reconnaissance éternelle pour tous vos efforts à rétablir l'ordre, que de mauvaises passions
avaient ébranlé jusque dans ses fondements.

« Continuez, monsieur le Président, achevez l'œuvre
que vous avez si bien commencée ; ayez confiance dans
la population, elle ne vous fera pas défaut ; elle imitera
votre courage à défendre la famille et la propriété.

« Soyez, monsieur le Président, le bienvenu parmi
nous, et restez-y le plus longtemps possible, afin que
nous ayons plus d'occasions de répéter : Vive le Président ! »

Bientôt, poursuivant sa route, le Prince s'arrête au
seuil de l'église, où le clergé l'attend pour chanter le
Te Deum. Dans les rangs du clergé se cachait le modeste aumônier dont la parole avait si souvent consolé
le captif ; l'Empereur des Français en a fait un évêque

de sa chapelle. Avant la cérémonie religieuse, le curé lui adresse une touchante allocution :

« Monsieur le Président,

« L'insigne honneur que votre illustre visite fait rejaillir sur cette modeste cité est grandement apprécié par tous les habitants de cette paroisse. Vous aviez conquis leur dévouement et leur amour aux jours des épreuves ; ils s'associent avec le plus vif enthousiasme à votre élévation et à votre triomphe.

« Fidèles à la mémoire du cœur, ils aiment à se rappeler les œuvres de charité et de bienfaisance que votre main généreuse a répandues ici de toutes parts ; ils s'enorgueillissent de votre retour et saluent dans votre auguste personne l'élu de la divine Providence qui veille sur notre belle patrie. Je suis heureux, Prince, d'être l'interprète de leurs sentiments, au pied même des saints autels, et j'espère que vous voudrez agréer l'hommage d'une voix qui vous est connue. »

Le Président se rend ensuite à l'hôtel de la mairie, où il reçoit les autorités civiles et militaires de la ville et des villes environnantes.

Après ces réceptions, il monte à cheval pour passer en revue les gardes nationales rangées en bataille sur l'esplanade, près de la forteresse ; enfin, il veut revoir cette antique prison d'État, où se sont écoulés, sans une plainte, les derniers jours de sa jeunesse.

Il entre en maître, mais cachant une joie, une satis-

faction, qu'éveille en son cœur un rapprochement secret entre les heures d'autrefois et l'avenir radieux qui
s'ouvre devant lui. Là vivait encore, victorieux des
âges et des révolutions, un arbre de la liberté planté
par Bourdon (de l'Oise) en 1793. La forteresse immuable était toujours la même, et le visiteur silencieux
reconnut à ses grilles et à ses verrous la chambre
qu'il avait habitée. Il y avait dans son regard pour le
moins autant de tristesse que de victoire et d'orgueil.
Bientôt même il se prit à sourire, et, comme un seigneur que l'on vient visiter dans son manoir, il fit les
honneurs de sa prison à ceux qui l'accompagnaient.

Le dernier captif, le fameux Bou-Maza, attendait,
sur les dernières marches de l'escalier, cet hôte inespéré ; son instinct lui disait que l'heure de sa propre
liberté était sonnée. En effet, il était libre et Paris lui
était ouvert. Le chef kabyle témoigne au Prince sa
reconnaissance ; il déclare qu'on peut avoir foi en sa
parole, qu'il ne cherchera jamais à quitter la France,
mais qu'il désire avoir la ville de Ham pour résidence.
Cette autorisation lui est accordée, et, le soir même,
Bou-Maza se promenait dans les rues de la ville.

— Et maintenant, venez voir, messieurs, mes appartements. Voilà, dit le Président, la chambre occupée
par le docteur Conneau, ce fidèle ami de ma captivité ;
ici, mon cabinet d'études, et là, ma chambre à coucher.

Rien n'avait été changé depuis le départ du Prince ;
on voyait encore, dans la pièce qui lui servait de cabinet de travail, les tablettes vides de la bibliothèque.
C'est à l'aide d'une de ces planches, portée sur sa tête,

qu'il parvint à déjouer la surveillance de ses gardiens.

L'ancien prisonnier visite ensuite la partie du glacis qui lui servait de promenade; il y avait créé un petit jardin qu'il cultivait, comme autrefois le grand Condé ses œillets à la Bastille. On se souvient encore, à ce propos, du quatrain de mademoiselle de Scudéri :

En voyant ces œillets qu'un illustre guerrier
Arrosa d'une main qui gagna des batailles,
Souviens-toi qu'Apollon a bâti des murailles,
Et ne t'étonne pas que Mars soit jardinier.

Au sommet du rempart, près de la tour du Connétable, était encore le petit banc où le Prince Louis avait coutume de s'asseoir, songeant à ses destinées; ce siége, il l'avait construit de ses mains. De ces hauteurs, la vue au loin s'étend sur une vaste plaine sillonnée par le canal de la Somme, et qui présente une vue magnifique et de riantes perspectives.

Enfin, la visite étant faite, il prend congé de ces murailles, fécondes en tant de souvenirs si divers. Cette visite ajoute au passé un nouveau fait historique qui contient plus d'un enseignement.

Le Président de la République n'oublia pas de visiter l'hospice et le couvent des sœurs, deux établissements où son nom était béni. Il leur avait donné de nombreuses preuves de sa bienfaisance.

Ce devoir accompli, l'illustre voyageur était attendu dans le réfectoire de l'ancienne abbaye. Une immense table était dressée, à laquelle était convié quiconque tenait une place honorable dans l'administration du département et de la cité. A la fin du repas, le maire porta la santé du Prince. Ce fut alors que le Président de la République prononça à haute voix l'un de ses plus beaux discours :

« Monsieur le maire,

« Je suis profondément ému de la réception affectueuse que je reçois de vos concitoyens ; mais, croyez-le, si je suis venu à Ham, ce n'est pas par orgueil, c'est par reconnaissance. J'avais à cœur de remercier les habitants de cette ville et des environs de toutes les marques de sympathie qu'ils n'ont cessé de me donner pendant mes malheurs.

« Aujourd'hui qu'élu par la France entière, je suis devenu le chef légitime de cette grande nation, je ne saurais me glorifier d'une captivité qui avait pour cause l'attaque contre un gouvernement régulier. Quand on a vu combien les révolutions les plus justes entraînent de maux après elles, on comprend à peine l'audace d'avoir voulu assumer sur soi la terrible responsabilité d'un changement. Je ne me plains donc pas d'avoir expié ici, par un emprisonnement de six années, ma témérité contre les lois de ma patrie, et c'est avec bonheur que, dans les lieux mêmes où j'ai souffert, je vous propose un toast en l'honneur des hommes qui sont déterminés, malgré leurs convictions, à respecter les institutions de leur pays. »

L'assentiment unanime répondit à ces belles paroles que la France entière a répétées. Le Président se rendit ensuite au banquet de la garde nationale, où il fut acclamé tout d'une voix.

A la fin, il fallut se séparer. Le Président prit congé de ses anciens concitoyens de Ham, qui l'accompagnèrent jusqu'aux portes de la ville. Voici une anecdote qui se rattache à l'histoire de cette captivité :

M. Belmontet, dont le fils est le filleul du prince Louis-Napoléon, demanda à M. de Rémusat, ministre de l'intérieur en 1840, l'autorisation d'aller visiter le prisonnier de Ham.

En entrant dans ce château fort où avaient été incarcérés les ministres de Charles X, M. Belmontet fut reçu par le commissaire de police, qui lui dit :

— Ah! monsieur Belmontet, vous me feriez bien plaisir de me présenter au Prince.

— Ma foi, non! lui répondit le visiteur; cela ne me rend pas fier de voir un homme de Montauban, mon pays natal, garder à vue le neveu de l'Empereur.

Le soir même, ce commissaire va trouver M. Belmontet, et lui dit en grand mystère :

— Monsieur, vous m'avez mal reçu ce matin; mais, ça m'est égal. Je viens vous faire une proposition qui vous rendra bien heureux.

Je viens vous exposer tout un plan, d'une exécution très-facile, pour faire évader le Prince : il suffit tout simplement de lui procurer un uniforme de soldat.

— Mais il faut que le prisonnier lui-même y consente.

M. Belmontet transmet donc au prisonnier cette ouverture. Le Prince, en ce moment, la tête dans ses mains, réfléchit pendant quelques minutes ; puis, se relevant brusquement d'un geste résolu, il répondit :

— Non ! le peuple français ne s'occuperait plus de moi, il ne prendrait plus le même intérêt à ma cause. Je ne veux pas qu'il m'oublie.

« Revenu de toutes les illusions de la jeunesse, je trouve dans l'air qu'on respire en France, dans mes études, dans mes travaux et dans le calme de ma prison, un charme indéfinissable que ne m'avaient jamais causé les plaisirs et la liberté, dont je jouissais sur la terre étrangère. »

C'est ainsi que, par son instruction, son expérience, ses connaissances historiques, ses vues pratiques neuves et de haute portée, il étonnait tous ceux qui avaient l'honneur de l'approcher. Un jour, en voyant l'étonnement d'un personnage considérable :

— Oubliez-vous, lui dit-il, que j'ai étudié longtemps à l'université de Ham ?

Le 28 juillet, peu de jours après la visite du Président au château fort de Ham, on doit signaler une séance assez curieuse de l'Assemblée législative. On y discuta la prorogation de l'Assemblée, et voici le résultat de la discussion :

« 1. L'Assemblée nationale, vu l'état de ses travaux et par application de l'art. 32 de la Constitution, suspend la tenue de ses séances publiques depuis le lundi 13 août prochain jusqu'au samedi 30 septembre suivant.

« 2. Avant ladite époque du 13 août, la Commission

de vingt-cinq membres, dont il est question à l'article 32 de la Constitution, sera nommée en séance publique, au scrutin secret et à la majorité absolue des suffrages. »

Un amendement est distribué à MM. les représentants. Il est proposé par M. Levet, en ces termes : « La prorogation de l'Assemblée nationale cessera de plein droit si, avant le terme fixé en l'article 1er, le ministère était changé en tout ou en partie. »

M. Em. Arago prend la parole contre les articles proposés par la commission : « Cette proposition est-elle opportune au point de vue de nos travaux? est-elle convenable au point de vue politique? son adoption sera-t-elle sans danger? Les auteurs de la proposition le pensent certainement. La commission des congés en est également convaincue. Quant à moi, je suis d'un avis diamétralement opposé. »

M. de Beaumont, qui avait accompagné le Président de la République à Ham, défend la proposition de prorogation et en donne les raisons suivantes :

« Tout le monde reconnaît que la proposition que nous avons présentée, quelques-uns de nos collègues et moi, n'est pas inconstitutionnelle. On reconnaît également que, malgré les objections qu'elle soulève, elle repose cependant sur des motifs sérieux. »

Il dit encore :

« La prorogation de l'Assemblée mettra-t-elle en péril la République et la Constitution? Je prie M. Arago de croire que si les mauvais desseins dont il a parlé existaient, je n'en serais assurément pas complice;

mais je ne voudrais pas non plus en être dupe. Mais voyons quels sont ces prétendus projets.

« Depuis quelque temps, de sourdes rumeurs se sont répandues : la Constitution est, dit-on, menacée par diverses conjurations ; il y a une conjuration qui tend à replacer la branche aînée sur le trône ; il y en a une autre qui tend à y replacer la branche cadette ; enfin, il y a la conjuration impérialiste.

« Ce qui me frappe d'abord dans ces rumeurs, c'est la précision des renseignements de ceux qui les répandent, précision telle qu'ils vont jusqu'à annoncer le jour où la conspiration doit éclater. Et ensuite, je ferai remarquer que ces conspirations si diverses qu'on nous annonce, s'excluent les unes les autres, et, dès lors, la terreur que pourrait m'inspirer l'une d'elles est singulièrement diminuée par l'annonce des autres. »

Le *Journal des Débats* avait parlé de modifications possibles dans le ministère ; un écrit anonyme avait attaqué la Constitution avec une arrière-pensée de coup d'État.

« Il y a huit mois, répond alors le ministre de l'intérieur, M. Dufaure, sous le gouvernement de M. Cavaignac, les bulletins de Bourse parlaient souvent de coup d'État ; il y avait même des représentants assez peu rassurés pour ne plus oser coucher chez eux, et cependant il n'y avait rien de fondé dans ces rumeurs menaçantes.

« Non, s'écrie M. Dufaure, la pensée du ministère est la pensée du gouvernement tout entier, et il n'y a pas plus de pensée de coup d'État dans quelque partie

du gouvernement que ce soit que dans l'esprit des ministres, auxquels vous voulez bien faire l'honneur de
croire qu'ils n'en seraient que les victimes.

« Et s'il était besoin d'insister là-dessus, je vous ren-
verrais à ces nobles paroles que vous avez pu lire dans
tous les journaux, et qui ne laissent pas matière à des
accusations et à des diffamations même dissimulées.
Relisez donc ces paroles prononcées à Ham :

« Quand on a vu combien les révolutions les plus
« justes entraînent de malheurs après elles, on a peine
« à comprendre l'audace de ceux qui ont assumé la
« responsabilité d'un changement.

« Je ne me plains pas d'avoir expié, même par un
« emprisonnement de six ans, ma témérité contre les
« lois de la patrie, et c'est avec bonheur que je porte
« ici un toast à l'honneur des hommes qui se sont dé-
« terminés, malgré leurs convictions, à respecter les
« lois de leur pays. »

La prorogation fut adoptée par 308 voix contre 258.
L'Assemblée devait s'ajourner du 13 août au 30 septembre.

M. Em. Arago, l'un des fils du célèbre Arago, qui est
resté le maître et le roi de l'Observatoire de Paris,
était un jeune homme éloquent, plein d'avenir. Nous
nous rencontrions souvent au café de Paris ; ses allures,
ses mœurs, ses habitudes, ses goûts, n'avaient rien
alors du républicain. Il se plaisait à nos fêtes.

Il vint souvent, pendant l'été de 1847, assister à des
réunions d'artistes dans une maison de campagne que
j'habitais au *Tillay*, et qui m'avait été louée par ma-

dame la duchesse d'Istrie, belle-fille du maréchal Bessières, duc d'Istrie. Emmanuel Arago y rencontrait nombreuse compagnie d'hôtes habituels ou d'invités : MM. Boilay, Merruau, Balzac, Armand Bertin, des *Débats ;* le vicomte Daru, d'Alton-Shée, pair de France ; les frères Daugny, Garrigues, Adam, Halévy, tous deux membres de l'Académie des beaux-arts ; Adrien Delahante.

M. Em. Arago avait été un des habitués les plus assidus du foyer de la Comédie-Française.

Pendant les journées décisives de la Révolution de février 1848, il cessa de venir au café de Paris à l'heure accoutumée, et, peu de temps après, il nous annonçait, non pas sans quelque émotion, qu'il partait le soir même en qualité de ministre plénipotentiaire pour Berlin.

Au retour de son ambassade, il cessa toutes relations avec moi.

Emmanuel Arago brillait, par sa gaieté, par son esprit, dans les réunions intimes ; nous ne saurions dire avec quelle grâce infinie il faisait valoir les bons mots et le bel esprit de son jeune frère, Alfred Arago, qui était déjà un bon peintre, et qui est aujourd'hui inspecteur général des beaux-arts.

CHAPITRE III

Le grand défaut des poëtes, des romanciers, des hommes politiques (de ces derniers ou pourrait citer de nombreux exemples) écrivant leurs *mémoires*, c'est de traiter le lecteur comme s'il était très-versé dans les choses de ce monde à part : la politique et la littérature.

Au contraire, il faudrait prendre grand soin de donner au lecteur la topographie et la description des mondes nouveaux dans lesquels on le conduit. Pour ma faible part, je me suis aperçu, mais trop tard, que j'avais eu grand tort, puisque j'aspirais à l'honneur d'un nombreux auditoire, de ne pas lui dire, en façon d'avant-propos, quelle était autrefois et quelle est encore aujourd'hui la position du rédacteur en chef d'un journal qui s'adresse à la foule, et que la foule écoute.

Ainsi, j'aurais prévenu bon nombre d'accusations et de reproches qui m'ont été souvent adressés. Que cet homme a d'orgueil! qu'il a de vanité! Comment donc veut-il nous persuader qu'il ait joué un si grand rôle en ces importantes révolutions? Voilà ce que l'on disait à la lecture des premiers *Mémoires d'un Bourgeois de Paris;* voilà ce que l'on dirait de plus belle; mais cette fois, je prendrai soin d'expliquer à mon lecteur la place importante du rédacteur en chef d'un journal dans les affaires de chaque jour.

S'il n'est pas le maître absolu de la rédaction, le rédacteur en chef en est le conseiller vigilant. Il a le contrôle amical de tout ce qui s'écrit dans le journal dont il est responsable, et sa *responsabilité* même ajoute à son autorité morale. Dans cette ruche, où chaque homme un peu considérable apporte une idée, une opinion, une espérance, un blâme, un conseil, le rédacteur en chef est l'arbitre; il faut qu'il se décide, en moins de temps qu'on n'en met pour le consulter. Il loue, il blâme, et sa louange et son blâme ont une valeur incontestable. Il faut qu'il unisse à la prudence une décision prompte, et que, sachant prévoir, il sache aussi changer le combat, aussitôt que ses prévisions sont déjouées. C'est à lui seul que s'adresse, pendant toute la journée, l'orateur qui veut monter à la tribune, l'orateur qui en descend ; l'un, cherchant un appui, l'autre, appelant une louange. Enfin, le soir venu, c'est un des grands devoirs du rédacteur en chef d'être attentif au moindre mouvement de l'opinion publique, avec laquelle *il faut toujours compter*, disait un pol''ique du siècle passé. De nos jours (ceci soit dit à la louange de la profession), plus d'un rédacteur en chef, en se tenant à l'écart, sans rien écrire, a laissé sa trace. Il aurait pu, peut-être, parler dans les Chambres, gouverner dans les ministères ; mais il reste à son poste et dans son ombre, dédaigneux pour lui-même de tous les honneurs, ou de toutes les positions que parfois il distribue de sa main libérale. Nous retrouverons plusieurs de ces vrais politiques dans le cours de ce récit ; mais je tenais à dire, avant d'aller plus loin, comment il n'est pas étrange que le rédacteur en chef du *Constitutionnel* ait joué un certain rôle dans les circonstances exceptionnelles où la presse était d'un si grand poids. Ceci dit, reprenons la suite de notre récit, comme c'est le droit d'un homme désintéressé, mais curieux, qui fut le témoin, au premier rang, des choses qu'il raconte toujours sans haine, parfois avec admiration.

Le lundi 11 juin 1849, l'Assemblée législative était

en feu sur la question romaine. On écrirait tout un drame à propos de cette question, et le théâtre de la Porte-Saint-Martin ne s'en est guère privé. Il fit jouer son drame, et le drame fut sifflé aussitôt qu'il voulut démontrer la nécessité de l'intervention.

L'expédition de Rome était encore la guerre entre l'ordre et la démagogie. Aussi bien ce ne fut pas une discussion, mais une lutte des plus violentes qui éclata dans l'Assemblée.

Sans doute il y eut des fautes commises dans les *affaires de Rome;* M. Odilon Barrot les explique à la tribune avec la plus calme lucidité. A peine a-t-il parlé, que M. Ledru-Rollin s'élance à la tribune, ému, agité, furieux. Il raconte à son point de vue l'historique de la question romaine. Bientôt lui-même il s'anime au bruit de sa parole, il n'est plus le maître ni de sa voix, ni de son geste, il apostrophe avec violence les ministres, il ne craint pas de leur reprocher d'avoir au front *une tache de sang!*

Le président du conseil sourit avec dédain.

M. Ledru-Rollin ne se contient plus : « La Constitution, dit-il, est violée, nous la défendrons par tous les moyens imaginables, *et même par les armes!* » Un tumulte effroyable succède à ces paroles menaçantes, la majorité proteste, l'extrême gauche adhère avec enthousiasme à cette déclaration de guerre civile.

M. Dupin, attentif à la dispute, repousse avec fermeté cet appel à la violence révolutionnaire, audacieusement acclamé dans le santuaire même de la loi.

M. Ledru-Rollin se tient debout sur son banc, dans

une attitude provocante, et répète, aux applaudissements de la Montagne, ce terrible appel « aux armes ! » qui indigne l'Assemblée.

M. Ségur d'Aguesseau (deux beaux noms bien portés), sage et prudent comme il convient à l'homme qui a raison, propose un ordre du jour qui donne complète approbation aux mesures ordonnées par le gouvernement.

De son côté, M. Em. Arago insiste pour que cette ardente discussion soit continuée. « Le cri, aux armes ! a été poussé, dit M. Thiers, il n'est plus de la dignité de l'Assemblée de délibérer. » Enfin, sur la proposition de M. Larabit, un ordre du jour pur et simple est voté par 361 voix contre 203.

Cependant la *proclamation des écoles* annonçait que les écoles de Paris n'attendaient que le signal des représentants pour marcher en avant. M. Grandin, s'adressant directement au ministère, lui demande quelles mesures il avait prises pour repousser cette invasion.

M. Dufaure déclare alors que le gouvernement est prêt à défendre la Constitution ; qu'il comprend ses devoirs, et qu'il saura les remplir. Sa voix est brève, il se fait écouter.

Dans ce conflit d'opinions si diverses pour des idées si différentes, Paris restait attentif et calme, prêtant l'oreille à ces passions, mais sans les partager.

A la même heure, un ennemi très-inattendu, le choléra, s'emparait de ce Paris menacé de toutes parts.

L'Assemblée avait perdu subitement plusieurs de ses membres. L'un des premiers, M. le maréchal Bugeaud, dans la maison de M. Vigier, sur le quai Voltaire, avait en vain lutté contre le mal, implacable, hélas! Il venait de succomber, et sa mort qui, en tout temps, eût été un deuil dans l'armée et dans toute la France, empruntait au danger qui menaçait le pays tous les caractères d'un malheur public. L'épée du maréchal représentait une puissante protection pour tous les honnêtes gens; elle rassurait Paris et les départements.

Le Prince Président de la République accourut aux derniers moments du maréchal, lui serra la main, et l'assura de son dévouement durable pour toute sa famille.

Un fait politique important se produisit au milieu de cette situation : un message du Président de la République vint informer l'Assemblée de la nomination d'un nouveau ministère.

Le message du 31 octobre 1849, assez inattendu, fut un événement d'une certaine gravité dans l'Assemblée nationale, pour *le Constitutionnel* et pour son rédacteur en chef. Jusqu'alors M. Thiers, qui est toujours resté, ceci soit dit à sa gloire, un journaliste, appartenait quelque peu à la rédaction, disons mieux, à l'inspiration du *Constitutionnel*. C'est l'usage et le bon plaisir de M. Thiers d'indiquer, le matin, à quelque jeune ami de sa politique, à quel article de journal il doit répondre, ou quel article il doit écrire. En peu de mots très-vifs et très-nets, il donne à qui l'écoute la façon de rédiger sa pensée; il est impossible, en se tenant à l'écart, de toucher de plus près à la rédaction du journal.

Et l'on revient toujours
A ses premières amours...

C'est une chanson de M. Étienne, un collègue de M. Thiers à l'Académie, et l'un des plus habiles fondateurs du *Constitutionnel*.

Voilà donc comment M. Thiers, qui jusqu'alors avait été *un des nôtres*, à plus d'un titre, se sépara de la politique du journal.

Jusqu'au 31 octobre, notre politique avait été celle de M. Thiers et des amis; à partir du 2 novembre, la politique de ce journal ne fut plus que la mienne et aussi celle de mes collaborateurs. Il me faut donc, pour faire apprécier *par le lecteur* les causes de cette rupture, sérieuse pour le présent et pour l'avenir, reproduire ici d'abord le message, puis les articles du *Constitutionnel* signés par moi, qui ont décidé de cette rupture.

J'espère démontrer que toute cette affaire entre M. Thiers et moi n'a pas été un coup de tête, encore moins une fantaisie, mais un acte réfléchi, accompli par ma volonté, avec le consentement et l'adhésion de mes collaborateurs.

Il s'agissait en ce moment difficile de rester fidèles à nos convictions et de sauver le journal, en sauvegardant la chose publique. Ceci fait, la question d'argent n'était plus rien.

Le 31 octobre 1849, vers cinq heures, le président de l'Assemblée législative donna lecture d'un message qui venait de lui être adressé par le Président de la République.

« Monsieur le président,

« Dans les circonstances graves où nous nous trouvons, l'accord qui doit régner entre les différents pouvoirs de l'État ne peut se maintenir que si, animés d'une confiance mutuelle, ils s'expliquent franchement l'un vis-à-vis de l'autre. Afin de donner l'exemple de cette sincérité, je viens faire connaître à l'Assemblée quelles sont les raisons qui m'ont déterminé à changer le ministère, et à me séparer d'hommes dont je me plais à proclamer les services éminents, et auxquels j'ai voué amitié et reconnaissance.

« Pour raffermir la République, menacée de tant de côtés par l'anarchie, pour assurer l'ordre plus efficacement qu'il ne l'a été jusqu'à ce jour, pour maintenir à l'extérieur le nom de la France à la hauteur de sa renommée, il faut des hommes qui, animés d'un dévouement patriotique, comprennent la nécessité d'une direction unique et ferme et d'une politique nettement formulée ; qui ne compromettent le pouvoir par aucune irrésolution ; qui soient aussi préoccupés de ma propre responsabilité que de la leur, et de l'action que de la parole.

« Depuis bientôt un an, j'ai donné assez de preuves d'abnégation pour qu'on ne se méprenne pas sur mes intentions véritables. Sans rancune contre aucune individualité, contre aucun parti, j'ai laissé arriver aux affaires les hommes d'opinions les plus diverses, mais sans obtenir les heureux résultats que j'attendais de ce rapprochement. Au lieu d'opérer une fusion de nuances, je n'ai obtenu qu'une neutralisation de forces. L'unité de vues et d'intentions a été entravée, l'esprit de conciliation pris pour de la faiblesse. A peine les dangers de la rue étaient-ils passés, qu'on a vu les partis relever leur drapeau, réveiller leurs rivalités et alarmer le pays en semant l'inquiétude. Au milieu de cette confusion la France, inquiète parce qu'elle ne voit pas de direction, cherche la main, la volonté, le drapeau de l'élu du 10 décembre. Or cette volonté ne peut être sentie que s'il y a communauté entière d'idées, de vues, de convictions entre le Président et ses ministres, et si l'Assemblée elle-même s'associe à la pensée nationale dont l'élection du pouvoir exécutif a été l'expression.

« Tout un système a triomphé au 10 décembre : car le nom de Napoléon est, à lui seul, tout un programme. Il veut dire, à l'intérieur, ordre, autorité, religion, bien-être du peuple ; à l'extérieur, dignité nationale. C'est cette politique inaugurée par mon élection que je veux faire triompher avec l'appui de l'Assemblée et celui du peuple. Je veux être digne de la confiance de la nation, en maintenant la constitution que j'ai jurée. Je veux inspirer au pays, par ma loyauté, ma persévérance et ma fermeté, une confiance telle, que les affaires reprennent et qu'on ait foi dans l'avenir. La lettre d'une constitution a sans doute une grande influence sur les destinées d'un pays ; mais la manière dont elle est exécutée en exerce peut-être une plus grande encore. Le plus ou moins de durée du pouvoir contribue,

certes, puissamment à la stabilité des choses; mais
c'est aussi par les idées et les principes que le gouvernement sait faire prévaloir, que la société se rassure.

« Relevons donc l'autorité sans inquiéter la vraie
liberté. Calmons les craintes en domptant hardiment
les mauvaises passions, et en donnant à tous les nobles
instincts une direction utile. Affermissons le principe
religieux sans rien abandonner des conquêtes de la
Révolution, et nous sauverons le pays malgré les partis, les ambitions, et même les imperfections que nos
institutions pourraient renfermer.

« Signé : L.-NAPOLÉON BONAPARTE. »

Un supplément extraordinaire du *Moniteur*, publié
le soir même, donnait la composition du nouveau cabinet :

MM.

Guerre,	le général d'HAUTPOUL.
Affaires étrangères,	de RAYNEVAL.
Intérieur,	Ferdinand BARROT.
Justice,	ROUHER.
Finances,	Achille FOULD.
Travaux publics,	BINEAU.
Commerce et agriculture,	DUMAS (de l'Institut).
Instruction publique,	DE PARIEU.
Marine,	le contre-amiral ROMAIN-DESFOSSÉS.

En l'absence de M. de Rayneval, M. le général
d'Hautpoul était chargé du portefeuille des affaires
étrangères.

Le surlendemain, chaque nouveau ministre, étant à

son poste, le ministre de la guerre donna lecture de l'exposé suivant :

« Messieurs,

« Le programme contenu dans le message de M. le Président de la République est assez nettement formulé pour marquer, hors de toute équivoque, la politique qu'il nous a appelés à suivre.

« Lorsqu'il a bien voulu nous demander notre concours, il avait déjà cru devoir user de son initiative constitutionnelle. Il ne nous sera certes pas défendu de rechercher dans les actes du cabinet qui nous a précédés plus d'un exemple de glorieux dévouement au pays, *et de plus une intelligence* élevée de ses intérêts.

« Dans la situation qui nous était faite, toute sympathie individuelle devait se taire, ou plutôt se *résigner* dans l'adhésion à un témoignagne éclatant et solennel *d'amitié et de reconnaissance.*

« L'avenir nous était montré ; nous avons été convaincus de l'urgence d'y pourvoir.

« Le nouveau cabinet, nos antécédents le disent assez, n'est pas formé contre la majorité de cette Assemblée ; au contraire, il développe avec énergie ses principes avoués : elle n'en a, et ne peut en avoir d'autres.

« Il faut maintenir l'union de toutes les nuances dans un seul parti, celui de la France à sauver. On y parviendra par l'unité de vues, par la confiance en la force du pouvoir élu le 10 décembre, appuyé sur la majorité de cette Assemblée ; enfin par le sentiment impérieux du devoir, réveillé partout dans l'esprit des fonctionnaires de l'État.

« Tel est le but que nous a conviés à poursuivre avec lui le chef du gouvernement, mettant, selon son droit noblement compris, sa responsabilité à côté de la nôtre, dans ce difficile mais patriotique effort.

« Paix au dehors, garantie par la dignité qui convient à la France ; maintien énergique et persévérant de l'ordre au dedans ; administration plus que jamais vigilante et économe des finances de l'État ; tel est le programme que nous dictent à la fois les intérêts du pays, la confiance de cette Assemblée, et la conviction personnelle du chef du gouvernement.

« Au premier rang de nos devoirs nous mettons la protection du travail à tous ses degrés et dans toutes ses formes ; nous voulons que le laboureur et l'ouvrier, de plus en plus rassurés sur le lendemain, retrouvent enfin complétement cette confiance qui commence à renaître.

« Mais nous voulons aussi que cette sécurité, se répandant vers les autres régions de la société, y ranime les travaux de l'intelligence et rende à la fortune et au crédit un ressort depuis longtemps détendu.

« Le cabinet, en acceptant le fardeau des affaires qu'il ne recherchait pas, a dû compter sur vos sympathies et sur votre appui. Votre raison élevée et votre patriotisme lui donnaient ce droit. »

C'etaient là, certes, de bonnes et sérieuses paroles qui rencontrèrent d'unanimes assentiments ; elles furent accueillies chez nous avec une approbation sans conteste, et voici en quels termes j'eus l'honneur de signaler la politique nouvelle à nos lecteurs :

« Trois choses occupent vivement les esprits : le message publié avant-hier par le Président de la République ; le changement du cabinet ; le programme ministériel lu aujourd'hui à la tribune par le nouveau ministre de la guerre, M. le général d'Hautpoul. Ces trois choses se tiennent. L'une explique l'autre. Le message était, en quelque sorte, l'explication de l'acte soudain qui avait révoqué le ministère Barrot-Dufaure. Le message présidentiel reçoit, nous le pensons, sa véritable interprétation dans les commentaires médités et conciliants du programme ministériel. Ce dernier manifeste résume la situation. Il est de nature à calmer les esprits.

« Le Président de la République s'est séparé, le 31 octobre, de son ministère. En cela, il exerçait un droit incontestable. L'article 64 de la Constitution le lui confère. Seulement l'exercice de ce droit constitutionnel éclatait d'une manière imprévue et dans des conditions insolites. On s'attendait à une modification partielle, il s'opère une dissolution complète. Ce n'est pas tout. Le ministère, qui, lors de sa création, n'a pas été fait de la chair de la majorité, s'assimilait de plus en plus à elle. Il venait d'obtenir un nouveau succès parlementaire, une nouvelle adhésion de la majorité. On avait le regret de voir ce cabinet perdre la confiance du Président de la République, au moment qu'il faisait des progrès dans la confiance de l'Assemblée.

« Ce fait avait quelque chose d'extraordinaire. Le Président de la République a voulu l'expliquer publiquement. C'est dans une intention de franchise et de sincérité qu'en dehors du message annuel, seul prescrit par la Constitution, il en a fait un spécial pour se mettre en communication directe avec l'Assemblée dans une circonstance grave. Il y a des puristes en matière de Constitution qui ne trouvent pas cette manière de procéder parfaitement régulière. Nous la trouvons, quant à nous, naturelle et conforme aux usages républicains.

« Il respire dans le message, comme dans tous les actes émanés de Louis Napoléon, un vif désir de répondre par des actes à l'élection du 10 décembre, et aux espérances fondées sur le nom glorieux qu'il porte. Les grands souvenirs, sous l'invocation desquels il aime à se placer, le rendent exigeant envers lui-même, envers son propre gouvernement. Il semble se reprocher de n'avoir pas rendu encore d'assez grands services au pays. Mais, il faut le dire, dans l'expression de ce regret, quelques paroles du message rejetaient peu justement la responsabilité du bien non encore accompli sur le ministère et la majorité qui ont prêté leur concours au Président.

« Ces quelques paroles avaient produit une impression pénible. Nous devons dire que le langage du programme du nouveau ministère, lu à la tribune le 2 novembre par M. d'Hautpoul, ministre de la guerre, et que nous citons plus haut, a beaucoup affaibli cette impression. Les nouveaux ministres déclarent en effet

« qu'il leur sera facile de trouver dans les actes de
« leurs prédécesseurs des exemples d'un grand dévoue-
« ment au pays, et d'une intelligence élevée de ses in-
« térêts, » et ils n'ont vu dans le manifeste qui a précédé leur nomination qu'un « témoignage d'amitié et de
« reconnaissance envers ceux qu'ils remplaçaient. »

« Ainsi, en désignant les qualités par lesquelles un
ministère peut faire le bien, on n'avait pas voulu désigner celles qui manquaient au ministère précédent.
Ajoutons que le programme du cabinet nouveau se rattache plus fortement que jamais aux principes de la
majorité, « à ses principes avoués » a dit le ministre :
« la majorité n'en a et ne peut en avoir d'autres. » Et,
en effet, elle n'a pas d'autres principes que ceux qu'elle
avoue. Si on rendait les partis solidaires de quelques
écarts individuels, l'accord ne serait jamais possible.
La majorité, prise dans son ensemble, et même, on
peut le dire, dans chacune de ses nuances, non-seulement n'a jamais créé d'obstacles, mais elle a prêté un
appui ferme, loyal et constant à l'élu du 10 décembre.

« En résumé, la politique que la composition du ministère avait fait pressentir, le programme la confirme.
Le cabinet veut, dit-il, réveiller le sentiment du devoir
dans l'esprit des fonctionnaires ; il veut s'inspirer lui-
même plus profondément que jamais de l'esprit de la
majorité. Tant qu'il marchera dans cette voie, le cabinet aura notre appui. »

Cet article, écrit sous ma dictée, discuté longuement
mot à mot par l'habile et prudent M. Merruau, parut

enfin, par mon insistance, dans *le Constitutionnel* du 2 novembre.

Huit jours après, j'insiste et je reviens sur notre première approbation :

« Le Président de la République a exposé les motifs qui l'ont déterminé à changer son ministère. Il revendique une part de la responsabilité plus ostensible dans les actes de son gouvernement, en vue d'exercer une action plus efficace et plus directe, et d'imprimer une impulsion plus énergique à l'administration tout entière par une plus forte unité de direction. On peut trouver que cette manière de comprendre les devoirs de la présidence a ses chances, ses hasards pour la personne du Président. Mais on ne peut pas, raisonnablement, soutenir que le sentiment sous l'influence duquel Louis-Napoléon s'est décidé, soit sans patriotisme et sans élévation. Ce qui a manqué dans les explications du message, ce n'est pas la franchise. Et cependant on a cherché au changement du ministère d'autres causes que celles qui ont été si ouvertement données.

« Il y a des gens qui veulent toujours découvrir des mobiles secrets, dans les affaires d'État, même dans celles qu'on leur explique avec le plus de sincérité. On a prêté au Président des vues bien diverses, les unes bien hautes et bien grandes, les autres bien vulgaires et bien petites ; ceux-ci ont prétendu qu'il s'élevait jusqu'à des arrière-pensées d'empire ; ceux-là que, pour se rendre compte de la crise, il fallait descendre à des intérêts d'argent. Ni si haut, ni si bas ! Le Président a repoussé d'avance la première supposition, en rappelant dans son message le serment qu'il a prêté, et en choisissant son cabinet qui n'est certes pas composé pour la préparation des coups d'État. Quant à la seconde supposition, il suffit de lui opposer un fait pour la détruire.

« Si le Président de la République avait pu être guidé dans le choix d'un ministère par les considérations subalternes qu'on lui attribue faussement ; s'il avait voulu, par-dessus tout, avoir des ministres qui présentassent à l'Assemblée une loi pécuniaire dans son intérêt, qui se crussent en mesure de lui en garantir l'adoption, il aurait gardé son cabinet ; car nous croyons savoir que la question avait été traitée et résolue par le ministère Barrot-Dufaure ; le chiffre était déterminé ; on se chargeait alors, si nous sommes bien informés, de présenter une demande de trois millions, et l'on ne doutait pas d'obtenir l'assentiment de l'Assemblée. On sait, d'ailleurs, que cette question avait été l'objet de beaucoup de conversations parmi les représentants de la majorité. Les dispositions étaient généralement favorables. Aujourd'hui, dit-on, elles seraient moins unanimes. On prétend qu'une fraction de l'Assemblée refuserait aux nouveaux ministres ce qu'elle aurait facilement accordé aux anciens. Nous ne croyons pas, pour nous, que la majorité ait changé d'avis à cet égard. Cependant le Président de la République n'a pas craint de sacrifier des intérêts secondaires, et qui, d'ailleurs, étaient plus directement les siens, à des considérations d'un ordre plus élevé, c'est-à-dire à ce qui lui paraît être l'intérêt général de la France. »

Certes, si le talent manquait à ces deux articles, ils avaient pour eux la justesse et *l'à-propos*. En si peu d'heures, la majorité s'était déplacée ; on eût dit que la *Plaine* était devenue la *Montagne*, et succédant soudain à l'approbation, la menace était partout.

Le Président de la République, en faisant allusion dans son message au dernier ministère du 20 décembre (ministère Barrot-Dufaure), rappelait justement qu'il avait surtout fait preuve, immédiatement après l'élection du 10 décembre, d'un très-vif désir de conciliation. Il expliquait ensuite quelles avaient été les conséquences politiques de ce ministère ; il affirmait de plus en plus, avouons-le, la nécessité d'un gouvernement personnel. Du reste, ce message fut un véritable événement sur tous les bancs de l'Assemblée législative, et surtout sur les bancs des parlementaires ; mais, à coup sûr, il fut mieux accueilli dans le pays que dans la chambre.

On a vu que je n'hésitais pas à caractériser la situation et à m'exprimer franchement sur la politique ferme et loyale du Président, sur les devoirs imposés à l'Assemblée. Toutefois le message m'avait jeté, en raison même de ma situation, dans une grande perplexité : il me fallait, non-seulement comme citoyen, mais comme propriétaire d'un grand journal, opter, le jour même du message du 31 octobre, entre la politique du Président de la République, et celle de M. Thiers et de ses amis.

Je me demandai où donc la politique de M. Thiers et de ses amis, servie par moi avec une persévérante fidélité, avait conduit la France? Ils voulaient (disaient-ils) avertir le royauté qui se perdait; à force d'avertissements, ils avaient renversé ce trône dont ils étaient, selon eux, le plus solide appui. *Le roi règne et ne gouverne pas!* disaient-ils encore, aussi fidèles à leur *formule* que Proudhon à la sienne. Ils avaient tant insisté pour que le roi ne gouvernât pas, que, depuis le 24 février, Louis-Philippe avait cessé de régner.

Je n'accusais certes pas M. Thiers de vouloir faire renaître sous les pas du Président de la République les mêmes périls et les mêmes luttes au milieu desquels Louis-Philippe perdit sa couronne. Mais lorsqu'après le message du 31 octobre 1849, j'insistai pour que M. Thiers me traçât une ligne de conduite au *Constitutionnel*, il ne m'indiqua plus d'autre politique que celle de la froideur, du silence « et des bras croisés! »

Après de mûres réflexions, après avoir consulté mes collaborateurs, et pris le conseil de tous, je me dis enfin que cette politique expectante, et cette tranquille neutralité systématique, conseillé par M. Thiers, ferait avec raison suspecter un journal de lâcheté et de trahison. C'est bientôt dit : *Croisez les bras!* Mais quand on a pour client la société tout entière, une société qui se sent mourante, il faut bien prêter appui au pouvoir qui la défend, et qui la sauve.

N'avais-je pas, d'ailleurs, depuis dix ans, assisté bien souvent dans les réunions intimes du *Constitutionne* aux manœuvres, aux entraînements, aux bravades, aux folies des oppositions qui se montrent toujours les mêmes? J'avais vu de près combien les meilleurs esprits, les hommes les plus honnêtes, les défenseurs les plus sincères de la légalité se laissent souvent entraîner à d'inopportunes, à d'imprudentes résistances, au langage le plus téméraire, le plus offensant contre le pouvoir, et presque à de séditieuses menaces. Je me rappelais la fatale adresse des 221 sous le roi Charles X.

A compter de ce moment, je rompis donc avec la politique de M. Thiers ; la politique du *Constitutionnel* ne fut que la mienne, consentie, adoptée par tous mes collaborateurs.

Cependant, il y avait entre M. Thiers et moi un traité d'une explication très-facile, et la voici :

Il y eut d'abord dans la Société commerciale du *Constitutionnel* des pertes d'argent assez considérables. J'avais commencé par réduire le prix d'abonnement de 80 francs à 40, en déclarant que je supporterais toutes les pertes. C'est, en effet, une condition nécessaire que les destinées d'un journal ne seront pas dépendantes du bon ou du mauvais vouloir des actionnaires, si la nécessité exige une augmentation du fonds social. Je n'en faisais pas moins très-bravement de fortes et d'utiles dépenses pour la rédaction.

Certes, on ne pouvait guère, après les premiers trimestres de ma gérance, compter sur un dividende, et partant plus d'un actionnaire impatienté me disait : « Vous perdez de l'argent, parce que vous dépensez trop pour la rédaction. » J'eus beau leur répondre : « Mais la rédaction, c'est le sang, c'est la vie d'un journal ; le nombre des abonnés augmente, et l'augmenta-

tion de votre publicité garantit le progrès de vos annonces. »

Les actionnaires persistèrent à s'autoriser de l'article 18 de notre acte de société. Ils réduisirent à
110,000 francs mon crédit de rédaction, et j'en dépen-
sais chaque année, depuis le commencement de ma gérance, 150 ou 160,000. Il me fut même annoncé que si
je dépassais ce chiffre de 110,000 francs, ce serait à
mes risques et dépens personnels. Ces prétentions imprudentes n'étaient que trop sérieuses : on plaida devant arbitres, on plaida en première instance, on plaida
en cour d'appel, et je perdis mon procès.

Après toutes les avances que j'avais faites, avec la
responsabilité par moi acceptée, il m'était presque impossible de me charger d'un fardeau plus lourd, et de
le porter plus loin ! Le proverbe qui est la sagesse des
nations et la consolation des plaideurs me donnait
vingt-quatre heures pour maudire mes juges ; mais je
n'avais pas de temps à perdre : il fallait aviser, et, pressé
que j'étais dans les tristes limites qui m'étaient imposées, j'annonçai malgré moi à mon lieutenant général,
M. Merruau, que la lésinerie imprudente de mes actionnaires me réduisant à la triste nécessité d'une rédaction
de 110 000 francs, je me voyais contraint de faire subir
à chaque rédacteur une réduction plus ou moins considérable. M. Merruau me répondit : « Vous avez fait
jusqu'à ce jour d'énormes sacrifices ; il est temps que le
parti que je représente en fasse à son tour. Je tiens
donc à votre disposition une somme de 100,000 francs.
Elle servira de supplément à la rédaction, et vous en

serez le vrai propriétaire aussi longtemps que *le Con-*
stitutionnel suivra la ligne politique à laquelle il est
demeuré fidèle jusqu'à ce jour, c'est-à-dire la ligne du
centre gauche. » Les 100 000 francs furent mis par
moi en dépôt, et aucun de mes collaborateurs, pas
même M. Merruau, rédacteur en chef, n'eut à subir de
réduction.

Je n'eus affaire, en tout ceci, qu'avec M. Merruau ;
seulement, il m'imposa cette expresse condition, que
M. Thiers serait seul arbitre à juger si le journal déviait ou ne déviait pas de la ligne du centre gauche ; au
premier cas de déviation, je rendrais les 100 000 francs.
Ce traité fut passé et signé, entre M. Merruau et moi,
le 28 novembre 1846.

M. Merruau tient une place honorable dans les rangs
des journalistes parisiens, et, quand nous disons un
journaliste, nous croyons dire une louange. Il n'y a
pas, dans toute la république des lettres, une plus difficile et plus laborieuse profession. Le vrai journaliste
est prêt à toute heure ; habile à l'attaque, heureux à la
repartie et restant toujours, même dans ses plus grands
excès, fidèle à la courtoisie d'une langue honnête et
bien écrite. Il est désintéressé, peu ambitieux pour
lui-même et d'une grande fidélité. Que de journalistes,
écrivains d'esprit et de talent, qui, dans le triomphe et
dans la défaite, et pour la même cause et dans les mêmes sentiments d'une inébranlable fidélité, sans autre
espoir que de bien faire et de bien dire, écrivent chaque jour, d'une main sans reproche et sans peur,
une belle et bonne page, où respire un grand senti-

ment de justice et de vérité. Comptez donc combien de volumes s'écrivent ainsi, au jour le jour! Au reste, il n'y a pas déjà si longtemps que M. Saint-Marc-Girardin, l'un des esprits les plus droits de ce siècle, voulant louer dignement M. de Chateaubriand : « *Pour tout dire en un mot, c'était un grand journaliste* ».

M. Merruau était un journaliste de la bonne école. Professeur d'histoire au lycée Bonaparte, il avait appris de bonne heure à se connaître en toutes les révolutions dont se compose une époque historique. Il avait le sens droit, le caractère doux et facile. Il avait fait ses premières armes dans un journal qui a subi des fortunes bien diverses, tantôt lu, tantôt dédaigné, tantôt bruyant pour être écouté. Nous voulons parler du journal *le Temps*, fondé par M. Jacques Coste, et qui dura beaucoup moins que son fondateur.

J'eus l'honneur de confier à M. Merruau la rédaction du journal dont j'étais le directeur. Tous les penchants de sa politique et sa prévoyance personnelle invitaient M. Merruau à consulter M. Thiers. Il était facilement dominé par cette politique ingénieuse, éloquente, et qui sortait si vite, avec bonheur souvent, des plus grands embarras. Voilà comment M. Merruau devint l'intermédiaire entre M. Thiers et *le Constitutionnel*.

Il se renseignait tous les jours, dans la salle des conférences de la Chambre, auprès des hommes politiques du centre gauche.

Je n'ai jamais eu d'autre reproche à faire à M. Merruau que celui de livrer trop tard ses articles à l'imprimerie. On arrivait avec grand'peine à l'heure accoutumée, avec un tirage augmentant sans cesse, et Dieu sait que cette heure perdue était irréparable.

Ainsi, ma soumission et mes respects pour mon allié, le centre gauche, ne devaient pas aller plus loin que l'apparition du Message, et, secouant ce joug un peu lourd, je me hasardai à publier les articles que j'ai reproduits plus haut. En ce moment, j'entendis le *halte là!* de M. Thiers, par la voix de M. Merruau. Cette fois, *le Constitutionnel* était à l'index du centre gauche, et peu s'en fallait que ce journal ne fût accusé du crime de trahison.

Je n'insisterai pas sur cette prétendue déviation ; je donnerai même de cette rupture inattendue une explication qui ne pourra mettre en doute les sentiments de personne. M. Thiers pouvait, en effet, ne pas blâmer personnellement les articles du 2 et du 10 novembre ; mais, aux yeux de ses amis, il tenait à démontrer qu'il ne les avait pas inspirés. Il voulait établir et prouver aussi que la ligne du *Constitutionnel*, telle qu'elle avait été suivie jusqu'à ce jour, avait été la sienne, mais qu'à partir du 2 et du 10 novembre, il restait étranger à cette politique nouvelle, et que, désormais, il n'en serait plus responsable.

Il ne faut pas de scandale en politique, et plus que jamais, en 1849, l'esprit de conciliation et l'union des amis de l'ordre étaient une nécessité pour le salut du pays.

Je cherchai donc à gagner du temps dans l'espérance d'un rapprochement et du retour d'une entente cordiale avec M. Thiers ; c'est pourquoi je demandai à

M. Merruau et à celui qu'il représentait, une sentence arbitrale, rendue à huis clos, sur des plaidoiries contradictoires.

Résumons. — Jusqu'au 24 février 1848, l'opposition persévérante contre la politique de Louis-Philippe est l'œuvre de M. Thiers, et plus encore de M. Duvergier de Hauranne. Ce dernier, après l'expérience d'un premier banquet à la Charité, dont le succès le combla de joie, avait voulu soumettre à ces terribles hasards les banquets de Paris, et entraîner dans sa politique les hommes les plus considérables de l'opposition, qui se disait cependant dynastique.

A compter du 24 février 1848, M. Duvergier de Hauranne ne nous adressa pas un simple regret de tous les malheurs publics dont les banquets avaient été l'occasion et la cause.

Heureusement pour sa dignité et pour ses convictions personnelles, M. Duvergier de Hauranne, ministre un instant dans les heures suprêmes du règne de Louis-Philippe, ne s'est même pas présenté aux dernières élections de 1865. Il pouvait redouter les reproches mérités que lui eussent peut-être suscités sa politique de parlementaire à outrance et ses menaçants banquets.

Ces reproches ne sauraient atteindre M. Thiers; on se souvient encore de sa brillante et solide réfutation du socialisme publiée dans *le Constitutionnel* et de quels arguments pressés il l'accabla des hauteurs de la tribune.

M. Thiers et ses amis sont donc, par leur propre volonté, restés en dehors de la politique que nous avons
soutenue depuis le message du 31 octobre 1849. Nous
n'avions reçu d'eux, dans l'espace de huit années,
pendant la courte durée du ministère du 1er mars 1840,
que nous avons si chaudement défendu, aucune place,
aucune faveur; nous avions reçu de M. Thiers, par
l'intermédiaire de M. Merruau, une somme de cent
mille francs, et, sur la simple réclamation de ce dernier, nous la lui avons rendue. Voici la quittance mo-
tivée de M. Merruau :

« Je soussigné, Charles-Denis-Joseph Merruau, reconnais avoir reçu de M. Louis-Désiré Véron la somme
de soixante-quinze mille francs, moyennant laquelle il
s'est totalement acquitté de l'obligation qu'il avait
contractée de me rembourser les cent mille francs ver-
sés par moi entre ses mains le 28 novembre 1846,
remboursement dont l'effet devait être et est en effet
d'annuler, à partir du présent jour, les conventions
verbales faites entre nous ledit jour 28 novembre
1846, au sujet de la direction du journal *le Constitutionnel*.

« Je déclare, en outre, que les vingt-cinq mille
francs qui demeurent ainsi entre les mains de M. Véron lui sont laissés spontanément par moi, afin de couvrir les frais extraordinaires nécessités pour la gestion
du *Constitutionnel*, et qui ont été à sa charge personnelle, notamment une somme de six mille francs, dont
les actionnaires de ce journal l'ont débité, le 30 jan-

vier 1846, et une somme de dix-huit cents francs pour enregistrement.

« Paris, le 15 novembre 1850.

« Approuvé l'écriture ci-dessus :

« MERRUAU. »

Déposé chez Mᵉ Planchat, notaire à Paris.

J'ai déjà raconté quelques-uns de ces faits dans un article intitulé : *le Constitutionnel et ses patrons* ; je les ai reproduits dans mes premiers Mémoires, et si je les raconte une dernière fois, c'est que je veux bien démontrer qu'à pareille affirmation il n'y a rien à répondre.

Une fois mon traité rompu, l'argent rendu, et libéré de M. Thiers, je respirais !

C'est une si complète satisfaction d'esprit, c'est un si grand bien-être de conscience, un si grand contentement de l'âme de pouvoir dire ce qu'on pense, et surtout de ne dire absolument que ce qu'on pense !

> Attaché ? dit le loup; vous ne courez donc pas
>   Où vous voulez? — Pas toujours; mais qu'importe ?
> — Il importe si bien, que de tous vos repas
>   Je ne veux en aucune sorte,
> Et ne voudrais pas même à ce prix un trésor.
> Cela dit, maître loup s'enfuit et court encor.

Cette rupture, que l'on ne pouvait guère appeler une *rupture à l'amiable*, eut un certain retentissement. Averti l'un des premiers, M. le comte Walewski, que j'ai toujours trouvé bienveillant et digne des hautes destinées qui l'attendaient, me vint avertir que l'Élysée était instruit de la difficulté entre M. Thiers et *le Constitutionnel*. — « Le Président, me dit-il, est tout disposé à venir en aide à la rédaction. »

Quelques chiffres furent même prononcés. « Rien ne presse, lui répondis-je; d'ailleurs tout se sait, et *le Constitutionnel* perdrait son crédit, son autorité dans l'opinion publique, si l'on pouvait m'accuser d'avoir exploité la générosité du Président. »

Cette ouverture, venant d'un homme déjà considérable et de relations sérieuses, n'avait rien qui pût me blesser. Cependant, à ses premières paroles, mon parti était bien arrêté : j'avais résolu de rester mon maître, et je ne voulais point me lier par un traité obligatoire envers le Président de la République : je ne connaissais ni ses plans politiques, ni ses projets ultérieurs.

Je ne donnai donc aucune suite à l'ouverture qu'avait bien voulu me faire M. Walewski, et je puis attester, c'est mon droit, que je n'ai jamais reçu aucune somme d'argent ni du Prince Louis-Napoléon, ni du Président de la République, ni de Sa Majesté Napoléon III.

J'ai reçu mieux que cela, un titre de noblesse, et le voici :

« Palais des Tuileries, 8 mars 1855.

« Mon cher monsieur Véron, j'ai reçu avec plaisir vos *Mémoires d'un Bourgeois de Paris,* et je lirai les deux derniers volumes surtout avec d'autant plus d'intérêt qu'ils résument les souvenirs fidèles d'un homme qui a vu beaucoup, qui a jugé sainement et qui a raconté sans passion.

« Il me sera bien agréable, n'en doutez pas, de retrouver dans l'écrivain réunissant d'utiles matériaux pour l'histoire de notre époque, celui-là même dont la sympathie *désintéressée* m'a donné, aux jours difficiles, l'important appui de l'un des premiers organes de la presse.

« Recevez mes remercîments sincères, et croyez à mes sentiments.

« NAPOLÉON. »

M. L. Véron, député.

Ce n'est pas tout ; j'avais déjà reçu un très-grand honneur : le Prince Louis-Napoléon, Président de la République, avait daigné monter un jour les degrés de l'humble journaliste, et l'élu du 10 décembre voulut bien honorer d'une auguste visite ma modeste demeure. Comme le Prince jetait les yeux, à travers les vitres de ma fenêtre, sur le jardin des Tuileries : — « Vous êtes très-bien ici, monsieur Véron ! » — « Monseigneur, lui dis-je, j'habite cet appartement depuis 1847, et, comme je prévoyais qu'on sauterait bientôt à pieds joints par-dessus la *réforme*, qu'elle irait plus haut et plus loin, j'ai gardé cet appartement pour voir passer la révolution de février 1848. » — « Restez ici : vous avez de l'air, du soleil ; vous avez vue sur un grand jardin et sur plusieurs monuments. Mais il faut espérer que de vos fenêtres vous ne verrez plus passer de révolutions. »

Après une conversation très-respectueuse, très-discrète de ma part, très-affable de la part du Prince, il se retira. Je le reconduisis, profondément touché de ce témoignage de sympathie, si honorable pour moi, et que m'eussent envié les personnages les plus importants dans l'État.

Une autre récompense, et la justice que je me dois à moi-même : la politique que j'avais suivie était la bonne ; elle poussa *le Constitutionnel* dans des eaux favorables : le fermage des annonces lui fournissait d'abondantes ressources. Mes rapports avec les actionnaires avaient changé.

Je leur donnai, peu de temps après le Message, des dividendes qui élevaient l'intérêt de leur argent, depuis la formation de la société, à plus de 6 0/0, tout en me couvrant de mes pertes personnelles ; elles représentaient, jusqu'à cette époque, un chiffre incontesté de deux cent mille francs.

Les actionnaires élevèrent alors mon budget de rédaction à cent cinquante mille francs ; ils m'allouèrent même douze mille francs pour frais de représentation. D'après mon acte de société, je ne touchais aucun traitement comme directeur-gérant du journal.

Tout allait donc pour le mieux, malgré mon divorce avec la politique de M. Thiers, et peut-être même à cause de cet heureux divorce.

Nous avons dit dans notre article approbatif du Message du 10 novembre 1849 et que nous avons reproduit plus haut, combien étaient mal fondées certaines suppositions auxquelles avait donné lieu le changement de ministère du 31 octobre. Nous avons dit que si le Président de la République avait pu être guidé dans le choix d'un ministère nouveau par les considérations qu'on lui attribuait faussement, s'il avait voulu, pardessus tout, avoir des ministres qui présentassent à l'Assemblée une loi pécuniaire, qui se crussent en mesure de lui en garantir l'adoption, il aurait gardé son cabinet. Car nous croyions savoir que la question avait été traitée et résolue par le ministère Barrot-Dufaure; le chiffre était déterminé; on se chargeait alors, disions-nous, de présenter une demande de trois millions, et on ne doutait pas d'obtenir l'assentiment de l'Assemblée. Nous ajoutions que, d'ailleurs, cette question avait été l'objet de beaucoup de conversations parmi les représentants de la majorité, et que les dispositions étaient généralement favorables.

Quatre jours plus tard, M. Dufaure, dans un journal, affirmait que le dernier cabinet n'avait jamais eu l'intention de présenter à l'Assemblée une *loi pécuniaire* de trois millions pour le Président de la République. Mais comme cette affirmation pouvait appeler l'affirmation contraire, M. Dufaure prenait soin d'ajouter: « Les ministres avaient seulement en vue de venir en aide, autant qu'il pouvait dépendre d'eux, par des moyens réguliers, à la bienfaisance du Président. » Lois pécuniaires, fonds régulier de bienfaisance, il serait assez difficile, au bout du compte, d'indiquer la différence.

Le 16 novembre, M. Dufaure, revenant sur ses propres commentaires, expliquait ce *fonds régulier de bienfaisance*.

Il s'agissait, dit-il, « de cent ou deux cent mille francs par an, prélevés sur les fonds de secours alloués à divers ministères, et qui recevaient ainsi, après un contrôle sérieux, leur destination régulière ».

Quoi donc! Il ne s'agissait que d'une somme insignifiante, et M. Dufaure semblait repousser, comme une calomnie, l'idée qu'il eût pu demander pour le Président une *liste civile* de trois millions! D'abord nous n'avons jamais parlé de liste civile, d'allocation annuelle, mais d'une demande de trois millions.

Trois millions pour le Président de la République française! M. Dufaure se récrie, il dément le fait; mais cet ancien ministre est devenu bien parcimonieux sous la République! Nous nous rappelons un fait historique, qui ne peut recevoir de démenti de personne : sous une monarchie qui comptait douze millions de liste civile, quatre millions de revenus forestiers et domaniaux, quatre millions de fortune personnelle, deux millions de pension pour le prince royal, un million donné en dot à une des filles du roi, M. Dufaure, avec son honorable collègue, M. Passy, fut assez hardi pour demander encore une dotation annuelle de cinq cent mille francs pour M. le duc de Nemours; mais les parlementaires, ses amis, refusèrent la dotation demandée par M. Dufaure. Et comme, en ce temps-là, les inspirations de M. Thiers étaient toutes-puissantes dans *le Constitutionnel*, ce journal applaudit au refus de la dotation. Il est vrai que les électeurs sollicitaient d'un ton impérieux messieurs leurs représentants de ne pas faiblir en cette occasion considérable. Ils savaient que la couronne en serait tout au moins attristée, et se faisaient une maligne joie de ces coups d'épingle, qui cependant étaient presque des coups de poignard.

M. le comte Walewski, dont nous parlions tout à l'heure, a joué, de très-bonne heure en France et à l'étranger, un rôle important. Il était tout à fait de ces hommes qui tiennent leur place, et que le lecteur va chercher dans tout ce qui s'écrit à propos d'eux.

M. le comte Walewski est né en Pologne, au château de Walewice; il fit une partie de ses études à Genève et les compléta à l'Université de Varsovie. Au premier aspect, le moins clairvoyant reconnaissait un homme appelé à de grandes destinées. Il se faisait remarquer, naturellement, par cette élégante simplicité des hommes bien nés. Il était affable et se laissait approcher volontiers. Il parlait bien, il écoutait mieux. Chacun racontait tout bas qu'il avait une origine illustre entre toutes, et lui en tenait compte. Il avait à peine dix-huit ans qu'il était déjà lié avec lord Palmerston, qui en avait plus de quarante. Très-recherchés l'un et l'autre de la grande société anglaise, on les retrouvait dans les châteaux les plus célèbres, écoutés dans les salons, et souvent victorieux dans les courses.

La Révolution de 1830 était à peine apaisée, et le général Sébastiani étant ministre des affaires étrangères, le jeune Walewski fut chargé d'une mission en

Pologne. Il se conduisit en vrai fils de cette illustre et malheureuse patrie, et se fit remarquer par son courage à la bataille de Grochow, en 1831 ; il eut un cheval tué sous lui.

Bientôt, il fut chargé de défendre, à Londres même, les intérêts de sa chère Pologne ; et, cette fois encore, il retrouva, sérieusement pris par les affaires, son ami lord Palmerston, devenu principal secrétaire d'État aux affaires étrangères. A cette époque, M. de Talleyrand était ambassadeur de France en Angleterre.

Le jeune diplomate entre au service en 1832. Capitaine dans la légion étrangère, il remplit les fonctions d'officier d'ordonnance du maréchal Gérard, qui commandait alors l'armée du Nord sous les murailles d'Anvers.

Incorporé avec son grade de capitaine dans les chasseurs d'Afrique, il ne tarde pas à être envoyé auprès du général Desmichel. Celui-ci, retrouvant le diplomate sous le soldat, le chargeait des premières négociations avec Abd-el-Kader. La mission était belle ; elle avait ses dangers, et le jeune homme aussitôt se mit en campagne. Le redoutable émir le reçut sous sa tente, près de Mascara, et sembla se rendre aux observations dont le capitaine était porteur.

Revenu en France, cet Africain-diplomate entre au 4e régiment de hussards ; il tient garnison à Fontainebleau, à Nevers et à Paris.

Comme il voulait surtout poursuivre sa carrière dans la diplomatie, il donna sa démission de capitaine et quitta l'armée en 1837. Dans la maison de M. Thiers, qui lui fut ouverte, il prit goût à la politique, cette bataille de tous les jours. Il comprit que la parole était une arme véritable, et, pour conquérir sa place en cette ardente mêlée, il se fit journaliste, dans son propre journal, *le Messager des Chambres*, acheté de ses deniers, 140.000 francs.

Je signais déjà à cette époque, comme gérant, l'ancien *Constitutionnel*, où, possesseur de deux actions, j'avais été admis comme associé-administrateur. Suivant tous deux la même ligne politique, nos relations devinrent plus fréquentes et plus intimes. Il nous arriva souvent alors de nous rencontrer chez M. Thiers, pour nous entretenir avec lui des questions politiques du jour.

En même temps, M. Walewski publiait plusieurs brochures politiques ; une d'elles, sur l'alliance anglaise, eut un vrai retentissement.

C'était, on le voit, un esprit laborieux dans le bel âge, où d'ordinaire on sait autrement profiter de ses loisirs ; disons mieux, c'était un lettré.

Il s'était lié avec les meilleurs écrivains de son temps ; il était le bienvenu dans tous les cénacles. Il savait par cœur les plus beaux vers, il assistait à toutes les comédies, il aimait particulièrement M. Scribe (il a suivi son convoi la tête nue), et même il fut à un tel point dominé par cette muse heureuse et féconde, qu'un beau jour il voulut écrire une comédie à son tour. Le sujet de sa comédie était des mieux choisis, elle avait un beau titre : *l'École du monde*, et tout de

suite on se mit à prédire que l'écrivain, étant plein de
son sujet, ferait un ouvrage intéressant. Véritablement, il avait tout ce qui fait réussir une œuvre dramatique : un esprit très-fin, un style agréable et léger,
assez d'invention pour qu'on s'intéressât à son œuvre.
Hélas ! à tant de qualités il unissait l'inexpérience.
Il savait écrire une scène, il ne savait comment la
placer dans l'œuvre, et tantôt la scène était trop
longue et tantôt trop courte. Aussi l'ensemble a manqué à cet essai, qui pourtant avait tenu, pendant trois
actes, attentive et curieuse, une élégante compagnie
d'hommès d'État, d'orateurs, de jeunes femmes très-
distinguées, d'écrivains éminents. Tout ce beau monde
eût applaudi *l'École du monde,* pour peu qu'un homme
habile eût mis en bel ordre ces divers chapitres d'une
si longue histoire de nos mœurs fugitives et de nos
modes passagères.

D'abord on applaudit, mais on finit par murmurer
à *l'École du monde*, et le comédien chargé de nommer
l'auteur à la foule qui grondait et battait des mains :
« Messieurs, dit-il, l'auteur de la comédie que nous
avons eu l'honneur de représenter devant vous désire
garder l'*incognito* ». Dans le langage du monde, *incognito* est mieux qu'*anonyme*, et le lendemain seulement, le parterre comprit la différence entre ce mot-ci
et ce mot-là.

L'expérience enseigne aux poëtes les plus rebelles
qu'il faut avoir grand soin de tout ce qu'on fait et de
tout ce qu'on dit. Ce n'est pas assez d'écrire une belle
œuvre, surtout pour le théâtre, encore faut-il qu'elle

trouve, en son poëte même, un ami dévoué, un protecteur intelligent. En toute espèce de succès dramatique, la presse est la grande ouvrière. En vingt-quatre
heures, elle raconte au monde attentif la nouveauté
de la veille, et, convaincue, elle attire aux ouvrages
de son adoption l'empressement et l'admiration de la
foule. Et telle était ma conviction que le succès ne
va pas tout seul, que pendant toute la durée de mon
administration de l'Opéra, j'eus le plus grand soin des
porteurs de sentences. Je savais très-bien que l'opinion
publique appartient à d'honnêtes gens qui sont écoutés ; mais ces honnêtes gens méritent nos égards ; il
les faut recevoir avec empressement, et leur témoigner
que leur appui est nécessaire. Ils en deviennent, non
pas plus justes, mais leur justice en est plus bienveillante, leur blâme en devient plus léger, leur louange
y gagne un accent moins timide. A la vingtième représentation de *Robert le Diable*, au plus fort d'un succès
qui n'eut pas de limites, je m'inquiétais encore de la
faveur des journaux. Voilà pourtant ce que l'auteur
de *l'École du monde* ignorait, ou ne voulait pas savoir.
Il combattait tout seul en vrai paladin, et les cham-
pions manquèrent à sa cause. Il sortit de cette longue
bataille maltraité, mais non pas amoindri. Il y gagna tout un commencement de renommée, et M. Scribe
un bon juge, étant consulté par ce vaincu de la veille,
sur une pièce nouvelle intitulée : *les Dandys*, proposa
de prendre sa part dans la pièce aux conditions que
voici, et que lui-même il m'a dites : « La pièce n'aurait que trois actes, elle serait donnée au Gymnase,

et M. Scribe en écrirait le dialogue. « Ainsi faite, reprit le jeune comte Walewski, ma comédie ne serait
plus mienne, elle serait vôtre. Elle aurait un grand
succès, j'en conviens; mais je n'oserais pas, cette fois
moins que jamais, me départir de mon incognito. »

Plus tard, M. Scribe ayant gardé bon souvenir de
ces *Dandys*, les voulut revoir, et soumit à l'auteur
un nouveau projet dans lequel il lui laissait une plus
grande part de collaboration; mais dans l'intervalle
étaient survenues les grandes affaires; le doux loisir
des choses littéraires avait gagné le pays des songes,
l'auteur des *Dandys* remit cependant sa pièce à
M. Scribe. On a retrouvé le manuscrit sur la table de
l'illustre écrivain, qui fut le plus grand amuseur de
son siècle, et ce fut madame Scribe elle-même qui le
renvoya au comte Walewski, après la mort si regrettable de son mari.

Sous le règne de Louis-Philippe, une première mission diplomatique en Egypte, près du pacha, et à
Constantinople, près du sultan, est confiée à M. le
comte Walewski par M. Thiers, président du conseil
et ministre des affaires étrangères au 1er mars 1840.

Sous M. Guizot, qui succéda à M. Thiers, M. le
comte Walewski reçoit une grande mission dans la
Plata : une médiation de la France et de l'Angleterre,
pour mettre fin à la guerre persistante entre les petites
républiques de la Plata, avait été convenue et acceptée. Dans cette médiation, M. le comte Walewski
représentait la France, et lord Howden, le plus beau
gentilhomme du monde élégant, connu dans les salons

français sous le titre de colonel Caradoc, représentait l'Angleterre.

Un jour, j'eus l'honneur de dîner chez le futur lord Howden avec un maître, un génie appelé Rossini. Nous fûmes reçus dans une petite salle à manger en forme de tente, ornée des armes de guerre de tous les pays les plus lointains. Lord Howden avait épousé la princesse Bagration. Elle avait été fort belle, et, comme elle était encore aimable, le colonel Caradoc avait sollicité et obtenu la main de cette grande dame, qui fit tourner toutes les têtes au congrès de Vienne.

Bien mieux favorisé par la jeunesse et la beauté d'une enfant de Florence, élevée au milieu de tant de chefs-d'œuvre, le comte Walewski devint l'heureux époux de la fille de la comtesse Ricci. Cette jeune femme appartenait à la fois, par son père, au vieux Dante, au fameux Machiavel, deux ancêtres incomparables; par sa mère, au dernier roi de Pologne, Stanislas Poniatowski.

La première mission de M. le comte Walewski en Égypte et à Constantinople, ainsi que sa grande mission en Amérique, toutes trois terminées avec honneur, il passe tour à tour, comme plénipotentiaire, à Florence, à Naples, puis à Madrid, mais cette fois avec le titre d'ambassadeur. Comme il traversait Paris pour se rendre à cette ambassade, il fut arrêté, pour ainsi dire, au passage, au mois de juin 1851, par le Président de la République.

L'ambassadeur en Espagne devint alors notre ambassadeur à Londres. Il retrouva premier ministre et le maître des affaires de toute l'Angleterre, lord Palmerston. Et telle était l'influence du comte sur son ancien compagnon de jeunesse, resté son ami dans l'âge mûr, qu'il obtint, sur-le-champ, l'adhésion de l'Angleterre au coup d'État, même avant les délibérations du cabinet anglais et sans qu'il eût été consulté.

Cette adhésion précipitée de lord Palmerston à la politique française amena la chute de ce premier ministre.

Le prince Louis-Napoléon, pendant son long séjour à Londres, s'était concilié, lui aussi, des amitiés considérables et des intimités toutes-puissantes. Même après la chute de lord Palmerston, M. le comte Walewski continua d'exercer une certaine influence sur le cabinet anglais.

En 1852, après le coup d'Etat en France, M. le baron Brunow, ambassadeur de Russie à Londres, cherchant une action directe sur la politique de l'Angleterre, voulait que le second Empire ne fût reconnu à Londres que simultanément avec les trois grandes puissances. Il parlait même d'imposer certaines conditions à l'Empire français. Le gouvernement de l'Angleterre n'attendit pas si longtemps, et, sans conditions, il reconnut le nouvel Empire.

L'année suivante, peut-être sous la pression intelligente de notre ambassadeur, l'Angleterre se décide à s'allier avec la France pour la guerre de Crimée. C'était rompre avec l'union des quatre puissances. L'Angleterre hésita un moment devant cette rupture;

on eût dit qu'elle redoutait d'être un jour abandonnée par nous à ses propres forces.

Déjà en bons rapports depuis longtemps avec le personnel diplomatique de l'Europe, le comte Walewski est appelé au ministère des affaires étrangères en France en 1855.

L'année suivante, pour la première fois, un Congrès se réunit à Paris dans l'hôtel des affaires étrangères et sous la présidence du comte Walewski. Chacune des grandes puissances avait envoyé à ce congrès son ministre des affaires étrangères, assisté chacun d'un second ministre plénipotentiaire. Le congrès de Paris régla les conditions de la paix générale.

Tous les congrès célèbres qui se sont succédé en Europe, indépendamment du traité qu'ils avaient à discuter et à signer, ont pensé qu'il était de leur honneur d'accomplir quelque grand acte : le congrès de Westphalie a proclamé la liberté de conscience ; le congrès de Vienne, en 1815, a proclamé l'abolition de l'esclavage par toutes les puissances réunies ; le congrès de Paris, en 1856, a proclamé le règlement du droit maritime, prétexte de contestations et de conflits sanglants depuis un siècle, principalement entre la France et l'Angleterre.

Le droit maritime fut réglé par le congrès de Paris, dans le sens du droit en tout temps soutenu par la France.

Une circonstance particulière se produisit le 16 mars 1856 : le Prince Impérial venait de naître ; M. le comte Walewski fut appelé. comme président du Congrès, à porter la parole au nom de l'Europe tout entière, pour féliciter l'Empereur de la naissance de son fils. Tâche illustre, en effet, de complimenter l'héritier de Napoléon Ier, au nom de cette même Europe dont la coalition avait brisé le premier Empire, et proscrit à tout jamais la famille Bonaparte en 1814, dans le 1er article du traité arraché par la force des armes, et cette fois aussi signé par les souverains de l'Europe présents à Paris.

Après la guerre d'Italie (1860), un nouveau congrès devait se trouver au même rendez-vous.

Toutes les bases de négociations à intervenir entre les puissances avaient été préparées par M. le comte Walewski, mais il advint des modifications relatives au règlement des affaires d'Italie dans la politique de l'Empereur. Son ministre des affaires étrangères donne sa démission, et le nouveau congrès de Paris n'a pas lieu.

Le 24 novembre 1860, l'ancien ministre des affaires étrangères revient au pouvoir en France comme ministre d'État. Sous son ministère, fut publié le décret célèbre du 24 novembre 1860. Il eut aussi l'honneur de réunir une commission de lettrés et d'hommes d'État, chargés de préparer une loi difficile à faire entre toutes : *La propriété littéraire est une propriété.* Mais que d'obstacles et de difficultés !

Cet ancien ministre plénipotentiaire en Toscane, cet ancien ambassadeur à Londres, cet ancien président du congrès de Paris en 1856, se présente en 1865 comme candidat à une élection qui devait avoir lieu

dans le département des Landes. M: le comte Walewski est élu à l'unanimité. Démissionnaire du Sénat,
il est choisi par l'Empereur pour présider le Corps
législatif en remplacement de M. de Morny, et il siége
au fauteuil de la présidence, pour la première fois, le
22 janvier 1866.

CHAPITRE IV

S'il vous plaît, nous reviendrons à l'époque turbulente où chaque jour tout semblait recommencer et finir.

Le 4 janvier 1850, M. Fould, ministre des finances, proposa d'élever à 3 millions les frais de représentation du Président de la République, **que** la Constituante, dans les derniers jours de son existence, avait fixés au chiffre misérable de 600,000 francs. M. de Mornay fut nommé président de la commission chargée d'examiner le projet ; après deux récusations successives, M. Flandin fut nommé rapporteur.

Le rapport de M. Flandin, aujourd'hui conseiller d'État, posait uniquement la question d'argent, sans entrer dans la question politique. Une minorité respectable avait énergiquement combattu le rapport ; ses observations n'y furent même pas reproduites. C'est pourquoi M. Lefebvre-Duruflé, la modération même, esprit sympathique et conciliant s'il en fut, présenta, au nom de cette minorité, un amendement auquel M. Fould donna son adhésion formelle. Cet amendement rétablissait le seul chiffre désormais acceptable, et réservait même les droits de l'avenir. Après quelques mots de M. le général Changarnier, qui recommandaient en vain l'union à cette partie de la majorité hostile au projet de loi, l'amendement de la minorité fut voté par 354 voix contre 308 ; majorité, 46 sur 662 votants. Ce vote eut lieu le 24 juin 1850.

Tel fut le dernier acte politique de cette immense session législative. L'Assemblée sentait le besoin de se reposer de ses travaux et de se retremper à la source électorale.

Sur la proposition de M. de Sainte-Beuve, et conformément aux conclusions de M. de Montalembert. l'Assemblée résolut de se proroger du 10 août au 11 novembre.

RÉSOLUTION

RELATIVE A LA PROROGATION DE L'ASSEMBLÉE NATIONALE

Art. 1er. — L'Assemblée nationale se proroge, á partir du dimanche 11 août, jusqu'au lundi 11 novembre 1850.

Art. 2. — Une commission de vingt-cinq membres sera nommée, au scrutin secret et à la majorité absolue, pour remplir, concurremment avec le bureau de l'Assemblée, les obligations prescrites par l'article 32 de la Constitution.

Délibéré en séance publique, à Paris, le 17 juillet 1850.

Le Président et les Secrétaires,

DUPIN, ARNAUD (de l'Ariége), LACAZE, PEUPIN, CHAPOT, BÉRARD, DE HEECKEREN.

Parmi les vingt-cinq membres élus, on remarqua un certain nombre de noms publiquement hostiles à la politique personnelle du Président.

Cette commission était composée de : MM. Dupin, président de l'Assemblée ; Daru (le comte), général Bedeau, Benoist-d'Azy, Léon Faucher, vice-présidents; Arnaud (de l'Ariége), Lacaze, Peupin, Chapot, Bérard, de Heeckeren, secrétaires; général Le Flô, Baze, de Panat, questeurs; et de MM. Odilon Barrot, Jules de Lasteyrie, Monet, général Saint-Priest, général Changarnier, d'Olivier, Berryer, Nettement, Molé, géné-

ral de Lauriston, général de Lamoricière, Beugnot,
de Mornay, de Montebello, de Lespinasse, Creton,
général Rulhières, Vesin, Léo de Laborde, Casimir
Périer, de Crouseilhes, Druet-Desvaux, Combarel de
Leyval, Garnon, Chambolle.

Le 12 août 1850, la commission de prorogation,
nommée en vertu de l'article 32 de la Constitution,
se réunit sous la présidence de M. Dupin, président de
l'Assemblée nationale.

La discussion s'ouvrit successivement sur les résolutions présentées par la commission.

Le même jour, la commission adopta les propositions suivantes :

1º Que la commission se réunira, sans convocation,
le jeudi de chaque semaine, à une heure de l'aprèsmidi ;

2º Que la commission se réunira, en outre, sur la
convocation du président, toutes les fois qu'il jugéra
convenable de la convoquer ;

3º Que le président sera tenu de convoquer la commission toutes les fois que la demande en sera faite
par cinq membres ;

4º Que dans les délibérations qui auront lieu, chaque
membre opinera oralement, et que les décisions seront prises à la majorité absolue, et signées par tous
les membres qui y auront pris part ;

5º Que, sauf le cas d'urgence absolue et de force
majeure qui échappent à toute réglemention, la commission ne pourra délibérer que lorsque la moitié plus
un au moins de ses membres seront présents.

Enfin, n'oublions pas que, déjà, ramené par la nécessité même au fauteuil de la présidence, dans cette
nouvelle assemblée, apparaissait, calme et superbe,
cet illustre et grand président, M. Dupin, semblable à
ces habiles et savants magistrats, dont la prudence
égalait au moins le courage, qui disparaissaient un
jour d'émeute et que l'on retrouvait à leur poste aussitôt que la justice et le droit étaient de retour.

La prorogation ne fut pas même une trêve. Évidemment, la bataille allait recommencer plus ardente et
plus vive contre le pouvoir exécutif; les partis qui le
tenaient en échec songeaient déjà à la rencontre décisive du mois de mai 1852. La Montagne préparait son
manifeste; les Socialistes essayaient de s'entendre. Le
parti légitimiste était à Wiesbaden; les partisans du
dernier règne à Claremont. Les deux branches de la
maison de Bourbon, averties, sans doute, par l'expérience, ne cachaient pas leur vif désir d'une entente
cordiale, à laquelle travaillaient ouvertement les plus
actifs et les plus dévoués. Si quelqu'un de ces fidèles
amis de la monarchie eût pu réussir à consolider cette
alliance, qui avait toutes les apparences d'une utopie,
cet homme eût été M. de Salvandy.

M. de Salvandy est une des figures de notre temps,
trop intéressante pour que je n'essaye pas d'en rappeler
le souvenir. Le père de M. de Salvandy, issu, dit-on,
d'une famille irlandaise, vint à Paris pendant la grande
révolution de la fin du siècle dernier. Complétement
ruiné, il tint une table d'hôte à Paris, rue Cassette.
Par la protection de M. de Fontanes, tout-puissant au

commencement du premier Empire, le jeune de Salvandy obtint la faveur d'entrer, comme boursier, au lycée Napoléon. Chargé un jour de la lecture au réfectoire, il trouva plaisant d'y réciter un bulletin apocryphe, contenant tous les détails d'une victoire nationale, inventée, imaginée par lui. Les élèves des lycées, sous le premier Empire, étaient, comme on le sait, soumis à la discipline militaire. Condamné à quelques jours d'arrêt, le jeune de Salvandy, alors en rhétorique, s'échappe du lycée, court à l'Hôtel-de-Ville; on y enrôlait des volontaires, il s'engage dans les gardes d'honneur. On était en 1813. Bientôt le jeune rhétoricien, Salvandy de la Gravière (c'est le nom sous lequel il fut inscrit sur les registres du ministère de la guerre), est incorporé au 1er régiment de ligne, et part pour l'Allemagne.

Promu au grade de sous-lieutenant au 18e d'infanterie, il est atteint, le 29 janvier 1814, d'un coup de feu à la bataille de Brienne.

Au retour des Bourbons, ce brillant sous-lieutenant d'infanterie est admis dans les mousquetaires noirs de la maison du roi. Pendant les Cent Jours, il accompagne Louis XVIII jusqu'à la frontière de Belgique.

De retour à Paris, tout en gardant son grade dans l'armée, il se fit inscrire à l'École de droit; il publia plusieurs brochures politiques; il tenait la plume comme il avait tenu l'épée; une fois à l'œuvre, il ne s'arrêtait jamais. Il aimait le bruit, mais son bruit n'allait pas jusqu'au tapage. Écrivain de prime abord, il était prêt à toute heure et tous les jours, écrivant comme on parle, avec la verve et l'ardeur de la conviction. Il apparut dans le *Journal des Débats*, armé de toutes pièces, et, tout de suite, il fut accepté comme un soldat d'avant-garde. C'était l'heure où M. de Chateaubriand, retiré dans sa maison, j'ai presque dit sous sa *tente*, de la rue d'Enfer, s'abandonnait à cette intraitable mauvaise humeur qui devait, à la chute de son roi, finir par tant de larmes. Pour faire parler ses mécontentements, M. de Chateaubriand écrivait parfois, dans le *Journal des Débats*, des pages toutes remplies de ce talent incomparable qu'il devait conserver jusqu'au dernier jour. De son côté, prenant le ton de M. de Chateaubriand, M. de Salvandy revenait sur la pensée du grand écrivain et ne se gênait guère pour amplifier la colère du lion blessé. M. de Chateaubriand, se voyant ainsi reproduit, faisait la moue, et Dieu sait s'il était furieux sans oser le dire, quand ses flatteurs, accourant à son déjeuner, s'écriaient que Paris, tout entier, venait de le reconnaître à son éloquence, et que jamais il n'avait rien écrit de plus beau, de plus hardi. Il acceptait cette louange en enrageant. « Les malavisés ! ils m'attribuent la prose emphatique de Salvandy ! » Cependant, M. de Salvandy prenait de loin sa part de ces admirations ; mais si quelqu'un semblait le reconnaître à son tour, il n'était guère plus satisfait que le maître. « Comment ! ils n'ont donc pas pris mon article pour du vrai Chateaubriand ! » Ah ! c'était le bon temps du journal. L'article anonyme avait une force irrésistible. Le vrai nom du journaliste était : *Légion*. C'était, chaque matin, une grande affaire au lecteur de

deviner l'énigme du nom propre, et les ministres n'é-
taient pas les moins intrigués.

Le 20 janvier 1819, M. de Salvandy fut nommé
maître des requêtes en service extraordinaire au conseil d'État.

En 1820, pendant le ministère de transition du
duc de Richelieu, M. de Salvandy fit un voyage en
Espagne.

De retour en France, il publia, en 1823, son fameux
roman : *Don Alonzo ou l'Espagne*, histoire contempo-
raine. Ce roman, bien que mitraillé par les railleries de
la critique, contenait cependant une pensée politique :
il mettait en relief le patriotisme des libéraux espa-
gnols, et protestait ainsi contre l'intervention de la
France en Espagne.

Quand la censure ne permit plus à M. de Salvandy
d'écrire dans les journaux, il reprit cette arme plus
discrète et moins bruyante des brochures.

Durant la trêve du ministère Martignac, M. de
Salvandy est nommé conseiller d'État, le 12 novembre 1828.

A l'avénement du prince de Polignac, il donne sa
démission. Dans une audience qu'il obtint de Charles X : « Je ne reculerai pas d'une semelle, » lui dit le
roi : « Plaise à Dieu, répondit-il, que Votre Majesté ne
soit pas obligée de reculer d'une frontière. »

Le duc d'Orléans a l'honneur de recevoir, dans les
salons du Palais-Royal, le roi de Naples, et ce fut alors
que M. de Salvandy adressa à Louis-Philippe ce mot

connu : « Monseigneur, dit-il, c'est une vraie fête na-
politaine : nous dansons sur un volcan ! »

On se rappelle qu'un grand tumulte se produisit
dans le jardin du Palais-Royal au moment où le duc
d'Orléans se montra au public sur la terrasse du palais,
en compagnie de Charles X et du roi de Naples.

C'était l'usage autrefois : on passait de la lutte à
l'action.

L'ancien boursier du lycée Napoléon fut tour à tour
député, pair de France et ministre de l'instruction publique ; il montrait dans son ministère une grande bienveillance pour tous les écrivains, qu'il appelait à lui
et qui le traitaient en vrai confrère. En 1836, le
rhétoricien échappé du lycée Napoléon pour entrer
dans les gardes d'honneur, l'auteur d'*Alonzo*, est appelé à l'Académie française, en remplacement de
Parceval-Grandmaison ; comme directeur de l'Académie, il reçoit Victor Hugo, et répond au récipien-
daire par un discours applaudi. Assidu pendant plusieurs années aux séances solennelles de l'Académie,
je me rappelle surtout l'avoir entendu prononcer, à
propos des prix de vertu, un discours parsemé de sentiments patriotiques et de souvenirs de guerre ; il aimait à se produire à toutes les solennités de l'Académie française ; il tenait si bien sa place, et tant de
place ! Président de la société des gens de lettres, il a
laissé de sa présidence les meilleurs souvenirs. Devenu
le comte de Salvandy, et ce titre sonore allait bien à
ce front superbe, il fut un instant ambassadeur de
France à Madrid ; et qu'il dut être heureux quand il

dit pour la première fois : *Le roi mon maître....* J'i-
magine que, depuis M. le duc de Saint-Simon, la cour
d'Espagne a vu rarement un ambassadeur qui fût plus
au niveau de ses hautes fonctions que M. le comte de
Salvandy. Revenu de son ambassade un peu vite, il
rentra dans la vie militante, et Paris fut heureux de le
revoir. Il était partout, la nuit et le jour ; il savait tous
les petits mystères de la politique ; il prévoyait toutes
les petites révolutions ; il renversait tous les petits
obstacles ; il assistait à l'enfantement de tous les ministères.

Son rêve des deux familles royales reprenant chacune sa place au soleil de Louis XIV, et le roi légitime
appelant à sa suite les fils du roi tombé, redevenus les
premiers sujets de leur cousin vaincu, tel fut le dernier
rêve de M. de Salvandy. Il se promettait, cette œuvre
accomplie, une belle place dans l'histoire. En effet, il
aimait la gloire ; il n'aimait qu'elle. Il n'a jamais songé
à la fortune. Un mal incurable, affreux, qui grandissait
chaque jour, enleva lentement ce vaillant homme, autrefois si fier de son noble et beau visage. Il mourut
debout comme il avait vécu, et quand Mgr l'évêque
d'Évreux vint lui porter la consolation suprême, il fut
reçu par M. de Salvandy, en grand habit, sur le seuil
de sa maison. On eût dit encore notre ambassadeur en
Espagne allant au-devant du nonce de Sa Sainteté.

M. de Salvandy fut le dernier à désespérer de cette
fusion, représentée à Paris par les chefs du parti royaliste : MM. le duc de Lévis, le général de Saint-

Priest, Berryer, le duc Des Cars et le marquis de Pastoret, qui, depuis....

Le marquis de Pastoret, gentilhomme de la Chambre sous le roi Louis XVIII, avait été longtemps un des princes de la jeunesse légitimiste. Il avait réussi à toute chose, et son livre, intitulé : *le Duc de Guise à Naples*, avait rencontré, sans flatterie, d'aussi nombreux lecteurs que l'*Ourika* de madame de Duras. Il était affable et bien élevé. Sur la fin de sa vie, il rompit avec son jeune maître et sollicita, sous le second Empire, les honneurs du Sénat. Il mourut ensuite en toute hâte.

C'était à lui que le roi Louis XVIII avait donné cette leçon : Un jour que le roi était en belle humeur, et qu'il avait encore l'eau à la bouche d'une soupe aux haricots :

— Marquis, lui dit-il, aimez-vous les haricots?

— Sire, je ne fais jamais attention à ce que je mange.

— Vous avez tort, monsieur, il faut faire attention à tout ce qu'on mange et à tout ce qu'on dit.

J'ai connu M. le marquis de Pastoret à la *Société des Bonnes Lettres*. Il y suivait assidûment les leçons de physiologie dont j'étais chargé.

La *Société des Bonnes Lettres*, société littéraire et légitimiste, fondée en 1820, comptant alors peu d'abonnés, occupa d'abord des salons assez étroits dans la rue de Choiseul; bientôt elle se logea dans de vastes appartements qui furent plus tard, après la fermeture

de la *Société des Bonnes Lettres*, occupés par les maga-
sins de nouveautés de la maison Delisle....

A l'époque où j'y fus admis, en ma qualité très-
éphémère de professeur de physiologie, M. de Chateaubriand était le président de cette société. On y faisait, deux fois par semaine, plusieurs cours variés,
diverses lectures, en présence d'auditeurs bienveil-
lants. On y distribuait aussi des billets de faveur.

M. de Lacretelle, le jeune, y improvisait des discours
politiques très-parfumés de royalisme, et lorsque, par
indisposition, un professeur faisait défaut, on avait recours à l'éloquence, toujours applaudie, de l'improvi-
sateur légitimiste.

Le plus aimable encouragement nous venait de la
présence assidue de quelques dames qui ne dédaignaient
pas nos leçons pédantes, non moins que les composi-
tions légères. Elles souriaient à la poésie, elles prê-
taient à la science une oreille indulgente. Elles étaient
la grâce et l'ornement de nos discours. Qu'elles nous
semblaient belles et charmantes dans leurs fraîches
toilettes, qui les distinguaient de l'auditoire féminin
du Collége de France! J'en veux nommer quelques-
unes, parce qu'elles tenaient plus particulièrement au
culte des lettres. Madame Roger, jolie entre les belles. Elle était la femme de M. Roger de l'Académie
française, auteur de *l'Avocat*, une comédie en vers, à
laquelle a souscrit le conseil de l'ordre des avocats de
Paris. Le docteur Henri Roger, l'égal du docteur Bla-
che pour l'étude et le traitement des maladies des enfants (et ce n'est pas peu dire), est un des fils de M. Ro-

ger l'académicien. Madame Auger, la femme de ce malheureux M. Auger, qui s'est noyé volontairement dans les eaux du pont des Arts, qu'il avait franchies si souvent pour se rendre à l'Académie. Madame Michaud, très-belle, de beaucoup d'esprit, et qui semblait deviner ce que vous alliez dire. Madame de Lacretelle, assidue aux improvisations de son mari; elle l'attira à son charme, et, riche et belle, elle avait épousé à vingt ans l'éloquent historien qui en avait déjà quarante. Elle l'entoura jusqu'à la fin des soins les plus tendres; il est mort presque centenaire, en bénissant la main qui lui fermait les yeux.

On entendait, entre autres, à la *Société des Bonnes Lettres*, des cours d'astronomie, de physiologie et de physique à l'usage des gens du monde.

M. le baron Dupuytren, M. Baron, médecin des enfants de France, M. Bougon, chirurgien du roi, et quelques docteurs, mes confrères, me firent l'honneur d'assister souvent à mes leçons.

Je recevais, comme les autres professeurs, cent francs par leçon.

M. Auger, de l'Académie française; M. Duviquet, du *Journal des Débats;* M. Malitourne, de *la Quotidienne*, lisaient devant le public choisi de la *Société des Bonnes Lettres* des variétés littéraires.

Des poëtes plus ou moins célèbres récitaient des vers inédits : M. Mennechet, secrétaire de la Chambre du roi Charles X, disait en habile comédien des contes en vers de sa composition ; M. Soumet faisait entendre des fragments de son poëme de *Jeanne d'Arc ;* M. Guiraud

déclamait, avec son accent méridional, sa touchante
élégie sur les petits Savoyards.

La *Société des Bonnes Lettres* ne recevait aucun sub-
side du gouvernement; elle vivait du produit de ses
abonnements.

M. Michaud, de l'Académie française, vint me trouver à la tribune de la *Société des Bonnes Lettres* (cette
société avait une tribune) pour m'offrir une collaboration politique et littéraire à *la Quotidienne,* qu'il dirigeait.

La Quotidienne était un journal de peu de lecteurs,
mais de lecteurs choisis, fidèles aux anciennes croyances, aux anciens respects, le fils succédant à son père
dans la lecture et l'abonnement de *leur journal.*
M. Michaud prêtait à *la Quotidienne* l'autorité de son
nom et de son expérience. Royaliste, il avait écrit durant les plus mauvais jours *le Printemps d'un Proscrit,*
un poëme agréable, comparable aux meilleurs de son
maître, l'abbé Delille; historien, il avait écrit l'*Histoire des Croisades.* Son journal était le vrai reflet de
sa courtoisie; il parlait la langue des gens bien élevés.
M. Michaud dépensait, dans les bureaux de *la Quotidienne,* beaucoup d'esprit et d'idées, au service de ses
rédacteurs. Les écrivains étaient dignes de leur directeur. M. Laurentie apportait chaque jour sa prose
abondante et claire; M. Audibert courait après le bel
esprit, et quelquefois l'attrapait; Malitourne, ingénieux, très-sceptique et royaliste à ses heures, amusait souvent et parfois épouvantait le lecteur de ses
vives saillies; M. Mély-Janin racontait, dans le feuille-

ton, les batailles que lui-même il avait livrées sur le Théâtre-Français au nom de Louis XI et autres héros de tragédie. Il ne faut pas oublier M. Soulié, grand ami de M. de Peyronnet.

C'est en 1829 que M. Soulié fut nommé bibliothécaire à la bibliothèque de l'Arsenal; il le fut par M. le vicomte de Martignac, alors ministre de l'intérieur, et non par M. le comte de Peyronnet.

Cette nomination, accordée à un homme attaché à la rédaction de *la Quotidienne* (journal fort opposé au ministère), et qui en était même le rédacteur en chef, fut généralement approuvée; on la considéra comme un acte de bienveillante courtoisie du ministre envers M. Soulié, qu'il avait connu à Bordeaux, et dont les opinions étaient plus littéraires que politiques. — M. Soulié, dont le fils est aujourd'hui conservateur du musée de Versailles, était une nature tout à fait inoffensive; son fils, d'une politesse extrême, est un bibliophile des plus distingués, dont les travaux ont souvent été cités avec éloge par M. Sainte-Beuve.

On appelait M. Soulié le *saule pleureur ;* il en avait la taille et la chevelure éplorée; la plainte et les larmes étaient dans ses vers. Pauvre homme! Il est mort à l'hospice des frères hospitaliers de Saint-Jean-de-Dieu, rue Plumet, dans la chambre même où mourut le pauvre Urhan, musicien très-distingué de l'orchestre de l'Opéra. Le chaste M. Urhan n'a jamais ni vu ni regardé danser une danseuse. Un autre Bordelais, M. Laroze, occupait, la plupart du temps, le fauteuil de rédacteur en chef. Il était, ainsi que M. Nodier, grand ami de ce Chodruc-Duclos, qui leur empruntait souvent, au passage, dans les galeries du Palais-Royal, de quoi dîner.

La Quotidienne, amie du roi, faisait très-souvent la guerre à ses ministres. Elle en fit une très-vive à M. de Villèle.

J'ai vu naître et grandir *le Messager des Chambres,* sous la direction de MM. Malitourne et Capefigue; puis *la Revue de Paris,* que j'avais fondée, s'est emparée, à son tour, de toutes mes heures. Puis enfin, rompant avec les journaux, me passionnant pour les beaux-arts, je quittai l'Hôtel-Dieu et la Charité pour m'installer directeur omnipotent du théâtre de l'Opéra. J'osais beaucoup.

Plus d'une fois j'eus pourtant des remords de ce beau temps perdu dans l'étude passionnée de la médecine, mais je me rassurais moi-même en me rappelant les prédictions de cette sœur de charité, belle comme un ange, dont j'ai dit l'histoire si touchante dans mes premiers Mémoires. Elle me disait : *Vous êtes né sous une heureuse étoile...* et je m'abandonnai à ce bonheur à venir. Revenons cependant, après ce long détour (ils sont si doux, les chemins de l'école buissonnière), au moment décisif où la France devait apprendre qu'un seul roi, Henri V, prétendait au trône de Louis XIV et de saint Louis.

Voici donc la circulaire de M. de Barthélemy, adressée au comité légitimiste de Paris et aux comités des départements :

« Wiesbaden, le 30 août 1850.

« Nos journaux de Paris et des départements vous ont déjà fait connaître, dans tous ses détails, ce voyage qui semble destiné à exercer une si grande et si heureuse influence.

« Vous savez maintenant avec quel religieux empressement les hommes partis de tous les points de la France, et représentant les diverses positions sociales, se sont rendus auprès du petit-fils d'Henri IV.

« En présence des graves circonstances où nous nous trouvons, et sous la menace des complications nouvelles *qui paraissent devoir se produire*, M. le comte de Chambord a pu étudier ainsi la situation de plus près.

« Tous ceux de nos amis de l'Assemblée législative qui ont pu quitter la France se sont fait un devoir d'arriver des premiers à Wiesbaden, et M. le comte de Chambord, ainsi que nous l'ont appris les journaux, les a reçus chacun en particulier, afin de se faire une idée exacte du mouvement des esprits et des divers intérêts des populations dans chaque département.

« Dans ces différents entretiens, et chaque fois qu'il les a réunis auprès de lui, M. le comte de Chambord s'est montré constamment préoccupé de la ligne de conduite qu'en ce moment plus que jamais il importe de suivre avec ensemble, pour activer le progrès de nos opinions et maintenir en même temps les principes au-dessus de toute atteinte.

« M. le comte de Chambord a déclaré qu'il se réservait la direction de la politique générale.

« Dans la prévision d'éventualités soudaines, et pour assurer cette unité complète de vues et d'action qui seule peut faire notre force, il a désigné les hommes qu'il déléguait en France pour l'application de sa politique.

« Cette question de conduite devait nécessairement amener l'appréciation définitive de la question de *l'appel au peuple.*

« Je suis officiellement chargé de vous faire connaître quelle a été, à ce sujet, la déclaration de M. le comte de Chambord.

« Il a formellement et absolument condamné le système de l'appel au peuple, comme impliquant la négation du principe national de l'hérédité monarchique.

« Il repousse d'avance toute proposition qui, reproduisant cette pensée, viendrait modifier les conditions de stabilité qui sont le caractère essentiel de notre principe, et doivent le faire regarder comme l'unique moyen d'arracher enfin la France aux convulsions révolutionnaires.

« Le langage de M. le comte de Chambord a été formel, précis; il ne laisse aucune place au doute, et toute interprétation qui en altérerait la portée serait essentiellement inexacte.

« Tous ceux qui sont venus à Wiesbaden ont connaissance de cette décision; tous ont entendu M. le comte de Chambord se prononcer avec la même fermeté, tandis que l'émotion profonde et l'expression de vrai bonheur qu'il pouvait remarquer sur tous les fronts semblaient lui promettre que cette déclaration, venue de l'exil, serait désormais une règle absolue pour tous les légitimistes de France. Mettre fin à toutes ces dissidences qui l'ont si vivement affecté et qui n'aboutissent qu'à notre amoindrissement; abandonner sincèrement, absolument, tout système qui pourrait porter la moindre atteinte aux droits dont il est le dépositaire; revenir à ces honorables traditions de discipline qui seules peuvent relever, après tant de révolutions, le sentiment de l'autorité; rester inébranlables sur les principes, modérés et conciliants pour les personnes : tel est le résumé de toutes les recommandations que M. le comte de Chambord nous a adressées, et qui, nous en avons la confiance, seront fécondes en heureux résultats.

« Ce qui en ressort incontestablement, c'est que la direction de la politique générale étant réservée par M. le comte de Chambord, aucune *individualité*, soit dans la presse, soit ailleurs, ne saurait désormais être mise en avant comme représentation de cette politique. En dehors de M. le comte de Chambord, il ne peut y avoir, aux yeux des légitimistes, que les mandataires qu'il a désignés et qui sont, vous le savez sans doute déjà :

« MM. le duc de Lévis, le général de Saint-Priest, représentant de l'Hérault; Berryer, représentant des Bouches-du-Rhône; le marquis de Pastoret, le duc Des Cars.

« De retour en France, j'aurai, comme par le passé,

l'honneur de vous transmettre leurs instructions, et j'ai la confiance que vous voudrez bien me continuer votre précieux concours et me tenir au courant de la situation de votre département.

« N'ayant pas apporté en Allemagne votre adresse, j'ai cru devoir attendre mon retour en France pour vous adresser cette circulaire.

« DE BARTHÉLEMY. »

On le voit, ce précieux document condamnait absolument *l'appel au peuple*. Cette pièce, qui causa une certaine émotion dans quelques organes du parti légitimiste, n'avait été livrée que par hasard à la publicité.

Mais le véritable événement en toute cette aventure, ce fut le voyage de M. Thiers à Claremont. — « Va-t-il implorer le pardon du vieux roi, disait-on, ou lui demander une suprême confidence? »

Ce voyage de M. Thiers fut bien vite oublié en présence du malheur qui éprouva, qui frappa la famille exilée : le 26 août 1850, le roi Louis-Philippe mourut à l'âge de soixante-dix-sept ans. Il mourut avec simplicité, avec douceur. Après avoir reçu les derniers sacrements, il disait, de sa voix la plus tendre, à la reine Amélie en lui prenant la main : « Es-tu contente de moi ? »

Peut-être, en ce moment, le lecteur se rappelle-t-il que le Président de la République, me recevant à l'Élysée, me disait, à mon retour d'Ems, après ma réception par M. le comte de Chambord : « Vous êtes

donc devenu légitimiste ? » Eh bien ! il aurait pu me dire
aussi : « Monsieur Véron, vous êtes donc orléaniste ? »
s'il eût pu lire la lettre que M. le Dr Gueneau de
Mussy m'adressa au nom de la reine Amélie. Comment n'être pas touché des malheurs et des vertus de
la reine Marie-Amélie ? Elle était, chez nous, le modèle des épouses et l'exemple de toutes les mères.
Sa simplicité, ses rares vertus, sa noble patience, sa
sainte résignation, et les bontés infinies de ce noble
cœur, se faisaient jour à travers toutes les injustices
et toutes les cruautés de la politique, et voilà comme
elle se vit à l'abri de *la calomnie*. Une injure, un reproche adressé à la reine Amélie eût paru le comble
de l'injustice et de l'infamie ! J'avais eu l'honneur de
bien parler du roi Louis-Philippe, et cette aimable et
douce Majesté, cette reine exilée, avait ressenti, avec
un profond attendrissement, cet hommage posthume
à ce mari dont elle portait le deuil éternel. Voici la
lettre que je reçus du digne fils de M. Gueneau de
Mussy, médecin de la reine Amélie, lettre dont je
m'honore, et que j'ai placée parmi mes meilleurs souvenirs :

« Apsley-house, Torqway, 16 septembre.

« Monsieur,

« Mon auguste cliente, sachant que je ne vous suis
pas tout à fait inconnu, me prie de vous faire savoir
qu'elle a lu avec une bien douce émotion les pages
que vous avez consacrées au souvenir du roi et de sa

famille ; la reine vous en garde une profonde reconnaissance.

« Elle a été frappée de la scrupuleuse exactitude des faits que vous publiez, et profondément touchée de la bienveillance avec laquelle vous les racontez.

« En me chargeant de cette commission, je regrette de rendre si faiblement les sentiments exprimés avec tant de chaleur par l'attentive lectrice de vos Mémoires.

« Toutefois, je m'en acquitte avec bonheur, persuadé que vous serez sensible aux impressions que vous avez produites, et qui ne seront jamais effacées.

« A la suite d'un témoignage venu de si haut, les expressions de ma sympathie personnelle sont peut-être déplacées. Pourtant, monsieur, je ne peux me résigner à fermer cette lettre sans vous dire que je n'ai rien lu de si vrai sur l'excellent roi. Je ne l'ai connu que dans l'exil. Je l'ai vu pendant deux ans en déshabillé complet de corps et d'esprit, et malgré les déceptions et les injustices qui lui arrivaient chaque jour de ce pays qu'il aimait si tendrement, je n'ai jamais entendu sortir de sa bouche une parole aigre contre qui que ce soit. Un jour, quelqu'un exhalait sa mauvaise humeur contre un illustre personnage qui avait fait à la monarchie de juillet une opposition systématique. « Taisez-vous, dit le roi, celui dont vous parlez nous était hostile ; mais, pour cela, ce n'était pas un vilain homme. »

« La bienveillance ne s'est éteinte chez lui qu'avec la vie. Quand un devoir cruel m'eut obligé à lui faire

connaître que sa fin approchait, son premier cri a été :
« Ai-je du moins le temps d'ajouter un codicille à mon
testament en faveur de *** ? » Nommant ainsi des amis
fidèles qui l'avaient suivi des Tuileries à Claremont.

« Excusez-moi, monsieur, de me laisser aller dans
ces souvenirs évoqués par la lecture de votre livre.
Permettez-moi aussi d'ajouter l'expression d'une gra-
titude toute de confrère. Les larmes que vous avez
fait pleurer à la reine lui ont donné plus de bien-être
que toutes les ressources médicales dont je saurais
disposer. C'est dans son cœur qu'elle puise l'énergie
qui soutient ce corps d'une apparence si frêle, et vous
avez envoyé à ce cœur le plus efficace des stimulants.

« Je me félicite de toutes les manières, monsieur,
d'une circonstance qui me permet de me rappeler à
votre souvenir et de vous adresser l'expression des
sentiments les plus distingués.

           « *Signé :* GUENEAU DE MUSSY. »

Ces Gueneau viennent en droite ligne du célèbre
médecin du cardinal de Mazarin, le même qui, traver-
sant les halles de Paris : — « *Faites place à celui qui
nous a délivrés du Mazarin !* » s'écria l'une de ces
dames.

> Gueneau, sur son cheval, en passant m'éclabousse,

et ce souvenir de Despréaux est déjà une gloire. Aussi,
le savant M. de Buffon eut pour collaborateur l'un de
ces Gueneau, Gueneau de Montbéliard. Le *Rossignol*,

dans l'*Histoire naturelle*, appartient à M. Gueneau de Montbéliard. Le docteur Gueneau de Mussy d'aujourd'hui, médecin de la reine Amélie, arrivant au château de Claremont, trouva toute la famille royale en proie à une fièvre que pas un médecin anglais n'avait pu définir. — « Vous êtes tous empoisonnés ! » s'écria le jeune docteur, à la façon de Lucrèce Borgia. C'était vrai ; des tuyaux en plomb avaient empoisonné les fontaines.

La mort du roi des Français eut un retentissement considérable. A Paris, Lyon, Bordeaux, Amiens, Versailles, Neuilly, Dreux, Fontainebleau, Arc-en-Barrois, des messes funèbres furent dites pour le roi défunt. M. le duc de Bordeaux, à Wiesbaden, fit célébrer un service auquel il convia tous les Français venus sur les bords du Rhin pour visiter le descendant de la branche aînée des Bourbons. Pieux hommage rendu par l'héritier du trône légitime au prince tombé du haut du trône constitutionnel par les fautes et les défaillances des parlementaires.

En présence de ces agitations des divers partis qui ne déguisaient plus, non-seulement leurs vœux, mais leurs plans arrêtés, le prince Louis-Napoléon résolut de parcourir les villes et les campagnes, pour bien démontrer qu'il était l'élu de l'ordre et qu'il était au-dessus de toutes les menaces. Sa force était non pas dans l'Assemblée; elle était dans le peuple. Il comptait sur l'assentiment des villes, plus encore sur l'adoption des campagnes. Il accepta donc l'invitation de cette voisine du château de Ham, la ville de Saint-

Quentin; il reconnut la Picardie à son sourire; il se retrouva dans les enchantements de cette partie des *Mille et une Nuits* que M. Galland, enfant de ces campagnes, empruntait aux fées de l'Orient. Mais il s'adressa surtout aux ouvriers du chemin de fer dont il inaugurait les travaux.

« Voyez-vous, leur disait-il, mes amis les plus sincères et les plus dévoués ne sont pas dans les palais, ils sont sous le chaume, ils ne sont pas sous les lambris dorés, ils sont dans les ateliers, sur les places publiques, dans les campagnes.

« Je sais, comme disait l'Empereur, que ma fibre répond à la vôtre, et que nous avons les mêmes intérêts, ainsi que les mêmes instincts. »

On interpréta ces paroles aux ouvriers de Saint-Quentin, comme une réponse à l'attitude hostile d'une partie de la majorité dans l'affaire des frais de représentation, comme une protestation contre les circulaires de Wiesbaden. Le Président de la République était vraiment dans son origine; il sentait déjà sa toute-puissance; il se dégageait des liens de cette assemblée où ce titre : *Élu du peuple*, était une cause de disputes et de malaise autant que d'espérance et de glorification pour le Président de la République. La population des campagnes l'accueillit avec enthousiasme; elle voyait dans le nom et dans le caractère énergique du prince la répression de l'anarchie.

Au contraire, dans les cités pleines d'agitation, il fallut gagner, peu à peu, sur ce terrain brûlant. A Tonnerre, à Montbard, à Châlons-sur-Saône, dans la vieille Bourgogne, des cris menaçants de « *Vive la République !* » se firent entendre autour du Président, même dans les rangs des gardes nationales. L'immense majorité des habitants se montra respectueuse, sinon enthousiaste, et des cris nombreux de « *Vive Napoléon !* » répondirent aux cris de : « *Vive la République !* »

A Lyon, la ville entre toutes malheureuse, qui était encore enserrée en ces tristes remparts que l'Empereur a renversés naguère, l'épreuve était encore plus douteuse. Les sociétés secrètes avaient donné un rendez-vous général à l'anarchie, dans la ville et même dans le département. Efforts impuissants ! l'émeute annoncée se réduisit à des cris hostiles qui éclatèrent à la Croix-Rousse; le reste de la population s'inclina, respectueuse, devant le chef du pouvoir exécutif.

Le lendemain, la ville entière protestait contre la réception du premier jour. Le prince, en peu de mots, expliqua sa politique :

« Je ne suis pas, dit-il, le représentant d'un parti, mais le représentant des deux grandes manifestations nationales qui, en 1804, comme en 1848, ont voulu sauver par l'ordre les grands principes de la révolution française. Fier de mon origine et de mon drapeau, je leur resterai fidèle; je serai tout entier au pays, quelque chose qu'il exige de moi, *abnégation ou persévérance.* »

Mais ce fut à Besançon que l'illustre voyageur eut besoin de ce courage calme et froid qui le distingue. Il

savait toutes les mauvaises volontés des meneurs du
peuple, et cependant il entra, tout d'abord, dans le
bal populaire qui se tenait dans le vaste emplacement
des halles. Il savait qu'un complot était ourdi contre
lui. Les meneurs avaient ramassé, même au loin, tous
les hommes de désordre, et notamment des étrangers,
des Suisses, que les travaux d'horlogerie appellent
souvent à Besançon. Le Président, averti, ne voulut
pas fuir devant une poignée de démagogues, même
déterminés à toutes les violences.

Il entre ! Au même instant, des cris séditieux, des
injures, des vociférations de menace et de haine, re-
tentissent autour de lui ; des énergumènes s'avancent,
écartent la foule des fonctionnaires et se précipitent
vers le Président qu'ils serrent de près. Il ne fut
dégagé qu'après une lutte opiniâtre. Il sortit calme
comme il était entré. Mais déjà le bruit de l'attentat
remplissait la ville indignée, et quand il se présenta
dans le second bal, où l'élite de la cité s'était réunie,
il fut reçu, comme un hôte attendu, par les acclamations les plus chaleureuses.

A Strasbourg, le maire avait refusé toute espèce
d'allocation pour la réception du Président de la
République.

En revanche, dans un bal par souscriptions, le Président fut reçu avec respect, et dans un banquet qui
lui fut offert par les principaux négociants et indus-
triels de la ville, jaloux de réparer l'inconvenance du
conseil municipal, il prononça le discours suivant :

« Messieurs, recevez mes remercîments pour la franche cordialité avec laquelle vous m'accueillez parmi vous; la meilleure manière de me fêter, c'est de me promettre, comme vous venez de le faire, votre appui dans la lutte engagée entre les révolutions et les réformes utiles.

« Avant mon départ, on voulait me détourner d'un voyage en Alsace. On me répétait : Vous y serez mal venu ; cette contrée, pervertie par des émissaires étrangers, ne connaît plus ces nobles mots d'honneur et de patrie que votre nom rappelle, et qui ont fait vibrer le cœur de ses habitants pendant quarante années. Esclaves, sans s'en douter, d'hommes qui abusent de leur crédulité, les Alsaciens se refusent à voir dans l'élu de la nation le représentant légitime de tous les droits et de tous les intérêts.

« Et moi je me suis dit : Je dois aller partout où il y a des illusions dangereuses à dissiper et de bons citoyens à raffermir. On calomnie la vieille Alsace. Dans cette terre des souvenirs glorieux et des sentiments patriotiques, je trouverai, j'en suis assuré, des cœurs qui comprendront ma mission et mon dévouement au pays. Je ne me suis pas trompé. Quelques mois, en effet, ne font pas d'un peuple profondément imbu des vertus solides du soldat et du laboureur, un peuple d'ennemis de la religion, de l'ordre et de la propriété.

« D'ailleurs, messieurs, pourquoi aurais-je été mal reçu ? En quoi aurais-je démérité de votre confiance? Placé par le vote presque unanime de la France à la

tête d'un pouvoir légalement restreint, mais immense
par l'influence morale de son origine, ai-je été séduit
par les pensées, par les conseils, d'attaquer une Constitution faite pourtant, personne ne l'ignore, en grande
partie contre moi? Non! j'ai respecté, je respecterai
là souveraineté du peuple, même dans ce que son
expression peut avoir ou de faux ou d'hostile.

« Si j'en ai agi ainsi, c'est que le titre que j'ambi-
tionne le plus est celui d'honnête homme. Je ne connais rien au-dessus des devoirs. Je suis donc heureux,
Strasbourgeois, de penser qu'il y a communauté de
sentiments entre vous et moi. Comme moi, vous voulez notre patrie grande, forte, respectée; comme vous,
je veux l'Alsace reprenant son ancien rang, redeve-
nant ce qu'elle a été pendant tant d'années, l'une des
provinces les plus renommées, choisissant les citoyens
les plus dignes pour la représenter, et ayant pour
s'illustrer les guerriers les plus vaillants.

« A l'Alsace! à la ville de Strasbourg! »

Accueilli avec plus de sympathie à mesure qu'il se
rapprochait de Paris, le Président se remit en route,
afin de visiter les départements de l'Ouest et toute la
Normandie. En ces beaux lieux, amis de l'ordre et de
la paix, le voyage fut plus facile. A Cherbourg, en
présence du spectacle auguste de cet Océan, tout glorieux de porter les plus beaux vaisseaux de la France,
il prononça ce beau discours :

« Messieurs,

« Plus je parcours la France et plus je m'aperçois qu'on attend beaucoup du gouvernement. Je ne trouve pas un département, une ville, un hameau sans que les maires, les conseils généraux et même les représentants me demandent, ici, des voies de communication, telles que canaux, chemins de fer, là, l'achèvement de travaux entrepris, surtout enfin, des mesures qui puissent remédier aux souffrances de l'agriculture, donner de la vie à l'industrie et au commerce.

« Rien de plus naturel que la manifestation de ces vœux. Ils ne frappent pas, croyez-le bien, une oreille inattentive. Mais, à mon tour, je dois vous dire : Ces résultats tant désirés ne s'obtiendront que si vous me donnez le moyen de les accomplir, et ce moyen, il est tout entier dans votre concours à fortifier le pouvoir et à écarter les dangers de l'avenir.

« Pourquoi l'Empereur, malgré la guerre, a-t-il couvert la France de ces travaux impérissables qu'on retrouve à chaque pas, et nulle part plus remarquables qu'ici ? C'est, qu'indépendamment de son génie, il vint à une époque où la nation, fatiguée des révolutions, lui donna le pouvoir nécessaire pour abattre l'anarchie, combattre les factions et faire triompher à l'extérieur par la gloire, à l'intérieur par une impulsion vigoureuse, les intérêts généraux du pays.

« S'il y a donc une ville en France qui doive être napoléonienne et conservatrice, c'est Cherbourg; napoléonienne par reconnaissance, conservatrice par la saine appréciation de ses véritables intérêts. Qu'est-ce, en effet, qu'un port créé, comme le vôtre, par de si gigantesques efforts, sinon l'éclatant témoignage de cette unité française poursuivie à travers tant de siècles et de révolutions, unité qui fait de nous une grande nation ? Mais une grande nation, ne l'oublions pas, ne se maintient à la hauteur de ses destinées que lorsque les institutions elles-mêmes sont d'accord avec les exigences de la situation politique et de ses intérêts matériels. Les habitants de la Normandie savent apprécier de semblables intérêts et m'en ont donné la preuve, et c'est avec orgueil que je porte aujourd'hui un toast à la ville de Cherbourg.

« Je porte ce toast en présence de cette flotte qui a porté si noblement en Orient le pavillon français, et qui est prête à le porter avec gloire partout où l'honneur national l'exigerait ; en présence de ces étrangers, aujourd'hui nos hôtes. Ils peuvent se convaincre que, si nous voulons la paix, ce n'est pas par faiblesse, mais par cette communauté d'intérêt et par ces sentiments d'estime mutuelle qui lient entre elles les deux nations les plus civilisées. »

CHAPITRE V

A son retour à Paris, le Prince veut connaître l'esprit de l'armée; revue
dans la plaine de Satory; *vive l'Empereur!* — Les généraux Changarnier et Neumayer. — Le général Schramm remplace, au ministère de
la guerre, M. d'Hautpoul; le général Neumayer est nommé à un commandement supérieur hors Paris. — Ordre du jour du général Changarnier. — Dénonciation de faux complot. — Traitement de M. Yon
suspendu. — Le ministre de l'intérieur demande la révocation de l'officier de police; les bureaux de la Chambre prennent fait et cause pour
l'agent. — M. Mauguin à la prison pour dettes; grande rumeur à l'Assemblée; l'Assemblée adopte l'élargissement de M. Mauguin. — Le
prince Jérôme-Napoléon Bonaparte fait une demande d'interpellations
à propos d'un ordre du jour pour l'armée; autorisation de la Chambre;
ordre du jour pur et simple. — MM. Schramm et Baroche donnent
leur démission. — Le *Sphinx de la monarchie.* — Retraite du général
Changarnier. — Les fonds publics restent fermes. — Reconstitution du
ministère. — M. de Persigny et M. Regnaud de Saint-Jean d'Angély.
— M. le général Baraguey-d'Hilliers est appelé au commandement de
l'armée de Paris; M. le général Perrot est nommé au commandement
de la garde nationale. — M. de Rémusat provoque des explications sur
la retraite du cabinet; M. Baroche, M. Dufaure. — La commission des
mesures à prendre. — M. Pascal Duprat attaque M. Thiers et M. Berryer; déclarations loyales de ce dernier; sa prophétie démentie. —
Séance décisive du 17 janvier; réponse de M. Baroche à M. Berryer; le
général Changarnier monte à la tribune. — M. de Rémusat, son caractère, sa vie politique. — Discours de M. Thiers, contre la dotation, à
l'Assemblée législative, le 17 janvier 1851; L'EMPIRE EST FAIT. —
Louis-Napoléon n'est pas un étranger à Paris; sa connaissance des
choses et des hommes de son temps; Béranger, Balzac. — Lettre de la
reine Hortense à M. de Chateaubriand. — Réponse de M. de Chateau-
briand.à la lettre de la reine Hortense. — Lettre du prince Louis-Napoléon à M. de Chateaubriand.—Réponse de M. de Chateaubriand au prince
Louis. — Scission entre les deux grands pouvoirs publics. — Le président ne forme qu'un ministère de transition; son message à l'Assem-

blée législative pour caractériser la pensée qui a présidé à la formation de ce nouveau cabinet. — Composition du nouveau ministère. — M. de Germiny. — Discours prononcé à l'Assemblée nationale législative le 24 janvier 1851 par M. de Montalembert. — M. de Montalembert, son portrait, sa vie politique. — Rejet de la dotation. — Un article dans *le Constitutionnel*. — Ma visite à l'Élysée; le Président me fait présent de son portrait lithographié.

Maintenant qu'il s'était rendu un compte exact des espérances et des volontés des diverses provinces, le premier soin du Président de la République, à son retour dans Paris, fut de bien reconnaître l'esprit de l'armée. Il passa de nombreuses revues de cavalerie, dans les plaines de Satory, avec un grand retentissement. M. le général d'Hautpoul, ministre de la guerre, ne s'opposa pas aux manifestations, ni même aux cris de : « *Vive l'Empereur !* » Était-ce un souvenir ou une espérance?

Les généraux Changarnier, commandant en chef de l'armée de Paris, et Neumayer, commandant la première division militaire, désapprouvèrent hautement ces cris de : « *Vive l'Empereur !* » que le général d'Hautpoul avait tout au moins tolérés.

Un conflit existait déjà entre le Président lui-même et le général Changarnier. Le général Schramm remplaça, au ministère de la guerre, M. d'Hautpoul, nommé gouverneur de l'Algérie. Le général Neumayer fut nommé à un commandement supérieur hors Paris. Ce changement de résidence était un avancement; il fut considéré comme une disgràce.

C'est alors que, le 2 novembre, parut l'ordre du jour suivant :

« Aux termes de la loi, l'armée ne délibère point; aux termes des règlements militaires, elle doit s'abstenir de toute démonstration et ne proférer aucun cri sous les armes.

« Le général en chef rappelle ces dispositions aux troupes placées sous son commandement.

« Signé : le général CHANGARNIER. »

Tout n'est pas dit encore : au premier jour du mois de novembre, un des membres de la commission de permanence déclare, à la grande surprise de cette commission, que, dans la soirée du 29 octobre, vingt-six individus, les membres les plus exaltés de la Société du 10 décembre, avaient tenu, dans un local décrit avec le soin minutieux d'un romancier de premier ordre, une séance secrète. Ils avaient tiré au sort, disait-on, les noms de ceux qui assassineraient le Président de l'Assemblée nationale et le commandant en chef de l'armée de Paris, le général Changarnier. Ces abominables révélations, confirmées surtout par M. Yon, préposé à la police intérieure de l'Assemblée, décidèrent la commission à charger trois de ses membres de se rendre auprès du ministre de l'intérieur pour lui reprocher de n'avoir pas prévenu le Président de l'Assemblée et le commandant en chef de l'armée de Paris du complot que l'on tramait contre leur vie.

M. Baroche, habile et prudent, n'accorda pas la moindre créance à ces dénonciations; de son côté, M. le préfet de police, avec raison, reprochait à

M. Yon, son subordonné, d'avoir gardé pendant plusieurs jours le silence sur ce complot, que le complot
fût sérieux ou qu'il fût imaginaire, et d'en avoir saisi la
commission de permanence, sans prévenir le préfet de
police et le procureur de la République. Le traitement
de M. Yon fut suspendu.

Au bout de vingt-quatre heures, il fut démontré que
la commission de l'Assemblée avait imaginé cette conspiration ridicule sur le rapport d'un agent très-infé-
rieur et presque idiot.

Tels étaient les faits plus ou moins sérieux dont
se préoccupait l'opinion publique, lorsque, le 12 novembre, à la reprise des travaux de l'Assemblée,
M. Baroche, ministre de l'intérieur, donna lecture du
message présidentiel.

Cependant, l'Assemblée et l'opinion publique semblaient rassurées ; déjà même on espérait que la concorde était rétablie pour longtemps ; mais le ministre
de l'intérieur demanda, ce qu'il était en droit de demander, la révocation de l'officier de police dont la
crédulité avait inquiété le pays. Les bureaux de la
Chambre, convoqués pour délibérer sur cette demande,
prirent fait et cause pour l'agent.

Un nouveau conflit, très-inattendu, se produisit dans
l'intervalle : une contrainte par corps avait été exécutée contre un membre de l'Assemblée, M. Mauguin,
plus célèbre encore par son talent de parole que par
ses dettes. Ce représentant du peuple se fit conduire
devant le président du tribunal civil, M. de Belleyme,
en audience de référé, réclamant son inviolabilité. Mais

le tribunal retint la cause et voulut que M. Mauguin fût écroué dans la prison pour dettes.

Grande rumeur à l'Assemblée! M. le marquis de la Rochejaquelein réclame un vote qui ordonne l'élargissement du représentant du peuple. En vain M. Rouher s'oppose à l'adoption d'un ordre du jour consacrant cette violente confusion des pouvoirs ; l'Assemblée adopte, par assis et levé, l'élargissement, et un des questeurs, M. Baze, accompagné d'un des huissiers de l'Assemblée se présente à la prison de Clichy, réclamant, sur un ordre du Président de l'Assemblée, l'élargissement de M. Mauguin. Le directeur de la prison pouvait se refuser à exécuter un ordre qui n'émanait pas de l'autorité judiciaire; mais il céda, et tout fut dit.

Voilà pourtant en quelles luttes misérables se passaient les premiers jours de la session nouvelle ; tout annonçait que les mauvaises dispositions de l'Assemblée n'étaient pas près de finir.

Bientôt, en effet, la majorité donnait au ministère une nouvelle preuve de son mauvais vouloir. La démission des ministres en devenait l'impérieuse conséquence. Voici les faits :

La Patrie avait publié un ordre du jour contenant des instructions à l'armée de Paris, sur la conduite qu'elle aurait à tenir en cas d'émeute. Le prince Jérôme-Napoléon Bonaparte présenta, le 3 janvier, une demande d'interpellations au sujet de ces instructions.

M. le ministre de la guerre et M. Baroche réclamèrent l'ajournement de ces interpellations à trois jours.

« Il fallait, disaient-ils, vérifier l'origine et l'authenti-
cité de ces instructions. » Mais la Chambre, n'écoutant
que sa passion, autorisa les interpellations séance te-
nante. Ces instructions à l'armée n'étaient autre chose
qu'un ordre du jour publié dans les journaux à la fin
d'octobre 1848.

On ne trouvait dans ces instructions aucune des recommandations suivantes, qui avaient fait tant de
bruit : 1° n'obtempérer à aucune réquisition qu'après
en avoir reçu l'ordre du lieutenant-général ; 2° être sans
pitié pour les gardes nationaux pris dans l'émeute ;
3° ne pas écouter les représentants ; 4° fusiller à l'instant les traîtres ; 5° tomber sur tous ceux qui feraient
courir de faux bruits, tels que la mort du général en
chef ; 6° tous ceux qui s'abstiendront pendant le combat, fusillés.

Dans les instructions données à la garde nationale
et à l'armée de Paris, le droit constitutionnel de réquisition des troupes attribué à l'Assemblée n'avait pas
été mis en question. Toutes les instructions à l'armée
dataient du gouvernement du général Cavaignac ; elles
avaient pour but, en des circonstances exceptionnelles,
de s'assurer l'unité du commandement dans les tristes
journées de juin 1848.

Un ordre du jour pur et simple sur toute cette affaire
fut adopté à la presque unanimité.

Le 3 janvier, MM. Schramm et Baroche donnèrent
leur démission, qui fut acceptée.

On était en pleine crise : l'opinion publique perdait
toute confiance ; elle s'irritait à juste titre de voir les

affaires du pays souffrir, et même suspendues, pour des incompatibilités secrètes et mesquines, et des questions d'influence.

Hélas! que les grands citoyens sont rares! Qu'il est difficile aux ambitieux de renoncer, même sur le bord des abîmes, à leur amour-propre, à leur intérêt misérable, aux vanités de leur entourage? On a vu plus d'une fois, sous Louis-Philippe, des crises ministérielles se prolonger au détriment du commerce et de la prospérité publique, pour des questions d'habitations, d'hôtels ministériels, situés dans tel ou tel quartier. J'ai vu tel personnage rendre la formation d'un cabinet longtemps impossible, parce que sa famille et lui ne voulaient plus habiter le faubourg Saint-Germain et tenaient à la Chaussée-d'Antin. Tel autre, mécontent de ne recevoir que des préfets et des sous-préfets, et ne voulant plus donner audience qu'à des ministres étrangers, à des ambassadeurs, préparait une crise ministérielle pour conquérir la présidence du conseil avec le ministère des affaires étrangères.

. Un historien a fait un livre : *des Grands Effets produits par les petites causes*, et, de ce livre, M. Scribe a fait une comédie : *le Verre d'eau*.

Après la démission acceptée des deux ministres, MM. Schramm et Baroche, on apprit que la destitution du général en chef de l'armée de Paris était la condition formelle qui serait imposée au nouveau cabinet.

Tous les membres de l'Assemblée, hostiles au Président de la République, s'écriaient : « Une telle ingratitude ôterait l'appui nécessaire à la sécurité publique! » De leur côté, les amis du Président prétendaient, à juste titre, que le général Changarnier représentait alors un troisième pouvoir dans l'État.

Pendant la prorogation de l'Assemblée, le général Changarnier avait fait cause commune avec les adversaires du pouvoir exécutif, et quand les représentants de la légitimité s'en furent porter leurs hommages à Wiesbaden, et l'orléanisme à Claremont, le général Changarnier avait protégé de toutes ses forces la commission de permanence. On se demandait même auquel des deux partis dynastiques s'était donné le général Changarnier; dans l'Assemblée et dans le public, on l'appelait le *Sphinx de la monarchie*. Les salons de M. Thiers se plaignaient hautement de l'attitude réservée, indécise du général, et les femmes, plus ou moins mêlées à la politique, ne craignaient pas de lui dire en face : « *Vous n'êtes qu'une poule mouillée !* »

La retraite présumée du général Changarnier ne causa ni les regrets, ni les colères, ni l'émotion qu'on désirait. Les fonds publics restèrent fermes, et le travail ne s'arrêta pas.

Le ministre des finances, M. Fould, choisit le moment de ces agitations parlementaires pour abaisser d'un demi pour cent l'intérêt des bons du trésor.

Le Moniteur du 10 janvier vint mettre fin à la crise : le ministère était reconstitué.

M. Baroche à l'intérieur ;

M. Rouher à la justice ;

M. Fould aux finances ;

M. de Parieu à l'instruction publique ;

Et comme ministres nouveaux :

M. Drouyn de Lhuys aux affaires étrangères ;

M. Bonjean à l'agriculture et au commerce ;

Et enfin M. Regnaud de Saint-Jean-d'Angély au ministère de la guerre, en remplacement de M. Schramm.

Par une heureuse rencontre, un hasard providentiel, la grosse difficulté du moment, le choix d'un ministre de la guerre, fut aplanie : M. le comte de Persigny se promenait aux environs de la Chambre législative, préoccupé de la crise ministérielle, rêvant au moyen d'en sortir, et cherchant surtout un nom acceptable pour le département de la guerre.

Il aperçoit M. Regnaud de Saint-Jean-d'Angély, et va droit à lui : « Général, lui dit-il, j'ai prononcé votre nom devant le Président de la République, qui l'a accueilli avec enthousiasme. »

En tout ceci, M. de Persigny désirait connaître l'opinion du général sur la question du moment, sans l'interroger directement.

M. Regnaud de Saint-Jean-d'Angély répondit avec effusion, en termes très-accentués, tout ce qu'il pensait de la crise et des personnages qui en étaient le nœud et la cause.

— Venez donc tout de suite avec moi, répliqua M. de Persigny, chez le Président de la République.

Et tous deux cheminaient, bras dessus, bras dessous, lorsqu'ils firent aux Champs-Élysées une nouvelle rencontre très-opportune : M. de Morny passait en voiture. La voiture s'arrêta, et M. de Persigny quitta pour quelques instants, après s'être excusé, le bras du général.

M. de Morny fut vite au courant de cette rencontre inattendue, et tout de suite il se rendit à l'Élysée, pour prévenir le Président.

M. de Morny, prenant les devants, annonçait ainsi l'arrivée du candidat improvisé et très-résolu à accepter le portefeuille de la guerre et la responsabilité de la destitution de M. Changarnier.

Donc, M. le général Changarnier était révoqué et remplacé.

M. le général Baraguey d'Hilliers était appelé au commandement de l'armée de Paris. M. le général de division Perrot, dont je fus plus tard le collègue à la Chambre des députés, était nommé au commandement de la garde nationale.

Dès l'ouverture de la séance du 10 janvier 1851, M. de Rémusat, au nom de la majorité, provoqua des explications sur la dissolution et la reconstitution du cabinet.

« J'espérais, dit-il d'une voix très-émue, que le ministère nouveau viendrait nous expliquer pourquoi il siége sur ces bancs ; à défaut de ces explications, il faut que la France parle ! » — « Oui ! oui ! » s'écrie-t-on sur tous les bancs de la droite.

M. Baroche, ministre de l'intérieur, prit la parole avec émotion, au milieu des murmures malveillants de la droite. M. Berryer répondit au discours de M. Baroche, en précisant les griefs de la majorité. Il entra au vif dans la question de la destitution du général en chef, M. Changarnier, et de la retraite des ministres qui avaient refusé d'assumer la responsabilité de cet acte.

M. Baroche répéta cet argument à l'usage de tous les ministères nouveaux : « Il faut, dit-il, attendre les actes de l'administration avant de la juger. »

« Attendre les actes! s'écria M. Dufaure, mais le ministre n'en a-t-il pas fait un, et des plus graves! » M. Dufaure insistait sur les exclamations séditieuses poussées à la revue de Satory et sur la destitution du général qui avait voulu les réprimer.

Ce fut au milieu de ce débat passionné que M. de Rémusat vint proposer de nommer d'urgence une commission qu'on appela *la Commission des mesures à prendre*. Dans la tribune des journalistes, et même dans les couloirs de la Chambre, on disait tout haut de cette commission : « *C'est le Comité de salut public!* »

M. Baroche essaya en vain de calmer l'Assemblée; il fit tout pour l'arrêter dans ce qu'il appelait une voie funeste; mais la passion l'emporta sur la prudence. L'Assemblée, après avoir voté l'urgence, décida, à la majorité de 330 voix contre 273, qu'elle se retirerait immédiatement dans ses bureaux pour nommer la commission des mesures à prendre.

Mais, après ces hostilités contre le Président de la République et ces accusations contre le nouveau ministère, on dénonça, dans le dixième bureau de l'Assemblée, les intentions secrètes et les manœuvres des partis. M. Pascal Duprat attaqua en face M. Thiers : « Nous n'avons pas une grande confiance, dit-il, dans le dévouement du Prince Louis-Napoléon à la République; mais nous avons encore moins de confiance dans le vôtre et dans celui du général Changarnier. Nous n'avons pas vu sans ombrage les revues de Satory; mais, pendant ce temps-là, était-ce pour défendre la République que vous alliez, les uns à Claremont, les autres à Wiesbaden? »

« Oui, dit M. Berryer, je suis un homme monarchique, oui, je suis allé à Wiesbaden faire un acte politique. »

Quoi d'étonnant, dès lors, que M. Berryer trouvât mauvais que le pouvoir exécutif eût secoué la tutelle d'un général!

Écoutons les déclarations de l'orateur légitimiste; ces aveux tournèrent à la confusion des nageurs entre deux eaux :

« Vous parlez de voyages à Wiesbaden, de voyages à Claremont, de conspirations. Oui, pendant que des membres illustres de cette Assemblée allaient au lit de mort du vieux monarque qu'ils ont servi, pendant qu'ils allaient partager ou les anxiétés ou les douleurs de jeunes princes qu'ils ont aimés, et qui ont eu cet avantage que nos soldats les ont vus à Saint-Jean-d'Ulloa, à Mogador, à Constantine; pendant qu'ils cédaient aux inspirations d'un souvenir reconnaissant, auquel je ne reproche pas à plusieurs de MM. les ministres d'avoir obéi eux-mêmes; moi, messieurs (laissez-moi toute ma liberté et toute ma franchise); moi, messieurs, pendant ce temps, j'allais, avec un grand nombre de mes amis, voir un autre exilé qui est étran-

ger à tous les événements accomplis dans ce pays, qui
n'a jamais démérité de la patrie, qui est exilé parce
qu'il porte en lui le principe qui, pendant une longue
suite de siècles, a réglé en France la transmission de
la souveraineté ; qui est exilé parce que tout établissement d'un nouveau gouvernement en France est nécessairement contre lui une loi de proscription ; qui est
exilé enfin parce qu'il ne peut pas poser le pied sur le
sol de cette France que les rois ses aïeux ont conquise,
agrandie, constituée, sans être le premier des Français, le roi ! »

Et l'orateur protesta qu'il avait fait, dans ce voyage,
le sacrifice de tout intérêt de parti, pour ne songer
qu'à l'union et à la *fusion*, qui seule pouvait protéger
la société française.

« Arrêtez-vous au premier pas, ajoutait-il. Si la majorité qui sauve la société française est brisée ; si elle
est scindée, comme je le vois en contemplant l'agitation et les votes divers au sein de la commission, et les
frémissements qui ont régné sur ces bancs depuis deux
jours, si elle est brisée, je déplore l'avenir qui est réservé à mon pays, et je ne sais pas quels seraient vos
successeurs, je ne sais pas si vous aurez des successeurs ; ces murs resteront peut-être debout, mais ils
seront habités par des législateurs muets ! »

Cette prophétie de M. Berryer se trouve absolument démentie aujourd'hui par le second Empire ; les
discours de MM. Jules Favre, Picard, et cette opposition persévérante des *cinq*, les discours de M. Émile
Ollivier, où respire la sincérité toujours inspirée par

d'honnêtes convictions ; les discours de M. Berryer lui-même, ceux de M. Thiers, qui ne marchande pas au second Empire les critiques amères des actes du gouvernement de Sa Majesté Napoléon III, longuement discutés par lui avec plus d'esprit encore que d'autorité.

Toutes ces nuances d'opposition qui se voyaient contraintes du moins à mitiger l'ardeur de leurs plaintes, de leurs objurgations par les séductions du talent, ne donnent-elles pas aujourd'hui un démenti formel à cette pessimiste prédiction de l'orateur légitimiste ?

Ce langage à cœur ouvert avait eu cependant pour résultat d'élever le débat, et de faire oublier les honteuses mesquineries de la veille.

La séance du 17 janvier fut décisive. La lutte se caractérisait de plus en plus.

Ce fut d'abord M. Baroche qui vint répondre à M. Berryer, et mit à néant les triviales accusations si souvent répétées. Il revint à l'acte important de la révocation du commandant en chef de l'armée de Paris. M. Baroche abandonna la défensive pour attaquer à son tour : M. le général Changarnier était le point de mire des partis monarchiques. Sa révocation avait dérangé leurs rêves d'avenir. Tel était le véritable motif des passions déchaînées contre le cabinet.

Le discours de M. Baroche excita une certaine sympathie sur les bancs de la majorité, et força M. le général Changarnier de monter à la tribune.

« Malgré d'odieuses insinuations, propagées par l'ingratitude, je n'ai, dit-il, favorisé aucune faction, aucune conspiration, aucun conspirateur ; ces deux partis, le parti démagogue et le parti impérial, m'ont voué des haines bien méritées, et qui, pour mon bonheur, survivent à ma *chute*.

« J'aurais pu devancer cette *chute* par ma démission, qui eût été bien accueillie par ceux qui ont cru que j'aurais dû la donner. Sont-ils bien sûrs que ma présence aux Tuileries ne leur ait pas été utile? »

Dans le groupe plus ou moins passionné des parlementaires qui ne désespéraient pas de reprendre le pouvoir tombé de leurs mains défaillantes, il faut placer au premier rang un des plus parfaits sceptiques de ce temps-ci, M. Charles de Rémusat. Je le vois encore et je l'entends prononcer, avec le geste énergique et l'attitude austère d'un tribun, dans la dernière séance de l'Assemblée législative du 10 janvier 1851, cette parole pleine d'éclairs : *Il faut que la France parle !*

Il fallait être un peu sourd, en ce moment, pour ne pas entendre la véritable parole de la France ; il fallait volontairement manquer d'intelligence pour ne pas comprendre ses espérances et sa volonté. Elle disait par toutes les voix de l'élection et du suffrage universel, qu'elle voulait le prince Louis-Napoléon, et surtout qu'elle ne voulait plus des hommes qui, depuis dix-huit ans, l'avaient gouvernée avec tant d'hésitation, de malaise au dedans, si peu de gloire au dehors. Voilà pourtant ce que M. de Rémusat savait, à n'en pas douter un instant. Mais il était de longue date attaché à la politique de M. Thiers.

M. Thiers était pour M. de Rémusat l'idéal d'un

premier ministre ; il se passionnait à son éloquence, il admirait ses théories ; il avait même partagé sa responsabilité, comme ministre de l'intérieur sous le ministère du 1er mars 1840, ministère d'un instant. M. de Rémusat avait été le premier à sourire à sa propre grandeur. Il ne la prenait guère plus au sérieux, qu'il ne prenait au sérieux toutes choses, et s'il produisit un grand effet d'étonnement, en s'écriant en 1851 : *Il faut que le France parle !* c'est que, véritablement, on ne s'attendait guère à voir le fils de M. de Rémusat, un des favoris de l'Empereur Napoléon Ier, s'élever, avec une énergie qui n'était pas dans ses habitudes, contre ce nouvel élu du peuple, qui s'appelait Napoléon.

M. Charles de Rémusat, dont le talent, le style ingénieux et fin appartiennent à la race parisienne, est né à Paris même, en 1797; la première république était à peine achevée, et déjà le premier Empire pointait dans le lointain. Le premier bonheur de cet homme heureux fut d'avoir pour mère une des femmes les plus distinguées du nouveau siècle. Elle était la petite-nièce de M. le comte de Vergennes, qui eut l'honneur d'être le ministre des affaires étrangères, et même de les conduire habilement, sous le règne infortuné du roi Louis XVI.

Madame de Rémusat, jeune encore, se tenait à distance des reines de l'époque intermédiaire, et toute son amitié se tourna du côté de l'élégante et belle madame de Beauharnais.

Ces deux femmes s'entendirent à merveille : madame de Rémusat pour bien conseiller son amie, et madame de Beauharnais pour bien profiter de ces sages conseils.

Le premier consul, qui se connaissait en grands esprits, honora bientôt madame de Rémusat de toute sa confiance, et sitôt qu'il organisa sa maison impériale, son premier soin fut de nommer madame de Rémusat dame du palais de l'Impératrice, pendant que son mari devenait premier chambellan, maître de la garde-robe et surintendant des théâtres impériaux.

Quand bientôt l'Impératrice Joséphine apprit la fin de ses grandeurs, quand il lui fallut descendre de ce trône que l'Empereur avait fait si grand, à l'heure sombre où le dévouement s'arrête, où les flatteurs désertent, madame la comtesse de Rémusat resta fidèle et dévouée et ne fréquenta plus que la Malmaison.

Cependant la politique, autant que la poésie, attirait le jeune de Rémusat. Il allait tantôt du côté des grands orateurs de la révolution française, et tantôt du côté des poëtes naissants. Il admirait beaucoup M. Lainé; il obéissait aux charmes de Chateaubriand; il chantait *le Roi d'Yvetot;* il se plaisait aux discours du duc de Fitz-James, aux héroïques emportements du général Foy. Un des premiers il sut, en France, le nom de lord Byron. Un jour il découvrit, dans une brochure de médiocre apparence, les *Méditations poétiques* de Lamartine. Il s'inquiétait de toutes les nouveautés de l'esprit; il assistait le matin aux combats de la tribune, aux leçons du Collége de France, et le même soir, il était au parterre, applaudissant *Hernani* ou *Marion Delorme*. Écrivain, il reproduit volontiers, sans les chercher, tous les genres de style; orateur, il parle avec abondance; il cause à merveille,. en bel esprit. Il a l'ironie, et parfois le sarcasme; il ne va jamais au delà.

Sous la Restauration, mais seulement en 1815, M. de Rémusat père devint préfet à Toulouse. On sait que ce fut le département de la Haute-Garonne qui, plus tard, envoya M. Charles de Rémusat à la Chambre; il se fit élire député en 1830; pendant toute la monarchie de Juillet, il se fit réélire par le collége de l'arrondissement de Muret.

Vers 1819, le jeune Charles de Rémusat avait été attaché au cabinet du ministre des affaires étrangères Dessoles (ministère libéral du temps).

. S'improvisant, après les journées de Juillet, un des nombreux aides de camp du général La Fayette, il se montra un des premiers en uniforme d'officier d'état-major, sabre au côté, plumes flottantes au chapeau; il courait ainsi les ministères, portant, au nom du général La Fayette, des recommandations qui, alors, étaient presque des ordres.

Telle est l'origine, tels sont les premiers pas de M. de Rémusat dans la littérature et dans la politique.

M. Sainte-Beuve, dans un de ses portraits où il excelle, nous apprend que la Restauration rendit M. de Rémusat subitement libéral; il lui sembla qu'un voile tombait, et que la révolution s'expliquait pour lui. « C'est pour cela, dit ingénieusement M. de Rémusat, que je n'ai jamais eu un grand fonds d'aigreur contre la Restauration : je lui sais gré en quelque sorte de m'avoir donné les idées que j'employais contre elle. »

Il se maria jeune. Recherchant plutôt une situation politique qu'une fortune, il épousa d'abord la fille de M. Augustin Périer, de l'opposition la plus avancée sous la Restauration. Veuf de bonne heure, et sans enfants, il épousa, en secondes noces, mademoiselle de Lasteyrie, d'une sympathique beauté, d'un esprit charmant, élevé, fécond en aperçus fins, en vues neuves et piquantes. Elle était de la famille des La Fayette : M. de Rémusat ne voulait pas surtout se mésallier comme opinion.

C'est comme député qu'il entra dans la vie active, en rendant « grâces, disait-il, à la Restauration qui l'avait fait libéral. »

Nulle croyance n'était d'ailleurs assez profonde chez M. de Rémusat, aucun goût n'était assez vif pour qu'il s'y livrât sans réserve. Lorsque M. de Rémusat se trouble à l'idée effrayante de n'être qu'un homme d'esprit, il écrit de gros livres sur Abeilard, sur la philosophie, sur la politique, sur la réforme et sur le protestantisme ; lorsqu'il a peur de ne passer que pour un savant, il met en vaudeville l'histoire de ce même Abeilard, qu'il rend ainsi gaie, piquante, originale. Timide et défiant, M. de Rémusat écrit beaucoup pour lui-même. Comme il est prompt et habile à saisir les points vulnérables dans les œuvres d'autrui, il craint que la critique ne s'exerce aussi contre ses propres ouvrages.

Ses relations du monde, des lectures confidentielles

en plein salon de ses ouvrages encore inédits, le con-
duisirent vers le petit groupe des curieux de beau
style qu'on appelait alors des doctrinaires. Il fut reçu
dans cette petite église comme un esprit de la famille;
à l'exemple de ses maîtres les plus éminents, il se
plaît au paradoxe; il ne hait pas les systèmes les plus
compliqués; la discussion le charme, il se plaît à l'a-
nalyse.

Il apporta dans cette société d'élite, où se rencontraient MM. Royer-Collard, de Broglie, de Barante
et Guizot, un fonds de *pure gauche* en politique, un
esprit doutant de toutes choses, en un mot, tout ce
qui ne fait pas un homme d'État.

Voilà comment, sous la monarchie de Juillet, M. de
Rémusat ne se plaît guère que dans les rangs de l'opposition; ministre de l'intérieur, il se serait fait volontiers de l'opposition à lui-même. Lorsqu'en 1840, il
allait de sa personne, dont il faisait bon marché,
réprimer des coalitions d'ouvriers, en montant à cheval, et prenant, comme ministre de l'intérieur, des
mesures énergiques, il disait : « Je ne sais vraiment
pas pourquoi nous dissipons ces rassemblements d'ouvriers; je me demande s'ils n'ont pas le droit de se
réunir. » — « On se plaint, disait-il encore sous la monarchie de Juillet, que le gouvernement parlementaire
agite le pays; mais la liberté vaut bien la peine qu'on
souffre pour elle; on ne peut pas en jouir sans un certain mouvement des âmes, sans anxiété et sans bruit. »

Après la révolution de 1848, montrant la résignation la plus philosophique, et comparant les sociétés

aux individus, il prétendait que les sociétés vieillissent
et meurent. Il eût dit volontiers : « France ! il faut
mourir ! » En pleine république, au moment où tous
les esprits hésitaient et cherchaient une solution :
« Il faut peut-être revenir à la légitimité, disait
M. de Rémusat. — Mais que feriez-vous, lui demanda-
t-on, sous le règne de Henri V ? — Je ferais de l'opposition. »

Ainsi, le doute était en lui avec l'amour de l'action.
Il voulait commander ; obéir lui semblait.... ridicule.
Ami de la dispute, il la voulait éloquente, et se taisait
aussitôt qu'elle manquait de courtoisie.

M. de Rémusat ne voit guère et ne recherche volontiers chez son voisin que les côtés faibles de son esprit
ou de son caractère. L'homme d'État, au contraire,
ne voit et ne recherche chez ceux qui l'approchent
que les qualités pratiques et applicables. L'homme
d'opposition veut détruire ; l'homme d'État veut consolider ou fonder.

Mais retournons à l'Assemblée.

Quand tout fut prêt pour l'attaque, M. Thiers
prit la parole ; nous citons son discours, événement
important dans le procès-verbal de ce duel parlementaire entre l'Assemblée et le Président de la République.

Nous ferons suivre la harangue de M. Thiers d'une
éloquente peinture de la situation politique de ces
temps orageux, par M. le comte de Montalembert.
Dans l'ancien théâtre, illustré par le génie de nos
classiques français, les rois, les héros, les personnages

historiques s'expliquent entre eux, exhalant leurs passions dans un beau langage. Qui ne s'est senti ému à cette admirable scène entre Auguste, Maxime et Cinna, discutant dans la belle langue de Corneille? Dans cette Assemblée législative, on discute l'avenir, les destinées, les intérêts de la France; et voilà pourquoi j'insiste sur ces deux discours d'orateurs dont la parole égale l'importance politique.

Conciliant avec tous les partis, M. Thiers cherche pendant deux heures à les réunir sous un même drapeau contre le pouvoir exécutif. Nécessairement, il n'a pour le général Changarnier que de belles paroles, que des éloges, que de l'enthousiasme, tout en reconnaissant cependant que, semblable en ce point aux plus grands généraux de l'Empire, il montra souvent un mauvais caractère.

Je vais laisser parler M. Thiers.

M. Thiers disait :

« Messieurs, je puis, comme le disait, ces jours derniers, l'un de nos jeunes collègues, je puis affirmer que c'est avec un profond regret que je monte à cette tribune. Membre de cette majorité qui n'a cessé de soutenir le pouvoir, quelle que fût sa forme, quels que fussent ses dépositaires, j'éprouve à me séparer aujourd'hui du gouvernement un véritable chagrin; mais vous le reconnaîtrez, après ce qui a été dit, après les provocations directes qui ont été adressées, soit à moi, soit à mes amis, le silence serait inexplicable, il serait la désertion d'un devoir sacré.

« Oui, messieurs, nous avons essayé de faire une

majorité, nous avons essayé de la fonder, non pas sur l'oubli des souvenirs, mais sur l'oubli de nos préférences individuelles, pour incliner tous notre tête devant la loi du pays, devant son vœu devenu constitution. Sans doute il nous en a coûté, mais nous avons fait tous nos efforts, nous avons espéré y avoir réussi. Permettez-moi de vous le dire, c'est avec étonnement, avec douleur, que je vois le gouvernement lui-même achever, s'il est possible, la destruction de cette majorité, en la prenant individuellement, en l'interpellant et en lui disant que c'est elle qui a brisé le faisceau. Le faisceau, savez-vous qui l'a brisé? Ce sont ceux qui, les premiers, ont montré cette préférence dont nous nous étions promis de faire le sacrifice. La question est là tout entière. Oui, il y a plusieurs partis malheureusement, grâce au passé, qui divisent la France.

« Quel est le premier qui, par des actes sérieux, appréciables, ayant une vraie portée politique pour les hommes sensés; quel est celui qui, le premier, a manifesté ces préférences, a montré qu'il ne savait pas sacrifier à l'intérêt réel, profond, incontestable du pays, ou ses instincts ou ses désirs?

« C'est ce que je viens examiner; il le faut pour que le pays soit éclairé. Spectacle inouï! Je commence à être vieux dans la carrière parlementaire et politique, eh bien, je n'avais pas encore vu le pouvoir accusant la majorité.

« Nous sommes les uns et les autres, devant le pays, dans une situation bien grave et qui me remplit,

pour ma part, d'une profonde tristesse ; eh bien, il faut·
que la vérité soit dite entière, complète.

« Mais, soyez-en convaincus, et j'espère que vous
attendez de ma part cette vérité, en la disant tout
entière, je la dirai avec un respect profond pour les
pouvoirs établis.

« Messieurs, je vais poser la question comme je la
conçois, et vous verrez sur-le-champ tout l'ensemble
des développements que je me propose de vous donner.

« Lorsque l'élection du dix décembre a appelé M. le
Président de la République au poste élevé qu'il occupe
(et nous y avons contribué pour notre part), nous ne
nous sommes pas dissimulé que si le nom de Napoléon
donnait, dans les circonstances, une grande et utile
force au pouvoir, ce nom cependant pouvait être, dans
un avenir plus ou moins rapproché, l'occasion de prétentions dangereuses, et voilà l'engagement. que nous
avons pris avec nous : cet engagement a été de le
soutenir comme pouvoir, de le soutenir sans réserve,
et de lui donner comme pouvoir tout ce qui était nécessaire pour le rétablissement de l'ordre et pour le
développement de la prospérité du pays, et quand ces
prétentions auxquelles nous nous attendions paraî-
traient, de leur résister dans les limites de nos devoirs.

« Eh bien, avons-nous tenu cet engagement ? Je me
hâte de le dire tout de suite : oui, nous avons tout
donné, tout ce qu'on pouvait nous demander pour le
pouvoir. Quant aux prétentions, permettez-moi de
vous le dire, je ne calomnierai pas, je ne manquerai
de ménagements envers personne, nous ne les avons

pas arrêtées dès que nous les avons vues paraître. La paix publique nous a arrêtés longtemps. Je vais m'expliquer d'une manière complète.

« Vous le voyez, messieurs, ce que j'ai à dire est bien grave, et je vous supplie, non point pour moi, mais pour le sujet, pour le pays, de ne point m'interrompre, de ne pas faire faillir ma parole, qui pourrait faillir même quand ma pensée ne l'aurait pas voulu.

« Je me sens, au moment où je parle, plus qu'à aucune époque de ma vie, devant le pays, devant l'Europe. Je ne voudrais pas dire un seul fait qui pût être infirmé comme vérité; je ne vous dirai ici que des choses que personne ne pourra contester, et j'espère qu'avec ces choses incontestables, la vérité se fera complète et que le pays jugera où sont les torts, s'ils sont dans les rangs de la majorité ou s'ils sont au pouvoir.

« Nos relations avec le gouvernement, je vais les faire connaître. Accordez-moi un peu de patience.

« Le jour où la révolution du 24 février s'est faite, j'ai dit à mes amis, j'ai dit à d'anciens adversaires qui sont venus me consulter le 25 février : « Il ne faut « émigrer ni au dehors ni au dedans; restons, quels « que soient les périls, au poste où la confiance du « pays nous appellera; défendons l'ordre, défendons « tout ce que nous avons cru dans tous les temps, « mais oublions nos sentiments personnels, et le pou- « voir nouveau qui va s'élever, soutenons-le. »

« Appelé ici, dans l'Assemblée constituante, quelques jours après la journée du 15 mai, j'ai voté pour M. de

Lamartine, pour M. Ledru-Rollin; lorsque déjà la combinaison qui allait les renverser se préparait, nous votions encore pour eux. Lorsque le combat portait M. le général Cavaignac au pouvoir, nous avons voté avec lui, pour lui, avec plus de plaisir, parce que, sans partager nos opinions, il s'en rapprochait davantage; nous l'avons soutenu sans réserve dans sa politique extérieure, dans son administration, dans tous les actes de son gouvernement. Nous nous en sommes séparés un seul jour, le jour où il a fallu constituer le pouvoir exécutif; et, comme là ont commencé nos relations avec le gouvernement actuel, je demande la permission de dire quelques mots sur l'élection du 10 décembre et sur la part que nous y avons prise.

« Je ne le dissimulerai pas, oui, lorsque l'élection du 10 décembre s'est préparée, mes amis et moi nous avons hésité; nous n'étions pas aussi éloignés du général Cavaignac que ses amis le croyaient. Sur la politique étrangère, quelques dissentiments nous en séparaient; il n'y avait rien d'absolu, car la politique du général Cavaignac était pour la paix; mais sur la politique intérieure, des raisons fondamentales nous séparaient de lui.

« Il fallait donc chercher un candidat dans d'autres rangs; nous en avions un dans les nôtres, que la cruelle mort nous a ravi.

« Mais la République nous en avait donné un : c'était le prince Louis-Napoléon Bonaparte, aujourd'hui Président de la République.

« Permettez-moi ici une réflexion. Le parti républi-

cain, par le désir de se séparer de ce qu'il appelait les
pratiques de la monarchie, avait, par un sentiment que
j'honore, rappelé une des maisons qui avaient régné
sur la France avant le moment où cette générosité ne
serait pas politique, c'est-à-dire avant celui où il pourrait les rappeler tous; mais rappeler les princes de la
maison de Bourbon, je le reconnais, c'était alors impossible. On a rappelé les princes de la maison Bonaparte; dès cet instant, il n'y avait plus de choix possible : les masses couraient vers le prince Napoléon!

« Si nous avions voulu prendre dans les rangs du
parti modéré, comme nos opinions nous en faisaient
un devoir, un candidat, savez-vous ce que nous aurions fait? Nous aurions divisé le parti modéré, et
nous ne le voulions pas, nous le déclarons bien haut;
ce jour-là, a commencé le sacrifice de nos espérances
à la grande union du parti modéré, qui a toujours été
notre loi depuis que nous sommes entrés ici.

« Certes, messieurs, si nous avions été ce qu'une
certaine presse, que je ne veux attribuer à personne,
bien qu'il y ait quelqu'un en France à qui elle profite;
si nous avions été ces ambitieux qui spéculent sur le
règne d'une femme et d'un enfant, l'occasion était
bonne pour nous emparer du pouvoir.

« Oh! j'espère, messieurs, que vous me faites l'honneur de ne mettre sous le mot *emparer du pouvoir* que
le sens véritable.

« M. le Président de la République a fait l'honneur
à moi et à quelques autres membres de cette Assemblée de les appeler, de les consulter. Permettez-moi

ici, avec tout le respect que je dois au chef du pouvoir exécutif, d'exposer, en peu de mots, les conseils que nous avons toujours donnés.

« Quant au choix des hommes, ne prenez pas, lui avons-nous dit, des hommes qui aient été longtemps au pouvoir et qui, pour y avoir été, sont en butte aux colères des partis. Prenez des hommes nouveaux, nouveaux au moins au pouvoir, non pas nouveaux au parlement ; vous en trouverez de talents éminents, de grande considération ; choisissez-les plutôt que nous. Et ce n'est pas la charge et la responsabilité que nous repoussons, car nous serons à côté d'eux, pour en prendre tout ce qu'on doit en prendre quand on ne veut pas effacer ceux qui sont au pouvoir. Tous les dangers seront communs entre eux et nous ; les luttes seront communes ; laissez-leur le titre, les avantages du pouvoir, s'il peut y en avoir aujourd'hui ; prenez des hommes nouveaux.

« Quant aux choses, nos conseils peuvent être résumés en peu de paroles.

« M. le Président de la République ne connaissait pas encore la France.... Je ne prétends pas l'offenser. Pour qu'il la connût, il aurait fallu qu'il l'eût devinée, car il y arrivait. Il était préoccupé de deux idées : il était effrayé, et il y avait lieu de l'être, de l'ardeur extraordinaire des esprits ; et il se disait que, pour occuper cette ardeur, il fallait ou une grande entreprise au dehors, ou quelque grande création populaire qui, captivant les passions des masses, les attacherait au gouvernement. Il était tout simple, ayant à peine touché au sol, de se faire de ces idées.

« Voici ce que nous lui avons dit : Une grande entreprise au dehors, c'est la guerre, et la guerre, c'est la grande faute renouvelée après coup, et dans des circonstances cent fois moins excusables, de la politique impériale. Quel a été le grand mal que la politique impériale a fait à la France, tout en la comblant de gloire ? Ç'a été de coaliser l'Europe entière contre la France pendant trente années. Il se fait un travail de la nature, admirable pour nous, qui tend à dissoudre cette coalition ; si vous intervenez par les armes, vous allez la reformer à l'instant même, et les bienfaits qui vont résulter pour la France de ce travail de dissolution, vous allez les sacrifier à l'instant. C'est donc la paix qu'il faut ; c'est la paix pour la France, et nous pouvons dire la paix pour l'humanité, car, en interrompant ce travail de la nature et ces mouvements de liberté, vous allez les pousser à une extrême démagogie qui serait bientôt suivie d'un pouvoir absolu. Ainsi, pour la politique de la France, pour l'humanité, la paix. Quant à une grande création populaire qui pourrait séduire l'imagination des masses, voilà ce que nous, qu'on appelle les vieux hommes d'État, peut-être dominés par la routine, j'en conviens, voilà ce qu'ensemble nous avons dit au chef du pouvoir exécutif : La Providence ne tient pas en réserve de ces secrets merveilleux pour le jour où on a besoin d'un succès. Non, il n'y a pas de ces secrets merveilleux. Vous voulez distraire ce peuple des passions qui l'entraînent. Nous, dans notre humble et pratique savoir, nous vous disons ceci : Faites renaître la sécurité ! Et la sécurité, savez-vous quand vous avez réussi à la faire renaître véritablement ? C'est lorsque les deux circonstances que voici se produisent : lorsque les partis qui ont l'habitude d'attaquer le gouvernement par la force y renoncent, parce qu'ils ont le sentiment de ne le pouvoir plus, et lorsque le pays, se rassurant, se livre complétement au travail. Eh bien, le jour, avons-nous dit, où ce double sentiment se sera véritablement produit, où les partis comprendront qu'il ne faut plus attaquer le gouvernement par les armes, où le pays sera certain qu'il ne peut plus l'être, vous verrez un développement d'activité qui vous étonnera, et ce peuple si ardent, retourné au travail, vous frappera par sa docilité.

« Voilà ce que nous avons dit : Des hommes nouveaux, appuyés par nous sans réserve; la paix au dehors; au dedans, la sécurité, et puis, plus tard, la sécurité rétablie, dans le calme des esprits, si la législation comporte d'utiles changements véritablement efficaces, le repos, la paix, le temps vous procureront les moyens de les introduire.

« Eh bien, cette politique, permettez-moi de dire qu'à mon sens elle a produit des fruits.

« Je fais ce simple raisonnement : Ou c'est la Providence qui a si rapidement changé l'état du pays depuis neuf ans, et alors les hommes n'y sont pour rien; il **ne faut en tenir** compte ni au gouvernement ni à la

majorité : mais, s'il faut en louer quelqu'un, sans élever une querelle d'auteurs, permettez-moi de dire qu'il
n'est pas juste, comme on l'écrit tous les jours, de dire
que tout le bien vient d'un seul des pouvoirs de l'État,
et que tout le mal vient de l'autre. Messieurs, les ministres ne le disent pas, je le sais ; comment pourraient-
ils le dire ici, sur ces bancs, devant la minorité qui
nous accuse de cette politique, devant la majorité qui
l'a rendue obligatoire ? Comment pourraient-ils nier
que cette majorité en soit le principal auteur ? Cela
n'est pas possible. Mais on l'écrit ailleurs ; je ne vous
en accuse pas, je constate toujours ce singulier phéno-
mène d'une majorité soutenant le pouvoir, toujours
attaquée par les organes du pouvoir. Eh bien, nous
avons tenu parole ; nous avons, dans cette voie, qui
était la nôtre (nous ne pouvions pas soutenir le pouvoir et le pousser dans une autre voie que celle de nos
conventions), nous avons soutenu le ministère sans
réserve. Je n'ai, pour ma part, jamais fait pour les
ministères dont j'ai fait partie, et partie peut être point
accessoire, je n'ai jamais fait plus d'efforts que je n'en
ai fait pour les ministres qui étaient assis sur ces
bancs ; dans aucun temps, je n'ai bravé autant de responsabilité, autant de choses pénibles que je l'ai fait,
je le répète, pour les ministres qui étaient sur ces
bancs.

« Un jour, M. le Président de la République, trouvant peut-être que cette politique ne portait pas assez
tôt ses fruits (il n'y en a aucune qui les porte dans six
mois), usant de son droit constitutionnel, a changé le

ministère, et il a accompagné ce changement du message du 31 octobre.

« Ce message, messieurs, nous a profondément affligés ; il nous a affligés pour trois raisons.

« La première, c'est qu'on renvoyait, je leur demande pardon d'employer ce mot, des hommes qui avaient dignement, fortement représenté le pouvoir dans des temps difficiles, et qui, je crois, étaient plus capables que d'autres, dans le moment, de le soutenir encore avec la même force et avec la même dignité.

« Je ne sais pas, messieurs, qui peut être assez autorisé pour dire que la majorité en était mécontente. Ce que je sais, moi, qui vivais dans ses rangs, c'est que la majorité les soutenait avec confiance et avec force, et qu'elle les a vus partir avec un grand regret et une grande estime.

« Notre première raison, dis-je, c'était le regret de voir sortir du pouvoir si brusquement, d'une manière si étrange, des hommes qui avaient dignement et fortement représenté le pouvoir.

« La seconde, la voici : Nous étions désolés, je le dirai, de voir annoncer, par ces paroles, *que les hommes d'action arrivaient*, de voir annoncer quelque merveille, quelque chose d'extraordinaire qui allait faire tout à coup le bien, si difficile à faire, qu'on ne fait qu'avec le temps et les efforts. C'était prendre un redoutable engagement.

« Notre troisième raison, vous le dirai-je, pardonnez-le à des hommes qui ont passé vingt ans dans les assemblées, et qui, malgré les profondes douleurs que depuis trois ans ils ont éprouvées, ne se sont pas encore dégoûtés du gouvernement représentatif, notre troisième raison de chagrin, c'est de trouver dans le message une sorte d'omnipotence, il faut le dire, qui nous prouvait que si les descendants de Napoléon se sont familiarisés avec les idées républicaines, ils ne s'étaient pas familiarisés encore avec les idées du gouvernement représentatif.

« Qu'avons-nous fait? Si nous avions voulu, non pas être ce qu'on appelle tracassiers, mais seulement user des plus simples principes admis dans tous les pays libres, qui n'étaient pas contestés sous la monarchie, qui sont pratiqués en Angleterre, au point que personne n'oserait ni les nier, ni les contester, ni les attaquer, nous aurions été trouver ces hommes, ces hommes nouveaux qui arrivaient, et dont je ne veux contester ni le mérite, ni les services; nous leur aurions demandé ce qu'ils étaient pour remplacer M. Barrot, M. Dufaure, M. de Tocqueville. Nous ne l'avons pas fait. Nous aurions pu leur dire : « Vous « n'êtes pas les hommes de la parole, vous êtes les « hommes de l'action; cette action extraordinaire que « vous nous faites attendre, quelle est-elle ? »

« Vous pensez qu'il suffit que les ministres aient la confiance du Président de la République, du Président tout seul? Nous aurions pu leur prouver que, dès qu'il y a une assemblée, quel que soit le pouvoir, il faut avoir le confiance de l'assemblée devant laquelle on a l'honneur de le représenter.

« Qu'avons-nous fait? Avons-nous élevé des compa-

raisons fâcheuses pour eux? Leur avons-nous dit :
Ne parlez pas, agissez? Avons-nous réclamé le droit
de toute assemblée libre d'exiger qu'on ait sa confiance? Non; nous sommes restés les appuis dociles,
soumis du pouvoir; pleins de regrets pour ceux qui
sortaient, nous avons été trouver ceux qui arrivaient;
nous leur avons apporté notre concours, nous les
avons soutenus comme les autres; et, vraiment, si
nous avions fait tout cela pour un intérêt personnel,
nous aurions mérité toutes les expressions que les
partis décernent à la soumission qui suit tous les
pouvoirs.

« Nous l'avons fait sans aucun intérêt, sans autre
intérêt que celui de notre opinion; ç'en est un très-
grand, sans doute, mais très-avouable.

« Eh bien, tandis que nous nous conduisions de la
sorte, comment nous récompensait-on?

« Ce n'est pas que nous voulions attacher à ce fait
une plus grande importance que celle qu'il mérite dans
la discussion; mais tandis que nous tenions cette conduite, au moment même commençaient les attaques de
cette presse repentante qui trouve que les assemblées
ont fait le malheur du pays, et qu'il n'y a qu'un pouvoir fort et peu contredit qui peut le sauver.

« Les attaques personnelles, après vingt et quelques années de vie publique, je ne vous étonnerai pas
en vous disant que nous savons les supporter; mais, je
l'avoue, pour la première fois, depuis vingt et quelques
années, sous la République, entendre dire que les
assemblées parlementaires avaient tout perdu dans le

pays, et qu'un pouvoir fort et peu contredit pouvait seul tout sauver, oh ! cela me blessait profondément, et je n'étais pas le seul, tous mes amis ont partagé le même sentiment.

« Eh bien, nous sommes-nous ralentis dans notre zèle ? Non ; nous sommes restés tous ministériels dévoués.

« Cette politique du message, cette politique toute personnelle, nous ne l'avons jamais dit, permettez-moi de le dire aujourd'hui, elle a bientôt porté ses fruits.

« Savez-vous ce qui est arrivé, ce qui arrive toujours quand le pouvoir n'est pas aussi fortement représenté qu'il pourrait l'être ? Les esprits n'étant pas dirigés, ils tombent dans le vague, et du vague ils vont bientôt à l'aigreur. Cet état des esprits s'est révélé, savez-vous quand ? Dans les élections, dans ces élections qui ont si justement alarmé la France, non pas pour les deux collègues qu'elles nous ont donnés, mais surtout pour les opinions au nom desquelles elles semblaient être faites.

« Comment les élections se sont-elles produites ? Le parti démocratique était bien puissant à Paris, cependant où a-t-il trouvé l'appoint de sa majorité ? Qui l'a fait triompher ? Il l'a dit lui-même : une partie de la population moyenne de Paris qui était mécontente, et qui l'a aidé par la raison que je vous ai dite. A l'instant, l'émotion a été immense ; la France a été profondément émue.

« Le danger lui a paru bien grand, et il l'était en

effet. M. le Président de la République nous a fait
alors de nouveau l'honneur de nous appeler près de
lui; et permettez-moi ici une réflexion.

« Nous ne nous sommes permis, nous, membres
de cette majorité, appelés quelquefois auprès du pouvoir exécutif, nous ne nous sommes permis d'y aller
que quand on nous avait fait préalablement l'honneur
de nous appeler, non pas par une vaine susceptibilité,
mais parce que nous savions que des conseils, même
désirés, ne sont pas toujours suivis, et que des conseils
non désirés seraient inutiles et peu dignes de la part
de ceux qui les auraient donnés. Nous n'avons donc
pas été des conseillers importuns, venant conseiller
ceux qui ne voulaient pas l'être; nous sommes venus
quand on nous a fait l'honneur, dont nous sommes re-
connaissants du reste, comme nous devons l'être, de
nous appeler.

« Dans ce moment de danger, M. le Président de la
République nous a fait appeler de nouveau, et nous a
demandé si, dans ce moment difficile et grave, il pouvait compter sur notre concours. Nous lui avons répondu avec empressement, comme si nous avions oublié le message du 31 octobre, que notre concours lui
était assuré.

« Vous vous rappelez tous que les imaginations
étaient alors dans un grand état d'effervescence; il
n'est sorte de moyens qui ne fussent alors proposés, et
je me hâte de dire, moi, qui ne calomnie personne, ni
directement ni indirectement, que M. le Président de
la République n'avait pensé à autre chose qu'à des

moyens légaux. Quels étaient ces moyens? Le danger
s'étant produit dans les élections, ils étaient indiqués
par le simple bon sens : ce ne pouvait être qu'une loi
électorale. Nous l'avons faite.

« Il est bien clair, messieurs, que j'énumère ici les
actes de la majorité, et pas ceux de la minorité; dès
lors, la minorité doit me permettre de penser comme
je pense, et de considérer ces actes comme ils doivent
l'être par un homme qui siége où je siége.

« Je ne veux pas discuter, Dieu m'en préserve, la
loi électorale aujourd'hui; mais enfin, une loi électorale a été faite. Eh bien! M. le ministre de l'intérieur
me disait, ces jours derniers : « Mais nous avons été
« avec vous dans tous les actes essentiels. » C'est vrai!
Permettez-moi, toutefois, de vous dire comment, les
uns et les autres, nous avons été placés dans la loi
électorale.

« Nous avions soumis nos idées au gouvernement. La
loi électorale, qui a été apportée ici, il l'a trouvée
excellente; sauf des détails de rédaction, il n'y avait
pas d'objection; mais ce que le gouvernement voulait,
c'est que nous l'apportassions, nous, nous seuls.

« Messieurs, c'est une grande information qui se fait
devant le pays; il faut que tous les faits soient connus,
quand ces faits ne contiennent rien de calomnieux, rien
même d'irrespectueux; car je ne voudrais pas plus
me rendre coupable de la seconde faute que de la première.

« Nous avons dit au pouvoir : Oui, vous trouvez la loi
bonne; nous ne craignons pas, nous, d'en partager la

responsabilité; nous voudrions même la prendre pour
nous tout seuls; mais est-il possible qu'un acte aussi
important que celui-là ne soit pas soutenu par les deux
responsabilités, celle du pouvoir et celle de la majorité?

« Deux de nos plus honorables collègues étaient présents à l'entrevue, et, ils peuvent l'attester, nous avons
dit au pouvoir : ou qu'il avait tort dans les élections, ou
que c'était la loi électorale; que, si c'était la loi électorale qui avait tort, il ne ferait pas son devoir, s'il
n'apportait pas une nouvelle loi à l'Assemblée. Nous
avons consenti à en prendre la responsabilité, c'est-à-
dire en instituant une commission qui préparerait la
loi et de qui le gouvernement la prendrait pour la présenter à l'Assemblée; mais la question a été posée et
débattue dans ces termes-là : on voulait que nous l'apportassions à nous tout seuls.

« On trouvait la loi bonne; mais, qu'on me permette
de le dire, on hésitait devant la responsabilité.

« Quel a été l'effet de la loi? Elle a eu un effet que,
nous qui l'avons désirée, voulue, nous reconnaissons,
et qui, je crois, lui a été reconnu par toute la partie du
pays qui répond à nos sentiments : c'est que, du
jour de sa publication, date le rétablissement de la sécurité dans les esprits.

« J'espère que, lorsque les honorables membres qui
siégent de ce côté m'auront entendu, peut-être eux-
mêmes ne contesteront pas ce que je vais dire.

« Une opinion, fausse sans doute, mais une opinion
s'était établie, que peut-être, à la production de cette

loi, une attaque par les armes aurait lieu. L'attaque n'a pas eu lieu. J'en fais honneur à deux causes....

« Parmi les hommes que cette loi a blessés, il y en eut qui eurent le sens de comprendre qu'au lieu de servir leur cause, ils la compromettaient par l'emploi de moyens illégaux. Leur bon sens a été, cette fois, écouté suffisamment pour que l'attaque n'eût pas lieu. Moi et mes amis, nous en faisons l'honneur non-seulement à cette cause, mais encore à une autre : à l'intrépide attitude de l'armée de Paris et de son illustre chef.

« Ce chef, voici ce qu'il avait entrepris et ce à quoi il avait réussi.

« Nous avions pu craindre, au milieu de l'agitation extraordinaire des esprits, que la politique, s'introduisant dans l'armée, n'y affaiblît l'esprit militaire. Il n'y a que deux idées politiques qu'il est bon de laisser introduire dans l'armée, qui doivent y être, qui composent son cœur : dévouement à la loi au dedans ; au dehors, dévouement à la patrie. Voilà la seule politique qu'il faut introduire dans l'armée.

« Toute autre idée politique que ces deux idées : dévouement à la loi, dévouement à la patrie, est la perte de toute l'armée.

« Eh bien ! l'énergique et habile général qui était à sa tête, en ravivant en elle l'esprit militaire, avait étouffé l'esprit politique. Voilà ce que l'histoire dira de lui un jour, et ce sera sa gloire ; en réveillant l'esprit militaire, il a étouffé l'esprit politique qui pouvait perdre l'armée.

« Je fais donc honneur de ces circonstances au bon sens de ceux qui ont pensé qu'il ne fallait plus attaquer l'ordre public par les armes, et, je le répète, à celui qui avait montré une attitude si intrépide.

« A partir de ce jour, la sécurité publique a été rétablie, car cette société n'a plus craint d'être enlevée de vive force chaque jour de son existence ; à partir de ce jour, la prospérité publique a reparu, non pas telle que nous l'avons vue, mais telle, qu'elle nous étonne aujourd'hui et qu'elle a raison de nous étonner.

« Eh bien! messieurs, nous avions encore donné au pouvoir notre concours tout entier ; nous avions partagé ses difficultés, ses périls, comme si nous avions siégé sur les mêmes bancs que lui. Les attaques ont-elles cessé à ce nouveau rapprochement? Non; elles ont été plus vives que jamais, plus hardies à soutenir que le pouvoir non contredit, que le pouvoir sans Assemblée était définitivement le meilleur pour ce pays-ci. Eh bien, a-t-on même alors trouvé le terme de notre dévouement et de notre soumission? Non, messieurs. Je vais vous citer un dernier fait. On est venu quelques jours après, et ici j'ai besoin d'employer les expressions les plus ménagées, je le dois au sujet; je tâcherai de n'y pas manquer : on est venu nous demander la dotation.

« Eh bien! permettez-moi de vous le dire avec franchise, il nous en a coûté beaucoup de l'accorder.

« Je vais vous dire pourquoi. Ce n'est pas que nous crussions précisément à cette fable de la simplicité de la République dans les temps modernes; ce n'est pas que nous fussions disposés à penser que peut-être, la dotation accordée, les injures décernées tous les jours à la majorité seraient moindres; ce n'est pas non plus que nous crussions que, dans l'état de nos finances, deux millions de plus accordés fussent la ruine du budget. Non! Eh bien! je vais vous dire le motif vrai, sincère : cela tendait, contre notre gré, nos opinions vraies, à dénaturer l'institution de la présidence de la République. Voilà ce mot franchement dit.

« Je m'efforce à employer les expressions les plus ménagées. Sans doute, nous ne nous attendions pas à trouver au palais de l'Élysée la simplicité de Jefferson; mais, cependant, deux à trois millions ajoutés à la dotation tendaient à y introduire d'autres habitudes que celles qui nous semblaient devoir appartenir à la présidence de la République. Comme on nous accuse de nous être séparés bientôt de ce pouvoir, il faut que la France sache jusqu'où nous sommes allés en sacrifices pour le soutenir. Eh bien! cela coûtait à beaucoup de membres de cette Assemblée. Ils ne voulaient pas dénaturer l'institution. Pourquoi l'avons-nous fait? Pour la paix publique. Nous nous sommes dit que le refus de la dotation était un acte de rupture avec le pouvoir exécutif, et que nous serions coupables de cette rupture si nous la provoquions pour des motifs qui n'avaient pas un immense intérêt politique. Je vous disais en commençant que nous avions tenu l'engagement de tout donner ce qui serait en notre pouvoir; mais que, quand nous verrions d'autres prétentions apparaître, de les arrêter. Cette deuxième partie de nos engagements, nous ne l'avons pas tenue dans l'intérêt public. Voilà, jusqu'à la prorogation, les relations de la majorité avec le gouvernement.

« Pour ne pas diviser le parti modéré, nous avons voté pour le Président de la République, car la République nous l'avait donné pour candidat; nous lui avons apporté nos conseils quand il les a demandés; nous n'avons pas pris des portefeuilles; nous avons conseillé d'appeler des hommes nouveaux; nous les avons soutenus suivant nos convictions; nous avons constamment conseillé la politique dont on se vante aujourd'hui; mais quand on s'en est écarté par le message du 31 octobre, nous ne nous sommes pas retirés.

« Lorsqu'un danger public nous a fait rappeler, nous sommes revenus, nous avons continué le même dévouement. Dans les actes les plus difficiles, ce dévouement a été complet, entier, sans réserve.

« Quand, enfin, on nous a demandé une chose qui n'était pas du pouvoir, qui était quelque chose de ces anciennes habitudes que nous avions tant craint de voir reparaître avec le nom de Napoléon, nous l'avons accordé pour la paix publique. Voilà nos relations avec le pouvoir exécutif.

« Si cette presse qui se vante d'instruire la France veut être impartiale, qu'elle rapporte à la France les quelques paroles que je viens de vous dire.

« Maintenant, j'arrive à la prorogation. C'est ici qu'ont eu lieu des actes que, dans notre conscience, nous ne croyons plus possible de laisser passer sans résistance.

« Messieurs, après ce que vous a dit tout à l'heure M. le ministre de l'intérieur, il m'est difficile d'aborder un certain sujet.

« On nous a dit : Oui, pendant la prorogation, il y a eu quelques manifestations inconstitutionnelles, si on veut ; mais il y en avait eu à Wiesbaden, à Claremont ; partant, quittes !

« C'est un *quitus* que, pour ma part, je ne puis pas accepter. Si ce qu'on a fait à Claremont et à Wiesbaden était inconstitutionnel, je crois que ce serait une étrange manière de s'excuser que de venir dire que, puisqu'il y a eu des inconstitutionnalités d'un côté, il peut y en avoir de l'autre. Moi, je crois que ce qui s'est passé dans ces célèbres voyages n'est pas inconstitutionnel.

« Je suis vraiment embarrassé pour m'expliquer sur ce point, M. le ministre l'ayant fait si complétement. Oui, cela est vrai, j'ai dit toutes les paroles que M. le ministre de l'intérieur m'a fait l'honneur d'apporter à cette tribune, et je l'en remercie. Oui, j'ai été voir à son lit de mort un roi dont j'avais combattu la politique, et dont cependant j'avais toujours chéri la personne, parce qu'à travers une opposition très-vive (il n'est pas dans mon caractère de faire une demi-opposition), parce qu'à travers une opposition très-vive, il avait dû discerner l'attachement que je portais à sa personne et à sa famille. Je m'étais dit que je ne le laisserais pas mourir sans aller le voir. Je l'avais dit à M. le Président de la République ; car je n'allais pas là comme faisant un acte clandestin de conspiration ou d'intrigue ; j'y allais pour donner, autant qu'il était en moi, un exemple, qui n'est pas tellement banal, qu'on ait raison de vouloir l'empêcher, d'honorer le malheur, d'honorer la vieillesse, d'honorer l'exil.

« Je savais, dans ma position, tout ce que je ferais naître de soupçons ; je le savais ; je l'ai dit dans ces termes à M. le Président de la République, auquel je suis allé demander, non pas son consentement, tant de docilité n'était digne ni de lui, ni de moi ; je suis allé l'en informer, parce que je connaissais son sentiment délicat des convenances, et que j'étais assuré qu'il m'approuverait ; je lui ai dit que je ne demandais rien au pouvoir actuel, rien, ni à celui-là, ni à d'autres ; que je lui apportais mon concours, mais que je demandais à lui et à la République, pour prix de ce concours dévoué, une seule chose, la liberté de mes affections.

« Je suis allé à Claremont, c'est vrai. Je l'ai dit à M. le ministre de l'intérieur. J'ai eu l'honneur d'être assis entre une veuve, respectable par ses malheurs, par ses qualités, et son fils. Oui, je l'ai dit à M. le ministre de l'intérieur, on ne l'appelait que le *comte de Paris ;* et, pour moi, je n'aurais pas admis qu'on l'appelât autrement, parce que la France lui a donné ce titre-là, et ne lui en a pas donné un autre.

« Je vais donc discuter les actes, les discuter dans leur valeur véritable.

« Messieurs, je n'étais pas membre de la commission de permanence ; je suis donc fort impartial dans le jugement que je porterai de ses actes ; mais je suis frappé d'une chose, c'est le soin avec lequel on veut faire

consister tous les actes de la commission de permanence dans ce qu'on appelle vulgairement « l'affaire
« Allais ».

« J'ai lu ses procès-verbaux, comme vous tous, et
voici ce que j'ai vu : c'est que, le dernier jour de l'existence de cette commission, un rapport faux, bien entendu, et méprisable, je le reconnais, a été porté à la
commission; elle n'en a pas fait le sujet de ses délibérations, comme de tous les faits qui composent véritablement l'œuvre de la commission de permanence; elle
a chargé trois de ses membres d'aller en converser
avec M. le ministre de l'intérieur. Mais, enfin, permettez-moi de le dire, est-ce que ce dernier fait, qui n'a
pas été le sujet d'une délibération, mais d'une mission
donnée à trois de ses membres, est-ce que ce fait compose vraiment l'objet de la résistance bien modérée?..
Quand on a lu les procès-verbaux... modérés comme
cette majorité, dont je viens de raconter les œuvres
tout à l'heure, est-ce que la résistance de cette commission consiste dans le fait de ces derniers jours?
Nous parlons franchement; pour ceux qui ont lu les
procès-verbaux, qu'est-ce qu'il y a eu? Le Président de
la République a fait des voyages : c'était son droit;
cette représentation, que nous lui avons donné les
moyens de rendre magnifique, il l'a portée de Paris
dans les provinces : je n'ai pas d'objection; il a tenu des
discours: je ne veux pas les discuter; et enfin, il a passé
des revues : c'était encore son droit. Eh bien! messieurs, permettez-moi de vous le dire : contesterez-
vous que, dans ces revues, on ait crié *vive l'Empe-*

reur? Assurément pas. Eh bien, messieurs, nous tous, hommes d'ordre, nous avons été profondément affligés, je dirai presque, si vous voulez que je donne au mot toute l'énergie du sentiment que j'ai ressenti, indignés...

« Savez-vous pourquoi? C'était quelque chose de plus sacré encore que la légalité violée, quoique la légalité soit quelque chose de bien respectable sous toutes les constitutions ; c'était l'ère des Césars préparée, celle où les légions proclamaient les empereurs.

« On a dit, pour excuser ces cris : « Mais vous, vous « qui étiez ministre de l'intérieur, dans telle année, on « a crié devant vous *vive le Roi!* » C'est vrai ; on aurait pu dire à tel autre on a crié sous vous *vive l'Empereur!* C'est vrai encore ; mais prenez garde. Lorsque, sous les rois Louis-Philippe et Charles X, on criait *vive le Roi!* et sous Napoléon *vive l'Empereur!* ce n'était pas un vœu que l'armée émettait ; c'était un hommage au pouvoir établi ; mais dans une situation comme la nôtre, où, il faut bien le reconnaître, sans venir dire aux institutions actuelles qu'elles sont précaires, sans leur faire ce déplaisir...

« Je m'expliquerai tout à l'heure sur cette institution. Si, en m'expliquant, je vous blesse, vous pouvez me le témoigner. Attendez, je vous prie, avec un peu de patience ; mais je dis que, lorsque, de tous côtés, on se demande quel sera le gouvernement définitif sous lequel vivra la France....

. . . .

« Eh bien, je vais me placer sur votre terrain. Vous

vous plaignez tous les jours que les uns songent à la
légitimité, que les autres songent à l'empire, les autres
à la branche cadette. Ah! puisque vous vous en plaignez, vous reconnaissez donc vous-mêmes qu'il y a des
gens qui ont le tort d'y songer : c'est incontestable.
Eh bien, voilà ce que nous, gens d'ordre, nous disons :
Lorsque, en effet, dans le pays, de telles pensées existent,
lorsqu'il y a des partis qui, d'après ces accusations, rêvent, dans un avenir plus ou moins prochain, légalement ou illégalement, un autre gouvernement que le
gouvernement existant, nous nous demandons si ce
n'est pas le plus redoutable des exemples, que de faire
émettre un vœu à l'armée; car, que signifie ce cri :
vive l'Empereur? Il signifie que l'armée demande le
rétablissement de l'Empire.

« Je m'adresse ici à la bonne foi de tout le monde ;
ceci est trop sérieux pour équivoquer : lorsqu'on auto-
rise à crier *vive l'Empereur!* est-ce qu'on ne s'expose
pas à entendre crier : *vive la République! vive le comte
de Paris! vive le comte de Chambord?* Eh bien, voilà
ce que j'appelle le fait de prétoriens ; ce sont les armées faisant la destinée des nations et voulant la leur
imposer. Eh bien, il n'y a pas un homme de sens qui
n'ait regardé cela comme un malheur déplorable; et
moi, qui arrivais de voyage et qui, tout en respectant
le pouvoir, me permets de lui dire la vérité, je me suis
permis de dire à M. le Président que cela était regrettable, que cela était malheureux, et je l'ai dit à ses
ministres. Oui, un grand malheur. « Mais, me dit-on,
« nous ne les avons pas provoqués. » Vous ne les avez

pas provoqués, c'est vrai ; vous me le dites, et c'est pour cela que je dis : c'est vrai ! Vous ne les avez pas provoqués ! Eh bien, je vous adresse cette question : Est-il vrai, oui ou non... nous sommes devant le pays ; songeons à dire la vérité... est-il vrai, oui ou non, que, pour ne les avoir pas encouragés, le général Neumayer a perdu son commandement ? Voilà où est la question, la situation tout entière.

« Messieurs, la question est là tout entière ; ne la laissons pas s'égarer, laissons-la où elle est. Oui, que vous les ayez provoqués ou non, encouragés ou non, permis ou non, la question n'est pas là. Un général, pour ne les avoir pas encouragés, a perdu son commandement. Eh bien, permettez-moi de vous le dire, cela est sans exemple ; je ne sais pas un acte aussi hardi sous aucun des gouvernements qui ont précédé.

« Eh bien, messieurs, un tel acte, un général révoqué pour n'avoir pas encouragé le cri de *vive l'Empereur !* mais c'est l'acte le plus extraordinaire, le plus audacieux, permettez-moi de le dire, qui se puisse imaginer !

« Eh bien ! nous, nous si tracassiers, lorsqu'on nous a dit qu'il fallait, dans l'intérêt de la paix publique, ne pas agiter le pays, laisser cette session s'ouvrir, se conduire paisiblement, que le message donnerait à tous ces faits un démenti, qu'il les effacerait, nous avons accueilli ces dispositions avec empressement. Le message est venu ; nous n'avons pas été les derniers à lui faire bon accueil, à le recevoir comme un engagement qui rassurait la France et nous. Cet acte si étrange, si étrange que jamais, sous la monarchie, on ne l'aurait permis à des ministres, cet acte-là, nous l'avons passé sous silence.

« Quel jour avons-nous pris la parole? Quand nous n'avons pas pu ne pas la prendre.

« M. le général Changarnier, qui avait parfaitement compris son rôle et qui vient de le définir dans des paroles admirables... M. le général Changarnier l'avait compris comme il devait le comprendre, comme il était grand et glorieux, profondément habile de le comprendre : c'était de n'appartenir à aucun des partis qui divisent la France, et de répondre à ce qu'il y a de commun à tous, la loi. M. le général Changarnier, à qui une certaine presse disait tous les jours : Mais le sphinx ne parle pas !...

« Le sphinx ne parlait pas, le sphinx avait raison de ne pas parler, son rôle était d'agir. Il y a un jour où il a dû, non pas parler, mais agir, lorsqu'un général a été déplacé pour les cris de *vive l'Empereur !* il a dû l'improuver; il a dû faire ses efforts pour couvrir le général. Ce général ayant reçu un dédommagement, et la justice étant au moins sauvée, si la constitutionnalité ne l'était pas, le général Changarnier lui seul, de sa propre inspiration, a fait son ordre du jour. Après cet ordre du jour, le sphinx avait parlé, et ce jour-là il avait signé sa destitution.

« Quand vous dites que la résolution de la destitution était antérieure à la scène qui s'est passée ici, il y a une portion de vérité. Oui, le jour où l'ordre du jour

de M. le général Changarnier avait été signé, sa destitution était résolue.

« Maintenant, la scène qui s'est passée ici, permettez-
moi de l'expliquer en deux mots.

« Cette presse, qui a continué pendant deux ans à
récompenser la majorité de son dévouement, récompen-
sait aussi l'honorable Changarnier de ses services en
l'attaquant tous les jours. Ces ordres si extraordinaires,
disait-on, qu'il avait donnés (en tout cas, ce n'eût pas
été au pouvoir à les lui reprocher) se sont trouvés cités
avec des reproches dans un journal ministériel. L'Assemblée a éprouvé un sentiment bien naturel, elle a
voulu que l'explication eût lieu sur-le-champ. Cette
explication, permettez-moi ce détail, et c'est pour ce
détail que je dis quelques paroles, cette explication
était si peu contestée que moi et quelques-uns de mes
amis nous avons voté pour l'ajournement à six mois et
provoqué ainsi les rires de l'Assemblée.

« Eh bien, l'Assemblée a témoigné à M. le général
Changarnier la confiance qu'elle avait en lui, le cas
qu'elle faisait de ses services, l'estime qu'elle n'a cessé
d'avoir pour lui, malgré certaines attaques, et ce jour,
j'en conviens, la goutte d'eau a fait déborder le vase ;
M. le général Changarnier, dont la destitution était
résolue, a été, en fait, définitivement destitué. Eh bien,
la question est ici tout entière ; pour les cris de *vive
l'Empereur*, qu'un général n'avait pas encouragés,
qu'un autre avait interdits par un ordre du jour, deux
généraux, le général Neumayer et le général Changarnier ont été destitués.

« Maintenant, était-il possible, je le demande, si dociles, si déférents que nous eussions été, et que nous fussions disposés à l'être, que la destitution du commandant de la force militaire de Paris passât sans observations, qu'elle passât sans que le débat, débat triste et terrible qui est engagé devant vous, s'élevât naturellement? Nous aurions voulu l'empêcher que nous ne l'aurions pas pu; il était inévitable. Eh bien, voilà ce qui a brisé la majorité. Ce n'est pas nous, c'est vous; ce n'est pas nous, qui avons été d'un dévouement sans bornes; c'est vous, qui, lorsque, disiez-vous, il y avait ici une popularité qui vous offusquait, ne pouviez pas supporter un troisième pouvoir.

« Ce mot, messieurs, est-il bien sérieux? Qu'est-ce qui vous offusquait donc dans l'honorable général Changarnier? Y a-t-il un jour où il ait désobéi? Oh ! je suis convaincu d'une chose : un homme qui a le génie du commandement, un caractère ferme, décidé, il faut traiter avec lui peut-être, avec certains ménagements; et puisque les souvenirs impériaux sont aujourd'hui la poésie à laquelle nous nous reportons volontiers...

« L'Empereur, qui était un bien grand personnage, un bien grand général, un maître bien obéi, aimant beaucoup à l'être si je vous disais les ménagements qu'il avait pour le maréchal Masséna, pour le maréchal Lannes, vous en seriez étonnés; vous, messieurs, qui entourez de votre dévouement et de votre respect le chef de la République, si les faits de ce passé sur lequel vous vous appuyez volontiers, vous étaient mieux connus, vous sauriez que l'Empereur, que cette grande volonté, savait ménager, dans les autres, ces volontés énergiques qui faisaient sa grandeur en s'élevant à lui.

« Eh bien, oui, j'ai connu beaucoup d'hommes énergiques, j'ai connu (heureusement pour notre pays, il y en a toujours eu), j'ai connu de ces hommes qui avaient le génie du commandement, et il est vrai qu'il fallait avec eux certains procédés ; il en faut toujours et, quelque grand qu'on soit, on ne doit jamais l'oublier. Donc, si vous me dites qu'il fallait des procédés avec un homme d'un caractère aussi énergique que le général Changarnier, je vous accorde tout ce que vous pourrez dire, qu'il me pardonne le mot, de son mauvais caractère.

« Mais a-t-il désobéi un seul jour? A-t-il refusé d'exécuter les ordres qu'on lui donnait légalement? N'a-t-il pas en tout rempli ses devoirs avec la plus grande ponctualité? Là est la question.

« Mais on ne dit pas cela. Il était un troisième pouvoir dans l'État.

« Si vous voulez dire qu'il avait une grande importance, cela est vrai ; il avait deux genres d'importance. Pour nous, qui tenions beaucoup à ce que l'ordre fût, non-seulement inattaqué, mais inattaquable, et qu'il y eût un homme d'une telle énergie à la tête de la force publique, qu'on ne songeât pas même à troubler l'ordre : oh! pour nous, il avait une valeur immense à ce point de vue. Il en avait une seconde. L'idée s'était répandue, pardonnez-nous cela, que le général Changarnier, étant à la tête de la force publique, l'Assem-

blée avait, outre son inviolabilité de droit, une inviolabilité de fait qui n'était pas à dédaigner.

« Cette idée s'était répandue. Oui, c'est vrai, il y
avait là, à la tête de la force publique, un général qui
rassurait tous les gens d'ordre, qui, en les rassurant
dans Paris, les rassurait dans toute la France, et qui
ensuite répondait à ce besoin de sécurité qu'une Assemblée placée, sans intermédiaire, en présence du pouvoir
exécutif qui a le commandement des armées, a besoin
d'éprouver.

« M. le général Changarnier avait ces deux impor-
tances-là.

« Mais, dit-on, c'est une anomalie?

« Une anomalie! Quelle est donc cette anomalie que
vouloir avoir à la tête de la force publique un homme
qui rassure complétement, et à la tête de la force publique, dans le lieu où siége l'Assemblée, quelqu'un qui
ait sa confiance? Une anomalie! Imprudents que vous
êtes, pardonnez-moi ce mot, avez-vous oublié à quelle
question vous alliez vous exposer? Permettez-moi de
vous adresser celle-ci : M. le général Changarnier, inspirant confiance à tous les hommes d'ordre, inspirant
confiance à l'Assemblée est une anomalie! Eh bien, je
vous adresse cette question : N'y a-t-il aujourd'hui
dans la République que cette anomalie? N'y en a-t-il
pas une autre? Franchement, sans outrage, loin de
moi toute pensée d'outrage, dites-moi : le pouvoir exécutif, en France, tel qu'il s'est établi depuis deux ans,
a-t-il l'attitude, les habitudes d'un Président de la République? Franchement, parlons-nous en honnêtes gens,

et Dieu me préserve d'outrager ici le chef du pouvoir exécutif, mais enfin nous nous y sommes prêtés nous-mêmes ; oui, en votant la dotation, nous avons consenti, pour notre part, par amour de la paix publique, à ce qu'il se créât dans la République, permettez-moi de vous le dire, quelque chose qui n'est déjà plus la présidence de la République.

« Ce que je dis est grave, je le sais ; cela est délicat ; mais enfin, quand on vient nous dire cette chose si étrange, qu'il s'était fait là un pouvoir exorbitant, une anomalie, je veux dire qu'il y en a une autre dans l'État, et que, lorsque dans l'intérêt de l'ordre et de la paix nous n'avons pas réclamé, vous nous deviez, peut-être dans l'intérêt aussi de l'ordre et de la paix, de supporter cette double importance qui vous offusquait, et que vous le deviez à notre double sécurité, sécurité sous le rapport de l'ordre, sécurité sous le rapport de l'indépendance.

« Eh bien, je dis, permettez-moi ce mot, qu'un pouvoir qui, lorsqu'on lui a tout accordé, ne sait pas accorder aux autres ce qui dérive aussi des circonstances, n'agit pas sagement, et qu'avant de lui remettre sans mesures, sans aucune contestation les destinées de l'État, il y a lieu d'y penser beaucoup. J'engage la France à y penser comme nous.

« On dit : Mais c'est la première faute !

« Messieurs, nous avons fait vœu de ne pas rechercher avec tant de soin, dans le temps où nous vivons, les libertés du pays étant si peu consolidées, nous avons fait vœu de ne pas rechercher avec un soin jaloux les

fautes, mais, permettez-moi de vous le dire, c'est plus
qu'une faute, que le double acte de destitution du général de la division et du commandant en chef de la force
armée de Paris, pour le cri de *vive l'Empereur!* Ce
premier manquement aux engagements réciproques que
les partis qui divisent la France avaient pris les uns
envers les autres, en acceptant la République, ce premier manquement est plus qu'une faute, beaucoup plus
qu'une faute.

« Messieurs, quelle nature d'engagements avons-nous
pris en souscrivant à la République... ?

« Messieurs, je vais vous exposer naïvement mes
convictions les plus vraies, et vous verrez si la République a lieu d'être satisfaite ou non de mon ortho-
doxie.

« Messieurs, je vous l'ai dit bien des fois, ce n'est pas
pour répéter une chose qui vous soit désagréable, avant
1848, élevé dans les idées monarchiques, comparant
l'Angleterre et l'Amérique, j'avais une préférence complète pour la forme de liberté qui existe avec tant de
gloire et de profit en Angleterre.

« C'était ma préférence.

« J'ai des choses si difficiles, si délicates, si importantes à dire que je supplie que l'on m'écoute sans m'interrompre.

« Eh bien, oui, je ne rêvais pour mon pays que la
forme de liberté qui se trouve en Angleterre, sous la
forme monarchique. Pour moi, c'était la plus véritablement libérale, celle qui réunissait au plus haut degré les deux conditions sans lesquelles, pour ma part,

un gouvernement, quel qu'il soit, n'aura jamais mon adhésion, l'ordre et la liberté.

« Mais je ne méconnaissais pas que le spectacle que donne l'Amérique était un spectacle bien grand et bien beau aussi; je ne le méconnais pas. Cependant, moi, élevé dans la vieille Europe, ne rêvant pour mon pays que les destinées de la vieille Europe, tout mon vœu était pour le gouvernement constitutionnel, franchement accepté par la royauté, courageusement pratiqué par nous.

« Voilà quels ont été les sentiments de toute ma vie, mon éducation dès l'enfance.

« 1848 est arrivé..... Oh! j'en ai eu une profonde douleur, vous ne l'ignorez pas. Eh bien, savez-vous alors ce que je me suis dit? Non pas que j'avais eu tort de croire que la forme de la monarchie anglaise était la plus véritablement libérale qu'il y eût au monde, mais voici en quoi je me suis adressé une question, avec une bonne foi parfaite; je me dis : Peut-être me suis-je trompé; peut-être la destinée des nations modernes ne les conduit pas vers la forme américaine.

« Qui est-ce qui a ce grand secret, ai-je dit? Je me le suis dit, dans le secret de ma conscience; je me le suis dit ici et dans la retraite, et je me suis dit, en bon citoyen : Me trompais-je ou non quand je croyais que la forme anglaise était la forme nécessaire des sociétés européennes? Oui, j'ai eu la bonne foi de m'adresser ce doute; peut-être me suis-je trompé, et quoique j'aie raison de préférer la forme anglaise, peut-être les sociétés européennes sont-elles conduites par la force des choses à la forme américaine... Et alors, moi, j'ai humilié, non pas mon caractère, car vous savez tous si, quand j'ai paru à cette tribune, j'y ai paru avec un front humble et qui craint de dire la vérité ; mais j'ai humilié l'orgueil de ma raison devant la main de la Providence, et je me suis dit : peut-être je me suis trompé. Mon pays prononce aujourd'hui ; il faut une loi : cette loi est la République ; notre devoir est de la servir franchement sans intérêts. Je ne demande plus rien à quelque gouvernement qui puisse naître dans mon pays. A mon âge, avec ma vie, aucun ne peut rien pour moi ; je puis, moi seul quelque chose pour ou contre moi, en me conduisant bien ou mal ; je me suis dit que je servirais la République, non pour participer à ses grandeurs, mais parce qu'un bon citoyen, quand la loi est la loi, doit incliner sa tête et lui être fidèle... Je me suis dit qu'il fallait, dans l'intérêt même d'autres convictions, si elles étaient vraies, faire l'expérience franchement, complétement, loyalement.

« A côté des douleurs que je ressentais, j'ai éprouvé un sentiment cependant, qui a été, à quelque degré, un sentiment de satisfaction, je veux dire légal. Je me suis dit : après tout, la République c'est le gouvernement de tout le monde, de tous les partis. Il y a quelques jours, M. Berryer était à côté de moi, lui dont j'ai connu et la vie et le caractère, lui qui, malgré des luttes vives, s'est toujours conduit à mon égard en loyal adversaire, et je me disais : sous un autre gouvernement, il se croyait humilié ; si celui qu'il désire revenait, peut-être éprouverais-je le même sentiment ; ceux

qui rêvent l'empire se croiraient humiliés sous le gouvernement du comte de Chambord ou du comte de Paris; les républicains aussi, c'est bien entendu, ce ne
serait pas conforme à leurs convictions. Eh bien, voici
l'expérience nécessaire et conforme à l'opinion de tous :
la République, c'est le gouvernement de tous, c'est le
gouvernement de tous les partis; contribuons tous à
l'expérience et contribuons-y loyalement, franchement, sans arrière-pensée... Ce que nous nous devons
les uns aux autres, savez-vous quoi? c'est d'y travailler
de notre mieux.

« Nous ne pouvons pas y travailler les uns et les
autres avec la même conviction; je veux bien une République démocratique; mais vous la voulez plus démocratique que moi, je ne vous en fais pas un crime;
trouvez aussi naturel qu'on puisse être républicain autrement que vous. Ce que vous devez souhaiter, en
effet, ce n'est pas qu'on le soit comme vous; car permettez-moi de vous le dire, sans vouloir vous blesser ;
peut-être que s'il n'y avait que des républicains comme
vous, cela diminuerait la confiance que la France a
dans la République.

« Souffrez qu'on le soit autrement que vous, car, en
Amérique (et vous seriez heureux, apparemment, de
voir la France établie en République, comme elle est
en Amérique), vous savez qu'il y a deux partis, qu'il y
a les whigs et les démocrates.

« Ne vous étonnez donc pas que, dans cette République française, si nouvelle, il y ait des hommes qui,
tout en étant franchement décidés à faire ce que j'ap-

pelle cette expérience, aient voulu et veuillent la faire autrement que vous.

« Maintenant, voici l'engagement de loyauté que nous devons prendre et tenir les uns envers les autres.

« C'est que, ni les uns ni les autres, par l'intrigue, par la violence ou par des entreprises insensibles, ne conduisent cette République à toute autre chose qu'à une République. C'est qu'à la fin de l'expérience il ne se trouve pas un jour que l'un des quatre partis qui divisent la France ne convertisse la République en un gouvernement à lui.

« Maintenant examinons franchement et brièvement lequel des quatre partis qui divisent la France a commis récemment ce que j'appelle un manquement à ces engagements-là.

« M. de Ségur me demandait tout à l'heure mon sentiment sur Wiesbaden. Je vais dire quelques mots sur Wiesbaden, non pas pour juger mes collègues, Dieu m'en préserve. En ce monde, dans le temps difficile où nous vivons, il faut s'occuper de soi, de sa conscience ; il ne faut pas juger celle des autres, même de ses amis politiques, de ceux avec lesquels on marche. Mais de quel point de vue devons-nous juger cet acte-là? Du point de vue du danger vrai pour la République.

« Eh bien, on est allé à Wiesbaden, c'est vrai. Mais sous la monarchie de Louis-Philippe, on était allé à Belgrave-Square. On nous dit : vous les avez flétris. Distinguons; pas moi.

« Maintenant que cette monarchie que j'ai aimée est tombée, je ne voudrais pas l'attaquer. Mais, permettez-moi de vous le dire, nous avons déploré cette faute, nous l'avons regardée comme une violence non pas matérielle, mais comme une de ces violences de langage dont il faut se défendre, et tous les gens de bon sens ont pensé que la manifestation de Belgrave-Square n'était pas un danger pour la monarchie. Elle est tombée cette monarchie ; faites-moi la grâce de me dire, prenez des balances bien sensibles, dites-moi de quel poids, dans le jour suprême, a pu peser l'entreprise de Belgrave-Square.

« M. Berryer et ses amis, en obéissant à des affections que vous ne pouvez pas avoir la prétention d'avoir abolies, car vous pouvez enchaîner la conduite et vous le devez, mais les cœurs échappent à tous les gouvernements, même à la République ; eh bien, M. Berryer, parlons en gens de bon sens, n'a pas fait là une entreprise qui puisse être alléguée comme un danger pour la République, comme un de ces actes qui pourraient en justifier, en excuser d'autres.

« Quant au voyage à Clarement, il vient d'être ici, à cette tribune, tellement expliqué par le pouvoir lui-même, que je puis me croire, comme on dit, hors d'instance.

« Maintenant, parlons des républicains.

« Nous leur devons de travailler à faire que la République donne à la France le repos, la prospérité, et pour elle ce sont les seuls moyens de s'établir ; mais ils nous doivent de nous rassurer, de ne pas nous faire craindre des entreprises de vive force, et je leur rends cet hommage que, depuis la loi électorale, je parle sérieusement, et je suis sûr que les hommes qui siégent sur ces bancs comprennent à quel point mes paroles sont sérieuses ici.

« Si quelquefois, vu la délicatesse de la situation, je déguise le sérieux des faits sous la forme, voyez à quel point ce que je dis est sérieux et touche au fond des choses.

« Si nous vous devons d'entreprendre loyalement l'affermissement de la République, vous nous devez de renoncer à toutes les voies de violence et de ne vouloir la changer, de ne vouloir l'amener à vos tendances, si elles sont bonnes, que par des moyens légaux.

« Maintenant, le parti républicain nous doit cela ; il a à lui une puissance redoutable, ce sont les passions populaires. Voilà sa force ; d'autres ont les souvenirs, le parti républicain a les passions populaires.

« Je disais que depuis la loi électorale ces passions se sont calmées. L'ordre rétabli a fait renaître le travail, et le travail a distrait les passions populaires ; la force de ce parti, la force dont il aurait pu mésuser depuis une année, et dont je conviens qu'il a eu la sagesse de ne pas mésuser depuis une année, cette force a diminué. Il nous doit, si nous lui devons la loyauté d'entreprendre le succès de la République, il nous doit les moyens pacifiques, la légalité.

« Maintenant, quant au gouvernement, j'appelle chacun de son nom ; quant au quatrième parti, quant au parti bonapartiste, encore une fois, j'appelle chacun comme il s'appelle, il veut s'appeler le parti bonapartiste, il est au pouvoir.

« Eh bien, c'est là un fait immense, d'être au pouvoir. On me dit qu'on veut la légalité, on me parle de loyauté. Je ne révoque rien de tout cela ; mais enfin, je ne puis pas effacer, malgré le respect que j'ai pour toutes les déclarations qu'on me fait ici, je ne puis pas effacer de ma mémoire l'instruction, que j'ai passé une vie déjà bien longue à acquérir ; je ne puis pas effacer de ma mémoire toutes les notions de l'histoire.

« Eh bien, malgré les déclarations qu'on peut faire, les plus loyales, les plus sincères aujourd'hui, je dis que le parti qui est au pouvoir est celui qu'il faut surveiller avec une grande attention, car il a, prenez garde, toutes les faveurs à distribuer.

« Avez-vous vu un pouvoir rester quelques jours dans ce pays sans y créer des intérêts, sans s'y créer des créatures ? Nous avons fait de grands progrès dans les idées ; depuis quelques jours, je commence à en douter, d'après toutes les théories que j'entends apporter à cette tribune ; nous avions fait des progrès dans les idées libérales, et cependant, la faculté de donner des places, des décorations, tout cela a-t-il perdu son empire ?

« Et puis, ce seul fait d'hier.... Ce pays agité de tant de révolutions, ce pays qui a sa grandeur, qui a sa gloire, moi qui l'aime tant, voudrais-je l'amoindrir ? Mais enfin, je puis le dire, puisque nous faisons nos confidences, il a ses défauts, ce pays ; lorsqu'il est sou-

levé, il est irrésistible, à ébranler les plus intrépides
courages. Quand il est remis, avec quelle promptitude
il est soumis! Comme il trouve tout bon ! comme il
trouve parfaitement excusable ce qui, autrefois, lui
paraissait des crimes ! Eh bien, dans une disposition
pareille, être au pouvoir, c'est un fait énorme. Tout
le bien qui se fait, on ne l'attribue qu'au pouvoir, vous
le voyez tous les jours. Les œuvres de cette majorité,
à qui en attribue-t-on le fruit? Au pouvoir.

« Et puis, il a la force, la force publique. La Constitution, elle a fait quelque chose de bien étrange, c'est
de créer une assemblée qui a, je ne dirai pas cette
souveraineté idéale qui ne réside, d'après notre Constitution, que dans le peuple. mais qui a la souveraineté effective de déclarer la paix et la guerre, de faire
les lois, toutes portions de souveraineté que les anciennes chambres des députés n'avaient qu'en partie;
elle est souveraine, et à côté d'elle est placé un pouvoir qui n'est pas souverain, qui est, j'oserai le dire,
d'après la Constitution, en quelque sorte subordonné,
mais qui a la force publique.

« Eh bien, messieurs, s'il y a quelques entreprises à
craindre pour ce gouvernement de tout le monde, que
nous nous sommes promis de ne pas laisser aller par
surprise, peu à peu, que nous nous sommes promis de
ne pas laisser devenir le gouvernement de tel ou de
tel, d'où ces entreprises seraient-elles à craindre ? je
le demande. La réponse, elle se fait tacitement dans
l'esprit de tous les hommes de bonne foi.

« Eh bien, que nous devait-on dans cette situation,

à nous, qui nous étions prêtés à ce que la forme de la République changeât déjà si rapidement? Ce qu'on nous devait, c'était de nous rassurer complétement; on nous devait surtout de ne pas la détruire, le jour où était poussé le cri de : *Vive l'Empereur !* Car quelles conclusions voulez-vous que nous en tirions? Quoi! on destitue l'homme le plus important dans la situation actuelle, je ne veux pas nuire ici à ses rivaux de gloire, mais l'homme le plus important dans la situation; on le destitue pour le cri de : *Vive l'Empereur !* et vous ne voulez pas que nous trouvions cela mauvais?

« Quoi! vous savez que vous vous exposez au reproche d'ingratitude, à l'irritation et à l'inquiétude de tous les hommes d'ordre, à la méfiance de cette Assemblée, à rompre cette majorité qui vous soutenait et, laquelle brisée, vous êtes réduits à rêver un parti nouveau; vous vous exposez à toutes ces choses : reproche d'ingratitude, inquiétude des gens d'ordre, méfiance de l'Assemblée, brisement de la majorité, pour frapper un général qui avait improuvé les cris de : *Vive l'Empereur !* et vous voulez que nous n'attachions pas à cela une immense importance ! Mais nous l'aurions voulu faire, que le monde entier ne l'aurait pas tu et qu'il y aurait ajouté cette importance que nous n'y aurions pas attachée nous-mêmes. Ne vous étonnez donc pas de notre attitude, de notre conduite : elle est forcée, nous ne pouvions pas en tenir une autre, et il fallait bien que nous n'en pussions pas tenir une autre pour que je vinsse faire ce grand acte, de me séparer du gouvernement dans une circonstance aussi grave. Nous ne l'avons pas pu.

« Vous dites qu'on ne rêve rien contre cette Assemblée ; j'en suis convaincu ; mais enfin, cette Assemblée elle ne vous a jamais résisté. Permettez-moi, avant de recevoir de vous sur ce point une réponse qui me satisfasse complétement, permettez-moi d'attendre le jour où cette Assemblée vous aura résisté. Quand elle vous aura résisté, personne ne peut dire d'avance les sentiments de son cœur, alors nous verrons les sentiments que cela vous inspirera ; et, si vous continuez de montrer cette résolution de respecter son indépendance, comme aujourd'hui, alors, peut-être, la sécurité que nous avons perdue renaîtra.

« Oui, aujourd'hui, j'en suis convaincu, vous voulez respecter cette Assemblée ; quant à l'avenir, permettez-moi de le dire, la conduite que dans ces circonstances le Pouvoir a tenue, je suis désolé de le dire, ce n'est pas la conduite d'un pouvoir sage. Eh bien, devant un pouvoir qui n'est pas sage, les gens d'âge ont de la défiance.

« Maintenant, vous dites : On va provoquer un conflit ; un conflit ! et quel est le moyen de l'éviter ? Qu'est-ce qui l'a commencé, le conflit ? Était-ce possible qu'il n'eût pas lieu de notre part, quand on avait destitué deux généraux pour des cris de : *Vive l'Empereur !* C'était impossible.

« Maintenant, comment le faire cesser, comment ? Vous voulez que l'Assemblée cède ? On dit : « Mais si

« le Pouvoir exécutif est battu dans cette circons-
« tance, le Pouvoir exécutif sera humilié. »

« Messieurs, il y a des temps où il faut être très-
inquiet pour le Pouvoir exécutif; nous commençons à
être arrivés à ceux où l'on doit commencer à être
rassurés sur la puissance, sur la sécurité, sur le mouvement qui entraîne vers le Pouvoir exécutif; le Pouvoir exécutif serait obligé de faire, en cette occasion,
quelques réflexions utiles, que, je crois, il n'en serait
pas considérablement affaibli; mais l'Assemblée, si
elle cède, permettez-moi de faire la réflexion que
voici :

« Lorsque deux pouvoirs en présence ont entrepris
l'un sur l'autre, si c'est celui qui a entrepris qui est
obligé de reculer, il y a désagrément, c'est vrai, c'est
juste; mais si c'est celui sur lequel on a entrepris qui
cède, alors sa faiblesse est tellement évidente à tous
les yeux, qu'il est perdu.

« Eh bien, quant à moi, je n'ajoute plus qu'un mot.
Il n'y a que deux pouvoirs aujourd'hui dans l'État :
le Pouvoir exécutif et le Pouvoir législatif.

« Si l'Assemblée cède aujourd'hui, il n'y en aura
plus qu'un... et quand il n'y en aura plus qu'un, la
forme du gouvernement est changée; le mot, la forme
viendront... Quand viendront-ils? cela m'importe peu;
mais ce que vous dites ne pas vouloir, si l'Assemblée cède, vous l'aurez obtenu aujourd'hui même; il
n'y a plus qu'un pouvoir... le mot viendra quand on
voudra... l'*Empire est fait.* »

M. Thiers constatait peut-être ainsi avec imprudence

la force du pouvoir exécutif : cette parole lucide, prophétique, faisait disparaître les obscurités des sous-
entendus des partis divisés.

M. Thiers, dans son discours, représente le prince
Louis-Napoléon comme un étranger arrivant à Paris
dans une complète ignorance des choses et surtout des
hommes.

Un des grands attraits du Président de la République, c'était sa parfaite connaissance, non-seulement
des choses, mais encore des hommes de son temps. Un
prince de son âge, qui n'eût pas quitté le pavillon
Marsan, eût été moins instruit, peut-être, de tant de
caractères si divers et de passions si différentes. Le
prince Louis-Napoléon n'était pas moins heureux dans
les honneurs qu'il savait rendre aux gens de mérite
et de talent.

A peine à Paris, son premier soin fut de faire une
visite à Béranger.

Dans les moments si difficiles de la République
chancelante, un romancier populaire à tous les titres,
Balzac, se mourait en silence avec le courage et la
résignation d'un grand esprit dont la tâche est accomplie. Une grave affection de ce noble cœur qui avait
tant battu pour la renommée et pour la gloire, augmentait chaque jour les cruelles angoisses de l'auteur
de la *Comédie humaine*, et peu de gens dans ce Paris,
si cruellement occupé du présent et de l'avenir, s'inté-
ressaient à la destinée implacable de ce grand écrivain. Le Président de la République envoyait, chaque
jour, savoir des nouvelles de l'illustre romancier. Il

avait appris à le connaître, à l'aimer dans les loisirs d'une longue captivité : « Je lui dois beaucoup,
disait-il; il fut longtemps la consolation, ou, tout au
moins, l'oubli de mes peines. »

Balzac est mort en s'inclinant devant le neveu de cet
Empereur dont il avait merveilleusement conté l'histoire, et, disons mieux, la légende, dans un des chapitres les plus curieux du *Médecin de campagne*. Balzac est mort trop vite. Il n'a pas vu luire, enfin, le
jour de la récompense. Son client du château de Ham
ne lui eût pas marchandé la fortune et les honneurs.
On peut affirmer que Balzac, s'il eût vécu, eût été le
mieux *renté* des beaux esprits, comme on disait à la
Cour du grand roi.

Avant M. de Balzac, le prince Louis-Napoléon, jeune
homme, avait entouré de ses respects M. de Chateaubriand, le royaliste et le chrétien. Comme M. de Chateaubriand se promenait, peu de jours après la révolution de Juillet, aux environs du château d'Arenemberg,
sur les bords du lac de Constance, ayant à son bras
madame Récamier, il vit accourir au-devant d'eux
la reine Hortense et son jeune fils. L'heure était solennelle pour ce vaincu de la monarchie, et pour cet
énergique jeune homme. Pour le vieillard, plus d'espérance; un immense espoir pour le jeune prince. Il
songeait déjà à quitter ce château d'Arenemberg, bâti
par la reine de Hollande, sur une espèce de promon-
toire, dans une chaîne de collines escarpées. « Le
prince Louis (Écoutez, c'est un récit de M. de Chateaubriand dans ses *Mémoires*) habite un pavillon à

part, où j'ai vu des armes, des cartes topographiques et stratégiques ; industries qui faisaient, comme par hasard, penser au sang du conquérant, sans le nommer. Le prince Louis est un jeune homme studieux, instruit, plein d'honneur et naturellement grave. »

Dans une telle bouche, un pareil éloge était un présage. Au reste, ce n'était pas la première fois que la reine Hortense, M. de Chateaubriand et le prince Louis avaient été mis en rapport par l'invincible attrait de la jeunesse, de la gloire et du malheur. Le lecteur ne sera pas fâché, j'en suis sûr, de rencontrer ici la lettre de la reine Hortense à M. de Chateaubriand :

Arenemberg, ce 15 octobre 1831.

« M. de Chateaubriand a trop de génie pour n'avoir pas compris toute l'étendue de celui de l'Empereur Napoléon. Mais, à son imagination si brillante, il fallait plus que de l'admiration : des souvenirs de jeunesse, une illustre fortune, attirèrent son cœur. Il y dévoua sa personne et son talent, et, comme le poëte qui prête à tout le sentiment qui l'anime, il revêtit ce qu'il aimait des traits qui devaient enflammer son enthousiasme. L'ingratitude ne le découragea pas, car le malheur était toujours là qui en appelait à lui. Cependant son esprit, sa raison, ses sentiments vraiment français en font, malgré lui, l'antagoniste de son parti. Il n'aime des anciens temps que l'honneur qui rend fidèle, et la religion qui rend sage ; la gloire de sa patrie qui en fait la force ; la liberté des consciences

et des opinions qui donne un noble essor aux facultés
de l'homme ; l'aristocratie du mérite qui ouvre une
carrière à toutes les intelligences ; voilà son domaine
plus qu'à tout autre. Il est donc libéral, napoléoniste
et même républicain plutôt que royaliste. Ainsi, la
nouvelle France, ses nouvelles illustrations sauraient
l'apprécier, tandis qu'il ne sera jamais compris de ceux
qu'il a placés dans son cœur, si près de la divinité,
et s'il n'a plus qu'à chanter le malheur, fût-il le plus
intéressant, les hautes infortunes sont devenues si
communes dans notre siècle, que sa brillante imagination, sans but et sans mobile, s'éteindra, faute d'ali-
ments assez élevés pour inspirer son beau talent. »

La lettre est belle ; elle alla droit au juste orgueil
de M. de Chateaubriand. Mais, plus il en était touché,
plus il voulait mettre d'abandon et de simplicité dans
sa réponse. On n'a jamais poussé plus loin que ce grand
homme le souci du comme il faut. Il écrivit donc, dans
une forme insolite, la réponse que voici :

« M. de Chateaubriand est extrèmement flatté, et
on ne peut plus reconnaissant des sentiments de bienveillance exprimés avec tant de grâce dans la première partie de la note. Dans la seconde, se trouve
cachée une séduction de femme et de reine, qui pourrait entraîner un amour-propre moins détrompé que
celui de M. de Chateaubriand.

« Il y a certainement aujourd'hui de quoi choisir
une occasion d'infidélité entre de si hautes et de si
nombreuses infortunes ; mais à l'âge où M. de Cha-

teaubriand est parvenu, des revers qui ne comptent que peu d'années dédaigneraient ses hommages : force lui est de rester attaché à son vieux malheur, tout tenté qu'il pourrait être par de plus jeunes adversités. »

Ceci est purement et simplement de l'éloquence ornée de force et de fidélité. Mais on peut dire, sans flatterie, en lisant la lettre du prince Louis à M. de Chateaubriand, qu'il est resté, pour le moins, au niveau des deux lettres précédentes. C'était l'heure où M. de Chateaubriand livrait ses dernières batailles pour ces rois qu'il avait tant aimés.

Voici cette lettre du prince Napoléon :

« Arenemberg, le 4 mai 1832.

« Monsieur le vicomte,

« Je viens de lire votre dernière brochure. Que les Bourbons sont heureux d'avoir pour soutien un génie tel que le vôtre ! Vous relevez une cause avec les mêmes armes qui ont servi à l'abattre ; vous trouvez des paroles qui font vibrer tous les cœurs français. Tout ce qui est national trouve de l'écho dans votre âme ; ainsi, quand vous parlez du grand homme qui illustra la France pendant vingt ans, la hauteur du sujet vous inspire ; votre génie l'embrasse tout entier, et votre âme alors, s'épanchant naturellement, entoure la plus grande gloire des plus grandes pensées.

« Moi aussi, monsieur le vicomte, je m'enthousiasme pour tout ce qui fait l'honneur de mon pays ; c'est pourquoi, me laissant aller à mon impulsion, j'ose vous

témoigner la sympathie que j'éprouve pour celui qui
montre tant de patriotisme et tant d'amour de la
liberté. Mais, permettez-moi de vous le dire, vous êtes
le seul défenseur redoutable de la vieille royauté;
vous la rendriez nationale si l'on pouvait croire qu'elle
pensât comme vous; ainsi, pour la faire valoir, il ne
suffit pas de vous déclarer de son parti, mais bien de
prouver qu'elle est du vôtre.

« Cependant, monsieur le vicomte, si nous différons
d'opinions, au moins sommes-nous d'accord dans les
souhaits que nous formons pour le bonheur de la
France. »

Ici, sans nul doute, M. de Chateaubriand fut embarrassé de la réponse. Il fallait nécessairement qu'il
laissât de côté bien des points indiqués par le prince
Louis Bonaparte. Il répondit par des violences contre
le juste-milieu; en même temps, comme s'il eût re-
douté de donner au prince Louis son vrai titre, il l'appelait *Monsieur le comte*. Il eût été bien plus simple
et bien plus vrai de dire : *prince* et votre *altesse*.

Voici cette réponse de M. de Chateaubriand :

« Paris, 19 mai 1832.

« Monsieur le comte,

« On est toujours mal à l'aise pour répondre à des
éloges; quand celui qui les donne avec autant d'esprit
que de convenance, est de plus dans une condition
sociale à laquelle se rattachent des souvenirs hors de
prix, l'embarras redouble. Du moins, monsieur, nous

nous rencontrons dans une sympathie commune ; vous
voulez avec votre jeunesse, comme moi avec mes vieux
jours, l'honneur de la France... Il ne manquait plus à
l'un et à l'autre, pour mourir de confusion ou de rire,
que de voir le *juste-milieu* bloqué dans Ancône par
les soldats du Pape. Ah ! monsieur, où est votre
oncle ? A d'autres que vous je dirais : Où est le tuteur
des rois et le maître de l'Europe ? En défendant la
cause de la légitimité, je ne me fais aucune illusion.

« Vous vivrez, monsieur le comte, pour voir votre
patrie libre et heureuse ; vous traverserez des ruines
parmi lesquelles je resterai, puisque je fais moi-même
partie de ces ruines.

« Je m'étais flatté un moment de l'espoir de mettre,
cet été, l'hommage de mon respect aux pieds de madame la duchesse de Saint-Leu ; la fortune, accoutumée à déjouer mes projets, m'a encore trompé cette
fois. J'aurais été heureux de vous remercier de vive
voix de votre obligeante lettre ; nous aurions parlé
d'une grande gloire et de l'avenir de la France, deux
choses, monsieur le comte, qui vous touchent de près.

« CHATEAUBRIAND. »

Puis, en guise de *post-scriptum*, dans un accent
plein d'amertume... et de vérité, le vieux royaliste
ajoutait : « Les Bourbons m'ont-ils jamais écrit des
lettres pareilles à celles que je viens de produire ? Se
sont-ils jamais doutés que je m'élevais au-dessus de tel
faiseur de vers ? »

Or, M. de Chateaubriand avait raison à ce point,

que, dans sa dernière visite au roi Charles X, à Fros-
dorff, le roi lui demanda : « Pourquoi il avait donné,
sous le premier Empire, sa démission de chargé d'affaires du Valais ? « Le monde entier savait pourquoi.
Seul, le roi Charles X ne le savait pas.

Mais revenons à cette Assemblée, foyer de division,
de discorde et de sentiments peu patriotiques.

Au milieu de ce tohu-bohu de reproches, de déclarations diverses et d'intérèts opposés, M. Sainte-Beuve,
propose l'amendement suivant, sans faire aucune mention du général Changarnier.

Voici cet amendement :

« L'Assemblée déclare qu'elle n'a pas confiance dans
le ministère, et passe à l'ordre du jour. »

Le scrutin s'ouvre, l'Assemblée houleuse se livre à
la plus grande agitation.

Le nombre des votants est de 701
Majorité absolue   351

415 voix se réunissent pour l'adoption de l'amendement. 276 votent contre.

La scission entre les deux grands pouvoirs publics
était profonde et déclarée; l'Assemblée se montrait
disposée à soutenir jusqu'au bout la lutte, mais le pouvoir exécutif apportait dans sa conduite plus d'unité,
plus de prudence, plus de persévérance, tandis que le
pouvoir législatif accusait ses divisions fatales et une
impatience agressive qui laissaient peut-être soupçonner sa faiblesse.

Le 24 janvier 1851, le Président de la République ne forma qu'un ministère de transition. Tous les hommes honorables qui le composaient n'avaient rempli que des fonctions secondaires dans le gouvernement; tous étaient pris en dehors de l'Assemblée. La mission qu'ils avaient reçue était plus administrative que parlementaire.

Voici le Message du Président de la République à l'Assemblée législative pour caractériser la pensée qui avait présidé à la formation de ce nouveau cabinet; peut-être le Message, sous des expressions très-réservées, très-conciliantes, contenait-il une leçon au pouvoir législatif.

MESSAGE PRÉSIDENTIEL.

Paris, 24 janvier 1851.

A Monsieur le Président de l'Assemblée nationale législative.

« Monsieur le Président,

« L'opinion publique, confiante dans la sagesse de l'Assemblée et du gouvernement, ne s'est pas émue des derniers incidents. Néanmoins, la France commence à souffrir d'un désaccord qu'elle déplore. Mon devoir est de faire ce qui dépendra de moi pour en prévenir les résultats fâcheux.

« L'union des deux pouvoirs est indispensable au repos du pays ; mais comme la Constitution les a rendus indépendants, la seule condition de cette union est une confiance réciproque.

« Pénétré de ce sentiment, je respecterai toujours les droits de l'Assemblée, en maintenant intactes les prérogatives du pouvoir que je tiens du peuple.

« Pour ne point prolonger une dissidence pénible, j'ai accepté, après le vote récent de l'Assemblée, la démission d'un ministère qui avait donné au pays et à la cause de l'ordre des gages éclatants de son dévouement. Voulant toutefois reformer un cabinet avec des chances de durée, je ne pouvais prendre ses éléments dans une majorité née de circonstances exceptionnelles, et je me suis vu, à regret, dans l'impossibilité de trouver une combinaison parmi les membres de la minorité, malgré son importance.

« Dans cette conjoncture, et après de vaines tentatives, je me suis résolu à former un ministère de transition, composé d'hommes spéciaux, n'appartenant à aucune fraction de l'Assemblée, et décidés à se livrer aux affaires sans préoccupation des partis. Les hommes honorables qui acceptent cette tâche patriotique auront des droits à la reconnaissance du pays.

« L'administration continuera donc comme par le passé. Les préventions se dissiperont au souvenir des déclarations solennelles du Message du 12 novembre. La majorité réelle se reconstituera ; l'harmonie sera rétablie sans que les deux pouvoirs aient rien sacrifié de la dignité qui fait leur force.

« La France veut, avant tout, le repos, et elle attend de ceux qu'elle a investis de sa confiance, une con-

ciliation sans faiblesse, une fermeté calme, l'impassi-
bilité dans le droit.

« Agréez, Monsieur le Président, l'assurance de mes
sentiments de haute estime.

« L.-N. BONAPARTE. »

Le nouveau ministère était ainsi composé :

Guerre. — M. le général Randon.

Intérieur. — M. Vaïsse, préfet du Nord.

Finances. — M. de Germiny, receveur général à
Rouen.

Travaux publics. — M. Magne.

Affaires étrangères. — M. Brenier, directeur de la
comptabilité à ce ministère.

Justice. — M. de Royer, procureur général près la
cour d'appel de Paris.

Marine. — M. Vaillant, contre-amiral.

Instruction publique et Cultes. — M. Giraud, membre de l'Institut.

Agriculture et Commerce. — M. Schneider, directeur du Creuzot.

J'avais vu un des membres de ce cabinet, M. le comte
de Germiny, dans une circonstance singulière.

M. le comte de Germiny était alors receveur général du département de la Seine-Inférieure.

Sophie, ma gouvernante, m'annonça sa visite à sept
heures du matin, au mois de janvier.

« Mais dites à M. de Germiny que je ne puis le recevoir. »

Ce visiteur si matinal me fit savoir qu'il arrivait de Rouen, et qu'il était forcé d'y retourner immédiatement après m'avoir vu.

Il entra dans ma chambre à coucher.

« Monsieur Véron, me dit-il, un journal a annoncé que vous étiez nommé à la recette générale de Rouen, et que vous alliez m'y remplacer. Je viens vous prier de me dire ce qu'il y a de vrai dans cette nouvelle. Une foule de banquiers et de commerçants de la ville et du département attendent comme moi votre réponse. Il faut que je retourne au plus vite à Rouen pour la leur porter.

« — Monsieur, lui répondis-je, je n'ai jamais sollicité pour moi aucune place, aucune fonction publique auprès du Président, et il m'aurait offert la recette générale de Rouen, que je l'eusse refusée. Retournez donc à votre recette générale porter ma réponse nette et précise ; je suis enchanté que ce faux bruit m'ait procuré l'occasion de vous serrer la main. »

Ce fut peu de jours après cette inquiétude d'un moment que M. le comte de Germiny était nommé ministre et que son fils était choisi pour lui succéder comme receveur général de la Seine-Inférieure.

M. le comte de Germiny, fils d'un sénateur du premier Empire, gendre de M. Humann, ministre sous Louis-Philippe, avait été successivement préfet de Seine-et-Marne, conseiller-maître à la cour des comptes, receveur général, puis ministre au 24 janvier. Plus tard, il devint gouverneur de la Banque de France, et enfin sénateur.

Le 3 février 1851, une commission fut nommée pour l'examen d'une loi demandant un crédit de dix-huit cent mille francs.

Ce projet de loi avait été présenté par M. de Germiny. Dans les courtes observations qui suivirent l'exposé des motifs, le ministre se borna à déclarer que les charges permanentes imposées au chef du pouvoir exécutif, par les devoirs de sa position, rendaient ce crédit indispensable. La commission, nommée le lendemain, se composait ainsi qu'il suit :

MM. Salvat, Bac, Grévy, Druet-Desvaux, Piscatory, Creton, de Mornay, B. Delessert, Quentin-Bauchart, Dufour, Chambolle, Baze, Desmarets, Pidoux et Combarel de Leyval.

Trois membres de la Montagne furent élus pour cette commission, grâce à l'appui des voix monarchiques, et parmi les membres de la majorité alors coalisée avec la Montagne, parurent des noms qui accusaient une nouvelle déclaration de guerre contre le Président de la R publique.

Dans une discussion préliminaire au sein de la commission, les uns, M. le duc de Broglie, par exemple, voulaient qu'on ajournât le vote du crédit jusqu'après la nomination d'un ministère parlementaire; les autres, MM. Piscatory, Baze, Chambolle, de Mornay, Howin-Tranchère, Jules de Lasteyrie, Creton, voyaient là plus qu'une question d'argent, une question politique.

L'allocation demandée, disait-on, aurait pour effet de dénaturer l'institution de la Présidence; c'était le mot d'ordre contenu dans le discours de M. Thiers.

Le rejet pur et simple de l'allocation, proposé par M. Piscatory dans son rapport, fut adopté le 8 février par la commission, à une majorité de treize voix contre deux. On appela ironiquement ce rapport contre le Président : *le Message de la coalition*.

Par une dérogation significative aux usages ordinaires, l'Assemblée décida que la discussion de cette loi de crédit aurait lieu à la séance suivante.

M. Léon Faucher, alors ministre de l'intérieur, demandait qu'un jour d'intervalle fût laissé entre la lecture du rapport et la discussion.

358 voix contre 306 décidèrent que cette discussion aurait lieu dans le plus bref délai.

Le débat s'ouvrit le 10 février. Un discours de M. de Royer, ministre de la justice, produisit peu d'effet sur l'Assemblée, trop passionnée pour entendre, pour écouter de judicieux arguments et de sages conseils : elle obéissait à un parti pris à l'avance.

M. de Montalembert succéda à la tribune à M. de Royer, et prononça ce jour-là un discours éloquent, dans lequel il voulut surtout caractériser le vote dont la coalition était certaine à l'avance.

Au premier rang des orateurs dont la renommée attirait l'attention, j'ai presque dit les respects de la foule, se plaçait le jeune comte de Montalembert. La nature, évidemment, l'avait fait pour la bataille oratoire. Il était intrépide et réservé tout ensemble ; une voix superbe et comparable à la voix de M. Berryer jeune homme ; un grand air de conviction, une foi

vive, et le puissant appui d'une vie exemplaire : telle
était la force de cet orateur.

Voici le discours de M. de Montalembert :

SÉANCE DU 10 FÉVRIER 1851.

« Jusqu'à la lecture du rapport de l'honorable
M. Piscatory, j'avais nourri l'espoir qu'on pourrait
voter en silence sur cette loi, et ajourner ainsi, peut-
être même écarter complétement le moment fatal où
il faudrait venir constater à la tribune la rupture de
la majorité avec le pouvoir exécutif, et la rupture de
la majorité avec elle-même.

« Ce n'est pas dans l'intérêt du Président de la République que je viens parler, c'est dans le nôtre ; c'est
dans celui des représentants de l'ancienne majorité,
qui n'est plus malheureusement la majorité actuelle,
des représentants de cette ancienne majorité qui ont
la prétention d'être restés fidèles au drapeau que leurs
électeurs leur ont confié, et d'être restés sur le terrain où ils nous ont appelés.

« Vous comprenez tous que, dans cette question des
frais de représentation, ou, comme on dit vulgairement, de la dotation présidentielle, il y a deux questions : une question d'argent et une question politique.

« Je vous demande la permission de ne pas traiter
la question d'argent ; je n'en dirai qu'un seul mot, c'est
que, si mon avis m'eût été demandé et suivi, on n'aurait pas plus présenté la dotation cette année-ci que
l'année dernière.

« Je n'attache, quant à moi, aucune importance aux
avantages que le pouvoir pourrait retirer de cet argent;
je n'attache pas de prix à des arguments puisés par
quelques-uns dans l'utilité des fêtes, des dons, des mu-
nificences du pouvoir exécutif. Je n'y vois ni une force
pour le pouvoir exécutif, ni un danger pour la République. Ce sont de ces choses, selon moi, que l'un des
pouvoirs ne doit pas demander quand il ne les a pas ;
mais j'ajoute que l'autre ne doit pas les refuser quand
on les lui demande. Et j'ajoute encore qu'un pouvoir
législatif, mieux doté qu'aucun pouvoir législatif ne l'a
jamais été dans notre pays, aurait peut-être mauvaise
grâce à lésiner sur une demande de dotation pour le
pouvoir exécutif le plus mal doté qu'il y ait en France.

« Pour ma part, si je devais consulter ma propre
expérience, je dirais, sans crainte d'être démenti, que
les malheureux habitants de la campagne, dont je
plains autant que personne la misère, et dont parlait
tout à l'heure l'honorable préopinant, m'ont paru toujours beaucoup plus préoccupés des vingt-cinq francs
par jour que je touche, que nous touchons tous, que
des millions demandés pour le Président.

« J'écarte donc la question d'argent, je me renferme
exclusivement dans la question politique : elle est immense. Ce n'est plus, comme je l'ai cru un instant, une
question de confiance ou une question de conduite, c'est
une question de pouvoir, une question d'autorité. Il est
aujourd'hui un fait malheureusement avéré pour tout le
monde, c'est qu'une portion de l'ancienne majorité,
avec les meilleures intentions du monde, j'en suis con-

vaincu, est entrée dans une hostilité systématique...

« Messieurs, vous avez entendu, l'autre jour, avec la plus religieuse attention, les attaques qui ont été dirigées contre le gouvernement du Président de la République. Je vous conjure d'accorder la même indulgence à un orateur bien moins expérimenté et bien moins éloquent, qui vient aujourd'hui défendre ce gouvernement.

« Je viens entreprendre cette défense sans enthousiasme aucun, sans confiance illimitée en qui que ce soit ; je n'en ai pour personne et pour rien.

« Je ne parle que du passé ; je ne réponds nullement de l'avenir ; je ne réponds nullement des fautes que pourront arracher à ce gouvernement ou l'acharnement de ses adversaires ou les conseils funestes de ses auxiliaires éventuels.

« Je ne suis donc ni le garant, ni l'ami, ni le conseiller, ni l'avocat du Président de la République ; je suis simplement son témoin, et je viens lui rendre témoignage, devant la justice du pays, qu'il n'a démérité en rien de cette grande cause de l'ordre, que nous avons tous voulu servir et dont quelques défenseurs semblent vouloir aujourd'hui l'abandonner et le blâmer.

« Suis-je compétent pour lui rendre ce témoignage ? Je crois que oui, et je le dis tout naïvement. L'armée de l'ordre a eu des soldats plus éloquents et plus heureux que moi ; elle n'en a pas eu, j'ose le dire, de plus dévoué, de plus intrépide, de plus compromis.

« Je ne suis pas un républicain de la veille ; mais je suis, je puis le dire, un réactionnaire de la veille. Je suis venu à cette tribune, avant les journées de juin 1848, pour combattre les conséquences funestes que l'on cherchait dès lors à déduire de la révolution de Février et de la République. Depuis ce temps, je n'ai jamais cessé d'y monter pour y combattre les égarements de la démocratie.

« A ce titre, donc, si j'ai pu acquérir par ces efforts quelque confiance dans le grand parti de l'ordre, dans la majorité conservatrice du pays qui a envoyé ici la majorité ancienne de l'Assemblée, qu'il me soit permis d'en user pour lui déclarer, du haut de cette tribune, que le Président de la République, selon moi, est resté fidèle à la mission qui lui avait été confiée avant de nous être confiée à nous-mêmes, à la mission de restaurer la société, de rétablir l'ordre et de comprimer la démagogie.

« J'ai besoin d'entrer dans ces explications, parce que j'ai été stupéfait d'entendre déclarer, au commencement de ces funestes débats, par l'honorable M. de Rémusat, que l'Assemblée avait tout fait, et qu'elle n'avait laissé à d'autres que l'honneur de la suivre. L'Assemblée ! quelle Assemblée ? Ce n'est pas celle-ci, apparemment ; car, enfin, l'élection du 10 décembre a précédé l'élection du 13 mai ; bien plus, l'élection du 10 décembre a rendu seule possible l'élection du 13 mai, et ceux qui, comme moi, ont fait partie du comité d'exécution, comme on disait, de la rue de Poitiers, qui avait la prétention plus ou moins fondée de présider aux élections conservatrices du 13 mai 1849, savent bien à quel point tous les candidats conservateurs de ce temps-là affichaient et recherchaient la qualité de partisans du Président de la République.

« J'espère que vous ne serez pas impatientés, messieurs, si, pour justifier mes dires, j'embrasse rapidement l'ensemble de l'administration du Président de la République depuis son origine. Pour cela, il faut remonter à cette élection du 10 décembre dont je parlais tout à l'heure ; il faut même remonter avec moi à l'ensemble de l'année 1848.

« Je ne dirai rien de la révolution de Février, ni du Gouvernement provisoire, ni des sanglants événements de juin ; on connaît assez mon opinion sur tout cela ; mais je vous prie d'envisager et de vous rappeler quel était l'état, non-seulement de la France, mais de l'Europe, pendant cette funeste année.

« Vous souvenez-vous de tous ces cratères qui éclataient partout à la fois, et partout dévoilaient ce courant de lave souterraine qui consume encore maintenant et la France et l'Europe? Vous souvenez-vous de tous ces droits méconnus, de tous ces trônes ébranlés, de tous ces esprits bouleversés, de tous ces pavés remués d'un bout de l'Europe à l'autre? Ne vous rappelez-vous pas le continent européen tout entier soulevé, exploité, dominé par une horde d'étudiants et de journalistes?

« Eh bien, par qui et par quoi ce mouvement a-t-il été arrêté? Où, quand, comment a-t-il été dit à ce flot d'anarchie : Tu viendras jusqu'ici, et tu n'iras pas plus loin? Je n'hésite pas à l'affirmer pour la France et pour l'Europe, c'est à l'élection du 10 décembre. Oui, c'est

quand on a vu, dans l'élection la plus libre et la plus
sincère qui fut jamais, cinq millions de Français revenir, par un élan unanime et irrésistible, à des idées
d'ordre, de tradition et d'autorité, et les personnifier
dans le fils d'un roi et le neveu d'un empereur. C'est
alors qu'on a senti que l'anarchie avait été arrêtée, au
moins pour un temps, et arrêtée moralement, ce qui
est autrement utile et fécond que de la comprimer ma-
tériellement et par la force des armes.

« Eh bien, quand ce prince, vous me permettrez
bien de l'appeler ainsi... Eh bien, quand il a été élu,
que lui demandaient ces cinq millions et demi de suffrages dont je vous parlais tout à l'heure?

« On lui demandait trois choses très-différentes. Et
d'abord, il faut le dire, car c'est de l'histoire : on lui
demandait l'Empire. Les paysans, qui, en grande majorité, avaient voté pour lui, croyaient voter pour
l'Empire...

« Je ne fais ici que de l'histoire. Je raconte ; je n'approuve pas.

« Je dis que, dans la pensée d'une foule de ceux qui
l'ont nommé, on nommait un empereur; on leur avait
dit, de votre côté, messieurs (la gauche), précisément
ce que M. Thiers disait l'autre jour : « L'Empire est
« fait, si vous le nommez. » Eh bien, ils répondaient :
« Soit! »

« Or, messieurs, a-t-il répondu à cette attente? a-t-
il fait mine d'obéir à ces sympathies impériales que je
vous signale comme un fait historique? Non; il est
venu loyalement, honorablement, immédiatement à

cette tribune, prêter à la Constitution et à la République un serment qu'il n'a jamais violé.

« Je ne dis pas qu'il eût réussi s'il avait entrepris autre chose; je ne crois pas que cet Empire improvisé et illégal eût duré. Mais ce que je crois, par exemple, et, permettez-moi de le dire, toujours à titre d'appréciation historique, c'est que la tentative seule eût mis fin pour jamais, ou du moins pour bien longtemps, à la République. C'est une appréciation historique.

« D'autres lui demandaient tout simplement de mettre un terme au gouvernement des républicains de la veille, à ce système équivoque que l'honorable M. de Falloux, dans ce récent et remarquable travail que vous connaissez tous, a si exactement défini par ces mots : « Un système douteux, qui ne promet pas clai-« rement ce que la France désire, et qui pourrait in-« volontairement la livrer à ce qu'elle redoute. »

« Voilà le système de gouvernement auquel on demandait au Président de la République de mettre un terme. L'a-t-il fait? Oui!

« Il y avait une troisième chose qu'on lui demandait, et tous les hommes sages et vraiment patriotiques étaient d'accord sur ce point : on lui demandait d'offrir un terrain neutre, un terrain nouveau, un drapeau commun aux honnêtes gens de tous les partis, aux véritables amis du pays dans tous les partis. On reconnaissait que le plus grand de nos malheurs, c'est la division entre les honnêtes gens, c'est qu'ils ont des espérances différentes et contradictoires, des souvenirs différents et souvent ennemis, des passions, des affec-

tions qui luttent entre elles et qui empêchent la réconciliation des partis et la fécondité de l'avenir.

« Voilà quel a été, depuis soixante ans, le plus grand
de nos malheurs. C'est à ce malheur qu'on demandait,
provisoirement du moins, au Président de la République, de mettre un terme. L'a-t-il fait? Oui! oui, il l'a
fait dès les premiers jours de son avénement au pouvoir, dans ce ministère qu'il choisit et qui embrassait
toutes les nuances du parti de l'ordre, depuis l'honorable M. Bixio jusqu'à l'honorable M. de Falloux. N'a-
t-il pas en cela rendu un grand service? Oui! un autre
que lui pouvait-il rendre ce service dans ces circon-
stances-là? Non! Y est-il resté fidèle depuis ce temps-
là? Oui. Alors et depuis, il a associé ses destinées
aux nôtres, sans reculer, sans hésiter, sans tergi-
verser!

« Messieurs, j'entends une foule d'interruptions et
d'allusions auxquelles il m'est impossible, vous le comprenez, de répondre; mais je dis encore une fois et
pour la dernière fois, je l'espère, que je ne réponds ni
de l'avenir qu'on suppose, ni d'un passé éloigné qu'on
reproche au Président. Je n'ai pas à défendre ce passé,
il l'a lui-même noblement désavoué aux portes de
Ham. Savez-vous, pour moi, où commence son passé?
C'est le jour où, malgré M. de Lamartine et le gouvernement de ce temps-là, il a été élu et est entré dans
cette enceinte, pour se voir exposé pendant deux mois
entiers aux injures de la gauche, pour se voir harcelé,
bafoué, je ne crains pas de le dire, pendant deux mois
par la Montagne de ce temps-là...

« Oui, calomnié, bafoué, harcelé à cette tribune et à son banc par la Montagne de ce temps-là.

« Permettez-moi d'insister, puisque vous m'avez appelé sur ce terrain. Oui, c'est à partir de ce temps que moi, qui ne le connaissais en rien, qui n'avais pas la moindre relation avec lui ni avec sa famille, c'est à dater de ce moment que j'ai commencé à m'intéresser à lui...

« Je me suis dit : Puisqu'il est ainsi attaqué, et par des ennemis de ce genre, il faut qu'il y ait du bon en lui... et je me suis aussitôt, — je ne sais pourquoi le mot vous offense, — intéressé à sa candidature. Je me suis enquis des garanties qu'il pouvait offrir à mes convictions religieuses et politiques.

« Je ne prétends pas le moins du monde avoir contribué à son élection autrement que par mon vote ; mais j'ai applaudi à cette élection, et je viens aujourd'hui déclarer qu'il a tenu beaucoup plus qu'il n'avait promis, à la différence de la plupart des princes et des pouvoirs de ce monde, qui promettent en général beaucoup plus qu'ils ne tiennent.

« Vous me direz qu'il a fait des fautes.

« Il a fait des fautes ? Vraiment, vous avez découvert cela ?

« Permettez-moi de vous demander si vous avez découvert un gouvernement quelconque au monde qui ne fît pas de fautes.

« Quand vous l'aurez découvert, vous le montrerez au pays ; mais, jusque-là, nous avons le droit de vous prier d'être indulgents.

« Il a fait des fautes ; soit ! Pour moi, je ne lui connais qu'une faute grave à mes yeux, c'est la lettre qu'il
a écrite au colonel Ney, et cette faute est devenue un
titre à mes yeux, car il l'a noblement et complétement
réparée après avoir été averti par le vœu de la majorité, si heureusement exprimé dans l'éloquent rapport
de M. Thiers.

« On lui reproche le message du 31 octobre. Je
croyais, je l'avoue, que ce message était oublié ; mais
je vois qu'il a suscité dans certains cœurs des rancunes
vivaces.

« Eh bien, permettez-moi de vous rappeler que depuis le message du 31 octobre l'œuvre de la restauration sociale et politique de ce pays a été noblement,
complétement continuée, sans aucun changement.

« Demandez à l'ancienne opposition, demandez-lui
si depuis le message du 31 octobre, comme avant, on
n'a pas continué à faire la guerre à ses principes, à ses
systèmes, à ce qu'elle défend, à ce qu'elle préfère. Demandez-lui si elle s'est aperçue d'une différence quelconque dans la manière de conduire cette guerre,
avant ou après le message du 31 octobre ; si elle en
trouve, ce ne pourra être qu'à l'honneur ou à l'avantage
du ministère postérieur.

« Comment ! n'est-ce pas après le message du 31 octobre que nous avons vu le pape rétabli loyalement
dans la plénitude de son pouvoir ; la Grèce noblement
défendue, défendue par ce même général de la Hitte
dont l'honorable M. Berryer a fait l'autre jour un si
juste et si éloquent éloge ? N'avons-nous pas vu, depuis

ce message, la grande question de l'instruction terminée?

« Enfin depuis le message du 31 octobre, n'avons-nous pas fait l'acte le plus solennel et le plus considérable de cette œuvre de restauration sociale que je vous signalais tout à l'heure, la loi du 31 mai?

« Sur ce point que l'honorable M. Thiers me permette de rectifier un souvenir, ou du moins d'opposer un de mes propres souvenirs au souvenir qu'il a lui-même porté l'autre jour à la tribune.

« J'ai pris part comme lui, et je compte m'en enorgueillir toute ma vie, j'ai pris part à la préparation de cette loi, à toutes les conférences, grandes et petites, qui ont précédé et amené cette préparation ; c'est donc avec surprise que je l'ai entendu nous dire l'autre jour que le pouvoir exécutif avait hésité à l'accepter. Je n'ai pas le souvenir, quant à moi, de ces hésitations. C'est tout au plus s'il a pris le temps de la réflexion, et je trouve que, dans le partage que nous avons fait avec lui de notre coopération à cette loi, en nous réservant l'honneur de l'initiative et en lui laissant le péril de la responsabilité, c'est encore nous qui avons eu la meilleure part.

« C'est de la loi du 31 mai, je vais bien vous étonner peut-être, et je crains de faire bien plaisir à mes honorables collègues de ce côté (la gauche)...

« A partir de ce moment, les anciens partis monarchiques, ou du moins certains membres influents des anciens partis monarchiques, ont placé dans leur cœur et dans leur conscience une autre appréhension

à côté de l'appréhension qui avait souverainement
dominé jusque-là tous les cœurs et toutes les consciences, l'appréhension du socialisme. Ce jour-là, en
voyant le calme si merveilleusement conservé, après
une lutte si dangereuse et une victoire si peu contestée, on commença à se dire : Mais peut-être que ce
calme, cette victoire, cet ordre profiteront au pouvoir
exécutif tel que nous l'avons ; peut-être que la France
imaginera de lui en tenir compte et de l'en récompenser par une prorogation de pouvoir amenée par
les voies constitutionnelles. Cette appréhension-là a
suffi pour diviser non pas le pays, mais la majorité
parlementaire.

« Voilà, messieurs, la vérité vraie, comme vous le
disait l'autre jour un de nos honorables collègues.

« A partir de ce moment, la majorité n'a plus été
elle-même, et vous avez vu quelques jours après une
portion considérable et très-respectable de la droite
s'unir à la gauche pour repousser la loi des maires.
Vous avez vu, quelques semaines après, une nouvelle
majorité se former pour le choix de la commission de
permanence, qui a profondément étonné le pays.

« Vous voyez, messieurs, que je remonte un peu plus
haut que la plupart des orateurs qui m'ont précédé à
cette tribune ; mais ne craignez pas que je les suive à
travers tous les détails des incidents de la prorogation ;
je trouve qu'ils ont été suffisamment traités et éclair-
cis à cette tribune dans la discussion précédente ; j'arrive tout de suite aux derniers incidents. — Après le
message du 12 novembre, qui paraissait avoir tout ter-

miné ou du moins tout assoupi, quelques semaines bien
courtes ont suffi pour réveiller les animosités endor-
mies.

« Vous avez vu frapper sur le pouvoir exécutif, sur
le ministère d'alors, à coups redoublés, dans l'affaire
de l'honorable M. Mauguin (dénégations)... dans l'affaire Yon.

« Vous avez vu tout à coup une série de votes hostiles au ministère frapper sur lui avec la régula-
rité quotidienne et périodique d'un timbre d'horloge.
Tous les jours, jusqu'à ce dernier jour où vous avez
refusé un pauvre délai de vingt-quatre heures à un
vieux soldat qui vous le demandait pour préparer sa
réponse.

« Là-dessus est arrivé le remplacement si regrettable de l'honorable général Changarnier. On sait combien j'ai blâmé, combien j'ai déconseillé cette mesure.
Me serait-il permis de dire que, depuis lors, le langage
de l'illustre général, les conseils qu'il a donnés, ceux
qu'il a suivis peut-être, ont fait comprendre à certaines
personnes, parmi lesquelles je suis disposé à me ranger, que cet acte était plus explicable que je ne l'avais
cru d'abord, et qu'il n'y avait de tout à fait blâmable
que l'inopportunité? (Interruptions.)

« L'honorable général Changarnier a bien mal saisi
le sens de mes paroles.

« J'ai dit expressément qu'il ne s'agissait pas des faits
antérieurs à son remplacement, mais du langage tenu
par lui, depuis, à cette tribune, des conseils qu'il avait
donnés dans cette Assemblée, de ceux qu'il a suivis

dans cette Assemblée. Oui, c'est là, et là seulement, ce qui m'a révélé chez lui une hostilité tellement vive et (j'espère qu'on me permettra cette épithète) tellement systématique vis-à-vis du chef du pouvoir exécutif, que je me suis expliqué à moi-même l'incompatibilité absolue d'humeur qui s'opposait à ce qu'il fût conservé dans son commandement.

« Vous avez blâmé cet acte comme j'étais disposé à le blâmer moi-même. Vous avez fait plus : vous avez témoigné votre défiance du gouvernement, du ministère, par un vote solennel auquel je ne me suis pas associé. Mais le Président de la République, sans y être obligé par la Constitution, ni, je le crois, par l'opinion, a cependant rendu hommage à votre droit de contrôle, à votre droit de censure : il a sacrifié son ministère. Cela fait, on vient maintenant, dans le rapport sur la loi que vous discutez, sans tenir aucun compte de ce sacrifice du dernier ministère, on vient faire remonter jusqu'au Président de la République, jusqu'au chef du pouvoir exécutif, la défiance qu'on avait témoignée contre le dernier ministère.

« Eh bien, c'est là, c'est dans ce dernir acte que j'ai vu le comble du système d'hostilité que je vous dénonçais tout à l'heure; c'est là ce qui m'a obligé de venir ici me plaindre à vous-mêmes des entraînements que vous subissez, et vous demander, vous conjurer, s'il en est encore temps, de vous arrêter dans cette voie funeste et déplorée par tous les amis de l'ordre, de la paix et de l'union dans le pays.

« Je sais bien qu'en tenant ce langage je vais me

faire classer parmi les courtisans de l'Élysée ; je sais bien que je serai qualifié de courtisan de l'Élysée par les hommes qui ont passé la plus grande partie de leur vie à courtiser les mauvaises passions et les mauvais instincts de leur temps et de leur pays.

« Eh bien, j'accepte cette dénonciation, j'accepte ce titre. Je l'aime mieux, j'aime mieux passer pour courtisan de l'Élysée que d'être un courtisan des passions démocratiques, toujours si faciles à soulever dans ce pays, que d'être l'esclave des rancunes, des préjugés, des préventions et des ambitions qui vivent trop souvent au sein des vieux partis.

« Ma conscience et mes avis sauront bien à quoi s'en tenir ; ceux-ci savent bien que, quoi qu'il arrive, je resterai toujours fidèle au système, à l'attitude que j'ai gardée, et que je compte garder toujours vis-à-vis des pouvoirs qui se succèdent si rapidement en France ; je ne leur ferai ni la guerre, ni la cour ; je serai vis-à-vis d'eux ferme, indépendant, franc, dévoué et loyalement obéissant.

« Il y a bien des points sur lesquels je ne suis pas d'accord avec le Président de la République. Il pourra me faire regretter un jour d'avoir cru en lui, il pourra me faire rétracter le témoignage que je lui rends ; mais, comme je ne lui dois rien, comme je ne lui demande rien, comme il ne peut rien pour moi, il y a une chose dont je suis sûr : c'est que jamais, par aucune faveur, par aucune complaisance, il ne pourra gâter le plaisir que j'éprouve et l'honneur que je me fais en venant lui rendre ici ce public témoignage, et en venant protester contre une des ingratitudes les plus aveugles et les moins justiciables de cette longue série d'ingratitudes qu'on appelle l'histoire de France.

« Cela dit, je suppose que je me trompe, et que vous, membres de la nouvelle majorité, vous ayez raison contre moi ; je suppose que le Président ne justifie aucun de mes éloges, et ne mérite à aucun titre la reconnaissance que je lui porte ; eh bien, même alors, je crois que vous seriez entrés, par vos votes récents, dans une voie funeste, étant donné l'état du pays et des esprits parmi nous.

« En effet, messieurs, le Président de la République, avec toutes les fautes que vous pouvez lui reconnaître, représente parmi nous l'autorité, l'autorité la seule possible, quant à présent, et, par conséquent, la seule légitime, car je ne reconnais de légitime que ce qui est possible.

« En politique ! entendez bien, dans l'ordre politique.

« Avez-vous jamais réfléchi, messieurs, à la nature de l'autorité parmi nous ? Tout ce qui se passe depuis quelques années en France est cependant de nature à soulever de bien graves réflexions sur ce sujet. Tout le monde veut l'autorité, tout le monde la réclame, tout le monde veut rétablir l'autorité, tout le monde veut l'imposer, tout le monde veut la sauver. Mais chacun fait, à part soi, cette réserve, c'est que l'autorité qu'il s'agit de rétablir et d'imposer ne nuira en rien ni à ses préjugés, ni à ses violences, ni à ses rancunes, ni à ses antécédents, ni à ses affections, ni à ses répugnances, ni à rien de ce qui lui est personnel. Sinon, non ; sinon, on lui fait la guerre, à cette pauvre autorité, jusqu'à ce qu'on en devienne soi-même le détenteur ou le possesseur. C'est une plante bien frêle et bien délicate que cette autorité ; elle réussit bien difficilement dans notre pays, et cela par une très-bonne raison, c'est que personne ne veut la planter ailleurs que dans son propre jardin.

« Ces préoccupations égoïstes et personnelles, qui sont malheureusement le propre de tous les partis en France, constituent pour l'autorité une condition mortelle et incompatible avec la société comme avec la liberté. Ce grand et sage roi qui vient de mourir dans l'exil disait de la France, dans les derniers jours de sa vie : « La désorganisation a son parti. » Hélas ! il en savait bien quelque chose ; mais il n'a peut-être pas assez dit combien ce parti avait de complices, involontaires sans doute, dans les partis qui se donnent pour mission de combattre la désorganisation et l'anarchie.

« Je suis frappé, quant à moi, de la facilité avec laquelle, en France, dès qu'on est parvenu, au lendemain d'une révolution, à rétablir un fantôme, une ombre d'autorité quelconque immédiatement, sans se soucier de l'avenir, sans la moindre idée arrêtée sur ce que sera cet avenir, sans avoir rien combiné, rien arrêté, rien fait adopter d'avance à la conscience du pays, de gaieté de cœur et comme par une sorte de récréation, on se plaît à miner, à attaquer et à défaire moralement cette autorité.

« Je suis ici en présence d'un grand parti auquel, je

crois, il m'est permis de donner son vrai nom. Oui, après la manière éloquente, loyale, dont l'honorable M. Berryer et l'honorable M. Léo de Laborde ont planté ici leur drapeau à cette tribune, je crois qu'on peut, sans manquer à aucune convenance, lui donner son vrai nom, et l'appeler le parti légitimiste, le parti de la monarchie par excellence, de celle que l'honorable M. Thiers a si heureusement nommée un jour la monarchie du vieux droit.

« Ce vieux droit, je le regrette comme vous et autant que vous; mais je n'y crois pas comme vous : voilà la différence entre vous et moi. Vous y croyez, tant mieux! Je vous envie votre foi, sans pouvoir la partager. Mais enfin cette monarchie, avec ce vieux droit si respectable, avec son principe si puissant, selon vous, elle a régné en France. Je ne parle pas de ses quatorze siècles de glorieuse existence, avant 1789; je parle des quinze années de la Restauration. Elle a régné au milieu des mœurs et des institutions modernes; elle a été défendue et représentée par des hommes supérieurs, depuis M. le duc de Richelieu jusqu'à MM. de Villèle et de Chateaubriand; elle a compté à son service plusieurs des hommes les plus distingués, je ne dis pas seulement de la France, mais de l'Europe.

« Eh bien, pourquoi est-elle tombée, elle qui avait ce principe et ce droit où vous voyez une force si incontestable? On dira peut-être : Elle est tombée parce qu'elle avait fait des fautes et parce qu'elle avait des ennemis. Eh! mon Dieu, je vous le disais tout à l'heure, tous les gouvernements font des fautes et tous

les gouvernements ont des ennemis, et cependant
tous ne tombent pas.

« Mais le gouvernement de la Restauration est
tombé parce qu'en France le respect de l'autorité a
été détruit. Et ce respect de l'autorité a été détruit
par qui ? Il faut bien l'avouer franchement ici, entre
nous, il n'a pas été détruit par l'émeute, il n'a pas été
détruit par les insurgés de la rue, il a été détruit par
les hommes politiques, par les ambitieux; le mal est
venu d'en haut, il n'est pas venu d'en bas.

« Et après cette monarchie du vieux droit, qu'avons-
nous vu? Une autre monarchie, la monarchie constitutionnelle par excellence (je ne l'appelle pas exclusivement constitutionnelle, parce que je crois que la
Restauration l'était aussi); la monarchie, celle-là, des
capacités par excellence, qui a été aussi gouvernée,
défendue, représentée avec le plus grand éclat par les
hommes les plus distingués de son temps, par Casimir
Périer, M. le duc de Broglie, M. Molé, M. Thiers,
M. Guizot. Elle est tombée aussi cependant, celle-là,
quoiqu'elle eût pour elle et la capacité et la popularité,
et une foule de préjugés que l'autre froissait. Pourquoi ? Elle est tombée par la même raison que la Restauration, parce qu'on s'était habitué à ne pas respecter l'autorité, parce que l'exemple de ce mépris de
l'autorité avait été donné d'en haut... parce que cette
monarchie, pas plus que l'autre, n'a pu résister au
triple effort de l'esprit de critique, d'opposition et de
révolution exploité par la presse et la tribune. Elles
sont donc toutes deux tombées.

« Eh bien, vous qui êtes les défenseurs, les amis de ces deux monarchies ; vous qui espérez qu'un jour la libre volonté de la France (et vous en avez parfaitement le droit, selon moi), vous qui espérez qu'un jour la libre volonté de la France, souveraine d'elle-même, rappellera l'une ou l'autre de ces monarchies, comment se fait-il que, d'avance, vous ne pensiez pas aux conditions que vous leur préparez, à l'une ou à l'autre ? Comment se fait-il qu'il ne vous entre pas dans la tête qu'en continuant, en encourageant ou en tolérant, je ne veux rien dire de trop fort, en approuvant contre le gouvernement actuel, contre Louis Bonaparte, le même système qui a été employé avec tant de succès contre les gouvernements de Charles X et de Louis-Philippe, vous préparez pour l'avenir les mêmes conditions qui ont fait périr, dans le passé, ce que vous aimez le plus ? Je suppose, messieurs, que vous, partisans de l'une ou de l'autre des dernières monarchies, vous soyez un jour les maîtres, et je crois qu'il n'y a rien de plus possible et même de plus probable.

« Oui, messieurs, en France, on l'a dit avec justesse, tout arrive, et moi j'ajoute : Tout est probable dans un pays qui a vu, dans la même année, la révolution du 24 février et l'élection du 10 décembre ; je dis que tout est probable.

« Eh bien, supposons l'une ou l'autre de ces monarchies debout. Elles ont parmi leurs défenseurs les orateurs les plus puissants et les hommes d'État les plus illustres de ce pays-ci ; mais je le leur demande à eux-mêmes, y a-t-il parmi eux un homme assez sûr de lui

pour pouvoir se dire : Oui, moi je dompterai cet esprit
perpétuel d'opposition, ces clameurs, ces outrages,
ces calomnies, ces insinuations contre ce pouvoir ; je
viendrai à bout de ces persécuteurs de tous les jours
et de tous les instants ; je saurai dire à toutes ces voix
déchaînées : Distinguons ; ceci était bon l'autre jour,
quand je n'étais pas au pouvoir ; aujourd'hui, je commande, c'est mauvais ; distinguons.

« Non, il n'y a personne parmi vous, quelle que soit
son éloquence, quelle que soit sa grandeur, quelle que
soit sa juste renommée, qui puisse dire qu'il sera le Nep-
tune de ces flots irrités, et que d'un accent de sa voix,
d'un geste de sa main, d'un coup de son trident, il
pourra faire rentrer dans leur lit ces flots ameutés par
soixante années de révolutions.

« Vous vaincrez peut-être, je le veux bien, mais
ce n'est pas ce jour-là, mais le lendemain de ce jour,
que commenceront vos embarras et vos dangers. Vous
verrez renaître contre vous, surgir contre vous, employer contre vous toutes les armes, toutes les perfi-
dies, toutes les malices, toutes les iniquités, tous les
outrages, toutes les ruses qui ont été employés de
votre temps contre les pouvoirs que vous attaquiez ;
vous les subirez tous, et il faut bien que j'ajoute, vous
les aurez tous mérités.

« Il n'y a qu'une condition pour rétablir l'autorité
dans ce pays, et, je l'ai déjà dit à cette tribune, c'est
de la défendre, même quand elle vous est désagréable
sous certains rapports, car, après tout, on n'a pas toujours dans ce monde le gouvernement qu'on veut, on

a le gouvernement qu'on peut avoir; on a des gouvernements tels quels : il faut les subir, les accepter, les défendre lorsqu'ils ne sont pas radicalement mauvais.

« Après que vous en aurez agi ainsi avec les gouvernements qui n'étaient pas de votre goût; oh! quand arrivera le jour du gouvernement selon votre cœur, selon vos préférences, alors vous serez tout-puissants pour le défendre, alors vous pourrez dire aux autres : Je commande aujourd'hui, et vous obéissez; j'ai le droit de vous parler ainsi : obéissez, car j'ai obéi quand je ne commandais pas. Respectez-moi, car j'ai respecté quand ceux qui commandaient n'étaient pas ceux que mon cœur eût voulus; servez-moi, car j'ai servi le pays avec ceux que je n'aimais pas. Et après avoir donné cet exemple à vos adversaires, vous pourrez vous vanter d'avoir entre vos mains une arme qu'ils ne réussiront jamais à briser.

« Mais, me dira-t-on, est-ce que l'autorité réside dans le pouvoir exécutif, avec une constitution comme la nôtre?

« Ici, je touche à un sujet très-délicat, et quoique j'aie déjà occupé bien longtemps la tribune, je vous demande encore la permission de le traiter avec quelques détails.

« Messieurs, il va sans dire qu'en plaidant devant vous la thèse de l'autorité, je n'ai pas entendu attribuer ce nom auguste et sacré à tous les détenteurs quelconques du pouvoir.

« Je n'ai pas entendu l'appliquer à tels tyrans ou à tels factieux qui, dans le cours de l'histoire du monde,

ont pu devenir, pour un temps, les maîtres de leurs
semblables ; je n'ai jamais entendu qu'on pût décerner
le nom d'autorité, dans le véritable sens du mot, à
des monstres tels que les Robespierre et les Néron.

« Pas plus à ces monstres que je viens de désigner
qu'à tels ou tels gouvernements de raccroc, qui se
trouvent par hasard surnager au milieu d'un orage et
qui ne peuvent être un moment acceptés ou subis que
par la crainte de plus grands maux ; mais j'attribue ce
nom au pouvoir dans tous les gouvernements, quelle
que soit leur forme, au pouvoir régulièrement et légalement constitué et qui ne viole pas les lois univer-
selles de l'humanité.

« Eh bien, étant donnée la République, et la République française, d'après la Constitution de 1848,
peut-on attribuer ce nom et les droits de l'autorité
par excellence au pouvoir exécutif ? Je le crois, messieurs.

« Je n'entrerai pas ici dans l'examen de la théorie
qui a été portée souvent à cette tribune, et d'après laquelle le pouvoir exécutif serait essentiellement et
constitutionnellement subordonné au pouvoir législatif. Je ne le crois pas, quant à moi ; je crois que la
souveraineté ne réside pas plus dans l'un que dans
l'autre ; je crois que la souveraineté, d'après la théorie constitutionnelle, réside exclusivement dans le
peuple, qui délègue à l'un le pouvoir exécutif, à
l'autre le pouvoir législatif. Je les crois donc égaux,
mais n'importe. Je suis disposé à vous concéder l'infériorité légale, mais je vous prie de me concéder, en

revanche, que, dans l'opinion publique, c'est toujours
le pouvoir exécutif qui saisit le plus vivement les imaginations, que c'est toujours le plus haï ou le plus
aimé qui est toujours le point de mire de la France
tout entière ; l'histoire de France est là tout entière
pour le démontrer, et aussi l'histoire du genre humain.

« On a beau faire des constitutions plus ou moins
artificielles pour empêcher cette pente de l'homme, la
nature humaine reprend toujours ses droits contre les
constitutions qui les méconnaissent. C'est toujours
sur le pouvoir exécutif que se concentre l'amour du
peuple, sa haine, son attention, sa sympathie ou son
antipathie.

« Ainsi, dès que la royauté a disparu avec Louis XVI,
le pouvoir exécutif et avec lui l'attention publique se
sont concentrés d'abord sur Robespierre, l'exécrable
Robespierre, après lui sur le misérable Barras, après
lui sur Napoléon, comme consul. Nous avons eu ensuite la monarchie, et, la monarchie renversée, tout
de suite l'attention publique s'est encore concentrée
sur les personnages qui ont occupé le pouvoir exécutif;
d'abord M. de Lamartine, puis M. Ledru-Rollin, et
ensuite le général Cavaignac.

« Qu'il me permette de citer un exemple. L'honorable général Cavaignac n'était que le mandataire révocable d'une assemblée essentiellement souveraine ;
il n'avait aucune prétention à un pouvoir plus grand :
personne ne l'en a jamais accusé. Or, j'en appelle à
tous vos souvenirs ; c'était sur sa personne que se
fixaient surtout les espérances, les désirs, les volontés,

l'attention de la France, tant qu'il a été le détenteur du pouvoir exécutif. Et il n'était cependant que le mandataire temporaire et révocable d'une assemblée essentiellement souveraine.

« Maintenant, et depuis la constitution, le pouvoir exécutif est représenté par le Président. Mais savez-vous ce que vous avez fait en faisant un président élu ?

« J'entends dire qu'un président n'est pas un roi. Mais voyons donc un peu ce que sont les rois aujour-d'hui.

« Quant à moi, je soutiens que les rois... (Interruptions.) J'entends une interruption plusieurs fois répétée. On me dit : Vous n'êtes pas dans la question. Comment! je ne suis pas dans la question? Je n'ai jamais été plus dans la question. Il s'agit précisément de fixer quels sont les caractères de ce pouvoir exécutif pour lequel on vient vous demander une dotation de 3 millions, et auquel on objecte, d'après les termes du rapport de la commission, qu'il n'a pas un pouvoir assez digne, assez important, pour recevoir une telle dotation.

« Eh bien, je dis que, de nos jours, les rois constitutionnels ne sont pas autre chose que des présidents héréditaires de république. Depuis l'invention des listes civiles et du gouvernement parlementaire, un roi constitutionnel n'est pas autre chose qu'un président héréditaire, et encore, héréditaire ! comment ?

« Il en résulte nécessairement qu'un président, pardon du mot, est une sorte de roi temporaire, un roi pour quatre ans. Permettez : il faut savoir ce que vous

avez fait en faisant la Constitution. Vous n'avez pas
voté l'amendement Grevy, qui constituait un président du conseil des ministres, élu et révocable, au gré
de l'Assemblée ?

« Vous avez fait un président qui tient son mandat
directement du peuple, auquel le peuple souverain
délègue le pouvoir exécutif. En quoi consiste le pouvoir exécutif? en quoi diffère-t-il du pouvoir royal?
Il y a quatre différences, me direz-vous. Les rois constitutionnels ont, de plus que le Président de la République, le droit de faire la paix et la guerre, le droit
de *veto*, l'hérédité, et enfin l'inviolabilité ou l'irresponsabilité.

« Eh bien, je soutiens que ces quatre différences
sont chimériques. Le droit de paix et de guerre ! Je
vous ai démontré, dans une autre discussion, qu'un roi
constitutionnel n'a jamais exercé sérieusement le droit
de paix et de guerre, et que c'était toujours aux assemblées parlementaires que revenait réellement, et en
dernière analyse, le droit de paix et de guerre.

« Le *veto*. Dites-moi combien de fois la royauté
constitutionnelle, en France, a usé du *veto* depuis
qu'il existe? Pas une fois.

UNE VOIX. — « Si, deux fois.

M. DE MONTALEMBERT. « Allons, deux fois si vous
voulez.

« Mais savez-vous, ce qui est bien plus fort; savez-
vous combien de fois la monarchie anglaise, ce type
des monarchies constitutionnelles, a usé de ce fameux
droit de *veto* que vous croyez avoir enlevé au Prési-

dent de la République? Savez-vous combien elle en a usé depuis l'an 1692, c'est-à-dire dans un espace de cent cinquante-huit ans? Combien? Dix fois? Non! Trois fois? Non! Deux fois? Non! Une fois? Non! Zéro! Pas une seule fois elle n'en a usé.

« Voilà pour cet attribut de la monarchie.

« Maintenant, pour la liberté, comment voulez-vous, sérieusement, que le peuple français distingue entre un roi et un président, alors qu'il n'y a pas d'exemple, depuis soixante ans, d'un fils ou d'un petit-fils qui ait remplacé son père sur le trône?

« Et, quant à l'irresponsabilité royale, mais peut-on en parler sans sourire, et sans sourire tristement parmi vous? Comment! Charles X et Louis-Philippe ont été achever tous les deux leur noble vieillesse dans l'exil, eux, rois déclarés irresponsables et inviolables par les constitutions de leur temps et que toute la France avait jurées!

« Et leurs ministres responsables, j'en fais gloire à notre pays, sont revenus : l'un, M. de Polignac, pour mourir dans ses foyers, et l'autre, M. Guizot, pour y vivre paisiblement pour notre honneur.

« Et voilà ce que l'on appelle l'irresponsabilité royale! Vous voyez donc bien, messieurs, qu'il n'y a de véritable différence que ce caractère temporaire, qui vous permet de renvoyer, au bout de quatre ans, cette espèce de roi, sans faire une révolution. J'avoue que c'est un grand avantage, mais je ne reconnais que cette différence. J'avoue que la différence eût été bien plus grande, s'il avait plu au peuple français de choiisr

pour premier président de la République un bourgeois
quelconque comme vous ou moi ; mais du moment où ce
peuple a choisi un prince, et le neveu de l'Empereur,
il est évident que, pour lui, il a personnifié au plus
haut point l'autorité tout entière dans la personne du
chef du pouvoir exécutif, et à l'instant ont éclaté les
conséquences que je signale.

« Mais, me direz-vous, que faites-vous donc du gouvernement parlementaire, du gouvernement représentatif ? Vous êtes donc l'adversaire du pouvoir parlementaire ?

« Je crois que j'aurais le droit de demander à ceux
qui me font cette question, s'ils sont bien sûrs d'être,
eux, les défenseurs de ce gouvernement. Quant à moi,
oui, j'en suis le défenseur, et jamais, je crois, je ne
l'ai mieux défendu qu'aujourd'hui, en venant vous prémunir contre les dangers qu'on lui fait courir et contre
les excès qu'on voudrait déduire de sa théorie.

« Oui, je suis pour le gouvernement parlementaire,
et d'abord par intérêt personnel. Qu'est-ce que je serais au monde sans le gouvernement parlementaire ?
Je ne suis ni un écrivain, ni un soldat ; je dois tout le
peu que je suis à cette tribune, et vous m'accuseriez
de vouloir la renverser ! Mais quand même je ne serais
rien... (Interruptions.)

« Je disais que, quand même je n'aurais aucun intérêt personnel au maintien de cette tribune et du gouvernement représentatif, j'en serais encore un sincère
défenseur, parce que je vois dans le gouvernement
représentatif ce qui est à mes yeux le premier besoin

de tout gouvernement, de tout pouvoir, de tout homme, de tout peuple, c'est-à-dire un frein. C'est un frein pour le pouvoir, que le gouvernement représentatif, que le gouvernement parlementaire. Mais je ne veux pas que ce pouvoir soit, à son tour, sans frein, et j'admire la Constitution de 1848, malgré ses nombreux défauts, et, quoique j'aie voté contre elle, je l'admire de n'avoir pas constitué un pouvoir unique, exclusivement souverain et sans frein, comme certains théoriciens d'aujourd'hui voudraient en créer un au sein de cette Assemblée.

« Je veux donc le gouvernement représentatif, je veux la tribune parlementaire et son intervention dans toutes les matières de législation, dans toutes les matières de politique générale et sociale; mais je ne veux pas de son intervention taquine, bavarde, quotidienne, omnipotente et insupportable dans toutes les affaires du pays. Exiger cela, c'est, selon moi, dans notre temps et dans notre pays, le véritable moyen de l'amoindrir, de l'affaiblir et de la dépopulariser en France et dans l'Europe.

« Quand je vois aujourd'hui certains défenseurs du gouvernement parlementaire dans la presse, et quelquefois même à cette tribune, venir revendiquer ses prérogatives et les étendre outre mesure, je me demande si ces honorables écrivains et orateurs n'ont pas dormi pendant les trois dernières années, et s'ils se rendent compte de l'immense changement qui a été introduit par la République et par la Constitution dans la nature même du pouvoir législatif en France. Comment ! ces honorables publicistes et orateurs ont donc oublié que, par la Constitution de 1848, on a privé le pouvoir législatif, non légalement, mais moralement, de la moitié de son ancien pouvoir et de la moitié de son ancien prestige ! Et comment cela ? Mais tout simplement en faisant élire le pouvoir exécutif. Comment ! les grands docteurs qui ont fait la Constitution n'ont donc pas songé à cela, qu'en faisant élire directement par cinq millions et demi de Français un seul homme, ils lui attribuaient d'abord un pouvoir démesuré en quelque sorte, et que j'avais tort de comparer à la royauté, car il est plus grand pendant les quatre ans qu'il dure; et qu'en outre, par cela même, ils dépouillaient le pouvoir législatif de ce prestige unique, exclusif sous la monarchie, en vertu duquel la Chambre élue, la Chambre des députés, représentait seule les passions, les volontés, les affections, les souvenirs et les impulsions du peuple !

« Comment ne comprenez-vous pas qu'aujourd'hui, pendant que vous représentez ce peuple, mais pendant que vous le représentez chacun pour votre sept cent cinquantième, à côté de vous il y a un seul homme qui représente également, mais tout seul, la volonté nationale, les passions nationales ? (Dénégation.)

« Comment, non !

« Mais cela saute aux yeux. Demandez au premier paysan venu, demandez-lui quels sont les représentants qu'il a nommés. Il vous dira : Je n'en sais rien; j'ai voté pour la liste blanche ou pour la liste rouge,

selon que je l'ai préféré. Mais demandez-lui pour quel
président il a voté, il saura bien vous dire qu'elle est l'individualité remarquable pour laquelle il a déposé son
vote dans l'élection présidentielle, et qui est véritable-
blement à ses yeux son représentant par excellence.

« Ainsi donc, par le seul fait de l'élection du pouvoir exécutif, vous avez ôté au pouvoir législatif ce
prestige unique et exclusif dont il jouissait sous la
monarchie; première et véritable différence dans l'é-
tendue et le prestige du pouvoir parlementaire sous
la République et sous la monarchie.

« Deuxième différence. C'est que le souvenir, permettez-moi de vous le dire, le souvenir des luttes parlementaires de l'ancien régime, du régime monarchique terminé en 1848, ce souvenir, attentivement
conservé, n'est plus accueilli avec faveur par l'opinion
publique d'aujourd'hui; il ne lui inspire ni goût ni res-
pèct. Elle voit avec peine recommencer ces jeux stériles, et reparaître aujourd'hui ces funestes coalitions
d'autrefois, quelquefois avec les mêmes noms, souvent
avec les mêmes chefs et avec les mêmes pratiques.

« Elle ne s'y déplaisait pas autrefois, parce qu'elle était
rassurée par deux choses : la stabilité et la flexibilité
des institutions de la monarchie constitutionnelle : par
la stabilité qu'elle attribuait, malheureusement à tort,
à la royauté; et par la flexibilité, qui permettait, par la
dissolution de la Chambre élective, d'amener une solution honorable et naturelle aux conflits qui éclataient
entre les deux pouvoirs. Mais aujourd'hui, en présence
de deux pouvoirs enfermés tous deux dans une cage

pendant quatre ans, et dans une cage dont la clef a été
jetée au loin et ne pourra être retrouvée avant quatre
ans, l'inquiétude du pays est extrême et ses alarmes
ne sont que trop légitimes.

« Je sais bien que ces campagnes parlementaires,
que ces luttes parlementaires qui, je le répète et je
l'affirme aujourd'hui, dans l'état présent des esprits,
inquiètent, alarment et mécontentent le pays ; je sais
bien que ces luttes parlementaires sont pleines de
charme pour certains esprits éminents. Mon Dieu !
c'est par une raison toute simple : ce sont leurs premières amours, et on y revient toujours, comme vous
savez... ils ont voulu vous y ramener.

« Je conviens que cela est amusant. Né et élevé
sous les paisibles ombrages du Luxembourg, je n'avais
jamais vu de près ce genre de récréation. Mais je suis
convaincu que cela n'amuse plus le pays. Aux yeux
du pays, sachez-le, messieurs, ces jeux-là ne sont ni
sérieux, ni sincères, et tournent trop souvent au tra-
gique. (Interruptions.)

« Ces paroles ne s'appliquent en rien aux pouvoirs
de l'Assemblée. Je dis que, dans ma pensée, ces allusions ne portaient en rien contre les pouvoirs de l'Assemblée, mais s'appliquaient uniquement au jeu et aux
illusions des partis dans le sein de l'Assemblée. Il est
bien permis, je pense, de dire qu'il y a des partis, et
que ces partis ont des illusions qui déplaisent au pays.

« Voilà tout ce que je voulais dire.

« Du reste, messieurs, je cède à votre impatience et

je termine; et voici ce à quoi je vous prie de réflé-
chir :

« Si vous voulez défendre le pouvoir parlementaire,
comme je veux, moi aussi, le défendre, préservez-le de
ses amis trop ardents, car ce sont, au fond, ses plus
dangereux ennemis. Jamais les assemblées ne périssent, dans aucun pays, par le seul fait de la violence
extérieure; jamais elles ne périssent qu'après s'être
discréditées par un certain degré de complicité avec
le désordre. Je ne veux pas admettre un instant, non-
seulement que vous entriez dans cette voie, mais
même qu'on vous conseille d'y entrer.

« Cependant je ne crois pas, dans un pays qui a été
travaillé par tant de révolutions, être trop téméraire
en vous montrant l'abîme vers lequel on pourrait être
tenté de vous entraîner.

« Considérez, je vous prie, l'état du pays. Le pays
était tranquille. Il n'avait pas été à Wiesbaden, il
n'avait pas été à Claremont, ni même à Satory; il
jouissait de la paix que nous lui avions faite; nous
l'avions trouvé tranquille quand nous sommes allés
chez nous; nous l'avions laissé tranquille quand nous
sommes revenus ici. Eh bien, qu'est-ce qui l'a agité?
qu'est-ce qui l'a inquiété? qu'est-ce qui l'alarme en
ce moment? Je ne réponds pas : je vous laisse à vous-
mêmes le soin de répondre.

« Mais, je vous en conjure, permettez-moi de m'a-
dresser, en terminant, du haut de cette tribune, aux
deux pouvoirs. Vous savez assez de quel côté, selon
moi, est le tort, et de quel côté est la raison. Mais

j'admets qu'il y ait des torts de part et d'autre, et qu'ils soient égaux. Eh bien, je leur dis à tous deux d'une voix loyale et respectueuse : Cessez cette guerre impie, cette guerre dénaturée, qui ne peut profiter qu'à nos ennemis communs. Je leur demande, à tous deux, grâce pour le pays, grâce pour son repos, pour son travail, pour son crédit.

« Je leur demande, à tous deux, grâce pour notre œuvre et pour notre renommée commune, car c'est notre œuvre et notre renommée qui sont en péril. Oui, si nous arrivons à cette crise fatale de 1852, nous faisant l'un à l'autre la guerre, savez-vous ce qui arrivera ? C'est que les hommes sages diront de nous, quel que soit notre parti : Ces hommes ont substitué chacun une idole privée au bien public, et ils ont placé cette idole sur l'autel de la patrie. Et savez-vous ce que diront, dans leur grossier et expressif langage, les paysans qui nous ont nommés ? Ils nous diront ceci : Voyez ces blancs que nous avons nommés, ils n'ont su que se diviser entre eux. Eh bien, nommons des rouges !

« Ce qui triomphera donc, ce qui sortira de nos funestes dissentiments, ce ne sera pas, comme on l'a dit, l'Empire ; ce ne sera pas non plus le gouvernement parlementaire ; ce sera le socialisme, et non pas le socialisme insurgé, violent, brutal, par conséquent éphémère et facile à vaincre ; non, ce sera le socialisme légal, le socialisme électoral, c'est-à-dire un mal irrémédiable, ou pour lequel du moins je ne conçois aucun remède humain. Messieurs, ce n'est pas là une menace, c'est une prédiction. Je descends de la tribune avec la conviction d'avoir rempli un devoir impérieux, et avec une seule ambition, l'ambition d'être un faux prophète. »

Pour caractériser et pour combattre le vote de rejet de la dotation, bien qu'assuré à l'avance par les menées de la coalition, il fallait à la fois du talent et du courage. M. le comte de Montalembert fut, en effet, souvent interrompu dans son discours par la droite, par la gauche, et surtout par les parlementaires ; ceux-ci avaient applaudi la veille M. Thiers, ardent, fiévreux contre cette dotation.

M. le comte de Montalembert éleva le débat ; calme, impassible, il parla avec l'éloquence de la raison et de la justice.

M. Thiers n'avait obéi qu'à la passion. Il avait voulu cacher dédaigneusement, dans un faux jour, l'éclat du nom de Napoléon ; il le fit, au contraire, briller comme un phare dans la tempête, en jetant au pays découragé cette espérance : « L'EMPIRE EST FAIT ! » Par cet effet oratoire, M. Thiers espérait alarmer, terrifier le pays ; il dénonçait l'Empire ; il produisit une émotion contraire. Cette prophétie : « L'EMPIRE EST FAIT ! » lancée comme la foudre, dissipa les nuages amoncelés, et fit entrevoir un horizon plus calme, un ciel plus serein.

Dès lors, le rejet de la dotation n'était plus qu'une misérable hostilité contre le Président de la République.

La France entière était encore sous le charme de la parole éloquente de M. le comte de Montalembert, que déjà M. Piscatory montait à la tribune, et soutenait son rapport demandant le rejet pur et simple de la dotation de dix-huit cent mille francs pour le Président. M. Piscatory aimait la politique ; il se complaisait dans des batailles sans cesse renaissantes. Il reproduisit, pour ainsi dire, à la tribune, une nouvelle édition plus passionnée de son rapport.

Enfin donc, la discussion est fermée, le scrutin s'ouvre : le chiffre des votants est de 690.

Le nombre des voix pour l'adoption du projet est de 294 ; celui des voix pour le rejet est de 396. La loi du nouveau crédit est rejetée à la majorité de 102 voix.

Le discours de M. de Montalembert n'en restera pas moins une belle page.

J'ai souvent entendu, écouté avec émotion la parole nette, accentuée de M. le comte de Montalembert, à la Chambre des députés, alors que j'avais l'honneur d'y siéger dans des temps plus calmes. Mais il comptait déjà dans les rangs de l'opposition de droite, opposition modérée, s'appuyant sur des principes religieux.

M. le comte de Montalembert naquit à Londres, le 10 mars 1810 ; il descend d'une ancienne famille du Poitou. Son père, le comte Marc René, fut un des officiers les plus braves de l'armée de Condé. Louis XVIII le fit pair de France ; le roi Charles X le nomma son ambassadeur à la cour de Stockholm. Ces Montalembert étaient des hommes tout d'une pièce, et parfaitement ignorants de toute espèce de capitulation avec leur conscience.

De très-bonne heure, le jeune de Montalembert acceptait (il l'eût acceptée jusqu'au martyre) l'alliance éloquente du catholicisme et de la démocratie, et reconnaissait M. de Lamennais pour son maître. Ensemble ils s'en furent visiter le souverain Pontife et porter leurs doutes aux pieds de Sa Sainteté. Ensemble ils fondèrent ce journal très-écouté qui s'appelait *l'Avenir*. Mais quand M. de Lamennais voulut aller plus loin que les premières limites qu'il avait proposées à ses disciples, M. de Montalembert refusa de le suivre, et l'élève, en pleurant, quitta son maître. Il y eut dans cette séparation piété et douleur, regrets et respects; en même temps, le disciple avait à un si haut degré l'approbation de l'Église universelle, que cette séparation est restée un vrai drame.

En revanche, une amitié inaltérable, fondée sur la même croyance, la même foi religieuse et les mêmes études, s'était établie entre l'abbé Lacordaire et M. de Montalembert. Enfants du même siècle, ils obéissaient, l'un et l'autre, à la même passion libérale et chrétienne. Ils ressentaient, au fond de leur âme ingénue et vaillante, la même résistance à ce qui leur semblait injuste, et les mêmes aspirations vers un certain idéal, mêlé d'Évangile et de poésie, auquel leur auditoire ou leur lecteur ne savait pas résister. Bientôt ils entraînèrent dans leurs sentiments Mgr de Quélen, archevêque de Paris, et Monseigneur donna, le même jour, la chaire de Notre-Dame à l'abbé Lacordaire, et le titre de marguillier de Notre-Dame à M. le comte de Montalembert.

L'Université de France, contraire au libre enseignement, se souviendra longtemps de l'opposition de ces deux jeunes maîtres. A l'heure où M. de Montalembert faisait de sa maison une véritable école, il se voyait conduit, pour la première fois, sur les bancs ainsi glorifiés de la police correctionnelle. En ce moment, la ville entière se préoccupait de ce procès si grave intenté à l'école libre, et déjà chacun prêtait l'oreille au jeune orateur plaidant pour sa maison... La mort de son père, ayant ouvert la pairie héréditaire au courageux maître d'école, il entra dans la Chambre des pairs par ce procès considérable, où s'agitait cette immense question de liberté. Il gagna sa cause en la perdant; condamné à cent francs d'amende, il pouvait se glorifier, à bon droit, d'avoir fait pénétrer dans la plupart des esprits généreux ses toutes-puissantes convictions.

Aussitôt qu'il eut voix délibérative à la Chambre des pairs (en 1840), M. de Montalembert se hâtait d'affirmer sa foi religieuse et sa croyance politique. On se souvient encore de ses trois discours resplendissant de jeunesse et d'énergie, avec ce tour dédaigneux qu'il avait appris à l'école de son maître, M. de Lamennais. Il réclamait avec toute l'énergie et la volonté de la conscience, d'abord, la liberté de l'Église, et, conséquence inévitable, la liberté d'enseignement, avec la liberté des ordres monastiques. M. de Montalembert, dans un discours resté célèbre (10 février 1848), prophétisait la venue inévitable de la République. *Avant quarante jours,* disait le prophète, *Ninive sera détruite !..* Avant trois mois d'ici, s'écriait M. de Montalembert, c'en est fait de la monarchie!.. Elle n'eut pas ces trois mois de grâce ; elle n'avait plus que quelques jours à vivre !

Elle entraîna dans sa chute bien des hommes et bien des choses que la France ne devait plus revoir.

Huit jours après la révolution de 1848, Lacordaire était déjà remonté dans la chaire de Notre-Dame. Par la porte ouverte à la foule pressée et attentive, les bruits de l'émeute agitant la rue, et la parole de l'orateur remplissant ces voûtes sublimes, qui conservent encore l'écho de tant de grandes voix ; ces deux passions, l'ardeur du moine et la colère du peuple, se mêlant l'une à l'autre sans se confondre, représentaient un tel concert, que jamais rien ne s'est fait entendre, à la fois, de plus terrible et de plus grand.

Presque à la même heure, le département du Doubs, où la famille de Montalembert est entourée de respect, envoyait à la Constituante le jeune orateur dépossédé de sa pairie, et, comme eût fait son père, il vint siéger à l'extrême droite, non loin de son ami Lacordaire en son habit de dominicain.

Quatre ans plus tard, en 1852, M. de Montalembert entrait, et c'était justice, à l'Académie française, en sa double qualité d'orateur et d'écrivain. L'éloquence et l'art d'écrire applaudirent au couronnement de cette vie encore si jeune. Il remplaçait un brave homme, un royaliste sincère et dévoué, M. Droz. Au discours très-ingénieux de M. de Montalembert, répondit d'une voix véhémente, austère et parfois tendre, ce vaincu célèbre et ce protestant passionné, M. Guizot. Ainsi se rencontraient, sans se heurter, dans cette compagnie illustre, le fils des croisés et le fils de Luther.

Une manifestation subite de l'opinion publique, contenant un blâme contre le vote de l'Assemblée législative, suivit le rejet des frais de représentation. A la même heure, des souscriptions nombreuses s'organisèrent pour donner directement au Président de la République ce misérable argent qu'on refusait.

Le 9 février, la veille du vote, je publiais dans *le Constitutionnel* l'article suivant, signé par moi :

« Non-seulement la coalition existe et persévère ; mais, à la voix de ses chefs, MM. Thiers, de Rémusat, Duvergier de Hauranne, de Maleville, Piscatory, elle montre chaque jour plus de discipline, plus de précision dans ses manœuvres et plus d'ardeur au combat. Parmi les membres de la commission chargée d'examiner le projet de loi des dix-huit cent mille francs, la coalition comptait douze des siens, et cette commission avait nommé à l'unanimité M. de Mornay pour son président, et M. Piscatory pour rapporteur. Quand il s'agit de missions importantes, on ne choisit, comme on voit, ni des douteux ni des modérés. Dans toute guerre acharnée, les modérés sont des traîtres.

« Il paraît certain que la tactique la plus savante réglera à l'avance la discussion : 1851 pourrait, d'ailleurs, se contenter de copier 1839, sous le règne de Louis-Philippe. Le rejet des dix-huit cent mille francs est donc assuré.

« Ce n'est pas la première fois que le Président de la République aura à prendre conseil de sa sagesse et de son patriotisme. Le vote de l'Assemblée nationale produira sans doute une profonde impression dans le pays ; mais il n'inspirera, qu'on le croie bien, à Louis-Napoléon Bonaparte que des résolutions d'un grand sens, pleines de dignité et d'honneur.

« Le projet de loi de dix-huit cent mille francs une fois rejeté, le Président de la République prendrait les devants pour prévenir et pour empêcher toute souscription nationale. Une souscription politique ne se fait ni sans éclat ni sans agitation, et le pays n'a jamais eu tant besoin de tranquillité et de repos. Le Président de la République apportera dans les dépenses de sa maison les réformes nécessaires, et tout sera dit. »

Cet article n'attachait aucune importance politique au rejet de la dotation, mais il prouvait à nouveau les résolutions hostiles et misérables des parlementaires contre le Président de la République.

Plusieurs aides de camp vinrent me trouver le 9 au matin (c'était un dimanche), et se succédèrent dans la journée, apportant cet avis, que le Président de la République désirait me voir et me priait de me rendre à l'Élysée ; à six heures du soir, M. Fleury vint faire près de moi, à son tour, de nouvelles instances.

« Je prévois, lui dis-je, les observations que va m'adresser le Président ; il me fera peut-être des reproches pour mon article de ce matin ; mais j'ai cru bien faire et bien dire, et je m'y tiens. Il faut que le dévouement ait aussi son initiative.

— « Vous connaissez le Président, me répondit M. Fleury ; il se montre toujours affectueux pour vous, et vous êtes sûr qu'aucune de ses paroles n'aura les accents d'un reproche.

— « Eh bien ! répondis-je à M. Fleury, vous le voulez? Je vais me rendre à l'Élysée. »

Du plus loin qu'il m'aperçut, le Prince vint au-devant de moi et me tendit la main ; puis, souriant, il me dit :

« Vous publiez, pour ainsi dire en mon nom, d'importantes résolutions, sans m'avertir, sans me consulter ! Je ne blâme pas la politique que vous me conseillez ; mais, avant de refuser les souscriptions qui s'organisent, j'aurais voulu étudier la question sous toutes ses faces.

— « Je connais bien ce pays-ci, Monseigneur ; voilà pourquoi, sur cette question considérable, j'ai pris les devants : d'abord, les souscriptions, dont tous les journaux publieront les chiffres, pourront représenter chaque jour un mouvement de hausse ou de baisse, et causeront ainsi dans le pays une certaine inquiétude, une certaine agitation politique ; en second lieu, vous le dirai-je, ces habitants des campagnes les plus lointaines, qui vous ont acclamé avec tant d'enthousiasme au 10 décembre, auront grand'peine à confirmer leur vote par leur souscription pécuniaire. Ces braves gens, qui traverseraient une rivière avec de l'eau jusqu'au cou pour vous donner leurs voix, hésiteraient, j'en suis sûr, à donner cinq centimes s'il leur fallait traverser un pont. Sans doute, les souscriptions, même populaires, ne vous feront pas défaut ; mais il est important, dans cette circonstance, qu'elles atteignent en chiffre et en

numéraire au moins le nombre de voix que vous avez
obtenues au 10 décembre. Or, pas un homme prévoyant
ne pourrait l'attester. C'est donc un nouveau hasard à
courir, et voilà déjà bien des hasards.

— « Loin de vous contredire, reprit le Président, je
me range à votre avis. Venez avec moi dans le cabinet
de Mocquard, dictez-lui une note confirmative de votre
écrit de ce matin, et demain la note paraîtra dans *le
Moniteur*, sous cette rubrique officielle : *Communiqué.* »

Cette note écrite, je me retirai. J'étais déjà au milieu de la cour de l'Élysée, lorsque je m'entendis appeler avec un empressement de bon augure : le Prince-Président tenait à me faire présent de son portrait
lithographié, témoignage d'une flatteuse affabilité et
d'une honorable sympathie.

Le Moniteur publiait le lendemain l'article suivant :
« Dans la prévision du rejet qui vient d'avoir lieu,
au sujet des frais de représentation, des souscriptions
nombreuses s'organisent.

« C'était là un témoignage imposant et manifeste de
sympathie et d'approbation pour la conduite du Président. Il en est profondément touché, et remercie cordialement tous ceux qui en ont eu la pensée. Mais il
croit devoir sacrifier au repos du pays une satisfaction
personnelle. Il sait que le peuple lui rend justice, et
cela lui suffit.

« Le Président refuse donc toute souscription, quelque spontané et national qu'en soit le caractère. »

Très-peu de jours après, la vente des chevaux du Président fut affichée dans tout Paris.

Les plus sages regrettèrent ce vote injuste, dont le résultat certain serait une division plus profonde entre les fractions de la majorité. L'Assemblée perdait ainsi l'occasion de se montrer juste et généreuse; au contraire, elle fournissait au Président de la République l'heureux à-propos de faire preuve de bon goût, de désintéressement et d'habileté en refusant les souscriptions qui s'organisaient de toutes parts. Ce refus tournait au profit de la popularité du pouvoir exécutif.

CHAPITRE VI

L'Assemblée, en se divisant, en cherchant en vain à
irriter le Président par des coups d'épingle, à le faire
sortir de son calme et de sa dignité, attirait sur elle,
chaque jour, les blâmes de l'opinion publique..Fatigué
de tant de querelles misérables, le pays demandait une
autorité qui fût à l'abri de ces mesquines oppositions.

Dès le 14 février, plusieurs membres de l'Assemblée,
frappés de la situation de ce grand peuple revenu des
fictions et des paradoxes, qui ne demandait qu'à vivre,
à travailler avec sécurité, formèrent des débris de
l'ancienne réunion de la rue des Pyramides une réunion nouvelle, sous la triple présidence de MM. Baroche, Léon Faucher et Beugnot. Cette réunion ély-
séenne, qui se tenait rue de Poitiers, devint, dès ce
jour, dans l'Assemblée, le noyau compacte d'un sérieux
parti.

Ailleurs se manifestait, par des actes, une alliance
bizarre qu'on aurait crue impossible.

Le 20 février, la nomination de la commission pour
la loi départementale et municipale offrait cette composition étrange : président, M. le général de Lamoricière: vice-président, M. de Laboulie; secrétaire, M. de
Larcy ; vice-secrétaire, M. Farconnet : deux légitimistes et deux montagnards !

La Montagne se réjouissait et voyait un triomphe assuré pour la République dans ce spectacle de désordre
et d'alliances inattendues.

D'autre part, un nouveau manifeste politique, envoyé
de Venise, condamnait les alliances légitimistes parlementaires.

La Montagne elle-même se divisait en deux camps : l'un politique et comptant vingt-cinq membres ; l'autre, exclusivement socialiste, n'en comptait pas moins de quatre-vingt-cinq.

Pour compléter ce triste tableau, une démocratie européenne, mobile, circulante (comme disait lord Palmerston, *circulating*), formait, pour ainsi dire, l'armée cosmopolite de la révolution moderne.

C'était ce pouvoir révolutionnaire européen qui dirigeait, avec l'organisation des sociétés secrètes en France, la propagation socialiste à travers les campagnes. La démocratie parlementaire n'était guère que l'écho affaibli des doctrines souterraines.

Cent soixante-dix représentants, appartenant aux nuances les plus avancées de la gauche et de l'extrême gauche, déposèrent, le 21 février, la proposition d'une amnistie complète à tous les condamnés pour faits politiques, depuis le 24 février 1848.

L'anniversaire prochain de ce 24 février servit de prétexte, dans les rues de Paris, à des manifestations commentant et appuyant clairement la proposition parlementaire. On ne tenta rien de sérieux à Paris ; dans quelques départements, à Strasbourg surtout, où la garde nationale fut dissoute, il y eut de sérieuses et menaçantes manifestations.

Là se bornèrent, en France, les scandales de l'anniversaire du 24 février. Mais un banquet des *Égaux* célébra à Londres cet anniversaire ; un toast fut porté dans ce banquet par le citoyen L.-A. Blanqui à la commission des réfugiés de Londres :

AVIS AU PEUPLE

« Quel écueil menace la révolution de demain? L'écueil où s'est brisée celle d'hier, la déplorable popularité de bourgeois déguisés en tribuns :

« Ledru-Rollin, Louis Blanc, Crémieux, Marie, Lamartine, Garnier-Pagès, Dupont (de l'Eure), Flocon, Albert, Arago, Marrast! »

Je transcris ici le toast de ce banquet de Londres, empreint de toutes les fureurs de l'implacable révolutionnaire qui le dicta aux réfugiés :

« C'est le gouvernement provisoire qui a tué la révolution! C'est sur sa tête que doit retomber la responsabilité de tous les désastres, le sang de tant de milliers de victimes!

« La réaction n'a fait que son métier en égorgeant la démocratie. Le crime est aux traîtres que le peuple confiant avait acceptés pour guides, et qui ont livré le peuple à la réaction.

« Misérable gouvernement! Malgré les cris, les prières, il lance l'impôt des 45 centimes, qui soulève les campagnes désespérées!

« Il maintient les états-majors royalistes, la magistrature royaliste, les lois royalistes. Trahison!

« Il court sus aux ouvriers de Paris le 16 avril, il les emprisonne, il emprisonne ceux de Limoges; il mitraille ceux de Rouen le 27, il déchaîne tous leurs bourreaux, il berne et traque tous les sincères républicains. Trahison! trahison!

« A lui, à lui seul, le fardeau terrible de toutes les calamités qui ont presque anéanti la révolution !

« Oh ! ce sont là de grands coupables, et entre tous les plus coupables, ceux en qui le peuple, trompé par des phrases de tribun, voyait son épée et son bouclier ; ceux qu'il proclamait avec enthousiasme arbitres de son avenir.

« Malheur à nous, si, au jour du prochain triomphe populaire, l'indulgence oublieuse des masses laissait remonter au pouvoir un de ces hommes qui ont forfait à leur mandat ! Une seconde fois, c'en serait fait de la révolution !

« Que les travailleurs aient sans cesse devant les yeux cette liste de noms maudits, et si un seul, oui, un seul, apparaissait jamais dans un gouvernement sorti de l'insurrection, qu'ils crient tout d'une voix : Trahison !

« Discours, sermons, programmes, ne seraient encore que piperies et mensonges ; les mêmes jongleurs ne reviendraient que pour exécuter le même tour avec la même gibecière ; ils formeraient le premier anneau d'une chaîne nouvelle de réactions plus furieuses. Sur eux, anathème et vengeance s'ils osaient reparaître ! Honte et pitié sur la foule imbécile qui retomberait dans leurs filets !

« Ce n'est pas assez que les escamoteurs de Février soient à jamais repoussés de l'Hôtel-de-Ville : il faut se prémunir contre de nouveaux traîtres.

« Traîtres seraient les gouvernants qui, élevés sur le pavois prolétaire, ne feraient pas opérer à l'instant même : 1° le désarmement général des gardes bourgeoises; 2° l'armement et l'organisation en milice nationale de tous les ouvriers.

« Sans doute, il est bien d'autres mesures indispensables; mais elles sortiront naturellement de ce premier acte, qui est la garantie préalable, l'unique gage de sécurité pour le peuple.

« *Il ne doit pas rester un seul fusil aux mains de la bourgeoisie.* Hors de là, point de salut.

« Les doctrines diverses qui se disputent aujourd'hui les sympathies des masses pourront, un jour, réaliser leurs promesses d'amélioration et de bien-être, mais à la condition de ne pas abandonner la proie pour l'ombre.

« Elles n'aboutiraient qu'à un lamentable avortement, si le peuple, dans un engouement exclusif pour les théories, négligeait le seul élément pratique assuré, la force !

« Les armes et l'organisation, voilà l'élément décisif du progrès, le moyen sérieux d'en finir avec la misère ! *Qui a du fer a du pain.* On se prosterne devant les baïonnettes, on balaye les colonnes désarmées. La France hérissée de travailleurs en armes, c'est l'avénement du socialisme.

« En présence de prolétaires armés, obstacles, résistances, impossibilités, tout disparaîtra.

« Mais, pour les prolétaires qui se laissent amuser par des promesses ridicules dans les rues; par des plantations d'arbres de liberté, par des phrases sonores d'avocat, il y aura de l'eau bénite d'abord, des injures ensuite, enfin de la mitraille, de la misère toujours.

« Que le peuple choisisse ! »

Cette fois, on le voit, il ne s'agissait plus de questions personnelles, ni du pouvoir exécutif ni du pouvoir législatif ; on décrétait l'abolition de toutes nos lois, et la guerre civile était mise à l'ordre du jour !

Cette célébration de l'anniversaire du 24 février, ce banquet des *Egaux* à Londres, ce toast du citoyen L.-A. Blanqui, toutes ces violences pouvaient-elles donc servir d'arguments en faveur de l'amnistie ?

La commission chargée d'examiner cette proposition d'amnistie la rejeta à une grande majorité.

Le 29 novembre 1850, l'Assemblée avait ajourné à trois mois (au 1er mars 1851), la discussion d'une proposition de M. Creton, demandant la prorogation des lois qui interdisaient l'entrée de la France aux membres des deux dernières familles régnantes. L'ajournement de cette discussion à trois mois était expiré : on maintint la discussion à l'ordre du jour. Dans un discours, M. Creton développa et soutint sa proposition.

« Il ne s'agit pas ici, dit M. Berryer, de déchirer une loi de proscription qui ne peut rien : quand il s'agit des héritiers des races royales, ce n'est pas la loi qui exile, c'est la force, c'est le principe des révolutions. L'abrogation sérieuse, c'est la révolution politique. Le rappel d'une loi impuissante, ce n'est autre chose, sous le masque d'une prétendue générosité, qu'une tentative pour diminuer ce qui reste de dignité et de grandeur personnelle aux exilés. »

M. de Royer, ministre, se prononce pour la proposition, et même il en revendique la pensée pour le Président de la République, mais il en repousse la réalisation immédiate pour le maintien de la paix publique.

La Montagne s'explique la dernière sur cette proposition Creton. M. Marc Dufraisse parle au nom de la Montagne : son discours, plein de fièvre, soulève le plus violent orage parlementaire.

L'apologie de la Terreur, l'apothéose de la Convention nationale, la glorification du régicide, toutes les doctrines sanglantes, tout ce délire furieux de 93, élevés à la hauteur d'une religion : tel fut le discours de M. Marc Dufraisse.

Animé de la plus véhémente indignation, de la plus noble colère, M. Berryer s'élance à la tribune :

« Après les paroles détestables que nous venons d'entendre, s'écrie-t-il, au nom de la morale éternelle, les convictions, les paroles, les votes ne sont plus libres. »

Il propose en même temps l'ajournement à six mois. Malgré les efforts de quelques membres de la droite, l'ajournement à six mois est prononcé à une immense majorité.

Une nouvelle manœuvre politique se produisit alors. M. Berryer proposa une restitution proportionnelle sur les contributions directes pendant les années 1852, 53 et 54 de l'impôt des 45 centimes, décrété par le gouvernement provisoire ; mais cet impôt était un fait accompli et presque oublié.

La Montagne, à son tour, réclama l'éternel milliard

des émigrés; ce fut alors comme une émulation parmi les membres de la Montagne, pour inventer et pour proposer des restitutions ou des remboursements nouveaux. Cc fut pour M. le marquis de La Rochejaquelein et pour M. de la Broise l'occasion de proposer une loi qui rendît tous leurs droits aux officiers démissionnaires pour refus de serment à la suite de la révolution de 1830. Un discours de M. Charras fit repousser cette proposition légitimiste à la plus grande majorité.

Tels étaient dans l'Assemblée législative les cris, les menaces, les tumultes autour d'un seul homme, autour du Président de la République; mais lui restait calme, impénétrable : menacé de toutes parts, il semblait encore dominer les événements... Mieux encore, il en était maître.

Un jeune aspirant de marine, qui a fait depuis un grand chemin (M. le baron Darricau, contre-amiral, ancien gouverneur de la Réunion), me racontait qu'il se trouvait à bord de l'*Andromède*, où s'embarqua le prince Louis-Napoléon pour son voyage aux États-Unis. L'*Andromède* était en pleine mer, et le premier jour de l'année étant venu, tous les officiers du navire furent reçus par le commandant de Villeneuve. A cette réception le prince Louis-Napoléon tenait la première place, et l'on eût dit que tous ces hommages et ces respects s'adressaient à sa personne. Il répondit même en son nom propre aux officiers de marine, et, tout le reste du voyage, il eut beaucoup plus l'attitude d'un amiral à son bord que d'un déporté.

Bien plus, quand l'*Andromède* eut touché le rivage

de Charleston, des officiers anglais, voulant fêter les
officiers de la frégate française, les vinrent inviter à
un dîner qu'ils donnaient en leur honneur. Le prince
accepta l'invitation; il s'assit à la première place;
l'heure des toasts étant venue, il se leva et, remerciant
d'abord en son nom, puis au nom de la frégate, ces
hôtes anglais dans leur langue même, il fut vraiment le
héros de la fête. Ainsi, depuis qu'il était sorti d'Arenemberg, chacun s'effaçait devant lui par un pressenti-
ment de sa future grandeur.

Ces sortes de caractères, inacessibles dans leurs re-
tranchements, ont de grandes chances de réussir. Ceux
qui refusaient au Prince une dotation, ne s'étaient pas
rendu compte de la domination qu'il savait exercer sur
tout ce qui l'approchait. Il se faisait chaque jour de
nouveaux partisans, tantôt par la parole, et tantôt
même par le silence. Il espérait, il attendait. Il unissait la patience au courage.

Cependant une propagande souterraine et socialiste
se continuait dans Paris, dans ses environs et dans les
départements. Le 21 janvier 1851, on surprit en fla-
grant délit de conspiration, dans la commune de Montmartre, une réunion nombreuse des membres d'une
société nouvelle qui s'appelait: l'*Union des communes.*

Cette société de l'*Union des communes* avait nécessairement son programme qui s'ajoutait à tous les programmes de chaque parti.

Ce programme peut se résumer par deux mots :
l'*Union des communes* voulait que les emblèmes de la

République fussent, à l'avenir, *le drapeau rouge et le niveau*.

Dans la soirée du 21 mars, il y eut une grande séance à la réunion des Pyramides. Des bruits s'étaient répandus sur la formation d'un nouveau ministère ; on disait la loi du 31 mai menacée. M. Godelle proposa de décider que la réunion n'accorderait son concours qu'à un ministère dont la ferme résolution serait de maintenir cette loi sans aucun changement. La réunion d'administration intérieure, dont faisaient partie MM. Heurtier, Chasseloup-Laubat et Denjoy, déclare qu'elle est résolue à maintenir, dans son intégralité, la loi du 31 mai 1850, comme loi organique des élections politiques, départementales et municipales.

Au milieu des luttes incessantes et des divisions des partis dans l'Assemblée, la crise ministérielle durait toujours, et le ministère provisoire composé seulement des principaux fonctionnaires du gouvernement n'avait pu encore faire place à un ministère définitif ; mais enfin la crise arrive à son terme, et le 10 avril, les démissions de MM. de Royer, de Germiny, Brenier, Schneider, Vaïsse et Vaillant sont acceptées.

Un ministère nouveau se trouve ainsi composé :

M. Rouher, garde des sceaux, ministre de la justice ;
M. Baroche, ministre des affaires étrangères ;
M. le général Randon, ministre de la guerre ;
M. de Chasseloup-Laubat, ministre de la marine ;
M. Léon Faucher, ministre de l'intérieur ;

M. Magne, ministre des travaux publics,

M. Buffet, ministre de l'agriculture et du commerce;

M. le baron Dombideau de Crouseilhes, ministre de l'instruction publique;

M. Achille Fould, ministre des finances.

M. le baron de Crouseilhes, représentant du peuple pour le département des Basses-Pyrénées, faisait pour la première fois partie d'un ministère.

Élevé par les soins d'un oncle, évêque de Quimper, M. de Crouseilhes avait, sous la Restauration, rempli les fonctions de secrétaire général du ministère de la justice; il avait été appelé ensuite à la cour de cassation. Il mourut sénateur. C'était un homme d'esprit, très-lettré, mêlé avec la meilleure compagnie. Il avait pendant un certain temps côtoyé le parti légitimiste; mais il apportait en politique un grand sens, une grande modération : qualités rares à cette époque d'accès épidémiques de fièvre et de folie, qui, du moins, n'étaient pas contagieux pour le Président de la République.

L'administration du ministère de l'instruction publique est souvent pleine d'embarras, de difficultés et de conflits. Souvent, il faut tempérer et contenir la jeunesse de nos écoles, aussi bien que nos vieux évêques et que tous nos vieux potentats de l'Église.

Le ministère de l'instruction publique, depuis le premier Empire, s'est souvent illustré par des noms célèbres dans les lettres, dans l'église et dans la magistrature :

SOUS LE PREMIER EMPIRE :

MM. le comte de Fontanes, grand-maître de l'Université impériale ; le comte de Lacépède ; Lebrun, duc de Plaisance.

SOUS LA RESTAURATION :

MM. Royer-Collard, le comte de Cazes ; le comte Siméon, Lainé, Corbière, le baron Cuvier, le comte de Frayssinous, évêque d'Hermopolis ; de Vatimesnil, le baron de Montbel, le comte de Guernon Ranville.

SOUS LOUIS-PHILIPPE :

MM. Guizot ; le duc de Broglie ; Merilhou ; Barthe ; le comte de Montalivet, le baron Girod (de l'Ain) ; le comte Pelet (de la Lozère) ; le comte de Salvandy ; Parant ; Villemain ; Cousin.

SOUS LA RÉPUBLIQUE :

MM. Carnot, Vaulabelle, Freslon, de Falloux, de Parieu, Ch. Giraud, de Crouseilhes, Fortoul.

Les cultes firent souvent partie du département de l'instruction publique, mais ils passaient au ministère de la justice, toutes les fois que l'instruction publique était administrée par un homme politique appartenant à l'Église réformée.

Les casuistes en constitution faisaient leurs réserves vis-à-vis du nouveau cabinet du 10 avril : « Vous n'êtes pas, lui disait-on, un ministère vraiment parlementaire ; vous êtes un ministère de provocation ! ministère de défi ! » disait la Montagne.

Le nouveau cabinet fut installé. M. Sainte-Beuve, qu'il ne faut pas confondre avec l'auteur des *Causeries du Lundi*, proposa l'ordre du jour de non-confiance. Le nombre des votants était de 602 ; 327 voix se réunirent pour l'ordre du jour pur et simple ; 275 voix votèrent contre ; 52 voix de majorité ne donnaient pas une grande force au nouveau cabinet.

Mais les deux graves questions de la loi du 31 mai et de la révision de la Constitution préoccupaient déjà les partis et agitaient à nouveau l'Assemblée.

Dans cette situation, une lettre de M. Dupin causa, sur tous les bancs de la Chambre, une émotion profonde : M. Dupin demandait un mois de congé et se démettait de ses fonctions de président. L'assemblée se refusa à accepter cette démission, son vote appela de nouveau M. Dupin au fauteuil de la présidence. Sur 478 votans, M. Dupin compta 350 voix contre 85 données à M. Mathieu (de la Drôme), qui n'était pas encore prophète en son pays, et 55 à M. de La Rochejaquelein.

M. Dupin annonça dans une nouvelle lettre qu'il reviendrait avant la fin de mai pour prendre part, disait-il, à des discussions qui intéressent au plus haut degré l'avenir du pays. C'était annoncer, pour ainsi dire, officiellement un grand débat sur l'avenir de la révision de la Constitution.

Les pouvoirs des conseils électifs, nommés en vertu de la Constitution, allaient bientôt expirer. Le ministre de l'intérieur présenta donc un projet de loi tendant à faire proroger provisoirement les pouvoirs des conseils généraux, des conseils d'arrondissement et des conseils municipaux. Il demanda même, pour ce projet, une déclaration d'urgence.

Le ministère du 10 avril, qui cherchait sincèrement à ménager une réconciliation entre le Gouvernement et l'Assemblée, avait espéré que la révision de la Constitution pourrait favoriser ses efforts.

La loi du 31 mai avait trouvé dans l'Assemblée, comme dans la presse et dans le pays lui-même, de nombreux adversaires. On se rappelle peut-être que *le Constitutionnel*, de concert avec le journal *la Presse*, avait surtout battu en brèche cette loi pleine d'orages.

Tous les journaux de la Montagne déclaraient que les citoyens exclus du scrutin en 1852 réclameraient leur droit à main armée : « Rendons cette menace impossible, disait un grand nombre de conservateurs, en rapportant nous-mêmes la loi qui sert de prétexte à ces menaces.

Quant à la révision de la Constitution, elle trouvait des adversaires ardents dans tous les partis, surtout dans le parti républicain.

La révision de la Constitution pouvait entraîner la rééligibilité du Président de la République, et tous les ennemis de l'Élysée, les parlementaires surtout, répétaient hautement : Nous ne voulons donner au Président ni un jour, ni un écu !

Pendant que l'Assemblée semblait se recueillir dans l'attente suprême d'un grand événement, les partis

persévéraient dans leur travail de désorganisation sociale. Des Bulletins de la République, des Bulletins de
la Montagne se succédaient dans les départements.

Les partis monarchiques continuaient leurs persévé-
rantes intrigues. Le parti légitimiste semblait être en
infériorité dans cette alliance provisoire qu'on appelait
la fusion. Sur soixante membres du comité électoral
de la rue de Poitiers, quarante-cinq appartenaient au
parti orléaniste et quinze au parti légitimiste.

Un moment cependant on crut à un rapprochement
sérieux des deux branches de la maison de Bourbon.

M. le duc d'Aumale vint à Naples avec madame la
duchesse d'Aumale. Ils s'y étaient rendus pour des ar-
rangements de famille à prendre par suite de la mort
du duc de Salerne. M. le comte de Chambord était
alors à Venise.

M. le duc d'Aumale et madame la duchesse de Parme
se rencontrèrent dans la loge du roi de Naples au
théâtre d'il Fundo. C'était la première fois, depuis
1830, qu'un prince de la maison d'Orléans se trouvait
rapproché d'un membre de la branche aînée. M. le duc
d'Aumale se félicita de cette rencontre.

On crut donc, cette fois encore, que la fusion était
accomplie; mais cette illusion n'eut pas de durée. Un
petit brûlot de volume parut à cette époque, avec ce
titre : *Abdication du roi Louis-Philippe racontée par
lui-même.*

« Les ducs d'Orléans intriguer ! disait le vieux roi,
les ducs d'Orléans conspirer ! ça n'a jamais été leur
habitude, ni dans le présent, ni dans le passé, ni sous

la première République, ni sous l'Empire, ni sous la Restauration.

« Leur politique, à eux que le hasard de la naissance avait placés à deux pas du trône, a toujours été une politique *expectante*. »

Les hommes sérieux du parti légitimiste ne s'arrêtaient guère aux espérances puériles de la fusion.

On fit courir le bruit que, dans les derniers jours d'avril, M. de Persigny avait obtenu du général Changarnier une entrevue secrète. La rencontre aurait eu lieu dans le modeste appartement qu'occupait le général vers le faubourg Saint-Honoré. M. de Persigny, en entrant dans le petit salon, se serait écrié : « Quelle douleur pour moi de voir dans un si petit réduit un homme qui occupe une si grande place dans le pays! » A cette exclamation, le général aurait répondu : « C'est que j'ai besoin d'un petit cadre pour paraître grand... »

·Puis, la conversation s'étant engagée, M. de Persigny aurait fait des ouvertures interrompues seulement par de froides et vagues paroles. On résumait ainsi les propositions adressées au général :

« Le triomphe définitif du Président est certain. Le « nom magique de Napoléon entraînera irrésistible-« ment les masses. Cette influence est telle, qu'on « pourrait, à la rigueur, se passer du concours de l'As-« semblée. Déjà, pendant la dernière crise ministérielle « et en face de la difficulté qu'on trouvait à former « un ministère parlementaire, on avait composé un

« cabinet extra-parlementaire dont lui, M. de Per-
« signy, faisait partie, et qui devait opérer immé-
« diatement *la solution*. Un manifeste, rédigé par le
« Président, était prêt, et l'effet en aurait été tel, que
« personne n'aurait même pu songer à la résistance.
« Néanmoins, on préfère agir d'accord avec l'Assem-
« blée. On serait donc reconnaissant au général, dont
« on admire les talents, le caractère, s'il consentait à
« monter à la tribune, lors de la discussion sur la ré-
« vision de la Constitution, pour engager la majorité
« à se rallier au Président, ce dernier rempart de la
« société contre les barbares. On voudrait bien rendre
« au général son commandement; mais, par sa desti-
« tution, l'Assemblée a été vaincue; il faut qu'elle
« reste vaincue. Le Président est bien résolu à ne se
« dessaisir d'aucun des avantages qu'il a conquis sur
« elle. Toutefois, le général peut compter que, plus
« tard, on saura reconnaître dignement ses services. »

On disait aussi que le général avait imposé silence
aux sentiments qu'avaient excités en lui ces avances
bien inattendues et qu'il s'était contenté d'y opposer
une froide politesse.

Il y avait sans doute eu, dans ces bruits propagés,
beaucoup d'inexactitudes et d'exagérations; on pouvait
reconnaître dans l'empressement à les répandre une
tentative des partis monarchiques pour grandir un
homme, en qui chacun d'eux voyait un protecteur.
Mais, enfin, le fait même de l'entrevue ne fut pas démenti; seulement M. de Persigny adressa à un journal
de Paris la lettre suivante :

« Je déclare que la visite que j'ai eu l'honneur de faire au général Changarnier ne m'a été inspirée que par des communications que j'ai dû croire émanées du général lui-même. J'ajoute que, loin d'avoir reçu une mission du Président de la République, je lui ai laissé ignorer cette démarche. Enfin, je maintiens complétement fausse la version qui a paru dans *l'Ordre*, dans *l'Indépendance belge* et autres journaux.

          « Signé, F. DE PERSIGNY. »

On voulait surtout grandir M. Changarnier en prétendant que M. de Persigny avait parlé au nom du Prince, en prétendant faussement que M. de Persigny, le confident de l'Élysée, s'était, pour ainsi dire, incliné devant le général.

CHAPITRE VII

Le 26 mai, la réunion des Pyramides adopta, au nombre de 233 signatures, une proposition ainsi conçue :

« Les représentants soussignés, dans le but de remettre à la nation l'entier exercice de sa souveraineté, ont l'honneur de proposer à l'Assemblée nationale d'émettre le vœu que la Constitution soit revisée. »

Parmi les signataires, on ne comptait pas un nombre important de légitimistes. On remarquait surtout l'absence, sur cette liste, de MM. Molé, Thiers, Changarnier, Piscatory, Duvergier de Hauranne et Dufaure.

Les républicains avaient dit : « La révision, c'est la monarchie. » Le pays répondait en demandant la révision.

Le comité de *résistance*, composé de démocrates militants, lança son onzième bulletin, adressé au peuple et à l'armée. Ce bulletin, qui, comme les précédents, portait le timbre du comité surmonté du bonnet phrygien, fut envoyé à domicile à tous les représentants favorables à la révision et à tous les citoyens qui s'étaient chargés de recevoir les signatures des pétitionnaires.

AU PEUPLE. — A L'ARMÉE.

« Nous l'avions prévu, nos ennemis n'attendront pas 1852. Déchirant le voile hypocrite dont ils se couvraient encore, ils viennent de jeter le défi à la République. Eh bien ! nous le relevons !

« Les uns nous menacent d'arborer l'*exécrable* drapeau blanc; les autres, de retenir dans leurs mains un pouvoir que la loi leur dénie et qu'ils ont souillé de crimes et de bassesses; tous ensemble, ils livrent l'assaut à la Constitution, le dernier rempart des droits du peuple, et le dernier obstacle à leurs projets ambitieux. Ils font appel aux patriciens, aux exploiteurs, aux sangsues du pays, et les rallient sous l'étendard de la peur et de l'égoïsme.

« Auront-ils le triste courage d'aller jusqu'au bout? Oseront-ils reviser la Constitution, proclamer la monarchie ou prolonger les pouvoirs? S'ils ont cette téméraire audace, que le peuple, que l'armée, que la partie saine de la bourgeoisie, dont le patriotisme n'est pas étouffé par les intérêts matériels, que la France entière se lève pour les frapper !

« Le monde est témoin que nous ne sommes pas les agresseurs. Nous avons tout fait, tout enduré pour éviter l'agitation et la guerre civile. Une poignée de misérables provoquent de gaieté de cœur l'effusion du sang. Il faut, cette fois, qu'il retombe sur leurs têtes. Nous prévenons donc les membres de la majorité que ceux d'entre eux qui donneront par leurs votes le signal du carnage auront prononcé eux-mêmes leur arrêt de mort. *L'insertion de leurs noms au* Moniteur *tiendra lieu de jugement.*

« Soldats !

« Vous le voyez, la justice est du côté du peuple. Votre devoir est tout tracé : vous ne devez obéir qu'à lui. Tout ordre qui tendrait à vous faire égorger vos frères devra être repoussé par vous avec l'indignation que mérite une provocation à l'assassinat, et ceux qui seraient assez dénaturés pour vous le transmettre, pu-

nis sur-le-champ. L'aristocratie vous fait l'injure de
compter sur vous, elle se cache lâchement derrière
vos baïonnettes; retournez-lez contre elle, joignez vos
coups aux nôtres, et le combat ne sera pas long.

« Peuple !

« Tu n'eus jamais plus besoin de réunir la prudence
à l'énergie. Maîtrise ton émotion, concentre ta colère jusqu'au moment où elle devra éclater. Point de
mouvement prématuré, mais point d'hésitation non
plus quand il faudra agir. Méfie-toi des impatients, et
surtout des endormeurs, de ces hommes qui se disent
circonspects parce qu'ils sont lâches, et qui s'efforcent
de glacer ton généreux élan. Exige que ceux qui éta-
lent leurs bonnes dispositions les montrent jusqu'à la
fin, ou flétris-les comme des jongleurs.

« Maintenant, attendons et prenons nos dernières
mesures. Ils veulent une révolution ; ils seront satisfaits. Mais celle-là sera la dernière; car il est temps
enfin d'en finir avec cette caste incorrigible, *dont on
n'aura définitivement raison qu'en lui arrachant ses richesses mal acquises. Vive la République* !

« *Le Comité central de résistance.* »

C'est ainsi que, dans tous les partis, chacun brûlait
ses vaisseaux. De toutes parts : *vaincre ou mourir !* était
le mot d'ordre. Une immense lassitude arrivait au même
résultat qu'une espérance sans limites. Provoquée par
cette nouvelle déclaration de guerre, la Chambre aussi

voulait en finir. L'un des représentants, M. Vésin, demanda que le rapport général sur les pétitions relatives à la révision fût présenté ; il rappela les scrupules que M. Léon Faucher avait montrés à l'occasion des pétitions contre la loi du 31 mai.

La proposition de M. Vésin fut adoptée.

Après le vote, on vit se diriger vers le fauteuil du président M. le duc de Broglie, porteur de la proposition de révision signée par la réunion des Pyramides.

Vous le voyez, nous sommes en plein drame, et puisque enfin les grands acteurs restent en scène, on peut s'attendre à un de ces terribles dénoûments tels que les poëtes les plus osés en ont trouvé bien rarement.

A la veille de cette grande discussion parlementaire sur la révision, le Président de la République inaugurait, le 1er juin 1851, la section du chemin de fer de Paris à Lyon comprise entre Tonnerre et Dijon.

Il rencontra, sur ces nouveaux sentiers, l'enthousiasme et l'approbation des premiers jours. On ne criait déjà plus : *Vive la République!* on criait : *Vive l'Empereur!*

Dans un banquet, le maire de Dijon parla de la reconnaissance de la nation pour *l'héritier du grand capitaine qui porta si haut la gloire de la France :* « La nation, dit-il, saura, dans l'exercice de sa souveraineté, trouver l'expression de sa reconnaissance. »

Le Président de la République avait à ses côtés le président de l'Assemblée nationale, les trois vice-présidents et deux secrétaires, le ministre de l'intérieur, et plusieurs autres ministres.

Il répondit par le discours suivant :

« Je voudrais que ceux qui doutent de l'avenir m'eussent accompagné à travers les populations de l'Yonne et de la Côte-d'Or. Ils se seraient rassurés en jugeant par eux-mêmes de la véritable disposition des esprits. Ils eussent vu que ni les intrigues, ni les attaques, ni les discussions passionnées des partis ne sont en harmonie avec les sentiments et l'état du pays.

« La France ne veut ni le retour à l'ancien régime, quelle que soit la forme qui le déguise, ni l'essai d'utopies funestes et impraticables. C'est parce que je suis l'adversaire le plus naturel de l'un et de l'autre qu'elle a placé sa confiance en moi.

« S'il n'en était pas ainsi, comment expliquer cette touchante sympathie du peuple à mon égard, qui résiste à la polémique la plus dissolvante et m'absout de ses souffrances ?

« En effet, si mon gouvernement n'a pu réaliser toutes les améliorations qu'il avait en vue, il faut s'en prendre aux factions qui paralysent la bonne volonté des Assemblées comme celle des gouvernements les plus dévoués au bien public. C'est parce que vous l'avez compris ainsi que j'ai trouvé dans la patriotique Bourgogne un accueil qui est pour moi une approbation et un encouragement.

« Je profite de ce banquet, comme d'une tribune, pour ouvrir à mes concitoyens le fond de mon cœur. Une nouvelle phase de notre vie politique commence. D'un bout de la France à l'autre, des pétitions se signent pour demander la révision de la Constitution. J'attends avec confiance les manifestations du pays et les décisions de l'Assemblée, qui ne seront inspirées que par la seule pensée du bien public.

« Depuis que je suis au pouvoir, j'ai prouvé combien, en présence des grands intérèts de la société, je faisais abstraction de ce qui me touche. Les attaques les plus injustes et les plus· violentes n'ont pu me faire sortir de mon calme.

« *Quels que soient les devoirs que le pays m'impose,* il me trouvera décidé à suivre sa volonté. Et croyez-le bien, messieurs, la France ne périra pas dans mes mains. »

On comprendra sans peine que ces paroles si nettes eussent produit dans ce banquet de Dijon une émotion profonde. Mais l'Assemblée ne s'était pas contentée du discours imprimé par *le Moniteur;* le fidèle écho de ces campagnes dévouées à l'Empire avait rapporté les paroles effacées, et surtout la phrase que voici : » Si l'Assemblée, disait-il, m'a donné son concours pour les mesures de répression, elle me l'a refusé pour toutes les mesures de bienfaisance que j'avais conçues dans l'intérèt du pays. »

M. Léon Faucher, aussitôt après que ce discours eut été prononcé à Dijon, avait repris précipitamment la route de Paris pour empêcher que ces reproches à l'Assemblée ne fussent reproduits dans le journal officiel. On se répétait néanmoins de tous côtés la phrase retranchée.

C'était, en effet, une des supériorités d'esprit et de caractère du Président de la République, d'écouter vite et bien un bon conseil et de le suivre, à condition que sa dignité n'en fût pas compromise. Mais, cette fois, la précaution fut inutile, et rien ne put calmer l'irritation de l'Assemblée. On eût dit que la Bourse partageait ses colères; l'argent, qui, de sa nature, est un lâche, se cacha, et la baisse répondit à ses terreurs.

Plus que jamais les rumeurs se faisaient entendre; une interpellation était imminente, mais l'impatience de l'Assemblée était si fiévreuse, que, sans attendre, elle éclata tout d'un coup dans un débat parfaitement étranger au discours de Dijon. On discutait le projet d'un traitement aux officiers de la garde républicaine décorés en 1848.

M. le général Gourgaud, à cette occasion, appelle la sollicitude de l'Assemblée sur la position de plusieurs soldats du 14e régiment de ligne, blessés le 24 février à l'attaque du Châtelet. Ces soldats, admis à la retraite avant d'avoir reçu la croix de la Légion d'honneur, ne pouvaient, aux termes de l'ordonnance de 1814, avoir droit au traitement de légionnaire. L'amendement présenté par l'honorable général avait pour but de les faire jouir de ce traitement par une exception spéciale de l'ordonnance. Le général Gourgaud ne voyait là qu'une question d'humanité et de justice; la gauche y vit une sorte de condamnation de la révolution de Février.

M. Dupin parla de la discipline militaire; M. Charras demanda ce que devraient faire les soldats, si leurs

chefs, donnant l'exemple de la trahison, les condui-
saient à l'attaque des pouvoirs constitués.

M. le général Changarnier répondit d'abord de façon à ne mécontenter personne. Puis, tout d'un coup,
par une transition violente, il s'écria, avec un geste menaçant :

« L'armée, profondément pénétrée du sentiment de
ses devoirs, du sentiment de sa propre dignité, ne désire pas plus que vous de voir les misères et les hontes
des gouvernements des Césars, alternativement proclamées ou changées par des prétoriens en débauche.

« Personne n'obligera les soldats à marcher contre
le droit, à marcher contre cette Assemblée. L'armée
n'obéira qu'aux chefs dont elle est habituée à suivre
la voix. *Mandataires de la France, délibérez en paix.* »

C'était vraiment une épée qui s'offrait au pouvoir législatif pour combattre le pouvoir exécutif. Ces paroles, militaires bien plus que politiques, prononcées avec
emphase, furent accueillies par de longs applaudissements, partis surtout des bancs de la gauche.

Au milieu de ces agitations si diverses et de ces discours si différents l'un de l'autre, surgissaient les propositions les plus opposées à propos de la révision. Le
pays tout entier se faisait entendre à son tour. Des pétitions nombreuses arrivaient de toutes parts, remplies
des espérances, disons mieux, des volontés de l'heure
présente.

Le total des pétitions diverses envoyées à l'Assemblée, jusqu'au 1er juillet 1851, était de 13,524, et le to-

tal des signatures, croix et adhésions, de 1,123,625.
Sur le nombre total, pour la révision, 741,011 signatures, croix et adhésions ; pour la révision et la prorogation des pouvoirs du Président de la République,
370,511 ; et pour la prorogation seule, 12,103.

La veille du grand débat, on accusa le gouvernement
d'avoir pris la plus grande part au *pétitionnement ;*
mais au sein de la commission d'enquête, M. de Tocqueville, un de ces hommes dont la parole avait de
l'autorité (la France a perdu à sa mort un de ses plus
grands esprits), reconnut que le gouvernement avait
trouvé le pays bien disposé.

Le 14 juillet commence la grande bataille. M. le
président Dupin prend le premier la parole ; il recom-
mande aux partis de faire preuve de modération et de
retenue, de s'écouter patiemment les uns les autres ;
de rassurer le pays plein d'anxiété, au lieu de lui inspirer des craintes nouvelles.

Malheureusement, la voix de M. Dupin n'était guère
écoutée. Ce n'était plus le président des temps pacifiques, lorsque, sûr de lui-même et de l'assentiment de
la majorité, ses gaietés mêmes étaient redoutables. En
ce moment, M. Dupin, avec cette admirable intelligence si connue, marchait en tremblant sur des cendres qui cachaient un incendie. On voyait qu'il croyait
peu à la patience de cette Assemblée frémissante. A
peine il eut parlé, que M. Michel (de Bourges), un tribun
tout rempli des passions des anciennes Assemblées dé-
libérantes, demanda d'une voix tonnante la révision immédiate, la révision légale de la Constitution. Il pros-

crivait, comme une insulte à la justice, la prorogation des pouvoirs et la réélection du Président de la République. Il fut écouté, par les uns, avec épouvante ; par les autres, avec indignation ; avec intérêt par tous. M. Michel (de Bourges) n'était pas *l'orateur*, comme on le disait de M. Berryer ; mais il avait plusieurs parties de l'éloquence : énergie, inspiration, et ce courage brutal qui ne connaît pas d'obstacle.

Il venait à peine de parler que M. Berryer, se levant à son tour, reprit la question en sous-ordre, et, dans un discours mieux fait et moins violent, c'est-à-dire beaucoup plus dangereux, démontra que la fin de la Présidence était sonnée, et qu'il fallait de nouveaux pouvoirs à la République. Après un moment de répit, le grand poëte et l'ancien pair de France, M. Victor Hugo, nouveau venu dans la politique, entreprit, dans un discours préparé, et mal préparé, d'enseigner leurs droits et leurs devoirs aux divers partis de la Chambre. Il était un médiocre orateur royaliste ; on chercherait en vain, dans ces paroles inattendues, les anciennes croyances du poëte lyrique, racontant au monde attentif *la naissance du duc de Bordeaux* et *la mort du roi Charles X*. La transformation était aussi complète que surprenante, et M. Foucher, l'avocat-général, entendant parler son beau-frère : « Il faut, disait-il, qu'il soit devenu fou depuis huit jours. »

Cependant, M. Odilon Barrot, un des modérateurs de la Chambre, esprit droit et ferme, avec beaucoup de sens et de prudence, eut grand soin de se renfermer dans la question :

« Quelques-uns, dit en finissant M. Odilon Barrot, demandent la révision de la Constitution dans l'intérêt d'un seul homme. Moi, je demande la révision dans l'intérêt de mon pays, dans l'espérance de faire sortir des nouvelles institutions tout ce qu'elles peuvent donner de sécurité et de grandeur. »

Il était impossible de tenir un langage plus conciliant et plus ferme à la fois. M. Odilon Barrot parlait comme un homme revenu des révolutions dont il sait tout le danger. Pourtant son discours fut écouté, surtout par le respect que l'Assemblée portait à l'orateur.

Le jour du scrutin, l'Assemblée étant au grand complet, 446 voix se prononcèrent pour la révision ; 278 voix se réunirent dans le sens contraire. Ainsi, *les trois quarts* des voix exigées aux termes de la Constitution pour la révision venant à lui manquer, elle fut rejetée.

Cette fois donc, les chefs de l'ancien parti de l'ordre, MM. Thiers, Piscatory, Dufaure, le général Changarnier, se recontraient dans un même vote avec MM. Nadaud, Raspail et Lagrange.

M. de Larochejaquelein l'avait dit dès les premiers jours de la révision : « C'est une partie perdue. »

Le 21 juillet, l'Assemblée avait à statuer sur les pétitions révisionistes. M. Baze, un des questeurs, ne se tenant jamais pour battu, proposa l'ordre du jour suivant :

« L'Assemblée, tout en regrettant que, dans un grand nombre de localités, contrairement à son devoir, l'administration ait abusé de son influence pour exciter les citoyens au pétitionnement, ordonne le dépôt des pétitions au bureau des renseignements. »

L'Assemblée adopta, contre le ministère, l'ordre du jour motivé proposé par M. Baze.

Ce vote hostile amena la démission du cabinet, mais le Président de la République refusa de l'accepter. Enfin, de guerre lasse et cherchant à se reconnaître en toutes ces aventures, l'Assemblée se prorogea du 10 août au 4 novembre.

Cette relâche d'un instant fit bientôt place à l'agitation des conseils généraux.

En dépit de la commission de permanence, ils devenaient les maîtres de la situation.

Sur 85 conseils généraux, 79 émirent un vœu en faveur de la révision ; on sait que le département de la Seine n'avait pas été appelé à élire de conseil général depuis la révolution de Février.

50 demandèrent purement et simplement la révision.

Le conseil général de la Loire-Inférieure demanda aussi la révision ; mais, dans ce vœu, ce département demandait, selon la tradition royaliste, le retour de la monarchie héréditaire et légitime.

Un seul, le conseil général de Vaucluse, demandait la révision partielle et légale, dans le but de maintenir et de consolider la République.

5 conseils généraux refusèrent de voter la révision ; la Loire et l'Isère s'abstinrent, dans la crainte de provoquer des débats irritants.

Le Cher, la Drôme et le conseil général de Saône-et-Loire, rejetèrent la révision par un vote absolu.

Quant à la question de l'abrogation ou de la modification de la loi du 31 mai, loi si vivement attaquée dans *la Presse* et dans *le Constitutionnel*, par M. de Girardin et par moi, plusieurs des conseils généraux gardèrent le silence. Il n'y eut cependant qu'une seule voix dans ces réunions partielles, pour accuser l'imprévoyance des législateurs, qui, pour ainsi dire à la même heure, laissaient, impuissants et désarmés, les deux pouvoirs établis pour veiller sur les destinées de la République. En vain les politiques ingénieux imaginèrent une combinaison qui permît le contact prolongé durant plusieurs mois de deux Assemblées, l'une en exercice, l'autre en expectative. La majorité des votes des conseils généraux fit une grande impression sur l'opinion publique.

Le 24 novembre, *le Constitutionnel*, convaincu avec tout le pays qu'il fallait en finir, révélait la véritable situation politique, dans un article ayant pour titre : *les Deux Dictatures*. Cet article, signé par M. Granier de Cassagnac, prévoyait, dans un avenir prochain, une dictature blanche ou une dictature rouge, et la mise en accusation du Président de la République par l'une ou l'autre de ces dictatures.

« Lundi dernier, disait M. de Cassagnac, il y a huit jours aujourd'hui, on a été à l'épaisseur d'un cheveu des coups de fusil et de la guerre civile. Les partis qui se disputent le pouvoir avaient jeté dans l'Assemblée une proposition ayant pour objet moins encore de donner une armée au pouvoir législatif que de jeter de l'indécision, du désordre dans les troupes, et de fournir à un général audacieux l'occasion et le moyen d'entraîner un régiment. Si l'Assemblée avait eu la faiblesse de prendre seulement en considération la proposition qui lui était soumise, on lui eût subitement arraché un acte d'accusation. Les conspirateurs avaient préparé leur coup de main : armés d'un vote plus ou moins concluant, plus ou moins explicite, ils auraient arrêté les ministres en pleine séance, et, si ce début avait été heureux, ils auraient immédiatement essayé d'enlever le Président.

« Mais, comme on doit le supposer, le Président de la République et ses amis sont médiocrement disposés à se laisser escamoter. Les assaillants eussent donc été accueillis à coups de fusil, ou mieux encore ; et la bataille s'engageait dans les rues immédiatement. Ce résultat a été possible jusqu'à sept heures et demie ; le vote de l'Assemblée l'a fait évanouir. . . . . . .

. . . .

« C'est notre espoir et notre conviction, disait encore M. de Cassagnac ; la même raison qui a détourné les Montagnards de la dictature blanche, détournera les vrais et honnêtes conservateurs de la dictature rouge ; et l'Assemblée ne voudra pas plus livrer la France au général Cavaignac qu'elle n'a voulu la livrer au général Changarnier... » . . . .

. . . .

M. de Cassagnac terminait en disant :

« Allez, allez, chevaliers errants des princesses perdues, comme la femme d'Énée, dans la bagarre des
trônes qui s'écroulent et qui brûlent, conspirez tant
qu'il vous plaira ; promenez dans les ténèbres vos faces
blêmes que la peur agite, et signalez au pays les conjurations de l'Élysée pour masquer les vôtres ! Personne ne se méprend sur vos projets, et personne ne
les redoute. Si vous êtes sans pitié pour la France, si
vous refusez, malgré ses prières, de lui épargner une
révolution de plus, vous n'en serez pas moins pour vos
efforts et pour votre honte. Aveuglés par vos passions,
comme le taureau par le drap rouge, vous donnerez,
tête baissée, sur la pointe de l'épée tendue et immobile
qui vous attend ! »

Cet article, convenu entre M. de Cassagnac et moi,
devait m'être lu le vendredi 21 novembre. J'avais, tous
les vendredis, chez moi, un dîner hebdomadaire auquel
assistait régulièrement M. Sainte-Beuve ; nous arrê-
tions ensemble le choix du sujet littéraire qu'il devait
traiter la semaine d'après.

A ces dîners du vendredi assistaient, d'ordinaire,
plusieurs invités appartenant à la politique, aux lettres
ou aux beaux-arts. Le 21 novembre, se trouvaient
donc réunis MM. Sainte-Beuve, Granier de Cassagnac,
Boilay, Cucheval-Clarigny, rédacteurs du *Constitutionnel ;* Bérard, représentant du peuple ; Lambert,
sous-préfet de Sceaux ; Edmond Didier, sous-préfet de
Saint-Denis ; mon ami Millot, ancien assidu du foyer du
Théâtre-Français, qui sait par cœur les comédies en

prose et en vers de Molière; M. Auber, l'auteur de *la Muette* et de tant d'ouvrages toujours applaudis; Adam. l'auteur du *Bijou perdu* et de plusieurs ouvrages restés populaires.

La lecture de l'article *des Deux Dictatures* produisit un grand effet sur tous les convives : il fut applaudi, mais non sans quelque émotion et sans quelque inquiétude. « Le publierez-vous, cet article, monsieur Véron? et ne craignez-vous pas, M. de Cassagnac et vous, d'être arrêtés?

— « Cet article paraîtra certainement lundi, quoi qu'il puisse arriver. »

L'article parut donc le lundi 24 novembre.

Le jour même, M. Creton, représentant, présente à la Chambre une demande dans les termes suivants :

« Je demande à interpeller MM. les ministres de la justice et de l'intérieur au sujet d'un complot contre la sûreté de l'État, dénoncé avec précision dans le numéro du *Constitutionnel* de ce jour. »

M. Creton, du haut de la tribune, ne craint pas d'accabler d'injures M. Granier de Cassagnac absent, qui ne pouvait lui répondre; mais immédiatement ce dernier publiait, dans *le Constitutionnel*, la note suivante :

« Une interpellation a été faite, dans la séance d'aujourd'hui, par M. Creton, au sujet de l'article publié ce matin par *le Constitutionnel*, et signé de mon nom.

M. Creton n'a pas craint de s'exprimer à la tribune en des termes tels, que nous n'avons pas à lui répondre ici. »

Le 25, je reçus de M. Granier de Cassagnac la lettre suivante :

« Mon cher Véron,

« Permettez-moi d'exposer, dans les colonnes du *Constitutionnel*, les suites qu'a eues l'interpellation portée à la tribune par M. Creton.

« Ce matin, à dix heures, deux de mes amis se sont rendus chez lui et lui ont porté la lettre suivante :

« Monsieur,

« Les termes dont vous vous êtes servi à mon égard,
« à la tribune de l'Assemblée nationale, constituent
« une offense tellement grave, que vous l'aviez sûre-
« ment préméditée ; et vous trouverez naturelle la répa-
« ration que je viens en réclamer.

« J'ai l'honneur de vous adresser M. Bérard, repré-
« sentant du peuple, et M. Penguilly l'Haridon, capi-
« taine au 7e d'artillerie, mes amis et mes témoins.

« Veuillez, je vous prie, les mettre immédiatement
« en rapport avec les vôtres, afin qu'ils puissent régler
« les conditions et l'heure de la rencontre.

« Veuillez agréer, monsieur, mes civilités em-
pressées.

« A. GRANIER DE CASSAGNAC. »

« M. Creton s'est absolument refusé, non-seulement

à lire, mais à recevoir ma lettre, déclarant à mes deux amis :

« Qu'il ne me connaissait pas ;

« Qu'il ne m'avait pas attaqué dans ma vie privée ;

« Qu'il refusait expressément la réparation de-mandée.

« Que faire, après de telles paroles, que faire? M. Creton est une de ces natures qui ne comprennent ni l'honneur ni la honte ; et il est bien moins inviolable par son caractère de représentant que par sa lâcheté.

« Étrange situation de ceux qui, mus par leur esprit et par leur cœur, se jettent, sans caractère officiel, dans les luttes politiques, et défendent l'ordre, les lois, la cause de tous, contre l'ambition et l'orgueil de quelques-uns! »

La polémique que je soutins contre la loi du 31 mai fut vive et continue ; les articles que je signai contre cette loi parurent, en effet, dans *le Constitutionnel*, à des dates rapprochées, le 10, le 15, le 20, le 25 mai 1851 et le 10 septembre de la même année. Cette polémique causa quelque étonnement et me valut de la part de ceux-mêmes qui jusque-là avaient personnellement approuvé la politique du *Constitutionnel* des contradictions et des reproches. Je reçus à cette occasion, au journal et chez moi, plusieurs visites de mécontents :

« Mais qu'est-ce que cela veut dire? Mais y pensez-vous? attaquer cette loi que nous devons à la sagesse de la réunion de la rue de Poitiers ! Mais cette loi courageuse a une grande portée ; elle aura de bons effets. »

Pour persévérer dans ma ligne de conduite politique, comme directeur d'un journal important, j'avais
eu, pendant toute la République, à affronter, en souriant, bien d'autres hostilités. Je ne prenais aucun
souci même des plus violentes attaques, sans bon goût
et sans mesure, que plusieurs journaux, petits ou
grands, publiaient quotidiennement contre moi, dans
le but évident de m'intimider et de me décourager.
J'étais le premier à rire des caricatures traditionnelles
qui se multipliaient contre le directeur du *Constitutionnel*, et je suspendais même ces dessins, quelquefois
spirituels, aux tapisseries de mon salon.

On apportait souvent au bureau du journal les bruits
des couloirs de la Chambre, et ces bruits, me disait-
on, étaient très-hostiles à ma vive et persévérante opposition contre la loi du 31 mai. Pendant un certain
temps, alors que M. Thiers y régnait et y gouvernait,
le Constitutionnel était fréquenté par des parlementaires en sous-ordre ; avec des formes aimables, ils
continuèrent d'y apporter des nouvelles, pour pouvoir
y rester assidus et se tenir au courant de ce qui s'y
passait.

Ils cherchèrent même à faire chanceler ma politique
dévouée au Président, en lui refusant obstinément,
avec passion, d'une manière absolue, la moindre valeur, comme homme d'État, comme écrivain.

Lorsqu'avec le plus complet désintéressement, sans
la moindre ambition pour le présent et pour l'avenir, je
mis *le Constitutionnel* au service de la politique du
Prince, je voyais surtout en lui le grand éclat d'un nom

populaire ; l'homme éprouvé par le malheur, et n'ayant
puisé dans les plus rudes épreuves que de la fermeté et
du courage. Mais, en rappelant tous mes souvenirs, en
étudiant tout ce que le Prince Napoléon a pu écrire,
même dans sa jeunesse, et entre autres, cette magnifique lettre de jeune homme à M. de Chateaubriand ;
en étudiant tout ce qu'il a su dire éloquemment de
sensé, de noble, aux diverses populations, dans ses
voyages à travers nos grandes provinces de France ;
tout ce qu'il a su dire de juste, de vrai, d'élevé, au
peuple français, comme nous le verrons tout à l'heure,
dans ses proclamations, lors du coup d'État, j'éprouve
le besoin de lui rendre, dans ces Mémoires, un éclatant
et complet hommage.

Une seule fois, peut-être, j'ai fait près de Louis-Napoléon métier de courtisan. Je me trouvais un jour,
après les guerres de Crimée et d'Italie, presque arrêté
en face du Prince, alors Empereur, dans une allée très-
étroite du bois de Boulogne ; il voulut bien m'honorer
d'une poignée de main, et je ne craignis pas de lui dire,
au milieu de cet élégant parc du peuple : « Sire, vous
faites bien la guerre, la paix et les parcs. »

Il me répondit par un sourire, et je m'éloignai.

« Mais, disais-je à ces parlementaires mécontents de
ma polémique contre la loi du 31 mai, cette loi a une
grande portée de perfidie ; elle rétablit les cadres élec-
toraux du règne de Louis-Philippe ; elle ne prévoit ni
ne prévient ce rendez-vous à jour fixe, donné à tous les
partis. C'est la guerre civile au mois de mai. »

Pendant tout le temps que dura cette polémique signée par moi dans *le Constitutionnel*, je vis plusieurs
fois le Prince Louis-Napoléon sans qu'il m'en parlât;
j'étais surpris et presque inquiet de ce silence; aussi dis-
je un soir à M. Carlier, alors préfet de police : « Savez-vous ce qu'on pense à l'Élysée de mes articles
contre la loi du 31 mai? Mettez-donc un jour le Prince
sur ce chapitre. » Je reçus le lendemain une lettre de
M. Carlier; il me citait la réponse que fit le Prince à
ces questions : « M. Véron me croit donc bien irréflé-
chi pour supposer que je ne donne pas une entière et
complète approbation à sa polémique! » M. Carlier,
dans sa citation, reproduisait un adjectif plus familier
dont le Prince s'était servi contre lui-même.

Peu de jours après cette réponse, je fus invité à dîner
au palais de Saint-Cloud.

On n'est pas impunément écrivain ou auteur, et
comme je n'avais jamais reçu du Président de la République aucun encouragement, aucun témoignage de satisfaction à propos de la politique décidée du *Constitutionnel*, je partis pour le dîner de Saint-Cloud, le cœur
déjà gonflé de la plus enivrante présomption. Le Prince,
me persuadais-je déjà, va me remercier chaudement,
et peut-être me prodiguer des éloges comme écrivain.
Faux calculs, décevantes illusions! Le Prince me reçut
avec sa courtoisie accoutumée. Comme à table j'étais
à sa droite, je pus lui dire à voix basse : « Vous ap-
prouvez donc ma politique contre la loi du 31 mai? »
Mais, sur cette question, ses éloges, son enthousiasme
furent on ne peut plus laconiques; il ne répondit à mon

interrogation, qu'il trouva peut-être indiscrète, que par ce seul mot : « Continuez. »

Dans ses écrits comme dans ses causeries familières, le Prince est toujours concis. Bien que ma vanité d'auteur eût peut-être un peu souffert, je n'en continuai pas moins avec le même zèle et la même ardeur, mon rôle de publiciste aussi convaincu que désintéressé.

M. de Maupas et plusieurs officiers supérieurs assistaient à ce dîner de Saint-Cloud. Le Prince-Président s'entretint assez longtemps avec M. de Maupas; le lendemain, dès neuf heures du matin, je reçus la visite de ce dernier. Il m'avait certainement observé chuchottant à plusieurs reprises avec le Prince.

« Monsieur Véron, me dit-il, le Président de la République m'a proposé la préfecture de police; me conseillez-vous d'accepter?

— « Vous m'avez l'air d'un jeune ambitieux, lui répondis-je, pressé de faire son chemin. On ne fait vite son chemin en politique que dans les temps de révolution; acceptez donc sans hésiter les fonctions de préfet de police; vous aurez peut-être un jour, croyez-moi, une rude besogne, une bonne occasion de vous distinguer et de parvenir. »

M. de Maupas venait demander moins un conseil qu'une approbation anticipée du parti qu'il allait prendre et qu'il avait sans doute déjà pris.

N'allez pas croire, cependant, que le Prince ne répondît à mon sympathique dévouement que par de la froideur et de l'indifférence. Ce fut dans ce même dîner qu'il me dit presqu'à l'oreille : « Lorsqu'on rétablira le Corps Législatif, et il sera rétabli, il faudra vous présenter comme candidat à la députation. » — « Oui, Monseigneur, lui répondis-je, si cela ne doit pas me coûter trop de peines, trop de démarches, trop de soucis pour être élu. »

On voit que je n'ai toujours été qu'un quart d'ambitieux.

Le 26 août, le service commémoratif de la mort du roi Louis-Philippe, célébré dans l'église catholique de Londres, réunissait les partisans anciens ou nouveaux de la monarchie parlementaire. A ce même moment se produit la candidature de M. le prince de Joinville. Elle rencontre peu de sympathie, et moins encore d'approbation. M. Guizot lui-même doutait du succès.

M. Guizot est une grande figure au milieu de nos discordes. Austère et bienveillant, courageux et de sang-froid, il a traversé d'un pas calme les époques les plus difficiles ; il n'a jamais désespéré du bon droit, de la justice et de la liberté. Il eut surtout ce grand mérite de rester fidèle à ses amitiés, à ses croyances. On peut compter sur sa parole aussitôt qu'il l'a donnée. Ami des lettres et des lettrés, il n'est pas de ceux qui renient leur origine. En un mot, on croit en lui. Donc, M. Guizot appuyait la candidature du prince de Joinville, mais sans trop d'espérance. Cette candidature devait être combattue par les légitimistes, les partisans de la fusion et les anciens conservateurs, qui s'étaient tournés du côté de l'Élysée, en se disant que c'était encore « ce qui les divisait le moins. »

J'avais eu l'honneur de porter mes respects à M. Gui-

zot, dans un court voyage que j'avais fait en Angleterre. Il habitait, dans un petit village aux environs de
Londres, une humble maison où déjà il s'était installé
parmi ses livres, sa grande consolation. Il avait repris
en même temps ses travaux interrompus. Ces laborieux, ces habiles écrivains à qui la parole obéit, pleins
de leur rêve, se consolent facilement des plus terribles
catastrophes. Le travail est pour eux l'espérance, et,
mieux que l'espérance, il est l'oubli des malheurs
d'alentour.

M. Guizot me reçut à merveille, et sa première parole fut de m'interroger sur tous ces conflits entre
l'Assemblée et le pouvoir exécutif : « Que dit-on du
Président? A quelle destinée est-il réservé? — Monsieur, lui répondis-je, ce n'est pas vous qui pourriez
vous étonner de ces conflits entre les deux pouvoirs,
pour peu que vous vous souveniez des oppositions de
M. Thiers et de M. Guizot, et des malheurs qui en ont
résulté. Vous, monsieur Guizot, et M. Thiers, vous ne
pouviez pas vous entendre : M. Thiers n'est peut-être
qu'ambitieux et révolutionnaire, il n'est pas libéral, et
vous, vous êtes monarchique et libéral, et vous n'êtes
pas révolutionnaire. Mieux que personne, vous savez
les résistances et les malentendus de la politique. Iné-
vitablement, cette fois encore, la résistance de l'Assemblée nationale à l'autorité du pouvoir exécutif amènera
des catastrophes. Le Prince, avant d'arriver à l'Élysée,
a traversé trop de périls et vaincu trop d'obstacles
pour ne pas se défendre. Il est habile et hardi, et cependant temporiseur. « Le temps et moi nous viendrons à

« bout de toùtes choses, » disait Mazarin. Le Président montre une intrépidité qui a toujours beaucoup d'à-propos. Il connaît ses droits ; il apporte au pouvoir des idées nouvelles ; il parle un langage toujours écouté. Il est accessible à tous, familier à peu de gens. A toute heure, il est prêt à monter à cheval, et sa vie active infatigable, plaît beaucoup en France, dans ce pays qui a besoin d'être souvent étonné. Il se plaît à parcourir les départements pour en étudier les besoins, pour visiter les grands travaux, pour assister en personne à l'inauguration des chemins de fer. Il se plaît à traverser la foule ; il écoute, en chemin, tous les vœux. Il est très-charitable.

« Croyez-le bien, monsieur Guizot, si quelqu'un est le maître aujourd'hui de la situation, le maître absolu, c'est le Prince Louis-Napoléon. Déjà même, il règne et gouverne. Il a commencé par se faire responsable, et cette responsabilité nécessaire a doublé son autorité. La France est toujours du côté des princes qui ne tiennent ni à leur argent ni à leur vie, et quand elle adopte un de ceux-là, c'est une adoption durable. »

A mesure que je parlais, il me semblait que M. Guizot acceptait mes paroles peu consolantes pour les prétentions de Claremont ; mais à Claremont, comme à Froshdorf, on ne vivait guère que d'espérances personnelles et dans une tranquille abstention, au milieu des défiances mutuelles.

Le jour même où s'ouvraient les vacances de l'Assemblée, la Montagne publiait un manifeste : *Manifeste de la Montagne au peuple.* La Montagne s'y vantait

d'avoir *enfermé la France dans la Constitution comme
dans une impasse*. Sous le règne de la branche aînée
des Bourbons, M. Thiers disait à ses amis du *National*,
assez peu de temps avant les ordonnances de juillet :
« Enfermons Charles X dans la Charte : *il sera forcé
de sauter par la fenêtre*. »

Sur le chemin d'Auteuil, on voyait, en ce temps-là,
une belle maison au milieu d'un grand parc qui se res-
sentait des magnificences d'autrefois.

On s'y promenait dans une superbe allée de maron-
niers couverte, qui rappelait Versailles. Une immense
pelouse, bordée de très-nombreux rosiers en pleine
terre et de plusieurs arbres de magnolias. Les appartements étaient grands, élevés; derrière les appartements du rez-de-chaussée existait un vaste salon avec
une galerie circulaire au premier étage, où était placé
un buffet d'orgue. J'y ai donné quelques concerts, avec
plusieurs artistes de l'Opéra ; je pus même y réunir une
brillante compagie, dans des bals intimes, M. Auber
tenant le piano avec son gracieux et spirituel entrain.

Cette villa élégante, de 1834 à 1838, avait été louée
un grand prix et occupée par M. le comte Appony,
ambassadeur d'Autriche à Paris. Madame la comtesse
Appony y donnait, à jour fixe, des matinées dansantes
très-recherchées du monde élégant de Paris et du
monde officiel.

En 1840, la Tuilerie fut louée et occupée par
M. Thiers, alors président du conseil et ministre des
affaires étrangères.

En 1851, j'occupai la Tuilerie, dont le prix de location avait beaucoup baissé depuis les événements politiques.

La saison était belle, et le voisinage de Paris amenait sous mon toit d'emprunt, beaucoup trop magnifique pour un bourgeois tel que moi, tous les amateurs de la belle nature. Un de ceux-là, M. Romieu, cet épicurien de beaucoup d'esprit, qui pouvait être, au besoin, un homme sérieux, ayant rencontré chez moi M. Carlier, se mit à l'entretenir du coup d'État qui lui semblait inévitable, et dont déjà tout le monde parlait. Comme les deux conspirateurs ne comptaient guère que j'entrerais dans leur conspiration, ils s'entretinrent si souvent et si bas que je finis par m'inquiéter de leurs discours et de leurs projets; de mon côté, sans leur rien dire, j'écrivis pour *le Constitutionnel* un article sur les *coups d'État*, et le lendemain, en déjeunant avec mon hôte de la Tuilerie :

« Savez-vous, lui dis-je, qu'à l'instant où nous parlons, *le Constitutionnel* compose un article ayant pour titre : *des Coups d'État?* »

Romieu eût pâli à cette annonce, s'il avait pu jamais pâlir; mais il me quitta en toute hâte, et je vis arriver bientôt, au grand trot de son cheval, l'aide de camp du Président de la République, M. Fleury, ce même homme très-capable, très-intelligent, très-dévoué, qui eut l'honneur de porter à l'empereur d'Autriche la paix si honorable pour tous, que proposait le vainqueur de Solferino.

« Monsieur, me dit M. Fleury, le Prince voudrait

bien, avant toute publication, lire votre article sur les coups d'État.

— « J'aurai l'honneur de porter moi-même cet article à M. le Président. »

Le Prince m'attendait. Il me reçut avec sa grâce habituelle, et allant droit au fait :

« Je vous ai consulté, dit-il, sur une brochure que je voulais publier ; vous l'avez trouvée intempestive, et, d'après vos avis, ma brochure est restée inédite. Soyez donc, à votre tour, digne d'entendre un bon conseil ; ne publiez pas, croyez-moi, votre article sur les coups d'État.

— « Monseigneur, répondis-je en m'inclinant, personne autant que moi ne serait malheureux de rien faire qui pût troubler votre habile et courageuse politique ; elle rencontre, de tous les partis, en ce moment, trop d'obstacles pour que j'y veuille ajouter la plus légère opposition. Mais, je vous en fais juge, est-il possible, quand cette terrible question est à l'ordre du jour, qu'un journal tel que le nôtre s'obstine à la passer sous silence, et ce silence même ne serait-il pas un indice dangereux ?

— « Pensez-vous donc, monsieur Véron, reprit le Prince, et cette fois d'une voix très-animée, plus haute, et l'œil en feu, que si je croyais un coup d'État nécessaire au salut de la France, un article du *Constitutionnel* m'arrêterait ?

— « Monseigneur, pardonnez-moi ; je ne suis pas habitué à vos disgrâces, laissez-moi me retirer. »

En même temps je mettais la main sur le bouton de la porte, quand le Prince me dit avec un sourire :

« Allons, restez, et causons de bonne humeur. »

L'orage était passé, et l'article ne parut pas. Telles étaient les péripéties de ces dernières journées ; mais, quand il s'agit d'un pareil Empire et d'une conquête telle que Paris, il n'est pas de labeur, il n'y a pas d'insomnies que ne rachète l'espérance lointaine d'une pareille conquête. Il n'y a guère plus d'un siècle que le Grand Frédéric disait souvent dans ses instants d'ambition et de gaieté : « Si j'étais Dieu le père et que j'eusse deux fils, je donnerais Paris au prince royal et le ciel à mon cadet. »

Soyez sûr, cependant, que le Grand Frédéric n'eût jamais donné à personne le Paris de 1866.

CHAPITRE VIII

Dans ces derniers combats de la République, tout devenait un prétexte aux plus violentes passions. Le complot de Lyon fut porté devant les juges, et l'on vit recommencer les émotions du procès de Versailles contre les insurgés de juin. Dans ces débats pleins de fureurs, on eût dit que l'avocat était en cause aussi bien que l'accusé, et que sa défense était une défense personnelle. Au dedans, comme au dehors de ces prétoires politiques, la foule écoutait, frémissante, et la passion allait s'augmentant, à mesure qu'elle envahissait plus d'hommes et plus d'espace.

Un de ces avocats, dont la parole était semblable à une torche incendiaire, après avoir défendu à Lyon même, au milieu des ruines faites par l'émeute, les insurgés de Lyon, avait formé, dans les départements du sud-est, une vaste association secrète dont les progrès avaient été rapides. A cette voix passionnée, s'étaient établies dans le Gard, Vaucluse, les Basses-Alpes, le Lot et l'Hérault, dans les bourgades secondaires, non moins que dans les cités populeuses, des réunions qui s'intitulaient publiquement : *Cercle des travailleurs*, *Cercle démocratique*, *Cercle national*, *Cercle philanthropique*, *Cercle montagnard*. Un grand nombre de journaux démagogiques se fondaient en même temps pour surveiller et exciter la propagande.

Dans l'Ardèche, où les sociétés secrètes s'étaient organisées, des assassinats, des révoltes, des tentatives de meurtre sur les gendarmes, affirmaient le travail secret de ces réunions funestes. On entendait ces cris funèbres, écho des plus mauvais jours de notre histoire : *A bas les blancs! Vivent les rouges! Vive Ledru-Rollin! Vive la guillotine!* les attentats les plus déplorables s'accomplissaient; le trouble était partout.

M. Dupin, qui avait ses jours de courage civil, surtout quand il était à l'aise et qu'il se sentait écouté,
présidant le concours agricole de Châtillon-en-Bazois,
dans les derniers jours de septembre, disait, avec sa
haute intelligence d'homme politique et son spirituel
bon sens d'agriculteur : « Très-certainement, messieurs, il ne faut pas se faire illusion sur la situation
actuelle; elle n'a rien de satisfaisant. La gêne se fait
sentir partout; le commerce languit, l'inquiétude, *née
de l'instabilité*, obsède toutes les pensées et préoccupe
toutes les imaginations. »

Dans une autre solennité agricole, il prononce ces
paroles remarquables :

« Un gouvernement *précaire*, un gouvernement *à
courte échéance*, un gouvernement dont toutes les factions à la fois se disputent le sommet, ne peut pas
avoir, pour l'action et la résistance, la suite et le nerf
d'un gouvernement incontesté et solidement établi.
Les temps sont proches, comme dit l'Écriture : encore
un peu de temps, et la France verra s'évanouir et le
pouvoir du Président de la République et celui de
l'Assemblée législative... Ces deux pouvoirs, s'il n'y
est pourvu, doivent s'éteindre presque en même temps,
dans le même mois, à quelques jours seulement de distance; c'est le tison de Méléagre, auquel est attachée
sa destinée, et qui brûle sous nos yeux avec la perspective de sa fin prochaine et inévitable... Aussi,
dans toutes les conspirations, dans tous les manifestes

des révolutionnaires et des terroristes, nous voyons que c'est à cette date, en 1852, que ce que j'appelle *le parti du crime* s'est donné rendez-vous.

« Comment faire ? disent la plupart d'entre vous, et, pour employer vos propres termes : *Comment donc que ça va s'passer ?* — Mais je suis forcé de vous renvoyer une partie de la question, car c'est vous, c'est le peuple français, constitué souverain, c'est la masse des citoyens (moins les indignes et les incapables, déclarés tels par jugement ou par la loi), qui doivent élire à la fois, et un président, chef du pouvoir exécutif, et une nouvelle assemblée législative.

« On a bien demandé la révision de la Constitution ; plus de deux millions de pétitionnaires l'ont sollicitée ; les conseils d'arrondissement et la très-grande majorité des conseils généraux ont exprimé le même désir. Plus des deux tiers des membres de l'Assemblée nationale ont émis un vœu conforme.

« Les uns ont demandé la révision partielle, uniquement en vue de pouvoir renouveler le bail.

« D'autres, et c'est le plus grand nombre, ont demandé ou voté la révision totale, à toutes fins... chacun selon son instinct, son goût, sa pensée, ou, si l'on veut, son arrière-pensée.

« En attendant, et au milieu d'une abondance incontestable, quoiqu'elle n'ait rien d'excessif, l'agriculture est en souffrance, elle ne peut écouler ses produits. Les céréales ne se vendent pas : les craintes qu'inspire la démagogie socialiste retiennent les acheteurs ; ils n'osent pas profiter du bon marché, pour

former, comme autrefois, des réserves, qu'on est si
heureux de trouver plus tard, quand les récoltes, ce
qui n'arrive que trop souvent, viennent à fléchir. Les
bestiaux ne se recherchent pas davantage : les jours
de foire, il n'y a d'activité que dans les cabarets, et
le fermier ramène tristement à l'étable son bétail in-
vendu.

« Chacun se demande pourquoi pas de commerce,
pourquoi cette stagnation des affaires qui tient toute
la France dans un tel état de gêne et d'engourdisse-
ment. Le fermier paye malaisément son propriétaire,
et tous les deux manquent des moyens nécessaires pour
faire des travaux extraordinaires et des améliorations,
quand déjà les frais indispensables de la culture en
France coûtent 60 p. 100 du produit brut. »

Le 21 octobre 1851, les départements du Cher et
de la Nièvre avaient été mis en état de siége.

Et comme, en politique, un excès appelle inévita-
blement un autre excès, les violences de la presse
appelaient une réaction violente. A ces grandes sévé-
rités, l'opinion publique applaudissait. Partout l'anarchie, et partout le malaise; à chaque instant grandissait le nuage ; enfin, le dirais-je ? l'inquiétude
augmentait à mesure que nous approchions de la réou-
verture de l'Assemblée. Les fonds publics retombaient
aux cours des premières journées de 1848.

Le 27 octobre, un nouveau ministère est publié
dans le *Moniteur*. On attribuait la retraite du ministère tout entier à son refus de consentir au rappel de
la loi du 31 mai.

M. Carlier, préfet de police, suivait le cabinet dans sa retraite. On assurait que M. Carlier serait nommé ministre de l'intérieur. Il n'en fut rien.

Nous pensons que le programme du coup d'État *Carlier-Romieu*, connu du Président, mais non approuvé par lui, avait fait renoncer au projet de comprendre M. Carlier dans une combinaison ministérielle. « Ce projet Carlier, divulgué avec tant de jactance, me semble une folie, dis-je au Président. Puis, ajoutai-je, ce pauvre Carlier est très-sourd : on ne conspire pas avec un cornet acoustique. — Je le savais sourd, me répondit le Président, mais je ne le croyais pas aveugle. »

Voici la composition du nouveau cabinet :

A la justice, M. Corbin, procureur général près la cour d'appel de Bourges ;

Aux affaires étrangères, M. Turgot, ancien pair de France, vice-président du comité général pour la révision de la Constitution ;

A l'instruction publique et aux cultes, M. Charles Giraud, membre de l'Institut ;

A l'intérieur, M. Tiburce de Thorigny, ancien avocat général près la cour d'appel de Paris ;

A l'agriculture et au commerce, M. Xavier de Casabianca, représentant du peuple ;

Aux travaux publics, M. Lacrosse, vice-président de l'Assemblée ;

A la guerre, le général de division Leroy de Saint-Arnaud, commandant la 2e division de l'armé de Paris ;

A la marine et aux colonies, M. Hippolyte Fortoul, représentant et recteur de l'académie des Basses-Alpes ;

Aux finances, M. Blondel, inspecteur général des finances.

MM. Corbin et Blondel, non acceptants, furent remplacés par MM. Daviel et Magne.

M. de Maupas, préfet de la Haute-Garonne, était nommé préfet de police, en remplacement de M. Carlier.

M. Lacrosse, nouveau ministre des travaux publics, avait siégé pendant plusieurs sessions, sous le règne de Louis-Philippe, à la Chambre des députés, et, sous la présidence de la République, à l'Assemblée constituante et législative, comme représentant du département du Finistère. Il avait joui surtout d'une certaine importance dans les Chambres ; il savait par cœur tout le *Bulletin des Lois*, il le citait souvent et toujours à propos. M. Lacrosse fut même nommé, presque à l'unanimité, secrétaire de la Chambre, après un duel au pistolet avec M. Granier de Cassagnac ; il reçut dans ce duel une blessure assez grave, mais qui cependant ne mit pas ses jours en danger.

J'avais accepté de M. Lacrosse une amicale hospitalité dans les environs de Brest. Il y habitait une grande et belle maison de campagne. Je venais, vers 1837, solliciter des électeurs de Brest, *extra muros*, leurs voix comme candidat à la députation. On vivait alors sous la loi électorale du suffrage restreint. Au moment où se discutent les destinées de la loi du 31 mai, il n'est peut-être pas sans intérêt de nous placer un instant devant ce jeu plein de comédies du suffrage restreint.

Je rencontrai un jour, dans les rues étroites de Landerneau, à la sortie de l'hôtel Soubiat, mon quartier général de candidat, un député, homme aimable, d'une gaieté spirituelle, riant un peu de tout, même de la politique. Il me plaisait, j'eus du goût pour lui ; je lui avais accordé de bonne grâce ses entrées dans les coulisses de l'Opéra, lors de mon pouvoir absolu, comme directeur de ce théâtre.

« Que venez-vous donc faire ici, dans ce pays perdu, monsieur Véron ?

— « Je viens courir les chances d'une élection en concurrence contre M. de Las-Cases, candidat ministériel. Je me présente comme candidat de l'opposition.

— « On peut dire cette fois, répliqua le député, comme ce Breton Alexandre Duval, dans cette bonne petite comédie : *les Héritiers*, si bien jouée et avec tant de talent à la Comédie-Française, par MM. Michot, Baptiste cadet, Devigny, et par Mlle Mars, *qu'il y aura du scandale dans Landerneau*. Ah ! monsieur Véron, le métier de candidat à la députation n'est pas chose facile ; j'ai fait ce métier-là à plusieurs reprises, et pourtant toujours avec succès. Il y a de bien diverses méthodes pour réussir, avec le suffrage restreint ; il faut, avant tout, se faire adopter par les meneurs, en petit nombre, il est vrai, mais qui vous marchandent et qui vous font souvent payer cher leur influence.

« J'offris un jour une prise de tabac à un paysan, un

de ces meneurs de village ; il me répondit sans ver-
gogne : « Non, pas une prise, un bureau ! »

« Beaucoup de candidats s'empressent de recevoir
splendidement leurs électeurs ; moi, je leur fais l'honneur d'aller souvent dîner chez eux, quand on y dîne
bien...

« Vous connaissez M. G..., le député ; il se pose
comme l'ami le plus intime de M. Guizot ; sous divers
prétextes plus ou moins vraisemblables, il emprunte çà
et là quelques sommes d'argent à ses électeurs, en leur
affirmant que M. Guizot lui réserve une grande position grassement rétribuée, s'il réussit dans son élection, et les meneurs, prêteurs confiants, mais avisés,
bien sûrs alors d'être remboursés et comptant bien
exploiter pour eux-mêmes le crédit du candidat auprès
des ministres, s'agitent pour lui obtenir, dans leur
arrondissement, la majorité.

« Mais tenez, vous savez l'histoire de ce banquier
de Paris, qui, bien que banquier, ne tenait pas à l'argent. Un des meneurs qui avait presque l'élection dans
la main, lui refuse d'abord son concours, et le banquier, le rencontrant quelques jours avant le scrutin :
« Je vais, lui dit-il, repartir pour Paris, tant je suis
certain de ne pas réussir ici, puisque vous me refusez
absolument votre appui. — Vous avez peut-être tort
de quitter la place, lui répond cet électeur influent.
— Eh bien ! tenez, réplique le banquier, je vous parie
20,000 fr. que je ne serai pas élu. — Je les tiens. »
Le banquier obtint la majorité et paya gaiement la
somme perdue. »

Pour toute manœuvre électorale, je me contentai de
doter le haras le plus voisin de Brest *extra muros*, de
quatre étalons percherons gris-pommelé, que le conseil
général du Finistère m'acheta même à un assez haut
prix, après mon départ définitif. L'élève des chevaux
fait vivre en Bretagne toute une famille de paysans ;
un poulain âgé d'un an peut souvent, en effet, se vendre
au marché une somme de 1,000 fr. Les chevaux bretons, durs à la fatigue, faciles à nourrir, sont surtout accaparés pour le service des petites-voitures de
Paris.

Au milieu des hauts et des bas de mes chances électorales, souvent je ne comptais plus que sur une seule
voix pour soutenir ma candidature. Cette voix fidèle
était celle d'un négociant : elle m'était assurée par un
ami de cet électeur, et cet ami était une toute-puissance pour ce dernier : il facilitait les paiements réguliers de l'électeur à toutes ses échéances.

M. de Las-Cases, à qui je ne fis qu'une opposition
courtoise, fut élu à 104 voix ; je n'en obtins que 65.

C'est sous le ministère Molé qu'eut lieu l'élection
générale, qui m'entraîna jusqu'au fond de la Bretagne
(Finistère, *Finis terræ*).

Bien que M. Molé ait toujours compté parmi les
parlementaires dans les assemblées de la République,
bien qu'il s'y fît souvent l'écho de tous leurs griefs
contre le Président ; ministre sous Louis-Philippe,
il ne négligeait guère alors les moyens d'influence,
peut-être pourrait-on dire, même les moyens voisins

de la corruption, pour faire triompher les candidats ministériels; j'en subis la preuve personnelle.

Je déjeunais, un matin, dans la famille d'un de mes électeurs : un de ses camarades, colonel d'un régiment, entre inopinément dans la salle à manger. Ce visiteur inattendu ne savait qui j'étais.

« Ma visite, dit-il, surprend tout le monde; mais que le diable emporte le candidat de l'opposition ! le ministre de la guerre m'a donné l'ordre de quitter mon régiment, et de venir voter en Bretagne pour M. de Las-Cases. »

On lui fit signe, en me désignant, de n'en pas trop dire devant le candidat de l'opposition.

J'eus la visite, à mon hôtel de Landerneau, d'un ingénieur inscrit sur la liste électorale. Il venait m'offrir sa voix.

« Je voterai certainement pour vous, monsieur Véron; je déteste ce M. de Las-Cases, et j'ai tellement à me plaindre de lui, que, le jour même de l'élection, je lui ferai publiquement un mauvais parti.

— « Oh ! monsieur, je vous en supplie, n'allez pas si loin, M. de Las-Cases est un homme honorable. » Et, protestant contre ces menaces : « Abstenez-vous, de grâce, lui dis-je, de toutes voies de fait. »

J'eus de la peine à calmer cet opposant furieux. Mais, le jour de l'élection, cherchant mon électeur trop dévoué sur la place de Lesneven, où avait été transféré le siége électoral, d'après le conseil du préfet, je ne le rencontrai pas. On regardait le transfert du scrutin à Lesneven comme une mesure utile pour affaiblir encore mes faibles chances électorales. Mais on m'apprit que l'ingénieur avait reçu, la veille, un très-bel avancement du directeur des ponts et chaussées, et que, par reconnaissance, il avait voté publiquement pour M. de Las-Cases.

Des fabricants de toiles de Landerneau, très-influents dans le pays, avaient fait, peu de temps avant l'élection, un voyage à Paris, et ils avaient obtenu, d'emblée, une fourniture importante de toiles à l'usage de la marine.

Ce n'est pas tout : un journal, publié aux frais du ministère de l'intérieur, fut répandu à profusion à Brest et dans tous les villages de Brest *extra muros*, appuyant chaudement la candidature de M. de Las-Cases, et déclamant avec vivacité contre le candidat de l'opposition.

A cette occasion, j'eus l'honneur d'écrire à mon concurrent, M. de Las-Cases, une lettre courtoise : « Je ne me présente contre vous, lui disais-je, que parce qu'il faut bien que les électeurs aient à choisir entre un candidat ministériel et un candidat de l'opposition. Ce n'est pas là une question personnelle, mais une question toute politique : il s'agit seulement de voter pour le centre ou pour le centre gauche. »

M. de Las-Cases arrivait d'ailleurs à Lesneven, orné des faveurs ministérielles : il venait d'être promu au grade d'officier de la Légion d'honneur, et de recevoir une mission diplomatique pour Haïti. Tout le clergé de Lesneven se rendit, en pompe, avec la croix et la bannière, au-devant du candidat qui allait être élu.

Une protestation, revêtue d'un grand nombre de signatures, parvint à la Chambre deux jours trop tard, et il n'en fut point question dans le rapport sur l'élection de Brest *extra muros*. Cette protestation s'appuyait sur la non-observance des heures réglementaires auxquelles devait s'ouvrir et se fermer le scrutin. Cette irrégularité illégale n'était pas sans importance dans un arrondissement dont les paysans électeurs avaient à faire souvent à pied de longues routes pour arriver à Lesneven.

Que de labeurs, que de soucis j'avais bravés dans la perspective de revenir triomphalement à Paris, avec la qualité de député !

L'Opéra, en effet, n'était pas le chemin le plus court pour arriver à la Chambre par le chemin de traverse de la Bretagne. Ces bons et honnêtes Bretons, dans leur laborieuse et sédentaire simplicité, se montraient peu enthousiastes du grand succès de *Robert le Diable*, de l'élégante légèreté *du ballon* de mademoiselle Taglioni, *des pointes* brillantes de mademoiselle Fanny Elssler.

La difficulté, le piquant de l'entreprise me tentaient sans m'effrayer. Me voilà donc parti, assez tristement, un soir, à minuit, après l'Opéra, dans une chaise de poste, en compagnie de quelques camarades curieux, mais dévoués, dont faisait partie le gai philosophe, le charmant écrivain, Alphonse Karr.

Peu de jours après mon arrivée à Brest, je me rendais acquéreur d'une vieille ruine, de l'ancien château des Tintiniac, qu'on appelait dans le pays *Brezal*.

Beaucoup d'acres de terre labourable attenaient au château, et cette propriété offrait des points de vue si pittoresques, si variés, si grandioses, que des peintres voyageurs ne traversaient guère ce coin de la Bretagne sans demander la permission de visiter Brézal, de s'y installer, pour en dessiner, pour en peindre les agrestes paysages.

On parlait aussi, dans Landerneau, du grand étang de Brézal, et cet étang motiva même une clause particulière, insérée dans mon contrat de vente. Le bruit était répandu dans les environs, que, lors des saturnales de 93, les Tintiniac, avant de partir pour l'émigration, avaient jeté, dans ce vaste étang, toute leur argenterie et tous leurs trésors. Il fut stipulé que, si un jour je faisais dessécher l'étang, et si j'y trouvais des richesses, je les partagerais par moitié avec mon vendeur.

Je n'ai rien fait dessécher, et je n'ai découvert, dans tout Brézal, aucun trésor.

Devenu ainsi propriétaire d'une terre de quelque importance, je pouvais dire à mes électeurs :

« Je suis votre compatriote, je suis Breton, et je viendrai, un jour, me fixer dans le Finistère, près de vous. J'apprendrai, pour causer familièrement avec nos paysans, le bas-breton. » Langue assez difficile, qui compte ses grammairiens et de nombreux dictionnaires.

Ces projets d'avenir, bien qu'un peu contraires à mes habitudes de bourgeois de Paris, étaient sincères.

Je donnai, à tous les électeurs qui m'en exprimaient

le désir, la permission de chasser la bécasse dans ma propriété de Brézal, et de venir prendre des saumons dans ma saumonerie.

J'affectai un traitement à un vétérinaire de Landerneau pour visiter et pour soigner mes étalons. Je fis même bâtir, à grands frais, dans Brézal, de vastes écuries pour l'élève des chevaux. Ce vétérinaire qui, lorsque j'étais parfaitement inconnu à Landerneau, déblatérait contre ma candidature, dans le *cercle* de cette petite ville, se convertit bientôt à un véritable enthousiasme pour le nouveau-venu, qui allait répandre le bien-être dans le pays, en faisant travailler les ouvriers des villages voisins, en donnant de la vie et de l'aisance à de tristes cantons bien pauvres et bien oubliés.

Cet ensemble de résolutions prises fit faire du chemin et donna du sérieux à ma candidature; je reçus dans Landerneau et à Brest plusieurs invitations à dîner. M. Lacrosse, le député de Brest, vint même à cheval me faire visite à mon quartier général. J'avais gagné, en assez peu de jours, tant de terrain en Bretagne, que j'y étais connu, et que les amis les plus chauds de M. de Las-Cases commençaient à me redouter et s'agitaient déjà pour me contrecarrer et pour me combattre.

Un jeune ingénieur du département, qui m'accompagnait amicalement dans toutes mes excursions les plus lointaines, reçut même, du ministère des travaux publics, une sévère admonestation, lui enjoignant de s'éloigner davantage du candidat de l'opposition.

Mais, bien que le jour du scrutin je n'eusse pu recueillir que 65 voix, mon élection, dans un prochain avenir, paraissait assurée, et en voici la preuve : une nouvelle dissolution de la Chambre fut prononcée. Le jour même où *le Moniteur* annonçait cette dissolution, je reçus la visite empressée d'un électeur important, appartenant au commerce de Landerneau.

« Monsieur Véron, me dit-il, M. de Las-Cases, effrayé des progrès de vos chances électorales, découragé, vient d'écrire à ses amis qui l'avaient porté aux dernières élections, qu'il ne se présenterait pas, et votre succès prochain est tellement assuré, que je viens vous offrir toutes les voix du commerce de Landerneau, qui, l'année dernière, avait voté contre vous. »

Malheureusement, cet enivrant espoir de mon ambition politique surexcitée ne dura que quelque vingt-quatre heures. Le même électeur vint, peu de jours après, m'apprendre avec tristesse que les anciens amis de M. de Las-Cases avaient repris courage, sur une visite du sous-préfet de Brest et du préfet de Quimper. Ils comprirent que s'ils tournaient à l'opposition, ils allaient perdre toutes les faveurs dont M. de Las-Cases les comblait. Ils écrivirent à leur ancien député, récemment réélu, de revenir à eux. Celui-ci avait un peu négligé, après son succès du dernier scrutin, de répondre à des lettres d'affaires de plusieurs électeurs; « mais, tout est oublié, ajoutaient-ils, et notre dévouement ne reculera devant aucun effort, devant aucun sacrifice, pour vous donner une nouvelle et imposante majorité. »

Ils donnèrent, en effet, un suprême et vaillant appui à leur candidat de prédilection, et, à ce dernier scrutin, j'obtins même quelques voix de moins qu'au premier.

Mon rêve politique, mon importance de député de l'opposition s'évanouirent comme un songe.

Je pris heureusement, sous le Président de la République et sous le second Empire, une glorieuse revanche de la Bretagne, dans le département de la Seine.

Le 2 septembre 1852, j'obtins une éclatante victoire aux premières élections générales du second Empire. Je me présentais comme candidat du gouvernement dans l'arrondissement de Sceaux.

Nombre des votants. 25,894
Majorité absolue. 12,948
J'obtins . . . . 21,371 voix.
M. Garnon. 603
M. de Lasteyrie. 56

Le 22 juin 1857, de nouvelles élections générales eurent lieu.

Je me présentai pour la seconde fois dans l'arrondissement de Sceaux, comme candidat officiel.

Électeurs inscrits 37,680
Votants 28,347

J'obtins cette fois . . . .   15,416 voix.
Et mon concurrent, candidat de
   l'opposition, M. Pelletan . .   7,249

Dans les deux élections de septembre 1852, et de juin 1857, aucun candidat du département de la Seine n'atteignit une aussi forte majorité que celle que j'avais obtenue.

J'aurai à faire connaître, dans le second volume de ces mémoires, comment et pourquoi je résolus de ne point me présenter aux élections générales de 1863.

Pendant les deux élections, je ne rendis visite qu'à un très-petit nombre d'électeurs de ma connaissance ; je ne fis aucune démarche, et toutes mes intrigues se bornèrent à publier ma profession de foi.

L'honneur était sauvé ; à deux reprises, j'avais été proclamé député du département de la Seine, et je me trouvais plus à l'aise, plus selon mes goûts, plus selon mes affections dans le voisinage de Paris que dans l'arrondissement de Brest *extra muros*.

Je me félicitai presque de mes insuccès, de mes désappointements de Landernau et de Lesneven, comme candidat de l'opposition, sous le règne de Louis-Philippe et sous la protection de M. Thiers, dont je commençais enfin à pénétrer la politique dangereuse, pleine d'agitations, bien que voilée et sournoise. M. Thiers n'avait-il pas inventé, comme machine de guerre, ce tiers parti qui, sous un nom nouveau et trompeur, n'a d'autre but que de *miner sourdement et de renverser?*

Un personnage d'un ancien vaudeville, type bur-

lesque du *valet maladroit*, après avoir cassé une assiette devant son maître, s'écriait avec plus de surprise
que de regret : « *Qu'est-ce qui dirait qu'il y a tant de
morceaux dans une assiette?* »

Après les prouesses du tiers parti, prenant même
pour cocarde le titre rassurant d'opposition dynastique, M. Thiers, lui aussi, plus étonné que repentant,
aurait pu s'écrier : « *Je n'aurais jamais cru qu'il y eût
tant de morceaux dans un trône brisé!* »

Mais revenons à tous les conflits entre le pouvoir
exécutif et l'Assemblée, que fomentaient, en dessous,
de souterraines menées des plus habiles des parlementaires.

Le nouveau cabinet, dont faisait partie M. Lacrosse,
ne comptait dans ses rangs que trois membres de l'Assemblée.

Le ministre de la guerre, le général Leroy de Saint-
Arnaud, avait appris le métier des armes sous un maître
excellent, M. le maréchal Bugeaud. M. le maréchal
aimait cette gaieté franche, ce vif esprit et ce courage
primesautier du général Saint-Arnaud. Il se plaisait
chaque jour à louer et même à gronder cet enfant terrible; on eût dit, à l'intérêt paternel qu'il lui portait,
alors même que le général n'était que capitaine, que le
maréchal pressentait les brillantes destinées de son
protégé.

« Il serait très-agréable au Président, vint me dire
M. Fleury à son départ pour la Kabylie, que l'on mît
en belle et grande lumière les rares mérites et les pro-

chains services de M. le général de Saint-Arnaud dans la Kabylie. »

Cependant, l'argent manquait. La veille du départ, quatre traites de dix mille francs chacune, signées du Président de la République, furent présentées à l'acceptation d'un célèbre banquier de Paris, dont on savait l'intelligence et la probité. Celui-là, plus que personne, était malheureux des désordres civils ; plus que personne il aspirait au calme dans la rue et dans les esprits. Il hésita un instant, mais il finit par rendre les quatre traites formant ensemble une somme de 40,000 fr.... On se fût adressé au simple citoyen, la traite eût été acceptée ; elle fut refusée par le chef-gérant d'une société financière.

Pourtant, à la même heure, un marchand de vin de Champagne, un intrépide, avec la foi de la jeunesse, écrivit au Président la lettre que voici :

« Monseigneur,

« Je mets à votre ordre cinquante mille bouteilles des meilleurs crus de la Champagne, et vous me payerez quand vous voudrez. »

La confiance et l'intelligence ont opéré de plus grands miracles que celui-là.

Le 28 octobre, M. le général Leroy de Saint-Arnaud, dans une circulaire énergique aux généraux des diverses divisions, leur recommandait clairement l'obéissance passive : « La responsabilité, disait-il, ne se partage pas : elle s'arrête au chef de qui l'ordre émane ;

elle couvre à tous les degrés l'obéissance et l'exécution. »

Bientôt, comme s'il eût voulu compléter sa circulaire, il fait enlever de la muraille des casernes les décrets qui conféraient à l'Assemblée le droit de requérir
des troupes pour sa sûreté.

M. de Maupas avait accepté la préfecture de police.
A peine installé dans ce poste difficile, il adressait,
aux habitants de Paris, une proclamation pleine de fermeté. Il promettait à Paris la sécurité ; à la France
entière, il annonçait la ferme volonté du chef de l'État
de s'opposer aux désordres.

Le 4 novembre, l'Assemblée entendit le message
dans lequel, conformément à la Constitution, le Président de la République exposait la situation du pays.

Dans ce message, écrit dans le véritable accent de
l'homme d'État, était discutée la question toute personnelle au Président de la République : « Indépendamment de ces périls, la loi du 31 mai, comme loi
électorale, présente de graves inconvénients. Je n'ai
pas cessé de croire qu'un jour viendrait où il serait de
mon devoir d'en proposer l'abrogation.

« Défectueuse, en effet, lorsqu'elle est appliquée à
l'élection d'une assemblée, elle l'est bien davantage
lorsqu'il s'agit de la nomination du Président ; car si
une résidence de trois ans dans la commune a pu paraître une garantie de discernement imposée aux électeurs pour connaître les hommes qui doivent les représenter, une résidence aussi prolongée ne saurait être

nécessaire pour apprécier le candidat destiné à gouverner la France.

Une autre objection grave est celle-ci : la Constitution exige, pour la validité de l'élection du Président
par le peuple, deux millions au moins de suffrages; et
s'il ne réunit pas ce nombre, c'est à l'Assemblée qu'est
conféré le droit d'élire. La Constituante avait donc décidé que, sur dix millions de votants portés alors sur
les listes, il suffisait du cinquième pour valider l'élection.

« Aujourd'hui le nombre des électeurs se trouvant
réduit à sept millions, en exiger deux, c'est intervertir
la proportion, c'est-à-dire demander presque le tiers au
lieu du cinquième, et ainsi, dans une certaine éventua-
lité, ôter l'élection au peuple pour la donner à l'Assemblée. C'est donc changer positivement les conditions
d'éligibilité du Président de la République.

« Enfin, j'appelle votre attention particulière sur
une autre raison décisive peut-être.

« Le rétablissement du suffrage universel sur sa base
principale donne une chance de plus d'obtenir la révision de la Constitution.

« Vous n'avez pas oublié pourquoi, dans la session
dernière, les adversaires de cette révision se refusaient
à la voter.

« Ils s'appuyaient sur cet argument, qu'ils savaient
rendre spécieux : la Constitution, disaient-ils, œuvre
d'une Assemblée issue du suffrage universel, ne peut
pas être modifiée par une assemblée issue du suffrage
restreint. Que ce soit là un motif réel ou un prétexte,

il est bon de l'écarter et de pouvoir dire à ceux qui veulent lier le pays à une Constitution immuable : Voilà le suffrage universel rétabli; la majorité de l'Assemblée, soutenue par deux millions de pétitionnaires, par le plus grand nombre des conseils d'arrondissement, par la presque unanimité des conseils généraux, demande la révision du pacte fondamental. Avez-vous moins confiance que nous dans l'expression de la volonté populaire? La question se résume donc ainsi pour tous ceux qui souhaitent le dénoûment pacifique des difficultés du jour.

« La loi du 31 mai a ses imperfections; mais, fût-elle parfaite, ne devrait-on pas également l'abroger, si elle doit empêcher la révision de la Constitution, ce vœu manifeste du pays?

« On objecte, je le sais, que, de ma part, ces propositions sont inspirées par l'intérêt personnel. Ma conduite depuis trois ans doit repousser une allégation semblable. Le bien du pays, je le répète, sera toujours le seul mobile de ma conduite. Je crois de mon devoir de proposer tous les moyens de conciliation et de faire tous mes efforts pour amener *une solution pacifique, régulière, légale, quelle qu'en puisse être l'issue.*

« Ainsi donc, messieurs, la proposition que je vous fais n'est ni une tactique de parti, ni un calcul égoïste, ni une résolution subite; c'est le résultat de méditations sérieuses et d'une conviction profonde. Je ne prétends pas que cette mesure fasse disparaître toutes les difficultés de la situation; mais à chaque jour sa tâche.

« Aujourd'hui, rétablir le suffrage universel, c'est

enlever à la guerre civile son drapeau, à l'opposition son dernier argument. Ce sera fournir à la France la possibilité de se donner des institutions qui assurent son repos. Ce sera rendre aux pouvoirs à venir cette force qui n'existe qu'autant qu'elle repose sur un principe consacré et sur une autorité incontestable. »

Ces paroles honorables pour tout le monde furent accueillies par des témoignages de satisfaction sur les bancs de la gauche; par des marques d'irritation et de colère sur les bancs de l'ancienne majorité parlementaire.

La lecture du message avait été suivie d'un projet de loi portant le rétablissement du suffrage universel, avec la seule condition de six mois de domicile.

L'urgence fut demandée par M. le ministre de l'intérieur. D'après le règlement de l'Assemblée, le renvoi de ce projet de loi au conseil d'État était indispensable. Cependant, le 6 novembre, elle décida, sans discussion, que le projet de loi ne serait pas renvoyé devant le conseil d'État.

Toutefois, dans cette Assemblée irritée autant qu'irritable, éclataient des sentiments hostiles et pleins de vengeance, MM. Baze, le général Le Flô et de Panat voulaient réclamer la réquisition directe de l'armée conférée au président de l'Assemblée.

Quoi de plus imprudent? N'était-ce pas mettre, en effet, deux armées en présence? Ici, les soldats de l'Assemblée, et, plus loin, l'armée du Président de la République. Installer un double ministère de la guerre;

opposer l'une à l'autre deux troupes de toute arme, c'était tout simplement absurde.

Hélas! la passion l'emportait sur la prudence, sur le bon sens, et voilà par quelle proposition, sans excuse, l'Assemblée répondit au message!

On eût dit que plus la chose était violente, plus elle était d'un vif attrait pour les hommes qui l'avaient proposée. Ils tenaient à leur projet de mettre, pour ainsi dire, l'Assemblée en état de siége.

Mais, d'autre part, la commission nommée pour examiner le projet de loi relatif à la loi du 31 mai, voulait ajourner la discussion de ce projet de loi. Elle proposait, en même temps, de renvoyer à la discussion de la loi municipale les débats sur les modifications à introduire dans la loi du 31 mai.

Le 17 novembre, la proposition des questeurs pour la réquisition directe conférée à l'Assemblée, fut écartée à la majorité de 408 voix contre 300.

Pendant la séance qui précéda ce vote, jamais peut-être ne s'étaient produites, dans la chambre, plus de confusions de tous les partis, plus d'hésitations, plus de divisions intestines dans tous les rangs.

Le tumulte était à son comble, lorsque le général Leroy de Saint-Arnaud sortit de l'Assemblée, et comme plusieurs membres s'étonnaient de son départ, il leur répondit en riant : « On fait trop de bruit ici, je vais chercher le commissaire! »

Un certain nombre d'officiers de tous grades et en uniforme étaient, en effet, réunis au ministère de la guerre.

L'échec du 17 novembre avait profondément affaibli le pouvoir parlementaire. Les chefs de l'ancienne majorité se voyaient perdus. La nuit du 17 au 18 novembre se passa, pour eux, tout à la fois dans des transes puériles et dans des velléités de coup d'État; plusieurs d'entre eux firent des patrouilles dans les environs de l'Élysée. On alla même jusqu'à les accuser de conspiration contre le pouvoir exécutif. C'est à tous ces faits déplorables que faisait allusion l'article de M. Granier de Cassagnac : *les Deux Dictatures*, que nous citions récemment.

Le Président de la République semblait profiter des fautes successives de tous les partis. Dans ces conflits sans dignité de la part de l'Assemblée, le Président tenait aux officiers nouvellement arrivés à Paris ce langage, qui n'avait pas besoin de commentaires :

« En recevant les officiers des divers régiments de l'armée qui se succèdent dans la garnison de Paris, je me félicite de les voir animés de cet esprit militaire qui fit notre gloire, et qui aujourd'hui fait notre sécurité. Je ne vous parlerai ni de vos devoirs, ni de la discipline. Vos devoirs, vous les avez toujours remplis avec honneur, soit sur la terre d'Afrique, soit sur le sol de la France; et la discipline, vous l'avez toujours maintenue intacte à travers les épreuves les plus difficiles. J'espère que ces épreuves ne reviendront pas; mais si la gravité des circonstances les ramenait et m'obligeait de faire appel à votre dévouement, il ne me faillirait pas, j'en suis sûr, parce que, vous le savez, je ne vous demanderai rien qui ne soit d'accord avec *mon droit*, avec l'honneur militaire, avec les intérêts de la patrie, parce que j'ai mis à votre tête des hommes qui ont toute ma confiance et qui méritent la vôtre, parce que, si jamais le jour du danger arrivait, je ne ferais pas comme les gouvernements qui m'ont précédé, et je ne vous dirais pas : Marchez, je vous suis; mais je vous dirais : Je marche, suivez-moi. »

Des paroles non moins claires, non moins formelles, si l'Assemblée eût voulu les comprendre, furent prononcées par le Président à l'occasion d'une distribution de croix et de médailles, dans la salle du cirque des Champs-Élysées à nos exposants de Londres :

« Combien elle serait grande cette nation, si l'on voulait la laisser respirer à l'air et vivre de sa vie !

« En effet, c'est lorsque le crédit commençait à peine à renaître; c'est lorsqu'une idée infernale poussait sans cesse les travailleurs à tarir les sources mêmes du travail; c'est lorsque la démence, se parant du manteau de la philanthropie, venait détourner les esprits des occupations régulières pour les jeter dans les spéculations de l'utopie, c'est alors que vous avez montré au monde des produits qu'un calme durable semblait seul permettre d'exécuter.

« En présence donc de ces résultats inespérés, je dois le répéter, comme elle pourrait être grande, la République française, s'il lui était permis de vaquer à ses véritables affaires et de réformer ses institutions, au lieu d'être sans cesse troublée, d'un côté par les idées démagogiques, et de l'autre, par les hallucinations monarchiques!

« Les idées démagogiques proclament-elles une vérité? Non, elles répandent partout l'erreur et le mensonge. L'inquiétude les précède, la déception les suit, et les ressources employées à les réprimer sont autant de pertes pour les améliorations les plus pressantes, pour le soulagement de la misère.

« Quant aux hallucinations monarchiques, sans faire courir les mêmes dangers, elles entravent également tout progrès, tout travail sérieux. On lutte au lieu de marcher. On voit des hommes, jadis ardents promoteurs des prérogatives de l'autorité royale, se faire conventionnels, afin de désarmer le pouvoir issu du suffrage populaire.

« ..... On voit ceux qui ont le plus souffert, le plus gémi des révolutions, en provoquer une nouvelle, et cela dans l'unique but de se soustraire au vœu national et d'empêcher le mouvement qui transforme les sociétés de suivre un paisible cours.

« Ces efforts seront vains. Tout ce qui est dans la nécessité des temps doit s'accomplir. L'inutile seul ne saurait revivre.

« Avant de nous séparer, messieurs, permettez-moi de vous encourager à de nouveaux travaux. Entreprenez-les sans crainte ; ils empêcheront le chômage de cet hiver. *Ne redoutez pas l'avenir.*

« *La tranquillité sera maintenue, quoi qu'il arrive.* Un gouvernement qui s'appuie sur la masse entière de la nation, qui n'a d'autre mobile que le bien public, et qu'anime cette foi ardente qui vous guide sûrement, même à travers un espace où il n'y a pas de route tracée, ce gouvernement, dis-je, saura remplir sa mission, *car il a en lui et le droit qui vient du peuple, et la force qui vient de Dieu.* »

L'attention publique, éveillée au plus haut degré par les menaces de l'heure présente, accueillit avec reconnaissance un discours si rempli de fermeté et de promesses généreuses, tant Paris et la France étaient las de ces vains espoirs, de ces agitations stériles, de ce malaise immense et menaçant. Tout languissait, tout tremblait. La confiance avait disparu de toutes les transactions; le commerce était sans sécurité; toutes les grandes affaires restaient suspendues. Pas un homme, ici-bas, ne pourrait dire la somme immense de pertes que peut faire une si grande nation en vingt-quatre heures d'inertie, de lassitude et de crainte. Absolument, à tout prix, il fallait en finir avec cet état misérable, et les hostilités entre l'Assemblée nationale et l'opinion publique en étaient venues à ce point, que, fatalement, l'Assemblée ou le Président devait tenter un coup d'État.

Plus l'heure avançait, plus elle était brûlante. Cette opposition était sans mesure; un spectateur désintéressé eût trouvé dans ce choc des partis le spectacle le plus curieux du monde, ajoutons le plus dangereux. De toutes parts, la conspiration était flagrante et les conspirateurs ne se cachaient plus. C'était-même le rêve de tous d'attirer à leur parti le Président de la République, et chacun lui faisait effrontément ses offres, comme si rien n'eût été plus naturel et plus légal. Mais l'obstacle était là : accepter pour sien l'un de ces par-

tis, c'était trahir la République entière. La coalition
ne dissimulait plus ses espérances : on devait, si la proposition des questeurs avait été adoptée, dans une
séance de nuit, proposer l'accusation immédiate de
Louis-Napoléon. Il eût été conduit au château de Vincennes; une dictature militaire avait été instituée pour
assurer le succès des conjurés.

Politiques aveugles! Ils voulaient renverser celui
dont le nom seul protégeait encore la société! Politiques de parade! Ils faisaient appel à la force contre
le seul homme à qui l'armée voulût obéir! Cette illusion d'un instant s'évanouit bien vite. Le Prince, accusé, savait trop bien la nécessité de briser, à tout prix,
cette anarchie. Enfin l'armée était prête. Le général
Magnan avait réuni tous les officiers de l'armée de Paris, et un d'eux : « Mon général, lui dit-il au nom de
tous, vous pouvez compter que nous vous suivrons, et
que nous voulons engager notre responsabilité à côté
de la vôtre. »

CHAPITRE IX

Le 2 décembre est le jour choisi pour le coup d'État. — Le Prince reçoit la veille au soir comme d'habitude ; M Vieyra. — Une première représentation à l'Opéra-Comique. — M. de Morny. — Après le départ des visiteurs, le Prince réunit dans son cabinet ses confidents. — On remet à M. de Béville, officier d'ordonnance, toutes les pièces à faire imprimer. — L'Imprimerie impériale, sous la direction de M. de Saint-Georges, est occupée par la troupe. — La séance est levée à l'Élysée. — M. Mocquart porte au ministre de la guerre une pièce importante oubliée à l'Élysée. — Le général Magnan est mandé au ministère de la guerre. — Les agents de service sont consignés à leur poste ; les commissaires de·police sont appelés à la préfecture. — Les régiments d'infanterie et de cavalerie arrivent aux postes qui leur sont assignés. — Arrestation vers la fin de la nuit du général Le Flô, de M. Baze. — Recherches du commissaire de police à la questure ; projets de décrets saisis. — Arrestations de M. Thiers, des généraux Changarnier, Cavaignac et de Lamoricière, du colonel Charras, de MM. Lagrange et Greppo. — M. de Persigny fait son rapport à l'Élysée. — Attitude calme de Louis-Napoléon. — Le cabinet du roi Louis-Philippe aux Tuileries le 24 février 1848, et le cabinet du Président de la République le 2 décembre 1851. — Visite de lady Douglas ; le prince commande pour elle un bouquet, le lui présente et la reconduit jusqu'au salon. — M. Cucheval-Clarigny est envoyé par M. de Morny ; il m'apprend le coup d'État. — M: de Morny prend possession du ministère de l'intérieur. — Position des divers corps de l'armée de Paris. — Les habitants de Paris apprennent, dès la première heure du jour, sans étonnement, le coup d'État. — Décret du Président de la République. — Le Président institue une commission consultative ; il donne les motifs du coup d'État dans un appel au peuple ; il appelle l'armée à voter. — Décret sur la présentation d'un plébiscite à l'acceptation du

peuple français et de l'armée. — Dépêche tél graphique du ministre de
l'intérieur aux préfets des départements. — Des représentants pénètrent
dans le palais Bourbon ; ordre de M. de Morny de faire évacuer la
salle des séances ; harangue de M. Dupin aux représentants ; le palais
est évacué ; les représentants se réunissent rue de Lille, puis à la
mairie du 10e arrondissement ; les motions les plus opposées se
croisent ; ils finissent par composer un bureau ; leurs décrets ; deux
représentants se rendent au ministère de l'intérieur ; grand tumulte ;
les représentants refusent de profiter de la liberté qui leur est offerte,
et sont emmenés au quartier du quai d'Orsay, puis au Mont-Valérien ;
M. le duc de Luynes. — Démission du général Lauriston, colonel de
la 10e légion. — La Haute-Cour tente vainement de se réunir ; minute
d'un arrêt de la Haute-Cour. — Louis-Napoléon se rend de l'Élysée au
jardin des Tuileries. — A bas Véron ! — La rencontre que je fis dans
la matinée du 2 décembre, rue Bellechasse. — Rassemblements. —
Une affiche insurrectionnelle. — L'opinion publique s'affermit ; *nous
voterons !* — Je rencontre un confident intime de la place Saint-
Georges. — Le 12e dragons, en garnison à Saint-Germain, et la grosse
cavalerie de Versailles, arrivent à Paris. — Le prince Louis-Napoléon,
accompagné de ses aides de camp et de ses officiers d'ordonnance,
traverse la cour du Carrousel. — Il fait une seconde promenade vers
quatre heures du soir, et passe ensuite une revue aux Champs-
Élysées. — M. Turgot, ministre des affaires étrangères, donne un
dîner au Président de la République et au corps diplomatique. — Dix
journaux cessent de paraître. — Les partis sont organisés ; dépêche du
général Saint-Arnaud au commandant de l'armée de Paris. — Proclamations de la Montagne, du comité central des corporations. — Une
barricade dans le faubourg Saint-Antoine. — Les rassemblements
persistent sur les boulevards. — Quelques nouvelles arrestations. —
Promenade d'un cadavre à la lueur des torches ; le peuple y est insensible. — Les tribunaux siégent, les fonds publics haussent et les
théâtres ouvrent comme d'habitude. — L'ordre revient. — Décret
modifiant celui du 2 sur la proposition d'un plébiscite à l'acceptation
du peuple français. — Les troupes ne se fatigueront pas. — Arrêté du
préfet de police. — Les chefs de l'insurrection font circuler de fausses
nouvelles, bientôt démenties. — Ma visite au ministère de l'intérieur.
— La foule se presse sur les boulevards. — Toutes les barricades sont
enlevées. — Le calme est rétabli. — Je rencontre M. Thiers sur le
boulevard — *L'Empire est fait !* — Le Président de la République
s'entoure, après le coup d'État, d'un ministère de son choix. — Aspect
de l'Élysée après le coup d'État. — Quelques réflexions de l'auteur sur
des faits rétrospectifs. — M. Rouher. — M. Fortoul. — M. Achille
Fould. — M. de Morny.

Il fut donc arrêté en très-grand mystère que, le 2 décembre, anniversaire de la bataille d'Austerlitz (perdue à midi, et gagnée à quatre heures), serait le jour choisi pour le coup d'État.

Quatre importants personnages seulement ont été mis dans le secret de l'Élysée : MM. de Morny, de Saint-Arnaud, de Maupas et de Persigny. Déjà tout est convenu dans ce conseil décisif; l'ensemble et les détails sont arrêtés. Tout est prêt.

La veille au soir de ce grand jour, les portes de l'Élysée étaient ouvertes; le Prince recevait, comme d'habitude, et le plus clairvoyant n'eût pas conçu le plus léger soupçon, en retrouvant si calme et de sang-froid, s'abandonnant à tout son entourage, ce politique intrépide qui allait tenter une si courageuse aventure, un si grand acte de salut pour le pays. Un seul incident remarquable (on ne remarque ces choses-là que plus tard) se manifesta dans cette soirée. Le Prince, étant adossé à une cheminée, fit signe à M. Vieyra, colonel d'état-major de la garde nationale, d'approcher, et lui dit, assez bas pour n'être entendu que de lui :

« Colonel, êtes-vous assez fort pour ne rien laisser voir d'une vive émotion sur votre visage?

— « Prince, je le crois.

— « Eh bien! c'est pour cette nuit !... Pouvez-vous m'affirmer que, demain, on ne battra pas le rappel?

— « Oui, Prince, si j'ai assez de monde pour porter mes ordres.

— « Voyez Saint-Arnaud.

— « Il faut, ajouta Louis-Napoléon, que vous couchiez ce soir à l'état-major.

— « Mais si l'on me voyait passer la nuit sur un fauteuil à l'état-major, cela étonnerait.

— « Vous avez raison. Soyez-y à six heures du matin, vous serez averti. Qu'aucun garde national ne sorte en uniforme. Allez. — Non, pas encore, vous auriez l'air de vous retirer par mon ordre. »

Le Prince s'éloigne, et le colonel va saluer des personnes de sa connaissance, sans qu'on pût se douter qu'il venait de recevoir une si terrible confidence.

Sur les dix heures, le Président de la République entrait dans le cabinet de M. Mocquart.

« Savez-vous ce qui se passe? lui dit le Prince en riant; on parle beaucoup, dans les salons, d'un coup d'État, mais ce n'est pas du nôtre : c'est du coup d'État dont je suis menacé par l'Assemblée nationale. »

On jouait, ce même soir, à l'Opéra-Comique, une pièce nouvelle (première représentation du *Château de la Barbe-Bleue*, paroles de M. de Saint-Georges, musique de M. Limnander). La réunion, selon l'habitude, était nombreuse et brillante. Il y avait dans la salle le *tout Paris* des premières représentations, surtout les femmes à la mode et les écrivains du feuilleton, voire même les écrivains politiques. On écoutait, on causait, on riait sur le volcan. M. de Morny, dont la présence était toujours un événement bien accepté, se présenta, sur les dix heures, dans une loge de l'avant-scène, où chacun le put voir, très-élégant et saluant d'un geste cordial tous ses amis. Pendant l'entr'acte, il se montra dans plusieurs loges, entre autres dans la loge où régnait, par sa grâce et sa beauté, une des plus belles dames que la révolution de Juillet eût mises en lumière, Mme Liadières, ornement de la ville, ornement de la cour. Son premier mot, après les saluts échangés :

« Monsieur de Morny, dit-elle, on disait, tantôt, que le Président de la République va balayer la Chambre. Que ferez-vous?

— « Madame, répondit M. de Morny, s'il y a un coup de balai, je tâcherai de me mettre du côté du manche. »

Avec un peu d'attention, mais ils étaient loin de songer au péril qui les menaçait, le général Cavaignac et le général de Lamoricière, assis dans une loge à côté, auraient entendu la question de Mme Liadières et la réponse de M. de Morny.

Celui-ci resta jusqu'à la fin de la représentation. On eût dit qu'il tenait à savoir, avant de se retirer, le nom des auteurs de la pièce nouvelle ; et, la représentation achevée, il se rendit, comme à son ordinaire, au Jockey-Club. Un des membres du Jockey lui demanda deux billets pour la séance du lendemain. M. de Morny, de belle humeur, les lui donna en disant : « Si l'on vous fait des difficultés pour entrer, vous m'enverrez prévenir. »

Longtemps encore après le 2 décembre. Paris s'émerveillait de ce calme, vraiment héroïque, dont Louis-Napoléon et M. de Morny firent preuve au moment d'accomplir un des actes les plus hardis que l'histoire ait enregistrés.

La conscience d'un grand devoir d'accomplissement,

difficile et périlleux, peut seule enfanter de pareilles résolutions.

Chaque instant de ce jour était compté; la plus légère imprudence pouvait tout perdre. Les visiteurs de l'Élysée, sans se douter de rien, sans rien soupçonner, prirent congé du Président sur les onze heures. Et maintenant que le Prince était libre de sa parole et de ses mouvements, il réunit autour de sa personne M. Mocquart, M. le comte de Morny, M. de Maupas, préfet de police, M. Le Roy de Saint-Arnaud, ministre de la guerre. Ce sont les seuls qui assistèrent à cette dernière et suprême conférence.

Bientôt M. de Béville, officier d'ordonnance, arrive près du Prince. On remet à ce nouveau venu, qu'on attendait, toutes les pièces qu'il devait porter à l'Imprimerie nationale pour les faire composer et tirer pendant la nuit : 1º Le décret du Président de la République qui rétablit le suffrage universel, abroge la loi du 31 mai, dissout l'Assemblée nationale et le conseil d'État, met Paris en état de siége et nomme M. le comte de Morny ministre de l'intérieur (le décret ne portait d'autre signature, comme ministre responsable, que celle de M. de Morny); 2º l'appel au peuple; 3º la proclamation à l'armée; 4º la proclamation du préfet de police, préparée à l'avance pour être signée par M. de Maupas.

A minuit, M. de Saint-Georges, directeur de l'Imprimerie nationale, qui a reçu des ordres, attend avec un certain nombre d'ouvriers consignés pour une besogne d'urgence. Arrive alors M. de Béville avec un paquet ca-

cheté contenant les décrets et proclamations que Paris
et la France liront le lendemain. Le Prince avait écrit
de sa main, sur la chemise de tout ce dossier : RUBICON.

Peu après, M. de Laroche-d'Oisy, capitaine de la
gendarmerie, entrait dans la cour de l'Imprimerie nationale avec la 4e compagnie du 1er bataillon. Ordre
aussitôt est donné de charger les armes, et les senti-
nelles, placées de manière à intercepter toute communication, reçoivent la consigne de faire feu sur quiconque tentera de sortir ou d'approcher d'une fenêtre.
Les ouvriers sont aussitôt mis à l'œuvre ; à trois heures
et demie, tout est composé, imprimé et porté par M. de
Béville et M. de Saint-Georges, le directeur de l'imprimerie, à la préfecture de police.

MM. de Morny, de Maupas et de Saint-Arnaud résument toutes les mesures qui doivent s'exécuter simultanément ou se succéder. Bientôt le prince Louis-
Napoléon lève la séance. M. de Morny, s'adressant à
ses collègues, leur dit simplement : « Il est bien entendu, messieurs, que chacun de nous y laisse sa peau.
— La mienne est déjà bien usée, réplique M. Mocquart, et je n'ai pas grand'chose à perdre. »

Dans cette dernière conférence, règne le plus grand
calme. Aucune objection ne se produit qui puisse faire
supposer une arrière-crainte ; rien qui puisse trahir
l'importance et la grandeur des événements qui vont
s'accomplir ; aucune mesure prise dans la prévision
d'un insuccès : pas un passe-port, pas un objet précieux,
pas une somme d'argent mise en réserve ; rien d'inac-
coutumé dans cette demeure silencieuse, dont le calme

et la solitude eussent déconcerté tous les soupçons. L'exécution du coup d'État du 2 décembre commençait dans les conditions les plus modestes, les plus simples, sans trouble et même sans émotion.

Après le départ de MM. de Morny, de Maupas, de Saint-Arnaud, le Prince s'aperçoit que le ministre de la guerre a laissé sur la table une pièce importante ; il charge M. Mocquart de la lui porter sans retard.

M. Mocquart trouve le ministre dans son cabinet, en robe de chambre :

« Général, vous n'êtes pas en costume de guerre.

— « Se reposer la nuit, c'est le moyen d'être en bonne disposition le lendemain matin. »

Le ministre et le chef du cabinet restent ensemble une demi-heure, se promenant de long en large, et souriant de la figure que feront tout à l'heure les deux députés de la plus petite taille, M. Baze et M. Thiers, réveillés, en sursaut, dans le simple appareil...

Le Prince, resté seul, se mit au lit, en donnant l'ordre qu'on le réveillât à cinq heures du matin, et, s'il était nécessaire, à toute heure de la nuit.

A trois heures et demie, après minuit, le général Magnan était mandé au ministère de la guerre, et recevait les dernières instructions du général de Saint-Arnaud. De retour aux Tuileries, où était le siége de son commandement, il expédiait ses ordres aux différents chefs de corps.

De son côté, le préfet de police avait tout prévu pour l'arrestation, assez difficile, des hommes dont on s'inquiétait le plus. Sous le faux prétexte d'un coup de main projeté par les sociétés secrètes, les agents de service, dans les divers quartiers de Paris, avaient été consignés, chacun à son poste ; les commissaires de police, appelés sur le minuit à la préfecture, attendirent jusqu'à cinq heures du matin la communication des ordres que M. le préfet de police devait confier à chacun.

A six heures cinq minutes, les arrestations commencèrent. Plus d'un journaliste s'est égayé aux dépens de certaines puissances de la veille, prises au dépourvu à l'instant même où peut-être elles combinaient, de leur côté, leur coup d'État. Les jours suivants, Paris, qui rit de tout, s'amusait au récit de quelques détails burlesques qu'il avait oubliés le lendemain.

Tous les prisonniers furent conduits à la prison cellulaire de Mazas ; le commandement en était confié au dévouement du colonel Thirion.

Le jour allait paraître ; l'armée, à son tour, arrivait, obéissante, aux postes qui lui étaient désignés. Le général de division Renault avait le commandement de la rive gauche de la Seine. A quatre heures et demie, M. de Persigny lui porte ses instructions à l'École militaire.

Une heure après, le colonel Espinasse part avec quatre compagnies d'élite des deux bataillons du 42e de ligne, et se porte au Palais légistatif. La place était mal gardée. Il y pénètre sans coup férir et renvoie à l'École militaire la troupe de service qui appartenait à son régiment. Les dispositions de cette compagnie ne semblaient pas d'un dévouement à toute épreuve, sous

le commandement de son capitaine, qui donna sa démission le lendemain.

M. le général Le Flô, logé à la Questure, dormait encore. Il fut réveillé en sursaut par M. Bertoglio, commissaire de police, qui lui donna connaissance d'un
mandat d'arrestation. Le général, tout en s'habillant,
ne cessait de proférer des menaces :

« Napoléon veut faire son coup d'État ! Nous le fu-
sillerons à Vincennes ! »

Avant de sortir de sa chambre, il dit à sa femme, à
voix basse, en l'embrassant : « Tâche de faire tirer un
coup de canon ! »

Comme il montait en voiture, il accabla d'injures le
colonel Espinasse, et voulut parler aux soldats, mais
on lui imposa silence.

L'arrestation de M. Baze, questeur, suivit celle du
général Le Flô, et ne présenta pas plus de difficultés.
La visite du commissaire à la Questure avait un double
but : la recherche de pièces importantes. Deux projets
de décrets démontrent les suites qu'aurait eues l'adoption de la proposition du 17 novembre.

Voici ces projets de décrets :

1er décret : « Le Président de l'Assemblée nationale,

« Vu l'article 32 de la Constitution, ainsi conçu :
« L'Assemblée détermine le lieu de ses séances; elle
« fixe l'importance des forces militaires établies pour
« sa sûreté, et elle en dispose. »

« Vu l'article 112 du décret réglementaire de l'Assemblée nationale, ainsi conçu : « Le Président de
« l'Assemblée nationale est chargé de veiller à la sû-

« reté intérieure et extérieure de cette Assemblée.

« A cet effet, il exerce, au nom de l'Assemblée, le « droit confié au pouvoir législatif, par l'article 32 de « la Constitution, de fixer l'importance des forces mi- « litaires établies pour sa sûreté et d'en disposer. »

« Ordonne à M... (le nom était en blanc), de pren- dre immédiatement le commandement de toutes les forces, tant de l'armée que de la garde nationale, sta- tionnées dans la première division militaire, pour ga- rantir la sûreté de l'Assemblée nationale. »

2e décret : « Le Président de l'Assemblée nationale, « Vu l'article 32 de la Constitution ;

« Vu l'article 112 du décret réglementaire ;

« Ordonne à tout général, à tout commandant de corps ou détachement, tant de l'armée que de la garde nationale, stationnée dans la première division mili- taire, d'obéir aux ordres du général chargé de garantir la sûreté de l'Assemblée nationale. »

Cependant l'hôtel si connu de la place Saint-Georges était plongé dans le sommeil. Le commissaire de po- lice, M. Hubaut aîné, était déjà le maître de ces de- meures, dont le propriétaire a fait une bibliothèque et un musée, que M. Thiers dormait encore. On pénétra sans bruit jusqu'à sa chambre. En ce moment, il se réveilla.

« Que me veut-on? s'écria M. Thiers en se frottant les yeux.

— « Nous venons, reprit le commissaire, faire une perquisition chez vous.

— « Vous ignorez donc que je suis représentant?

— « Non ; mais il faut que les ordres que j'ai reçus soient exécutés.

— « C'est donc un coup d'État que vous faites?

— « Je ne puis répondre à vos questions. Levez-vous, je vous prie, et suivez-nous. »

En s'habillant, M. Thiers se tourne du côté du commissaire, et lui dit :

« J'ai bien envie, monsieur, de vous brûler la cervelle.

« — Je vous crois, monsieur, incapable de mettre une telle menace à exécution ; en tout cas, je ne vous laisserais pas faire. »

M. Thiers hésitait ; mais enfin il comprit que toutes les mesures étaient prises, et qu'il fallait se résigner, tout en faisant de vains appels *à la légalité*. Il oubliait qu'il avait écrit de sa plume cette apologie étrange du 18 fructidor : « *La légalité est une illusion à la suite d'une révolution comme la nôtre. Ce n'est pas à l'abri de la puissance légale que tous les partis pouvaient venir se soumettre et se reposer ; il fallait une puissance plus forte pour les réprimer, les rapprocher, les fondre et les protéger tous contre l'Europe en armes, et cette puissance, c'était la* PUISSANCE MILITAIRE. »

Dans les plus mauvais jours du règne de Louis-Philippe, M. Thiers, ministre de l'intérieur, montait bravement à cheval, et s'en allait payer de sa personne aux barricades sanglantes du cloître Saint-Merri. « Voilà pourtant, disait-il, une des pages de mon histoire de la révolution ! » Au même titre, il aurait pu s'écrier, quand on le conduisait à la prison de Mazas : Voilà encore une de mes pages à propos du 17 brumaire !

Dans son *Histoire de la Révolution française*, en effet, M. Thiers raconte qu'on s'était concerté le 17 brumaire sur ce qu'on ferait le lendemain à Saint-Cloud. Il raconte encore comment on tint un nouveau conseil le soir du 17 avec les principaux membres des Anciens. Diverses mesures furent adoptées ; on choisit Bonaparte, Siéyès et Ducos pour consuls.

« *Siéyès,* reprend M. Thiers, *connaissant parfaitement les mouvements révolutionnaires, voulut qu'on arrêtât dans la nuit quarante des meneurs des* Cinq-Cents ; *Bonaparte ne voulut pas,* et M. Thiers ajoute : il eut a s'en repentir. »

Lors du coup d'État du 2 décembre 1851, on se souvint du conseil de Siéyès, on se souvint de cette réflexion de M. Thiers : « Que Bonaparte eut à se repentir de ne l'avoir pas suivi. »

M. Thiers était tout à fait calme en arrivant dans la cellule qui lui était assignée. L'habitude et le talent d'un historien qui, par son étude et dans son récit, s'est mêlé, pendant si longtemps, à toutes les émotions des discordes civiles, rendaient M. Thiers beaucoup plus résigné que tout autre de ses collègues à supporter la catastrophe qui venait l'atteindre à son tour.

A peine entré dans sa prison, il se contenta de demander la tasse de café au lait qu'il prend chaque matin à son réveil.

L'arrestation du général Changarnier était confiée au commissaire de police, M. Leras, et au capitaine de la garde républicaine, M. Baudinet, l'un et l'autre assistés de quinze agents, de trente gardes républicains, et d'un piquet de dix hommes à cheval.

Pour entrer chez un homme de guerre qui sait prévoir les coups de main, la ruse était nécessaire. En vain, on frappe à la porte de la maison habitée par le général; le concierge refuse d'ouvrir. Mais pendant qu'un agent parlemente, le commissaire de police et ses hommes pénètrent dans cette maison par une petite porte de communication avec la cour et la boutique d'un épicier.

Déjà le concierge avait donné l'alarme en tirant une sonnette. Le domestique, tout effaré, sur le palier du premier étage, tenait à la main la clef de l'appartement. Le commissaire la lui arrache, ouvre la porte et entre. Au même instant, le général paraît en chemise, pieds nus, un pistolet à chaque main. Le commissaire le désarme, en lui disant : « Général, que voulez-vous faire? vous voulez défendre votre vie? mais elle n'est pas en danger. »

Le général se laisse désarmer et se fait habiller par son domestique, dont il demande à n'être pas séparé.

Chemin faisant et dans la voiture, il dit :

« Le Président avait la certitude d'être réélu, il s'est donné une peine bien inutile en recourant à un coup d'État. »

Quelques jours après, il disait encore :

« Quand la France aura la guerre avec l'étranger,

Louis-Napoléon sera bien aise de me trouver, pour me confier le commandement d'une armée. »

Le commissaire de police, M. Colin, chargé d'arrêter l'ancien chef de la République, M. le général Cavaignac, eut bientôt fait de monter jusqu'à l'entre-sol habité par le général. On frappe à la porte. Une voix répond :

« Qui va là?

— « Au nom de la loi, ouvrez!...

— « Je ne veux pas ouvrir.

— « Nous allons enfoncer la porte. »

Le général se décide à ouvrir lui-même.

Le commissaire lui annonce qu'il est son prisonnier et lui propose de lui donner lecture de son mandat.

« C'est inutile, » répond M. Cavaignac. Puis il s'emporte en injures et frappe du poing en disant :

« Comment! vous venez m'arrêter, moi! Quels sont vos noms?

— « Il n'est pas nécessaire que vous connaissiez nos noms pour nous suivre. »

Le général, plus calme, s'habille, demande la permission d'écrire ; puis, s'adressant au commissaire :

« Je vous suis, monsieur ; la seule faveur que je vous demande, c'est de m'en aller seul avec vous. »

Pendant le trajet, le général n'adressa que cette simple question : « Où me conduisez-vous? — A Mazas. »

Le commissaire de police M. Blanchet se présente

au domicile du général de Lamoricière. Sur le refus du
concierge de lui donner de la lumière et de lui indiquer l'appartement du général, le commissaire monte
l'escalier et sonne, à tout hasard, à la porte du premier
étage. Un domestique ouvre et referme immédiatement cette porte ; puis, l'instant d'après, il revient, et,
apercevant l'écharpe du commissaire, il éteint sa lampe
et se sauve en criant : « Au voleur ! » Il est bientôt
arrêté dans la rue et se décide enfin à introduire le commissaire dans la chambre de son maître.

Le général s'habille sans prononcer un mot ; puis,
jetant un regard sur la cheminée, il demande à son domestique ce qu'est devenu l'argent qu'il y avait déposé.
Ce dernier lui répond qu'il l'a mis en sûreté. Le commissaire, indigné, lui dit : « Vous venez de faire,
monsieur, une observation qui me blesse profondément.

— Qui m'assure que vous n'êtes pas des malfai-
teurs ? »

Le commissaire, alors, se contente de lui montrer
son écharpe, et lui dit : « J'ai reçu l'ordre de vous traiter avec les plus grands ménagements ; si vous voulez
me promettre de me suivre, je resterai seul votre gar-
dien, et vous ferai monter dans un coupé.

— Faites de moi ce que vous voudrez ; je ne promets
rien. »

Sur son refus, on le fit monter dans un fiacre, en
compagnie des agents.

Arrivé en face du poste de la Légion d'honneur,
M. de Lamoricière se penche en dehors de la portière
et veut parler à la foule ; mais à peine s'il a le temps

de proférer une parole, et, sur la menace d'être traité rigoureusement s'il fait la moindre tentative, il répond : « Faites ce qu'il vous plaira. »

Une fois à Mazas, le général prie le commissaire de ne point saisir ses armes précieuses, de lui envoyer des cigares et l'*Histoire de la Révolution française.*

M. le colonel Charras ne se décida à ouvrir sa porte que lorsqu'il la vit sur le point de voler en éclats. Après quelques récriminations, il consentit à suivre le commissaire, M. Courteille.

M. Charles Lagrange fut arrêté par M. Boudrot, commissaire. De nombreux papiers politiques, deux pistolets, un fusil de munition, deux moules à balles, des cartouches, trois poignards et un sabre de cavalerie furent saisis. Pendant le trajet du domicile de M. Charles Lagrange à Mazas, il répéta plusieurs fois : « *Le coup est hardi, mais c'est bien joué.* »

L'ardent socialiste M. Greppo avait chez lui tout un arsenal : pistolets chargés, hache d'armes bien aiguisée, poignard, bonnet phrygien d'un rouge éclatant.

Le seul aspect du commissaire, M. Groufier, le remplit de terreur, et lorsque ce dernier lui demanda l'usage qu'il comptait faire de toutes ces armes, il ne sut que dire : « *Je les ai achetées parce que j'ai du goût pour la marine.* » Puis, après une émotion facile à concevoir dans un homme effrayé, il se laissa conduire (1).

---

(1) M. Granier de Cassagnac a publié, peu de jours après le coup d'État, une brochure ayant pour titre : *Récit complet et authentique des événements de décembre* 1851. Aucune réclamation ne s'est élevée contre ce récit; nous lui avons emprunté quelques très-courts détails sur les arrestations opérées dans la nuit du 1er au 2 décembre.

Le 2 décembre, à sept heures du matin, M. de Persigny s'en vint faire un rapport à l'Élysée, de tous les
événements de cette nuit décisive où s'étaient opérées, sans trop de résistance, sans trop de fureurs, de
si nécessaires et de si prudentes arrestations. En ce
moment, plus d'obstacle à cette contre-révolution, qui
s'était accomplie en peu d'heures, avec peu de bruit,
dans une ville endormie. Un pareil récit fut accueilli
avec le calme et le sang-froid qui avaient présidé à
tous ces événements.

Le 2 décembre, peu de visiteurs se présentèrent à
l'Élysée. La princesse Mathilde y resta la plus grande
partie de la journée. M. le comte de Morny vint y
rendre compte au Prince de l'état des choses. A cette
première visite du ministre de l'intérieur, le Prince et
le comte de Morny s'embrassèrent.

Un officier général, ami du Prince Président, me
racontait son étonnement, lorsque, arrivant en toute
hâte à l'Élysée, il y trouva le même silence et le
même ordre que d'habitude. Aucun changement dans
les hommes et dans les choses; tout le service allait
comme aux jours ordinaires, et le Prince, du fond de
son cabinet, envoyait ses ordres sans hâte et comme si
rien n'eût été plus simple. Or, ce même officier général avait assisté, dans le cabinet du roi, aux Tuileries,
à l'abdication de Louis-Philippe; il se souvenait encore
de l'agitation, du bruit, des allants et des venants, de
la confusion misérable autour du roi détrôné. C'était
un désordre sans nom, à tel point, que Louis-Philippe,
qui ne manquait pas de sang-froid, a commis pourtant

trois fautes d'orthographe dans son acte d'abdication (1).

Ce double spectacle du tumulte aux Tuileries et de la paix profonde à l'Élysée restera dans l'histoire, et même elle s'en étonnerait, si notre histoire pouvait encore s'étonner. Quoi de plus juste enfin, que celui-ci descende au milieu du tumulte, et que celui-là monte, entouré d'une obéissance qui ne peut que grandir !

Parmi plusieurs exemples de la tranquillité de l'Élysée, au moment le plus difficile du coup d'État, je choisirai celui-ci. On annonce au Prince la visite de sa parente, lady Douglas, son amie de tous les temps. Il va la recevoir dans le premier salon, et, la conduisant dans son cabinet, il commande un bouquet pour sa cousine. Il y eut, parmi les aides de camp de service, un certain étonnement; mais un d'eux s'en fut chercher et rapporta bientôt un bouquet magnifique, non pas sans faire un geste qui disait à l'entourage : « N'est-ce pas là un moment bien choisi pour aller chercher des fleurs? » Le prince prit le bouquet, l'offrit à sa cousine, et, la visite achevée, il la reconduisit dans le même salon où il était venu la chercher ; il prit congé d'elle avec le plus aimable et le plus riant salut. Certes, à pareille heure, au milieu de si graves événements, on ne trouvait guère un sang-froid pareil à celui-là !

---

(1) J'abdique cette couronne, que la voix nationale m'avait *appellée* à porter, en faveur de mon petit-fils le comte de Paris. *Puisse-t'il* réussir dans la grande tâche qui lui écheoit aujourd'hui.

                                        LOUIS-PHILIPPE.
     24 février 1848.

La tranquillité au dedans semblait s'étendre au dehors. Un des rédacteurs du *Constitutionnel*, le plus jeune et non pas le moins intelligent, M. Cucheval-Clarigny, me réveillait à sept heures du matin, dans la maison d'un de mes amis, où je m'étais réfugié, afin de pouvoir, librement, publier le *Constitutionnel* du lendemain (le coup d'État était dans l'air); il m'annonça que l'événement était accompli; que l'Assemblée était dissoute, que la rue était encore paisible, et que le nouveau ministre de l'intérieur, M. de Morny, voulait faire de mon jeune rédacteur politique le secrétaire de son cabinet. M. Cucheval-Clarigny me demandait cependant de lui conserver en même temps sa position au *Constitutionnel*, prévoyance sensée, car, au bout de quelques jours, il quittait le ministère de l'intérieur : il y était remplacé, comme secrétaire de cabinet, par M. Léopold Le Hon, aujourd'hui député.

Le palais législatif n'était plus qu'une maison déserte; elle avait cessé d'appartenir aux représentants d'une puissance vaincue. En moins de sept heures d'insomnie, avec si peu de bruit que peu de citoyens l'entendirent, s'était accomplie une révolution dont les conséquences étaient pour le moins aussi grandes que les suites de la bataille d'Ivry ou de Marengo.

Pendant que Paris s'éveille, et que les citoyens les plus diligents s'arrêtent, aux premières clartés du jour, devant les affiches proclamant la révolution nouvelle, quand tout est calme et silencieux, et qu'à chaque instant la révolution s'affermit, M. de Morny, ministre de l'intérieur, remplit déjà, avec une sécurité parfaite, les devoirs que lui commandait son importante situation. Dès six heures et demie du matin, il s'était rendu, accompagné de deux cent cinquante chasseurs de Vincennes, au ministère de l'intérieur; à son premier commandement, toutes les portes s'étaient ouvertes.

M. de Thorigny, alors ministre de l'intérieur, était encore couché. Les huissiers, les hommes de service, déjà debout, connaissaient M. le comte de Morny. Ils s'empressèrent de lui ouvrir tous les appartements du rez-de-chaussée. M. de Thorigny, prévenu de ce qui se passait, s'habilla à la hâte et descendit, non sans un grand étonnement, recevoir son successeur, installé déjà dans son cabinet, assis dans son fauteuil.

Tout marchait au même but, sans hâte et sans confusion. Les divers corps de l'armée de Paris s'emparaient, selon l'ordre qu'ils en avaient reçu, des différents points stratégiques qui leur avaient été assignés: la brigade Riport (division Renault), la place du palais législatif et ses abords; un peu plus tard, la brigade Forey s'étendait sur le quai d'Orsay; la brigade Dulac dans les Tuileries; la brigade de Cotte, sur la place de la Concorde; la cavalerie, sous les généraux Reibell et Korte, dans les Champs-Élysées, et la brigade Canrobert, dans l'avenue Marigny. Les brigades Sauboul, Marulaz, Courtigis, Bourgon, etc., étaient restées dans leurs casernes.

Ainsi, la force était partout. Peu à peu la ville entière fut dans le secret du coup d'État, et, sans trop d'étonnement, elle apprit les événements de la nuit passée.

Au nom du Peuple français,

Le Président de la République,

Décrète :

Art. 1er. L'Assemblée nationale est dissoute.

Art. 2. Le suffrage universel est rétabli. La loi du 31 mai est abrogée.

Art. 3. Le peuple français est convoqué dans ses comices, à partir du 14 décembre jusqu'au 21 décembre suivant.

Art. 4. L'état de siége est décrété dans l'étendue de la 1re division militaire.

Art. 5. Le Conseil d'État est dissous.

Art. 6. Le ministre de l'intérieur est chargé de l'exécution du présent décret.

Fait au palais de l'Élysée, le 2 décembre 1851.

LOUIS-NAPOLÉON BONAPARTE.

Le Ministre de l'intérieur,

DE MORNY.

Voulant rassurer les populations sur ses intentions futures, le Président de la République, en attendant la réorganisation du Corps législatif et du Conseil d'État, institue, le 2 décembre, *une commission con-*

sultative destinée à tenir lieu des corps politiques qui venaient de disparaître.

Un appel au peuple, écrit dans le style même de la victoire, lui disait les motifs du coup d'État, et lui indiquait les bases de la nouvelle Constitution, qu'il était appelé à voter.

Cette nouvelle affiche attirait un nombre immense de lecteurs; elle était lue par plusieurs avec passion, et par tous avec respect. Pas une qui fût insultée ou déchirée, et je ne crois pas qu'on pût trouver un signe, en pareil moment, plus significatif du suffrage universel.

Une proclamation à l'armée lui rappelait la flétrissure qu'on lui avait infligée en 1848, l'appelait à voter comme partie de la nation, mais lui demandait, en même temps, comme force disciplinée, l'obéissance passive à ses chefs.

Nous verrons bientôt avec quel empressement le peuple et l'armée répondirent à ces magnifiques paroles. Cette extension du suffrage universel fut le coup de grâce porté à la République de 1848. Elle disparut sans laisser trop de regrets; mais, pour être juste, il faut reconnaître que, si elle laissait après elle une fatigue immense dans les esprits, un profond désordre dans tous les intérêts, on ne pouvait l'accuser du moins de cruautés. Elle avait fait des lois superbes et qui ne seront point rapportées : l'affranchissement des esclaves et l'abolition de la peine de mort pour les crimes politiques. Elle fut humaine, clémente et digne d'un pouvoir exercé par d'honnêtes gens. Nous ne savons pas de meilleure oraison funèbre.

Un décret sur la présentation d'un plébiscite à l'acceptation du peuple français fut également affiché le 2 décembre. Nous ne donnons que les quatre premiers articles de ce décret :

« Art. 1er. Le peuple français est solennellement convoqué dans ses comices, le 14 décembre présent mois, pour accepter ou rejeter le plébiscite suivant :

« Le peuple français veut le maintien de l'autorité de Louis-Napoléon Bonaparte, et lui délègue les pouvoirs nécessaires pour faire une constitution sur les bases proposées dans la proclamation du 2 décembre.

« Art. 2. Sont appelés à voter tous les Français âgés de vingt et un ans, jouissant de leurs droits civils et politiques.

« Ils devront justifier, soit de leur inscription sur les listes électorales, en vertu de la loi du 15 mars 1849, soit de l'accomplissement, depuis la formation des listes, des conditions exigées par cette loi.

« Art. 3. A la réception du présent décret, les maires de chaque commune ouvriront deux registres sur papier libre : l'un d'*acceptation*, l'autre de *non-acceptation* du plébiscite.

« Dans les quarante-huit heures de la réception du présent décret, les juges de paix se transporteront dans les communes de leurs cantons pour surveiller et assurer l'ouverture et l'établissement de ces registres.

« **En cas de refus, d'abstention ou d'absence de la**

part des maires, les juges de paix indiqueront, soit un membre du conseil municipal, soit un notable du pays, pour la réception des votes.

« Art. 4. Ces registres demeureront ouverts aux secrétariats de toutes les municipalités de France, pendant huit jours, depuis huit heures du matin jusqu'à six heures du soir, etc., à partir du dimanche 14 décembre, jusqu'au dimanche soir suivant, 21 décembre.

« Les citoyens consigneront, ou feront consigner, dans le cas où ils ne sauraient pas écrire, leur vote sur l'un de ces registres, avec mention de leurs noms et prénoms. »

Un projet de plébiscite fut également soumis à l'acceptation de l'armée de terre et de mer.

Le préfet de police, de son côté, faisait savoir que « toute tentative de désordre serait promptement et inflexiblement réprimée. »

Une dépêche télégraphique du ministre de l'intérieur annonçait aux préfets des départements le grand acte qui venait de s'accomplir, et leur traçait nettement la conduite qu'ils devaient tenir.

« Monsieur le préfet,

« Les partis qui s'agitent dans l'Assemblée menaçaient la France de compromettre son repos, en fomentant contre le gouvernement des complots dans le but de le renverser. L'Assemblée a été dissoute aux applaudissements de toute la population de Paris.

« A la réception de la présente, vous ferez afficher dans toutes les communes les proclamations du Président de la képublique, et vous enverrez aux maires, ainsi qu'aux juges de paix, les circulaires que je vous adresse, avec le modèle du registre des votes.

« Vous veillerez à la stricte exécution des dispositions prescrites par ces circulaires. Vous remplacerez immédiatement les juges de paix, les maires et les autres fonctionnaires dont le concours ne vous serait pas assuré.

« Dans ce but, vous demanderez à tous les fonctionnaires publics de vous donner, par écrit, leur adhésion à la grande mesure que le gouvernement vient d'adopter.

« Vous ferez arrêter immédiatement tout individu qui tenterait de troubler la tranquillité, et vous ferez suspendre tout journal dont la polémique pourrait y porter atteinte.

« Je compte, monsieur le préfet, sur votre dévouement et sur votre zèle pour prendre toutes les précautions nécessaires au maintien de l'ordre public, et, à cet effet, vous vous concerterez tant avec le général commandant le département qu'avec les autorités judiciaires.

« Vous m'accuserez réception de cette dépêche par voie télégraphique, et vous me ferez, jusqu'à nouvel ordre, un rapport quotidien sur l'état de votre département. Je n'ai pas besoin de vous recommander de me faire parvenir, par le télégraphe, toute nouvelle ayant quelque gravité. »

C'était, comme on le voit, une puissance discrétion-
naire que l'on confiait aux préfets; le gouvernement
imprimait, dès la première heure, à ses agents cette
liberté d'action qui fait seule le succès possible. Cette
confiance était sagesse et montrait combien étaient
dignes du pouvoir ceux qui venaient de le prendre
avec toute sa responsabilité.

La politique, en ce temps-là, comme aujourd'hui,
comptait un bon nombre de ces optimistes dont il était
écrit : *Ils ont des oreilles pour ne pas entendre; ils ont
des yeux pour ne rien voir.*

Ni les arrestations nombreuses et qui, déjà, soule-
vaient mille plaintes, ni les proclamations affichées
sur toutes les murailles n'avaient pu tout à fait convaincre de leur ruine totale et sans espoir les meneurs
de la conspiration parlementaire.

Beaucoup de représentants, par suite d'une consigne
mal donnée ou mal exécutée, pénétrèrent par la petite
porte de la rue de Bourgogne dans le palais Bourbon.
Réunis dans la salle de leurs séances, ils commencèrent une délibération confuse et compromettante pour
beaucoup. M. de Morny, informé de ce qui se passait,
ordonna que la salle fût aussitôt évacuée. Un chef de
bataillon, qui savait ajouter l'ironie à la force, leur
signifia la consigne qu'il venait de recevoir. Sur leur
insistance à voir M. Dupin, leur président de la veille,
M. Dupin, qui n'était rien moins qu'un héros du courage civil, leur adressa, dit-on, cette courte harangue :
« Messieurs, il est évident qu'on viole la Constitution.
Le droit est de notre côté; mais, n'étant pas les plus

forts, je vous invite à vous retirer. J'ai l'honneur de
vous saluer. » Ces paroles augmentèrent l'irritation,
et il fallut une menace d'employer la force pour obtenir l'évacuation du palais.

Un peu plus tard, sur les onze heures, ces mêmes
représentants, dont le noyau s'était grossi dans l'intervalle, se réunissaient rue de Lille, derrière le palais
de la cour des comptes, et, cette fois encore, ils furent
dissipés par la force armée. Il fallut donc obéir ; mais
du même pas ils se rendirent à la mairie du 10e arrondissement, rue de Grenelle-Saint-Germain, où semblait les attendre une faible minorité, qui ne savait
que faire et que devenir.

Ce 10e arrondissement était comme un rendez-vous
de légitimistes ; ils avaient convoqué, par des émissaires dévoués, au nom même du général Lauriston,
les gardes nationaux de bonne volonté pour le comte de
Chambord. A peine si quarante hommes répondirent à
cet appel désespéré. M. Royer, le maire du 10e arrondissement, et M. Lemoine-Tacherat, commissaire de
police, accoururent au premier bruit de cette résistance impuissante et la trouvèrent cependant assez
sérieuse pour en référer à la préfecture de police. Ils
rencontrèrent en chemin trois compagnies du 6e bataillon de chasseurs, qui justement se rendaient à la
mairie. En ce moment, la mairie offrait le spectacle
d'un club agité de mille passions diverses. Les motions
les plus opposées se croisaient en tumulte ; les plus
violentes invectives semblaient sortir de toutes les
bouches ; l'inquiétude était dans toutes les âmes, la

passion dans tous les cœurs. Mais enfin, quand toutes ces colères furent quelque peu apaisées, et le calme s'étant rétabli, ces révoltés retardataires finirent par composer un bureau, où prirent place MM. Benoist d'Azy, Vitet, Chapot, Moulin et Grimault. On vit alors un orateur illustre, à la grande parole, enthousiaste mais peu clairvoyant, M. Berryer, pour tout dire, improviser un de ces discours qui se font écouter, même dans les moments les plus difficiles.

Telle est la toute-puissance de l'éloquence, que l'émeute s'arrêterait pour l'entendre : « Des actes et non des protestations, s'écriait M. Berryer; les instants sont comptés, agissons. Peut-être n'avons-nous pas un quart d'heure. Au nom de la Constitution, art. 68, déclarons que Louis-Napoléon Bonaparte a cessé d'être président de la République, et qu'à l'Assemblée seule appartient, à partir de ce moment, le pouvoir exécutif. Tous les représentants qui sont présents signeront ce décret. »

M. Piscatory est délégué pour intimer au maire l'ordre de laisser passer les députés qui veulent entrer. « Je représente ici, répondit le maire, le pouvoir exécutif, je fermerai la porte aux représentants, et vous me permettrez, monsieur, de faire mon devoir et de ne pas discuter avec vous. »

L'Assemblée continue à décréter; midi et demi sonne; les chasseurs envahissent la cour; le silence se fait aussitôt dans la salle. Des soldats occupent l'escalier; un colloque inutile s'engage avec le capitaine Briquet, faisant fonctions de chef de bataillon, et la réunion vote un nouveau décret qui déclare : « Que l'armée de Paris est chargée de veiller à la défense de l'Assemblée nationale, et ordonne au général Magnan, sous peine de forfaiture, de mettre les troupes à la disposition de l'Assemblée. » Le général Oudinot, nommé commandant de l'armée de Paris, prend le capitaine Tamisier, membre de la Montagne, pour chef d'état-major.

Le manque d'entente entre la préfecture, le ministère de l'intérieur et le ministère de la guerre, prolongeait seul une situation dangereuse et qui pouvait s'aggraver. Par suite de la contradiction des consignes, des membres de la réunion avaient pu sortir et avaient, quoique avec peine, trouvé moyen de livrer à des presses clandestines les divers décrets rendus par cette assemblée improvisée. Deux représentants s'étaient même présentés au ministère de l'intérieur et avaient sommé M. de Morny de se constituer prisonnier et de rapporter le coup d'État. On connaît l'ironie qui faisait le fond du caractère de cet homme énergique, et ces deux représentants durent regretter plus d'une fois le rôle ridicule qu'ils avaient joué auprès de celui qui tenait réellement leur vie entre ses mains, et qui se contenta de les avertir qu'il ferait fusiller tous les représentants pris aux barricades.

Dans l'intervalle, les forces qui occupent la mairie du 10e arrondissement ont reçu l'ordre d'agir, signé du général Magnan. Le commissaire de police qui se présente ordonne aux représentants de se retirer; il est assailli par des injures. « Prenez garde à ce que vous faites, disait M. Benoist d'Azy, peut-être aurez-vous à vous en repentir. » De son côté, le parlementaire M. Vitet lisait à haute voix l'article 68 de la Constitution, qui déclare crime de haute trahison toute mesure par laquelle le Président de la République dissoudrait ou prorogerait l'Assemblée, etc. Il leur lit encore le décret suivant :

.RÉPUBLIQUE FRANÇAISE.

L'Assemblée nationale,

Vu l'article 68 de la Constitution,

Attendu que l'Assemblée nationale est empêchée, par acte de violence, dans l'exercice de son mandat,

Décrète :

Louis-Napoléon Bonaparte est déchu de ses fonctions de Président de la République. Les citoyens sont tenus de lui refuser obéissance. Le pouvoir exécutif passe de plein droit à l'Assemblée nationale. Les juges de la haute cour de justice sont tenus de se réunir immédiatement à peine de forfaiture. Les jurés sont convoqués pour procéder au jugement du Président et de ses complices.

En conséquence, il est enjoint à tous fonctionnaires et dépositaires de l'autorité et de la force publique, d'obéir à toutes réquisitions faites au nom de l'Assemblée nationale, sous peine de forfaiture et de haute trahison.

Délibéré et voté à l'unanimité, en séance publique, à la mairie du 10ᵉ arrondissement.

Le vice-président,   *Les secrétaires,*
VITET.   MOULIN et CHAPOT.

En l'absence du président,

Le vice-président,
BENOIST D'AZY.

Il leur lit aussi le décret qui nommait le général Oudinot commandant des forces militaires de Paris, et M. Tamisier colonel d'état-major. La lecture de ces différents décrets ne pouvait avoir pour résultat qu'une perte de temps, car, ainsi que le dit M. Lemoine-Tacherat, Paris était en état de siége, l'autorité civile n'intervenait que par tolérance et pour éviter que des formes infiniment moins conciliantes fussent employées.

Un appel fait par le général Oudinot au capitaine Briquet amena cette réponse polie mais péremptoire : « Général, j'ai l'honneur de vous connaître; en toute autre circonstance, je serais heureux de vous obéir, mais ici j'exécute les ordres de mes chefs hiérarchiques, je les exécuterai complétement. »

A la suite de ces pourparlers éclate un de ces tumultes difficiles à décrire. La force armée qui se présente est trop peu nombreuse pour emmener tous les prisonniers; un secours est demandé au général Forey,

qui arrive lui-même à une heure et demie, avec un
bataillon du 14e de ligne et le reste du 6e bataillon de
chasseurs à pied. Aussitôt, les commissaires remontent
dans la salle et font sommation aux personnes présentes de l'évacuer. Un semblant d'emploi de la force
fut nécessaire, et, comme la comédie recommençait à
chaque pas, le commissaire Barlet prend alors entre
le pouce et l'index le collet d'un des représentants :
« Vous n'exigez pas, lui dit-il, que la violence aille
plus loin ! »

Il en poussa légèrement quelques-uns vers la porte ;
mais ceux-ci résistent en lui disant : « Poussez-nous
plus fort ! »

Bientôt, tous les représentants se décident à descendre dans la cour. Le général Forey venait d'arriver. On engagea les représentants à se retirer paisiblement chacun chez soi, mais ils refusèrent tous de
profiter de leur liberté. Ils furent escortés par le général Forey et le régiment de ligne jusqu'au quartier
du quai d'Orsay et bientôt conduits dans les chambres
des officiers. Des voitures les transportèrent ensuite
dans les casemates du Mont-Valérien, triste logis, où
rien n'était préparé pour recevoir si grande compagnie. Ils s'arrangèrent de leur mieux sous ces voûtes.
On eût dit que la plupart de ces incarcérés volontaires
avaient appris de leurs pères le grand art de s'ar-
ranger dans une prison. Plusieurs même refusèrent de
donner de leurs nouvelles pour rassurer leur famille,
et parmi ceux-là se trouvait M. le duc de Luynes,
homme également considérable par son nom, par sa

fortune et par sa grande façon d'en user. Député de
l'Assemblée, il avait accepté le protectorat des artistes
et des beaux-arts, et, comme un jour quelqu'un lui
recommandait une pauvre femme d'un talent assez
médiocre : « Je ne saurais, répondit M. le duc de
Luynes, obtenir pour cette dame un travail de l'État,
mais je puis lui commander quatre pendentifs pour ma
salle à manger. » La commande était de vingt mille
francs !

Au bout de deux ou trois jours, et voyant que ces
messieurs s'obstinaient à ne pas quitter la forteresse,
dont les portes leur étaient ouvertes, on eut recours
à la ruse que voici : De grandes voitures furent ame-
nées, dans lesquelles on les fit monter, en disant qu'on
les transportait autre part. Puis, au beau milieu de
cette plaine aride, plus semblable au désert qu'aux environs de cette grande cité : « Messieurs, vous êtes
libres malgré vous, et si vous refusez plus longtemps
de rentrer dans vos foyers, l'ordre est donné de déte-
ler les voitures et de vous laisser là. » Sur quoi ils
consentirent enfin à descendre, et rentrèrent dans leur
domicile, où ils furent reçus avec des cris de joie. Le
père de famille faisait taire le député ; l'Assemblée
nationale était devenue, en si peu de temps, un souvenir !

Il advint du dénoûment de cette tentative avortée,
que le général Lauriston envoya sa démission de colonel de la 10e légion. Quinze ou vingt gardes nationaux
avaient essayé de paraître en uniforme ; mais dès que
la démission du général fut connue, ils rentrèrent chez

eux. Cette légion de la garde nationale fut immédiatement placée sous les ordres du commandant Gilbert,
chef de bataillon.

Ainsi finit la protestation parlementaire. Là n'était
pas tout le danger, et le gouvernement s'attendait à
d'autres luttes. La haute cour avait tenté de se réunir
à dix heures du matin ; mais deux commissaires de
police, appuyés d'un bataillon de garde municipale,
étaient venus la sommer de se séparer. Elle avait obéi
immédiatement, laissant même la minute d'un arrêt
qui fut néanmoins affiché plus tard par les insurgés et
avec des signatures que le texte saisi ne portait point :

Arrêt de la haute cour de justice.

En vertu de l'article 68 de la Constitution,
La haute cour de justice déclare Louis-Napoléon
Bonaparte prévenu du crime de haute trahison.

Convoque le haut jury national pour procéder sans
délai au jugement.

Et charge M. le conseiller Renouard des fonctions
du ministère public près la haute cour.

Fait à Paris, le 2 décembre 1851.

HARDOIN, président.

DELAPLACE, BATAILLE, MOREAU (de la Seine),
CAUCHY, QUESNAULT, juges.

Cependant le prince Louis-Napoléon, accompagné
du maréchal Jérôme Bonaparte, son oncle, du ministre
de la guerre, et d'un grand nombre de généraux très-

dévoués, se rend de l'Élysée au jardin des Tuileries, où il entre aux cris enthousiastes des troupes : *Vive Napoléon ! Vive l'Empereur !*

Le lendemain du coup d'État, quelques amis vinrent m'annoncer tout effarés qu'ils avaient entendu crier sur la chaussée du boulevard des Italiens : *A bas Véron !* Ce cri m'étonna sans me chagriner ; mon orgueil même y trouva son compte ; c'était peut-être un peu plus que je ne méritais.

Dans la matinée du 2 décembre 1851, me rendant au ministère de l'intérieur, ne fus-je pas abordé, rue Bellechasse, par un citoyen qui m'était inconnu :

« Faites-vous paraître demain *le Constitutionnel ?* me demanda-t-il devant M. de Girardin que je venais de rencontrer.

— « Oui, lui répondis-je.

— « Eh bien ! le Président de la République sera à Vincennes à cinq heures, et vous serez pendu à six. »

Je lui répondis en riant :

« Votre nom, monsieur, et votre adresse ; voulez-vous que j'aille vous prendre ? »

Il voulut bien me dire son nom, mais je me fis un devoir de l'oublier.

Une si subite et si complète révolution ne se fait pas sans laisser bien des agitations et des tumultes. L'aspect pacifique de la première heure était remplacé par le bruit de la foule, plus surprise que révoltée. Tout Paris n'était plus qu'un immense rassemblement ; mais en vain, dans le bureau de chaque journal, s'agitaient les plus terribles questions. Les chefs manquaient à la résistance ; le peuple encore plus. Il se rappelait qu'il avait été trop mal mené dans les tristes journées de juin ; il n'était pas fâché de savoir que la bourgeoisie, à son tour, aurait à faire avec l'armée. Restaient, il est vrai, les socialistes qui se faisaient écouter par ce peuple avide de bien-être, applaudissant à cette association universelle, qui devait répandre sur les travailleurs tant de bienfaits ; mais les socialistes avaient été si fort au-dessous de leur mission, et avaient si peu tenu leurs grandes promesses, qu'ils ne conservaient guère de crédit sur ces esprits un moment abusés. Or, voilà justement ce qui trompa les parlementaires et les gens de leur parti. Ils se croyaient aimés du peuple, à peine si le peuple eut quelque souci de ceux qui l'appelaient aux armes. En vain ils disaient : Suivez-nous ! Le peuple les regardait sans les suivre.

A deux heures, une affiche insurrectionnelle, placardée sur les boulevards, ordonnait *à tous sergents de ville et autres de saisir et arrêter, partout où cela serait possible, le citoyen Louis-Napoléon Bonaparte.*

Mais l'opinion publique s'affermit et se prononce ; la police tolère les discussions qui doivent éclairer les gens de bonne foi. Tous droits ne sont-ils pas réservés, puisque le suffrage universel décidera ? « *Nous voterons !* » tel est le mot que l'on entend de tous côtés.

Croyez bien que l'abrogation de la loi du 31 mai donna une heureuse satisfaction aux légitimes exigences des masses populaires ; croyez bien que le rétablissement du suffrage universel représenta beaucoup de gros atouts dans cette partie du coup d'État, dans cette partie gagnée pour le salut de la société, pour la délivrance du pays.

La police, usant d'énergie et de modération, disperse les groupes qui se forment, et continue, par des arres-tations préventives, à diminuer les chances d'un appel à la violence. Grâce à ces précautions, la journée du 2 se passa sans malheurs.

Cependant un certain tumulte se produisit dans la foule compacte qui se pressait dans les environs du Palais législatif.

Je rencontrai, en ce moment, un confident intime de la place Saint-Georges, très au courant de toutes les passions qui agitaient alors les salons de M. Thiers. — « Voyez-vous, monsieur Véron, me dit-il, le Président de la République aura beau faire, il ne s'en tirera pas sans M. Thiers.

— Mais, répliquai-je, M. Thiers avait accepté avec empressement en 1848 la mission de défendre le trône de Louis-Philippe, et, le surlendemain, le palais des Tuileries était assiégé, envahi, pillé, sans avoir été un instant ni protégé ni défendu; le roi et toute la famille royale étaient en fuite. »

Le colonel du 12e dragons, M. Labarrère, fait géné-ral depuis, qui n'avait été prévenu qu'à sept heures et demie du matin du coup d'État, arrive de Saint-Ger-main, et, dès neuf heures un quart, range en bataille aux Champs-Élysées cinq cent cinquante chevaux.

La grosse cavalerie en garnison à Versailles n'arrive aux Champs-Élysées que vers midi un quart.

Nous avons dit dans notre dernier récit : « Le Prince

Louis-Napoléon, accompagné du maréchal Jérôme Bonaparte, son oncle, du ministre de la guerre et d'un grand nombre de généraux très-dévoués, se rend de l'Élysée au jardin des Tuileries. »

Le 12ᵉ régiment de dragons se gardait si bien que son avant-garde empêcha un instant le Prince et son état-major de passer outre.

Le Prince Louis-Napoléon traverse la cour du Carrousel. Le colonel Vieyra se rend près de lui et marche ainsi près du cheval du Prince, jusqu'au guichet du Carrousel, donnant sur la rue de Rivoli : le prince insiste de nouveau pour qu'aucun garde national ne sorte en uniforme.

Le Président de la République était accompagné de ses aides de camp et officiers d'ordonnance, de MM. Fleury et Edgar Ney, du général Roguet, du lieutenant-colonel Béville, du capitaine Lepic, des généraux Vast-Vimeux, le Pays de Bourjolly, Flahaut, du prince Murat, colonel de la garde nationale de la banlieue, etc. Le roi Jérôme était à côté du Président.

Le Prince, non content de diriger l'action générale, tenait à se montrer au peuple et à l'armée. Entouré de ses aides de camp, mais, cette fois, suivi de plus de quarante officiers d'état-major de la garde nationale, demandés à l'état-major général, le Président de la République fit une seconde promenade, vers quatre heures du soir ; il parcourut la ligne des boulevards, où il fut vivement acclamé. Des boulevards, il vint ensuite passer aux Champs-Élysées la revue de la division de cavalerie arrivée de Versailles, sous les ordres

du général Korte. Sur la rive gauche, le général Renault, dès deux heures et demie, avait visité tous les
points occupés par les troupes placées sous ses ordres.

Le soir, le ministre des affaires étrangères, M. Turgot, donnait un dîner au corps diplomatique : le Président y assista, et se montra aussi calme que la veille à
l'Élysée.

Sur cinquante journaux ou revues politiques qui se
publiaient à Paris au moment du coup d'État, neuf ont
été suspendus le 2 décembre et ont reparu presque immédiatement après; dix ont voulu cesser de paraître
définitivement.

Le 3, on le savait, il y aurait lutte. Les partis
s'étaient organisés et avaient assigné des points de ral-
liement à leurs adeptes : le ministre de la guerre et
l'armée allaient avoir le rôle principal, et le général
Saint-Arnaud écrivait au commandant de l'armée de
Paris :

« Aujourd'hui, il n'y a plus de ménagement à garder,
plus de précautions à prendre pour cacher les mesures
que le gouvernement croit nécessaires au salut de la
nation, au maintien de l'ordre partout. Nous devons
nous préparer à un combat, qui peut être long et
acharné. J'espère qu'il n'en sera pas ainsi; mais notre
devoir est de tout prévoir. »

En même temps, il prescrivait toutes les mesures qui
pouvaient assurer l'exécution de ses ordres.

L'émeute s'était donné rendez-vous à la place de la

Bastille, mais elle la trouva occupée par la troupe et se dispersa.

Dès cette journée du 3, à huit heures du matin, les passants pouvaient lire, affichée aux murailles, une pancarte ainsi conçue :

« Les représentants de la Montagne rappellent au peuple et à l'armée l'art. 68 et l'art. 110.

« Ils criaient : *Vive la république ! Vive la Constitution !* mais ils criaient aussi, ils acclamaient aussi *le suffrage universel !*

« Le peuple, désormais et à jamais en possession du suffrage universel, n'a besoin d'aucun prince pour le lui rendre (les ingrats !) et châtiera le rebelle. Que le peuple fasse son devoir. Les représentants marcheront à sa tête. »

Suivent les signatures :

« Michel (de Bourges), Schœlcher, général Leydet, Mathieu (de la Drôme), Lasteyras, Brives, Bremond, Joigneaux, Chauffour, Cassal, Gilland, J. Favre, Victor Hugo, Em. Arago, Madier de Montjau aîné, Mathé, Signard, Rongeat (de l'Isère), Viguier, Eug. Sue, Esquiros, de Flotte. »

Le comité central des corporations avait aussi sa proclamation qui, par surcroît, contenait une affirmation loin de la vérité :

« La ville de Reims est au pouvoir du peuple ; elle

va envoyer à Paris, au milieu de ses patriotiques pha-
langes, ses délégués à la nouvelle Assemblée.

« Les républicains proscrits reviennent dans nos
murs pour seconder l'effort populaire. »

Vers midi (c'est le récit de *la Patrie*) une barricade
a été élevée dans le faubourg Saint-Antoine, à la hauteur de la rue Sainte-Marguerite, par une centaine
d'individus qui avaient à leur tête trois représentants
de la Montagne : MM. Madier de Montjau, Esquiros et
Baudin.

Le colonel du 19e de ligne ordonna d'enlever cette
barricade, mais en défendant de tirer. Ce fut par les
insurgés que le feu commença; un soldat fut frappé
mortellement. Alors seulement, la troupe fit usage de
ses armes, la barricade fut enlevée, et parmi les morts
se trouva le représentant Baudin. M. Madier de Montjau avait été blessé grièvement.

Les boulevards étaient, depuis midi, occupés par la
troupe. Cependant, à Tortoni, au café de Paris, les
rassemblements persistaient, et l'on y lisait à haute
voix des décrets de déchéance contre le Président.
L'insurrection se prépare sur divers points, et, pour
émouvoir le cœur du peuple qui persiste dans l'inac-
tion, on aura recours, comme au jour décisif de 1848,
au moyen le plus violent.

Le préfet de police et le ministre de la guerre font
afficher des proclamations comminatoires; quelques arrestations nouvelles sont opérées, entre autres, l'arrestation de M. Delbetz, représentant, qui, un instant, a

occupé, à la tête d'un groupe, l'angle de la rue Richelieu sur le boulevard. Dans les rues Aubry-le-Boucher, Transnonain, Baubourg, Saint-Martin, Maubuée, quelques barricades ont été élevées, mais il a suffi de quelques hommes pour les reprendre.

Partout la tactique semble être de fatiguer la troupe; on espère en avoir raison plus tard. On comptait aussi que les départements prendraient une part active dans ces protestations.

Le soir venu, un cadavre est promené à la lueur des torches. Joanny, un ancien commandant de volontaires à Rome, est à la tête du cortége. Cette fois, le peuple est insensible à cet appel lamentable ; les temps étaient changés ! une escouade de sergents de ville suffit à tout dissiper.

A onze heures, tout était fini ; la rue était libre ; les patrouilles n'avaient plus à redouter que les coups isolés de quelque embuscade.

Dans la journée du 3 décembre, à la hauteur du boulevard du Temple, M. le lieutenant-colonel Fleury, officier d'ordonnance du Président de la République, eut son képi traversé par une balle. Il était blessé à la tête.

Fait bien caractéristique ! Les tribunaux avaient siégé ; les fonds avaient haussé à la Bourse ; et, le soir, les théâtres avaient ouvert comme d'habitude.

Ainsi, rien n'était changé, et, pour nous servir d'un mot célèbre, il n'y avait en France qu'une révolution de plus, et cette fois une heureuse révolution.

Déjà on reconnaissait l'ordre à certains signes qui ne

sauraient tromper les clairvoyants. Le travail, en si peu d'heures, avait repris sa libre allure ; il y faut toujours revenir, c'est la condition de la tranquillité des cités et de la sécurité de tous. On ne séparera jamais, en France, l'autorité qui veille, de l'espérance du travailleur.

De toutes parts, le décret sur la présentation du plébiciste à l'acceptation du peuple français rencontrait des réclamations justes, mêlées de déférence et de respect. On réclamait de tout côté, pour l'acceptation du plébiciste, le scrutin secret, comme garantissant mieux l'indépendance des suffrages.

DÉCRET

qui modifie celui du 2 décembre sur la proposition d'un plébiscite à l'acceptation du peuple français.

Du 4 décembre 1851.

Le Président de la République,

« Considérant que le mode d'élection promulgué par le décret du 2 décembre avait été adopté dans d'autres circonstances comme garantissant la sincérité de l'élection :

« Mais considérant que le scrutin secret actuellement pratiqué paraît mieux garantir l'indépendance des suffrages ;

« Considérant que le but essentiel du décret du 2 décembre est d'obtenir la libre et sincère expression de la volonté du peuple ;

« Décrète :

« Les articles 2, 3 et 4 du décret du 2 décembre sont modifiés ainsi qu'il suit :

« Art. 2. L'élection aura lieu par le suffrage universel.

« Sont appelés à voter, tous les Français âgés de vingt et un ans, jouissant de leurs droits civils et politiques.

« Art. 3. Ils devront justifier soit de leur inscription sur les listes électorales dressées en vertu de la loi du 15 mars 1849 ; soit de l'accomplissement, depuis la formation des listes, des conditions exigées par cette loi.

« Art. 4. Le scrutin sera ouvert pendant les journées des 20 et 21 décembre, dans le chef-lieu de chaque commune, depuis huit heures du matin, jusqu'à quatre heures du soir.

« Le suffrage aura lieu,
« *Au scrutin secret,*
« *Par oui et par non,*
« *Au moyen d'un bulletin manuscrit ou imprimé.*

« Fait au palais de l'Élysée, le 4 décembre 1851.

                    « LOUIS-NAPOLÉON BONAPARTE.

« *Le ministre de l'intérieur,*
    « A. DE MORNY. »

Que d'arguments sans réplique, et quelle prudence

en toutes ces proclamations! Que d'habileté dans toutes ces mesures! Nouveau pouvoir, langage nouveau et complète transformation.

Jusqu'à présent, les chefs de l'État qui se sont succédé, ne parlaient, même devant les Assemblées législatives, que de leur volonté immuable.

Louis-Napoléon, Président de la République, à la première inquiétude de l'opinion générale, modifie ses décrets de la veille. C'est là, pour un souverain, le triomphe de la raison sur l'orgueil.

L'émeute avait son plan; le gouvernement le devinait : « Fatiguer les troupes pour en avoir bon marché le troisième jour. » C'est ainsi qu'on obtint, dans la révolution de 1830, le jour de lassitude; on l'obtint de la même façon au mois de février 1848 : « Nous n'aurons pas, disait M. de Morny, l'abattement du troisième jour. Méfions-nous de toute fatigue inutile, et laissons à nos troupes le temps de se reposer. La police pour épier les projets; la troupe pour agir vigoureusement si ces projets s'exécutent; mais, en attendant, du repos aux soldats. Les patrouilles incessantes et fortes n'empêchent rien; elles rendent l'action du soldat moins efficace le lendemain. Ne suivons pas les vieux errements. »

Un arrêté du préfet de police, affiché le 4, au matin, déclare que : « La circulation est interdite à toute voiture publique ou bourgeoise; sont exceptées seulement les voitures qui servent à l'alimentation de la ville, au transport des matériaux. Le stationnement des piétons sur la voie publique et la formation des groupes, seront, *sans sommation*, dispersés par les armes! »

Cette mesure était sage et prévoyante : de mon balcon de la rue de Rivoli, j'avais vu, en effet, pendant les tristes journées de février 1848, plus d'un homme du peuple, et des troupes de gamins arrèter chaque voiture, la renverser comme pour commencer une barricade, et, dès que les gendarmes en patrouilles accouraient, ces mêmes hommes, ces mêmes gamins, montraient alors beaucoup de zèle à relever cette voiture qu'ils avaient eux-mêmes renversée. Les hommes du peuple et les gamins, dans les jours d'émeute, étaient initiés à ces manœuvres qui n'avaient d'autre but que de lasser, de fatiguer la troupe.

Les chefs de l'insurrection font, de nouveau, circuler les fausses nouvelles bientôt démenties : Lyon, Amiens, Lille, Rouen, ont affirmé, disaient-ils, la déchéance du Président. Le général Newmayer marche au secours de Paris avec deux régiments et les gardes nationales des départements. Le général Lamoricière s'est évadé et commande aux barricades, etc. On accuse le Président d'avoir pris vingt-cinq millions à la Banque, et ce bruit se propage si vite qu'il fallut une lettre de M. d'Argout, gouverneur de la Banque, pour le démentir.

La tactique était habile ; on lui répondit vigoureusement : « *Les colporteurs de fausses nouvelles sont assimilés aux insurgés, et livrés aux conseils de guerre.* »

Dans la matinée du 4, je me trouvais au ministère de l'intérieur, lorsqu'y arriva M. de Morny, revenant de visiter à pied tous les quartiers insurgés. Chacun s'empressait autour de lui pour recueillir des nouvelles. Bien que fatigué de cette course assez longue, il nous répondit en riant, tant il était calme : « Eh bien! ceux qui prétendent qu'une révolution ne peut pas s'accomplir sans barricades, sont satisfaits, car il n'en manque pas des barricades »; et les comptant sur ses doigts : « Il y en a dans les rues Saint-Martin, du Temple, Beaubourg, Transnonain, Volta, Phélippeaux, du Petit-Carreau, Montorgueil, Rambuteau! »

Sur les boulevards la foule est énorme, et la mairie du 5ᵉ arrondissement est tombée aux mains de l'émeute. Une tentative impuissante a menacé la mairie du 2ᵉ arrondissement. Le général Magnan a décidé que ses troupes ne commenceront à agir qu'à deux heures : alors, en effet, il donne le signal, et la lutte commence.

Le général Bourgon balaye les boulevards, depuis la porte Saint-Martin jusqu'à la rue du Temple, puis pénètre dans cette rue, et ne s'arrête qu'à la rue de Rambuteau.

Le général de Cotte attaque la barricade qui tient la tête de la rue Saint-Denis et l'emporte de vive force ; en même temps, il fait enlever les barricades de la rue du Petit-Carreau. Un peu plus loin, le général Canrobert remonte la rue du Faubourg-Saint-Martin, et occupe les rues latérales.

Le général Dulac, qui part de la Pointe-Saint-Eustache, a la tâche la plus rude : c'est lui qui doit attaquer, de front, la grande barricade de la rue de Rambuteau, où l'on compte beaucoup d'hommes exercés aux violences civiles. Mais, tout a été prévu, et si l'attaque doit être vigoureuse, elle doit aussi être prudente. A cette même heure, la division Levasseur part de l'Hôtel-de-Ville et lance ses colonnes sur les rues du Temple, Rambuteau, Saint-Martin et Beaubourg; elle prend ainsi l'insurrection à revers.

La même tactique est suivie sur toute la ligne : la rue Saint-Denis est remontée par le général Marulaz, qui laisse à la place de la Bastille une position que le général de Courtigis, descendant de Vincennes et balayant la rue du Faubourg-Saint-Antoine, vient occuper.

Les boulevards, abandonnés par l'infanterie, avaient été aussitôt occupés par la cavalerie, qui eut à soutenir une lutte assez vive dans la région des quartiers Montmartre et Poissonnière.

A cinq heures, la victoire était complète, et les troupes reprenaient leurs positions premières. Alors, l'insurrection fait une dernière tentative, et sous la direction de Gaston Dussoubs, frère du représentant, de nouvelles barricades s'élèvent rue Montorgueil et rue du Petit-Carreau, aux angles des rues du Cadran et Saint-Sauveur, et à l'angle de la rue Bourbon-Villeneuve.

D'autres barricades sont établies rue Pagevin et rue des Fossés-Montmartre, mais elles sont enlevées aussitôt par le 19e de ligne. A dix heures et malgré l'obscurité (le gaz avait été éteint par l'émeute), le 51e de ligne attaque la barricade des rues Montorgueil et du Petit-Carreau. Gaston Dussoubs fut tué dans la lutte, et de nombreuses victimes payèrent de leur sang leurs doctrines insensées.

A minuit, les troupes quittèrent leurs positions de combat.

Le 5, le général Magnan fit parcourir la ville par des colonnes mobiles qui ne rencontrèrent aucun obstacle, et le 6 Paris était rendu à son activité, à son mouvement, à sa vie habituelle; le calme se rétablit, sinon dans les esprits, du moins dans les rues.

Peu de jours après le 2 décembre, le hasard me fit rencontrer la parodie d'une de ces manifestations inquiétantes dont s'amusait la République à ses beaux jours.

M. Thiers se promenait sur le boulevard; il avait été reconnu par des enfants qui étaient bien des gamins de Paris, et qui se mirent à crier d'un air narquois : *L'Empire est fait! l'Empire est fait!* M. Thiers ne riait pas trop de cette moquerie, en souvenir d'une parole qu'il avait dite, et qui restera parmi ses mille paroles imprudentes et malavisées. D'ailleurs, rassuré aujourd'hui par le coup d'État, il n'était pas homme à trop s'effrayer devant des enfants. N'avait-il pas subi des manifestations plus menaçantes en 1848, sur la place de la Concorde et sur la place Saint-Georges, au seuil même de son habitation?

Le lendemain de cette révolution de 1848, qu'il avait au moins laissée s'accomplir, M. Thiers, la frayeur sur le visage, alla même demander l'hospitalité à un homme honorable, énergique, que ses opinions connues rapprochaient du parti vainqueur. Il le pria de le cacher chez lui pendant la nuit du 24 au 25 février.

Dans ces tristes jours de 1848, M. Thiers se faisait toujours accompagner par quelque jeune représentant résolu. Pour traverser le boulevard et se rendre place Saint-Georges, à son hôtel, il tenait surtout à prendre le bras du représentant Bérard, aimable et solide compagnon, qui pourtant n'approuve guère aujourd'hui la politique perfide et hostile de M. Thiers contre le gouvernement de l'Empereur.

Le premier soin du Président de la République avait été, après le coup d'État, de s'entourer d'un ministère qui fût vraiment un ministère de son choix :

M. Eugène Rouher, ministre de la justice ;

M. Turgot, ministre des affaires étrangères ;

M. le général Leroy de Saint-Arnaud, ministre de la guerre ;

M. Théodore Ducos, ministre de la marine et des colonies ;

M. de Morny, ministre de l'intérieur ;

M. Magne, ministre des travaux publics ;

M. Lefebvre-Duruflé, ministre de l'agriculture et du commerce ;

M. H. Fortoul, ministre de l'instruction publique et des cultes ;

M. Achille Fould, ministre des finances.

Chaque instant apportait à l'Élysée une force nouvelle. Il se voyait assiégé, tout à la fois, des fidélités de la veille et des faciles dévouements du lendemain. A voir la foule accourir autour de ces demeures presque désertes il n'y avait pas huit jours, chacun se disait que la force et la victoire étaient là.

Dès que l'Élysée offrit un aspect plus calme et moins militaire, je repris mes visites quotidiennes au Président' de la République. Un jour même, j'arrivai à l'heure où les ministres sortaient du conseil. J'avais l'honneur de les connaître presque tous; j'étais même en amitié avec plusieurs.

Ils m'accueillirent comme un ami, me prodiguèrent de chaudes poignées de mains, et j'eus le bonheur de contempler ce parterre d'excellences encore en fleurs avant qu'elles eussent pu fièrement se poser et s'épanouir.

Les puissants du jour se montrent en général, d'ordinaire, pleins de déférence et affectueux, soit qu'ils arrivent au pouvoir, soit qu'ils le quittent. Aussi, sous la Restauration et sous le règne de Louis-Philippe, j'ai toujours vu les solliciteurs de profession, mendiants en habit noir, choisir ce moment de l'arrivée, ou ce moment du départ, pour assiéger le cabinet des ministres, afin d'en tirer pied ou aile. Il y a plus: j'ai souvent vu les mêmes solliciteurs venir demander le prix de leur dévouement au ministre qui fait ses malles, et offrir sans désemparer le même dévouement, au débotté du ministre nouveau.

Sous la Restauration et sous Louis-Philippe, la caisse des fonds secrets était toujours, chaque année, richement fournie, mais vaillamment défendue par M. Ros-

man, chef de la comptabilité au ministère de l'intérieur, et par le caissier Gérin. Il leur arrivait même
souvent, quand les solliciteurs ne leur plaisaient guère,
de contrecarrer les désirs du ministre, en lui annon-
çant avec tristesse l'épuisement prochain de leur caisse.
Ils la défendaient avec la même ardeur que si elle eût
été leur propre bien; aussi MM. Rosman et Gérin
avaient-ils leurs courtisans et leurs flatteurs. On a publié, après 1848, une liste plus ou moins exacte des
pensionnaires de M. Gérin et des habitués de la caisse
des fonds secrets. Sous le gouvernement parlementaire,
on citait plusieurs députés pensionnaires de M. Gérin. Les divers ministres qui se sont succédé dans ces
temps où florissait le gouvernement parlementaire ne
rendaient compte qu'au roi de l'emploi des fonds secrets; quelques ministres, scrupuleux et soucieux de
l'estime de M. Rosman, lui faisaient connaître le nom
des preneurs, car les bons payables à vue à la caisse
des fonds secrets portaient rarement les noms de ceux
qui les faisaient toucher.

Le *Constitutionnel*, au lendemain du coup d'État,
était d'ailleurs encore en grand crédit auprès du Président de la République, et jouissait d'une certaine popularité.

M. Boilay, un des rédacteurs les plus distingués, les
plus assidus et les plus laborieux du *Constitutionnel*,
ami et compatriote de M. Rouher, ministre de la justice, m'avait toujours parlé avec enthousïasme de la
rare aptitude au travail et du talent de parole de ce
nouveau ministre. Quelque temps avant le coup d'État,

j'avais même fait un dîner intime chez M. Boilay avec
M. Rouher, et, plein de goût pour ce dernier, plein de
confiance dans son avenir, je lui dis avec une certaine
émotion : « Vous plairez au Président de la République ; avec sa pénétration et sa sagacité, il vous appré-
ciera. Il estimera bien vite que vous pourrez être utile
à son gouvernement ; donc, vous lui plairez. Mes amis
et moi, nous saisirons, au *Constitutionnel*, toutes les
occasions de vous faire connaître au public, et vous serez ministre. Comptez toujours sur Boilay, sur moi et
sur *le Constitutionnel*. »

Le nouveau ministre de l'instruction publique,
M. Fortoul, maltraité jusqu'ici de la fortune, esprit inquiet, mais actif, semblait encore plus étonné qu'il n'é-
tait heureux de cette dignité nouvelle. Il avait attendu
bien longtemps que son heure eût sonné. Son véritable
ami, Béranger, le traitait avec la plus cordiale intimité.

M. Fortoul m'avait fait de fréquentes visites ; il me
racontait sa vie, ses antécédents littéraires et son vif
désir d'être appelé au ministère de l'instruction publique. « Parlez de moi quelquefois au Président, me disait-il, et parlez souvent de moi dans *le Constitutionnel*. »

M. Achille Fould, ministre des finances, m'accueillit
avec un sourire aimable : il semblait se souvenir du
passé. Il me traita en intime, et presque en camarade.
M. Achille Fould venait me voir tous les matins, surtout à l'époque des élections générales du département
de la Seine. Il applaudissait à la politique dévouée et

résolue du *Constitutionnel*. « Quant à moi, me disait-
il, si le Président croit un coup d'État nécessaire pour
le salut du pays, il peut compter sur moi, et j'eus souvent occasion de le lui dire. »

Élu représentant par le suffrage universel, il arriva
chez moi, peu de jours avant le coup d'État, tout surpris et souriant :

« Vous ne savez pas ? M. Thiers et M. le comte Molé
prétendent qu'ils vont être chargés, par le Président
de la République, de lui composer un ministère, et ils
m'offrent le portefeuille du commerce. De son côté, le
Prince Louis a bien voulu me dire qu'il comptait sur
moi pour le ministère des finances.

— Je crois savoir, dis-je à M. Fould, que le Prince
Président témoigne à M. Thiers et à M. Molé d'autant
plus de déférence et d'estime pour leurs talents et pour
leur esprit, que ces messieurs ne lui inspirent aucune
espèce de confiance politique. Président de la République ou Empereur, jamais il ne les appellera dans
ses conseils, et il fera bien. Ils rêvent une importance,
un crédit, un pouvoir qui leur échapperont toujours.
Refusez donc nettement, et vous l'avez sans doute déjà
fait, le portefeuille qu'ils vous offrent, qu'ils n'ont pas
le pouvoir de vous donner, en leur montrant, toutefois,
autant de politesse et d'affabilité que leur en montre le
Président de la République. »

M. Fould, devenu Excellence, semblait me dire dans
cette fortuite rencontre : « Voilà le coup d'État accompli, et le Président a bien voulu compter sur moi. »

Quant à M. de Morny, je le connaissais depuis longtemps. Je le vis pour la première fois chez M. le comte
Molé, ministre des affaires étrangères sous Louis-Philippe. Il revenait de Constantine, où il s'était conduit
en vaillant soldat. M. le comte Molé me témoignant
quelques égards, M. de Morny me remarqua.

J'écrivis sur lui, en 1856, dans mes *Premiers Mémoires*, une notice très-obligeante, dans laquelle je
l'avais même un peu surfait. Cependant, j'avais déjà
osé dire : « *Chemins de fer, Crédit mobilier, fermes mo-
dèles, haute industrie, il met la main sur toutes ces importantes entreprises pour les aider de ses conseils, de
l'autorité de son nom et de son crédit.* »

En revoyant M. le comte de Morny, qui venait d'être
élevé à la dignité de grand-croix de la Légion d'honneur (1) (il avait signé seul toutes les mesures prises
pour le coup d'État, en qualité de ministre de l'intérieur), en le retrouvant pour ainsi dire premier ministre
et déjà comblé de faveurs, un étrange souvenir me revint
en mémoire. Lors de l'élection du Prince Louis Bonaparte pour la Présidence de la République, j'avais consulté M. de Morny sur la ligne à suivre pour *le Constitutionnel* dans cette importante élection ; il me répondit
d'un ton aigri et presque avec mauvaise humeur : « Je
ne connais pas le Prince Louis ; je ne l'ai jamais vu ! »

M. Thiers, au contraire, consulté aussi par moi dans
cette grave question, avait insisté pour que *le Consti-*

---

(1) Ce décret ne parut que quelques jours après le 3 décembre dans *le
Moniteur*.

tutionnel appuyât l'élection du Prince. Ainsi, par ce va-et-vient des choses humaines, M. de Morny était devenu l'appui et l'ami écouté du Président de la République, tandis que M. Thiers, ce parlementaire opiniâtre et guerroyant, au coup d'État, venait d'être conduit à Mazas.

Je m'expliquai ainsi le ton aigri et la mauvaise humeur de M. de Morny : sa fortune personnelle, à la révolution de Février 1848, fut très-ébranlée ; et comme il avait presque la promesse de M. Guizot, ministre du 29 octobre, de faire un jour partie de ce ministère, il regretta, d'abord, la chute et la fuite de Louis-Philippe.

CHAPITRE X

Les premiers bruits du coup d'État rencontrèrent, dans la province, beaucoup d'incrédules. Le lendemain, le doute avait fait place à l'espérance ; enfin, cette grande conquête du suffrage universel avait rallié la multitude. En même temps, toutes les précautions avaient été prises, et la province comprit tout de suite que la force armée était prête à affirmer les décrets du 2 décembre.

Toutefois, en plus d'une ville, le grand acte du 2 décembre rencontra de vives résistances. Le premier bruit qui se confirma d'une opposition redoutable arriva d'Orléans. La mairie, un instant, fut menacée ; elle fut délivrée aussitôt par la garde nationale, qui s'était unie à l'armée. On avait arrêté environ quarante-cinq des principaux fauteurs de désordre, et notamment les représentants Martin, Michot, Tavernier et Pereira, ancien préfet.

Les nouvelles du Nord et de l'Ouest étaient bonnes ; mais dans les régions où les sociétés secrètes et le socialisme avaient pu, à force de misère, attirer de nombreuses sympathies, on devait s'attendre à une grande explosion de tous ces rêves. Naturellement, plus un département est pauvre, et plus il touche à la révolte. La faim est une mauvaise conseillère. Or, la plus grande résistance eut ses franches coudées dans ce groupe formé par l'Ardèche, la Drôme, le Gard, le Vaucluse, le Var et les Basses-Alpes. Ailleurs, elle put être plus violente ; nulle part elle ne mérita mieux le nom de *jacquerie*.

Ces choses sont bonnes à rappeler ; elles serviront de leçon à ceux qui ne les ont pas vues. Quelque foi que nous ayons dans l'excellence de nos systèmes, prêchons-les toujours avec une certaine discrétion, de peur que, mal compris, ils ne soient une pierre d'achoppement, une excitation coupable pour la foule ignorante.

M. Thiers, par ses textes d'opposition incessante, développés avec talent, sous une forme modérée, accolés même souvent à des épithètes hypocrites et rassurantes, ne se rend-il pas souvent coupable d'excitations et de manœuvres dangereuses?

Avec ce goût, cet entrain d'opposition si vivaces en France, les gouvernements ne sauraient trop veiller sur leurs intérêts, sur leur destinée. Les oppositions ne ferment pas les yeux et ne se croisent pas les bras. Elles se sentent, le plus souvent, soutenues par la presse opposante, et, par la presse tout entière, elles exercent une très-puissante action sur les assemblées.

J'eus avec M. Thiers une conversation que je n'oublierai jamais. Je lui reprochais d'avoir pris sous Louis-Philippe pour factotum, pour aide de camp dans la Chambre des députés, M. Duvergier de Hauranne.

« Mais vous ne le connaissez pas! Toutes les assemblées, les assemblées politiques surtout, ont grand besoin d'être conduites, dirigées, disciplinées. Il faut entraîner, convertir, persuader, convaincre bien des individualités pour arriver à former, à créer un parti dans ces assemblées. Eh bien! le parti une fois créé, il faut encore le surveiller de très-près; prévenir, empêcher les désertions, soit par de séduisantes caresses, soit par d'adroites intimidations.

« Dans un parti, Duvergier de Hauranne est tout à la

fois le berger et le chien du troupeau. Au milieu de la
salle des conférences, il observe, il épie l'attitude, le
langage de chaque député; il prête.l'oreille à tout ce
qui se dit, il en tient compte, il en prend note. Pendant les séances, suivant qu'on attaque ou qu'on défend
à la tribune la politique du ministère de son choix, il
interrompt ou il applaudit l'orateur. Dans la Chambre,
il se multiplie; il recrute des prosélytes sur tous les
bancs, à droite, à gauche, dans la plaine, sur la montagne. Il tient même, disait M. Thiers, il tient même
les couloirs!

« Duvergier m'est nécessaire, indispensable, que je
sois ministre ou dans l'opposition. D'une prodigieuse
activité, il se montre intelligent, résolu; et il a le courage d'écrire, après chaque séance, selon sa cocarde
du jour, à tous les journaux dont nous disposons, de
petites notes que nous ne signons ni l'un ni l'autre.

— « Mais enfin, répliquai-je, dans quel espoir M. Duvergier de Hauranne fait-il un si rude métier?

— « Ses agitations, ses émotions fébriles font du bien
à ses nerfs; et puis, je nourris en lui, avec soin, l'espoir qu'un jour ou l'autre je le comprendrai, après une
complète victoire, dans la formation d'un cabinet.
Tous les hommes de peu de valeur ne peuvent avoir
l'ambition d'être chefs de parti. Il leur faut donc servir, en sous-ordre, sous un grand orateur, qui, devenu
président du conseil, les glisse sur la liste d'un ministère nouveau et les impose à la royauté. D'ailleurs, je
ne ferai pas défaut à Duvergier de Hauranne, et, à un
jour donné, je le ferai ministre. »

M. Thiers tint parole. Son fidèle complice fut ministre, en effet, pendant quarante-huit heures, après les banquets, aux journées de février 1848!

Continuons donc à constater jusqu'où peut mener une mauvaise politique, jusqu'où peuvent entraîner des rêves socialistes. Mais, pour rendre hommage à la vérité, disons ici que M. Thiers n'a jamais appuyé ces déplorables doctrines, et qu'il les a même combattues avec courage et talent.

A Saint-Amand, qui est une sous-préfecture du Cher, des troubles éclatèrent, mais la masse de la population se joignit à la gendarmerie et à une compagnie de grenadiers pour rétablir l'ordre.

Dans l'Allier, des tentatives eurent lieu sur divers points; elles n'eurent quelque gravité que dans l'arrondissement de La Palisse, où de véritables actes de cruauté accompagnèrent la prise de la sous-préfecture. La répression vint, en partie, de la résolution des volontaires de la garde nationale de Moulins, où le nom de Louis-Napoléon était déjà en grande autorité.

La Nièvre eut aussi ses résistances. Clamecy, qui semblait inféodé à M. Dupin, fut envahi par les populations environnantes. En vain le souvenir du grand citoyen de Clamecy, de ses sages conseils, de ses bons exemples, aurait dû prévenir, dans ce peuple qui semblait écouter sa parole avec tant de plaisir, des excès condamnables; la révolte atteignit, dans ces campagnes, à des violences qui rappelaient les cruautés des plus mauvais jours. Elles allèrent jusqu'au meurtre. Il ne fallut rien moins que l'intervention du préfet et

d'une centaine de soldats pour mettre en fuite les insurgés. *Des maisons forcées, envahies et pillées, huit
assassinats et près de vingt victimes, de hideuses saturnales, le sac et le meurtre :* telles avaient été les œuvres de la démagogie. C'est au procureur général Corbin, que nous empruntons ce résumé d'une occupation
momentanée de Clamecy par les adversaires du coup
d'État.

Les bois de Clamecy devinrent le refuge de ceux qui
auraient mérité le nom de brigands; une battue amena
l'arrestation de cent quatre-vingts faiseurs de barricades, et un conseil de guerre fut appelé à les juger.

Dans l'arrondissement de Cosne, des faits semblables se produisent; les femmes se mêlent aux hommes
pour les exciter. A Bonny-sur-Loire, le drapeau de
l'émeute est tenu par une jeune mère, et les scènes
les plus hideuses éclatent pendant la nuit du 7 décembre.

Le département du Jura devait aussi payer sa dette
à l'émeute. Elle éclata le troisième jour du coup d'É-
tat; les révoltés furent même un instant triomphants à
Poligny : les autorités furent jetées en prison, un gouvernement insurrectionnel fut organisé. Le pillage et
le vol ne furent pas étrangers à cette insurrection d'un
instant; les nouveaux pouvoirs insurrectionnels prirent
heureusement la fuite au premier bruit que la ville allait être délivrée.

Même soulèvement dans le département de Saône-
et-Loire; même pillage à Tournus, Fontaines, Saint-
Gengoux, Louhans. On vit même ces triomphateurs,

chargés de leur triste butin, qui marchaient sur Mâcon, le sac sur l'épaule. Naturellement, les caisses publiques attiraient la première convoitise et la première visite de ces *partageux*.

Dans le département du Gers, Auch fut sur le point d'être envahi par une masse hurlante de quatre mille individus, qui venaient de Vic-Fezensac, de Condom et des villages voisins. Une charge de cavalerie, exécutée par le colonel Courby de Cognord, à la tête de quatre-vingt-dix hussards, refoule cette masse et prévient ainsi de grands malheurs. « De tous côtés, en effet, les bandes de pillards et d'émeutiers se dirigeaient vers la ville, où ils comptaient de nombreuses intelligences. L'échec éprouvé par la première colonne jeta l'épouvante parmi les autres, qui rétrogradèrent immédiatement et disparurent (1). »

Dans le Lot-et-Garonne, comme dans les Basses-Alpes, l'insurrection, poussée par une inspiration unique, parvient à s'emparer du département tout entier, à peine défendu par une force publique de trois cents hommes. Au reste, ce sont toujours les mêmes détails : les caisses forcées, de nouvelles municipalités proclamées en toute hâte, des levées en masse, mises à l'ordre du jour. Partout le même dévouement des fonctionnaires. Bientôt, des secours arrivèrent des départements voisins. Mais, cette fois, les insurgés, plus téméraires, semblèrent accepter la lutte avec les soldats. Elle ne dura pas longtemps, et la fuite

(1) Extrait du rapport du général de Géraudon.

eut bientôt désorganisé cette impuissante résistance.

De nombreuses arrestations furent la conséquence de ce combat acharné ; la proximité de la frontière favorisa le salut de beaucoup de ceux qui avaient joué le rôle principal.

Le canton de Manosque eut le malheur de fournir à l'insurrection des Basses-Alpes ses hommes les plus redoutables. Ils furent les véritables auteurs des indignes traitements qu'eut à subir le sous-préfet de Forcalquier. Couvert de blessures, il fut traîné, par ces furieux, la corde au cou et les menottes aux mains, au cri de : *Vive la République démocratique et sociale !*

Des Basses-Alpes, le mouvement s'était étendu sur le département de Vaucluse, et des bandes parties de Forcalquier avaient pénétré à Apt, et marché sur Avignon ; mais la décision du général d'Antist eut bientôt fait de disperser ces bandes, et, grâce à la déclaration de l'état de siége, l'ordre se rétablit promptement.

Dans le Var, la petite ville de Cuers subit les malheurs d'une ville tombée aux mains de l'ennemi. Le pillage et le meurtre y furent à l'ordre du jour. L'arrivée d'un nouveau préfet, M. Pastoureau, la mise en état de siége et l'action vigoureuse qui s'ensuivit mirent seules fin à cette horrible situation. A Aups, la troupe n'arriva que juste à temps pour sauver d'une exécution sommaire quarante notables qui allaient payer de leur vie leur répulsion bien connue pour le drapeau rouge et pour les théories qu'il représente.

Dans l'Hérault, à Béziers, l'insurrection commença dès le 4 au matin, et quatre mille insurgés osèrent attaquer la mairie et la sous-préfecture. Repoussés, ils se livrèrent à des scènes de désordre ; le sang coula ; bientôt après, l'ordre enfin fut rétabli, et les meneurs furent châtiés. On a remarqué que, dans ces campagnes, plus d'une femme allait à la suite de son mari pour recueillir le fruit du pillage et de la victoire.

Dans la Drôme, Montélimart et Crest furent le centre du mouvement insurrectionnel, et Valence fut menacée, non-seulement par la population de son arrondissement, mais encore par celle du département de l'Ardèche, qu'attirait l'espoir d'un riche butin.

Ces temps sont bien loin, heureusement ! et le souvenir de toutes ces violences se trouve aujourd'hui effacé par la prospérité publique ; mais, le calme rétabli, soyez-en sûrs, M. Thiers recommencera ses manœuvres habiles et s'efforcera de rajeunir se vieux textes d'opposition.

En moins de quinze jours furent dissipées toutes ces émeutes, dont plus d'une atteignit à des proportions effrayantes. Le 16 décembre, la France entière appartenait, sans résistance, au coup d'État. Enfin, chose digne de remarque , dans les départements les plus exaltés, dans ceux mêmes que le vol et l'assassinat signalaient à la vindicte publique, le vote universel donna raison au Prince Louis-Napoléon. Le général Saint-Arnaud, visitant, à la suite du Prince, ces départements sitôt rentrés dans l'ordre, a raconté ces changements inespérés.

Le récit de ces troubles dans les départements nous a forcé de quitter Paris, après la journée du 6 : nous y

revenons pour achever l'historique de cette dictature
que Louis-Napoléon avait prise avec tant de courage et
de résolution.

Un de ses premiers soins fut de rendre au culte
cette église malheureuse, dont la première révolution
avait fait un Panthéon... Panthéon bientôt souillé par
le cadavre de Marat; il n'a pas même conservé les re-
liques de Voltaire et de Jean-Jacques Rousseau! 1830
avait fait de l'église catholique un nouveau Panthéon,
décoré à son fronton par l'admirable bas-relief du
grand sculpteur David d'Angers.

Nous placerons à cette date une lettre éloquente de
M. de Morny, ministre de l'intérieur :

« Dans plusieurs quartiers de Paris, quelques pro-
priétaires ont l'impudeur de mettre sur leur porte :
Armes données. On concevrait qu'un garde national
écrivît : *Armes arrachées de force*, afin de mettre à
couvert sa responsabilité vis-à-vis de l'État et son honneur vis-à-vis de ses concitoyens; mais inscrire sa
honte sur le front de sa propre maison révolte le caractère français.

« J'ai donné l'ordre au préfet de police de faire effacer ces inscriptions, et je vous prie de me désigner les
légions où ces faits se sont produits, afin que je propose
à M. le Président de la République de décréter leur
dissolution. »

Cette lettre amena la dissolution de la 5e légion;
peu de jours après, la garde nationale tout entière fut
soumise à une organisation nouvelle. Elle avait été,
jusque-là, une force agissante; elle n'était plus qu'une

force obéissante, et cette heureuse révolution n'était
pas la moindre conséquence du coup d'État.

Les premières et solennelles journées du coup d'État
avaient un double intérêt pour le bourgeois de Paris :
d'abord la passion qui porte un bon citoyen à la chose
publique, et puis l'attrait bien légitime de ces grands
événements, surtout pour un écrivain-journaliste ayant
à les raconter et à les apprécier. En ce moment, ce
n'était pas trop de toute l'expérience d'un homme
actif, qui voyait par lui-même toute chose et qui se
trouvait mêlé, bon gré mal gré, à ce drame dont il
devait être un des historiens. Voilà comment je fus
amené, après avoir lu mot par mot, avec le sang-froid
qui est en moi, les proclamations du prince Louis-
Napoléon, après avoir bien pesé ses moindres paroles,
à prendre enfin le parti que m'indiquait l'intérêt de la
chose publique, en même temps que la popularité du
journal que je dirigeais.

La lecture attentive de tous les écrits du palais de
l'Élysée était donc la plus utile, la plus nécessaire
étude ; chacun le comprendra, quand nous aurons dit
et prouvé que les discours et les décrets du Président
de la République étaient son œuvre personnelle. Le
Prince excellé à dire à son auditoire, à ses lecteurs,
justement tout ce qu'il veut et tout ce qu'il doit leur
dire. A ce propos, nous raconterons les anecdotes que
voici, et qui nous sont confirmées *de visu, de auditu*.

Peu de temps avant le 10 décembre 1848, plusieurs
réunions eurent lieu à l'hôtel du Rhin ; j'y assistai

quelquefois sur l'invitation du Prince, et voici même,
à ce sujet, la lettre qu'il me fit l'honneur de m'écrire :

« Monsieur,

« Désirant voir de près toutes les personnes distinguées de mon pays, j'avais naturellement l'envie de
faire votre connaissance. Aujourd'hui qu'un ami commun m'assure que vous voudrez bien accepter chez moi
un dîner d'auberge, je m'empresse de saisir cette occasion qui me permettra de causer avec un homme dont
j'ai souvent entendu parler.

« LOUIS-NAPOLÉON B. »

Dans une de ces réunions à l'hôtel du Rhin, M. Thiers
s'était décidé à répondre, lui aussi, à une invitation
du Prince.

Une question importante fut examinée et discutée,
ce jour-là, en vue de l'élection du 10 décembre. Le
Prince devait-il publier un manifeste ? Toutes les personnes présentes furent de cet avis, excepté M. de
Girardin qui, seul, affirma une opinion contraire : il
prétendit que le manifeste ne pouvait parler ni de
paix, sans prendre le rôle de Louis-Philippe ; ni de
guerre, sans exciter les mêmes ombrages, les mêmes
plaintes que souleva Napoléon Ier.

Le manifeste adopté en principe, qui le rédigerait ?
Chacun essaya d'écrire le sien ; aucun personnage présent, M. Thiers, surtout, n'était disposé à croire que
le Prince fût naturellement le meilleur traducteur de
sa propre pensée.

M. Thiers s'empressa d'écrire un manifeste et le remit au Prince en présence de la nombreuse assemblée. Louis-Napoléon se retira dans l'embrasure d'une fenêtre, lut attentivement l'écrit de M. Thiers, et le lui rendit en lui disant :

« C'est fort bien, mais ce n'est pas bon pour moi. »

M. Thiers se sentit peut-être blessé de ce refus ; des amis prudents s'interposèrent à l'instant pour prévenir une discussion irritante. M. Thiers se calma et ajouta bientôt :

« Monseigneur, vous ne sentez pas assez combien un tel travail est difficile. Sous Louis-Philippe, quand nous avions à rédiger le discours de la couronne, nous empruntions les plumes les plus habiles. Plus d'une fois nous avons été chercher Rémusat. Eh bien, Rémusat, malgré la souplesse de son style ingénieux, malgré son expérience politique, ne réussissait pas toujours du premier coup. Nous reprenions son discours, nous polissions, nous changions.

— « Si bien, interrompit le Prince, qu'il ne restait plus rien du discours de M. de Rémusat. »

M. Thiers se mit à rire, et n'insista plus.

On ne s'en tint pas là. MM. Thiers et Molé insistèrent plus tard de nouveau pour faire comprendre au Prince qu'étant mieux que lui au fait de la politique française, il serait nécessaire que le projet de profession de foi fût rédigé par eux, et soumis ensuite à son approbation. Le Prince y consentit et accepta, de guerre lasse, un rendez-vous chez M. de Chabrier.

MM. Thiers, Molé, Vieillard, de Chabrier et Merruau y étaient réunis. Après lecture faite par M. Merruau de la profession de foi, qui avait été dictée par M. Thiers, le Prince remercia ces messieurs de l'intérêt qu'ils lui témoignaient ; mais il déclara qu'il n'acceptait point un manifeste dont les idées ni les termes ne pouvaient lui convenir ; qu'il voulait être responsable de ses actes et de ses paroles, et qu'il ne publierait d'autre profession de foi que celle qu'il aurait rédigée lui-même.

Après cette déclaration, la réunion se sépara, avec un peu d'humeur de part et d'autre.

M. Thiers semblait donc avoir oublié ce mot d'ordre qu'il avait donné à ses amis, M. Thiers aime à donner des mots d'ordre ; ce mot d'ordre était : *Ni hostilités, ni empressement.*

Le 27 novembre, on lisait dans *le Constitutionnel* l'adresse suivante, de M. Louis-Napoléon à ses concitoyens. Voici cette adresse, curieuse et importante profession de foi que le nouveau candidat à la présidence de la République devait, à son tour, après les manifestes de tous les partis, proclamer publiquement :

« Pour me rappeler de l'exil, vous m'avez nommé représentant du peuple. A la veille d'élire le premier magistrat de la République, mon nom se présente à vous comme symbole d'ordre et de sécurité.

« Ces témoignages d'une confiance si honorable s'adressent, je le sais, bien plus à ce nom qu'à moi-même, qui n'ai rien fait encore pour mon pays ; mais plus la mémoire de l'Empereur me protége et inspire

vos suffrages, plus je me sens obligé de vous faire connaître mes sentiments et mes principes. Il ne faut pas
qu'il y ait d'équivoque entre vous et moi.

« Je ne suis pas un ambitieux qui rêve tantôt l'Empire et la guerre, tantôt l'application de théories sub-
versives. Élevé dans des pays libres, à l'école du
malheur, je resterai toujours fidèle aux devoirs que
m'imposeront vos suffrages et les volontés de l'Assemblée.

« Si j'étais nommé Président, je ne reculerais devant aucun danger, devant aucun sacrifice, pour défendre la société si audacieusement attaquée; je me
dévouerais tout entier, sans arrière-pensée, à l'affermissement d'une république sage par ses lois, honnête
par ses intentions, grande et forte par ses actes.

« Je mettrais mon honneur à laisser au bout de
quatre ans, à mon successeur, le pouvoir affermi, la
liberté intacte, un progrès réel accompli.

« Quel que soit le résultat de l'élection, je m'incli-
nerai devant la volonté du peuple, et mon concours est
acquis d'avance à tout gouvernement juste et ferme
qui rétablisse l'ordre dans les esprits comme dans les
choses, qui protége efficacement la religion, la famille,
la propriété, bases éternelles de tout état social; qui
provoque les réformes possibles, calme les haines, ré-
concilie les partis, et permette ainsi à la patrie inquiète de compter sur un lendemain.

« Rétablir l'ordre, c'est ramener la confiance, pourvoir par le crédit à l'insuffisance passagère des ressources, restaurer les finances.

« Protéger la religion et la famille, c'est assurer la liberté des cultes et la liberté de l'enseignement.

« Protéger la propriété, c'est maintenir l'inviolabilité des produits de tous les travaux, c'est garantir l'indépendance et la sécurité de la possession, fondements indispensables de la liberté civile.

« Quant aux réformes possibles, voici celles qui me paraissent les plus urgentes :

« Admettre toutes les économies qui, sans désorganiser les services publics, permettent la diminution des impôts les plus onéreux au peuple ; encourager les entreprises qui, en développant les richesses de l'agriculture, peuvent, en France et en Algérie, donner du travail aux bras inoccupés ; pourvoir à la vieillesse des travailleurs par des institutions de prévoyance ; introduire dans nos lois industrielles les améliorations qui tendent, non à ruiner le riche au profit du pauvre, mais à fonder le bien-être de chacun sur la prospérité de tous ;

« Restreindre dans de justes limites le nombre des emplois qui dépendent du pouvoir, et qui souvent font d'un peuple libre un peuple de solliciteurs.

« Eviter cette tendance funeste qui entraîne l'État à exécuter lui-même ce que les particuliers peuvent faire aussi bien et mieux que lui. La centralisation des intérêts et des entreprises est dans la nature du despotisme. La nature de la République repousse le monopole ;

« Enfin, préserver la liberté de la presse des deux

excès qui la compromettent toujours : l'arbitraire et sa propre licence.

« Avec la guerre, point de soulagements à nos maux. La paix serait donc le plus cher de mes désirs. La France, lors de sa première révolution, a été guerrière, parce qu'on l'avait forcée de l'être. A l'invasion, elle répondit par la conquête. Aujourd'hui qu'elle n'est pas provoquée, elle peut consacrer ses ressources aux améliorations pacifiques, sans renoncer à une politique loyale et résolue. Une grande nation doit se taire ou ne jamais parler en vain.

« Songer à la dignité nationale, c'est songer à l'armée, dont le patriotisme, si noble et si désintéressé, a été souvent méconnu. Il faut, tout en maintenant les lois fondamentales qui font la force de notre organisation militaire, alléger et non aggraver le fardeau de la conscription. Il faut veiller au présent et à l'avenir, non-seulement des officiers, mais aussi des sous-officiers et des soldats, et préparer aux hommes qui ont servi longtemps sous les drapeaux une existence assurée.

« La République doit être généreuse et avoir foi dans son avenir; aussi, moi qui ai connu l'exil et la captivité, j'appelle de tous mes vœux le jour où la patrie pourra, sans danger, faire cesser toutes les proscriptions et effacer les dernières traces de nos discordes civiles.

« Telles sont, mes chers concitoyens, les idées que j'apporterais dans l'exercice du pouvoir, si vous m'appeliez à la présidence de la République.

« La tâche est difficile, la mission immense, je le sais ! Mais je ne désespérerais pas de l'accomplir en conviant à l'œuvre, sans distinction de parti, les hommes que recommandent à l'opinion publique leur haute intelligence et leur probité.

« D'ailleurs, quand on a l'honneur d'être à la tête du peuple français, il y a un moyen infaillible de faire le bien, c'est de le vouloir.

« LOUIS-NAPOLÉON BONAPARTE. »

Le 20 décembre, peu d'instants avant de partir pour l'Assemblée législative, qui devait le reconnaître en sa qualité de Président de la République et recevoir son serment, Louis-Napoléon se rendit à l'hôtel de la reine de Suède (la veuve du roi Bernadotte), rue d'Anjou-Saint-Honoré, habité par M. Joachim Clary. M. Joachim Clary avait été chef d'escadron dans un régiment de cavalerie. Il professait les opinions les plus libérales, et son amitié pour Armand Carrel, d'éloquente et honnête mémoire, ne s'était pas démentie un seul instant. Mais il se souvenait aussi que, par ses alliances, il avait l'honneur d'appartenir à la famille impériale. Il aimait le prince Louis d'ancienne date, et quand ce dernier voulait éviter la foule des ambitieux, des solliciteurs, il se retirait volontiers dans cette maison de la rue d'Anjou, renversée aujourd'hui par ce terrible préfet de Paris à qui nous devons de si grandes et de si belles choses.

Plusieurs personnages et les nouveaux ministres nommés par le Président étaient là, réunis dans le salon. Le Prince lut à ces derniers le discours qu'il avait rédigé lui-même.

Donc, le Président partit en habit bourgeois, de l'hôtel de Suède, accompagné de son parent Joachim Clary, en grand uniforme de lieutenant-colonel de la 1re légion de la garde nationale. Chemin faisant, il ne fut pas plus grave que d'habitude, et il prononça à la Chambre le discours suivant qu'il venait d'écrire lui-même :

« Citoyens représentants,

« Les suffrages de la nation et le serment que je viens de prêter commandent ma conduire future. Mon devoir est tracé, je le remplirai en homme d'honneur.

« Je verrai des ennemis de la patrie dans tous ceux qui tenteraient de changer, par des voies illégales, ce que la France entière a établi. (Nombreuses marques d'approbation.)

« Entre vous et moi, citoyens représentants, il ne saurait y avoir de véritables dissentiments. Nos volontés, nos désirs sont les mêmes. Je veux, comme vous, rasseoir la société sur ses bases, affermir les institutions démocratiques, et rechercher tous les moyens propres à soulager les maux de ce peuple généreux et intelligent qui vient de me donner un témoignage si éclatant de sa confiance. (Nouvelle approbation.)

« La majorité que j'ai obtenue, non-seulement me pénètre de reconnaissance, mais elle donnera au gouvernement nouveau la force morale sans laquelle il n'y a pas d'autorité. Avec la paix et l'ordre, notre pays peut se relever, guérir ses plaies, ramener les hommes égarés et calmer les passions.

« Animé de cet esprit de conciliation, j'ai appelé près de moi des hommes honnêtes, capables et dévoués au pays, assuré que, malgré les diversités d'origine politique, ils sont d'accord pour concourir avec vous à l'application de la Constitution. au perfectionnement des lois, à la gloire de la République.

« La nouvelle administration, en entrant aux affaires, doit remercier celle qui la précède des efforts qu'elle a faits pour transmettre le pouvoir intact, pour maintenir la tranquillité publique. La conduite de l'honorable général Cavaignac a été digne de la loyauté de son caractère et de ce sentiment du devoir qui est la première qualité du chef d'un État. (Approbation sur plusieurs bancs.)

« Nous avons, citoyens représentants, une grande mission à remplir, c'est de fonder une république dans l'intérêt de tous et un gouvernement juste, ferme, qui soit animé d'un sincère amour du progrès sans être réactionnaire ou utopiste.

« Soyons les hommes du pays, non les hommes d'un parti, et, Dieu aidant, nous ferons du moins le bien, si nous ne pouvons faire de grandes choses. »

Ce discours, comme le disent tous les journaux du temps, fut bien accueilli par l'Assemblée.

Le Président de la République, retrouvant M. Joachim Clary au sortir de cette mémorable séance : « J'ai bien fait, lui dit-il, de ne pas me servir d'un discours d'emprunt, puisque le mien a reçu l'approbation de l'Assemblée. »

Voilà pourquoi tous les discours, tous les écrits du Président de la République, documents pleins d'intérêt, des premiers jours, seront curieux pour l'histoire. Ils ne contiennent que la pensée exacte du Prince qui les écrivait.

Malgré tous ces faits, les parlementaires n'ont jamais voulu rendre justice à l'élu du 10 décembre.

Les haines politiques se montrent aussi passionnées, aussi injustes, aussi cruelles, que les vengeances de l'amour rebuté. Les désappointements, les défaites de la politique ont pu même faire commettre autant de crimes que les fureurs de l'amour trahi.

Tous les discours prononcés par le prince Napoléon, quoi qu'en aient dit tous les parlementaires, n'ont été rédigés, écrits par d'autres que par lui. Les esprits les plus sévères et la justice de l'histoire reconnaîtront, dans l'exilé d'Arenemberg, les études et les mérites d'un écrivain. Insistons sur ce point de quelque importance, et ajoutons aux preuves déjà données un fait nouveau.

Un avocat anglais me racontait qu'ayant à faire des recherches pour une grave affaire dont il était chargé, il se rendit plusieurs fois, de bon matin, à la bibliothèque de Westminster, une des plus riches de l'Europe. Il y rencontrait, toujours assidu, un jeune homme entouré de nombreux volumes nécessaires à ses études. La curiosité l'emporte. Il demande au bibliothécaire quel est ce jeune homme si appliqué, si studieux :

« C'est le prince Louis-Napoléon, lui fut-il répondu. Il habite Londres, et il vient tous les jours à la bibliothèque, dès sept heures du matin, il y travaille jusqu'à midi. »

Enfin, citons une très-belle lettre de la reine Hortense sur le prince Louis-Napoléon, son second fils, survivant à un frère aîné. On retrouve dans cette lettre la tendresse éloquente d'une mère, déjà heureuse de la prescience des grandes destinées auxquelles sera appelé un jour ce jeune homme studieux, du plus noble caractère et d'une si grande force d'âme.

Lettre de la reine Hortense à M. Belmontet.

« Arenemberg, 10 décembre 1834.

« Ma position de fortune m'oblige à rester l'hiver sur ma montagne, exposée à tous les vents. Qu'est-ce que cela, à côté des horribles souffrances de l'Empereur sur les rochers de Sainte-Hélène ?

« La résignation est le courage des femmes et la vertu des mères.

« Je ne me plaindrais pas si mon fils, à son âge, ne se trouvait privé de toute société et complétement isolé, sans autre distraction que le travail assidu auquel il s'est voué !

« Son courage et sa force d'âme égalent sa pénible et triste destinée. Quelle nature généreuse ! Quel bon et digne jeune homme ! Je l'admirerais, si je n'étais sa mère. Je suis bien fière de l'être. Je jouis autant de la noblesse de son caractère, que je souffre de ne pouvoir donner à sa vie plus de douceur. Il était né pour de belles choses : il en était digne.

« Nous avons le projet d'aller passer deux mois à Genève. Du moins il entendra parler français : ce sera une agréable distraction pour lui ; la langue maternelle, n'est-ce pas déjà la patrie ?

« Croyez toujours aux sentiments que je vous ai voués.

« HORTENSE. »

Quelle lettre attendrie et touchante ! On comprend que le jeune prince Louis-Napoléon n'ait été élévé sous les yeux d'une telle mère que dans des sentiments de dignité, de patriotisme, de hautes et nobles ambitions.

M. Thiers, comme on vient de le voir, commençait déjà, même avant l'élection du 10 décembre 1848, auprès du prince Louis-Napoléon, un vrai travail de séduction, de domination et d'accaparement.

Le Président de la République, heureusement, ne se laissa ni séduire, ni dominer, encore moins accaparer.

Je ne m'appliquerai point ici à rassembler tous les traits de caractère de cet embarrassant député de l'opposition, de cet imprudent ministre de Louis-Philippe, pour en dessiner le portrait au daguerréotype ; je montrerai plus d'impartialité en remplaçant, par l'appréciation de plusieurs personnages placés près de lui, mes appréciations personnelles.

Au plus fort de la coalition parlementaire, sous le règne de Louis-Philippe, les hommes prévoyants, dans le pays comme dans la Chambre, se préoccupaient du dénoûment de ce conflit entre les chefs de la majorité et la couronne. M. Thiers venait de ressusciter ce vieux programme daté de la Restauration : *Le roi règne et ne gouverne pas !*

M. de Montrond, mystificateur toujours de bon goût et très-spirituel, qui fut si longtemps le complice et, mieux encore, le partenaire du prince de Talleyrand, arrive un jour place Saint-Georges, et, avec un grand air presque officiel :

« Eh bien ! dit-il, je sors des Tuileries ; tout est arrangé : vous prenez la place de Louis-Philippe, mais à condition que le roi deviendra votre premier ministre. »

M. Thiers ne sut trop s'il devait rire ou se fâcher.

En 1840, je me trouvais un jour dans le cabinet de M. Martin, secrétaire de M. Thiers, alors président du conseil et ministre des affaires étrangères. La mère de M. Thiers, vive et très-alerte, quoique d'un grand âge, ayant son franc parler avec tout le monde, était là, et faisait même entendre quelques plaintes du peu d'empressement de son fils à tenir compte de ses recommandations. Nous attendions, elle et moi, que le ministre pût nous recevoir.

Je pensai qu'il était convenable d'adresser à cette dame, souvent irritable, mes compliments respectueux.

« Vous devez être bien fière, madame, et à juste titre, d'un fils parvenu au suprême pouvoir, et présidant aux destinées politiques de son pays ?

— « Oh ! je n'ai jamais été embarrassée ni inquiète de son avenir ; ceux qui laisseraient monter mon fils derrière leur voiture, vous entendez, *derrière*, seraient sûrs qu'il prendrait bien vite leur place à l'intérieur. »

M. Guizot me disait encore, un jour de conversation intime : « M. Thiers, que vous soutenez, est d'une prodigieuse habileté pour conquérir le pouvoir, mais il n'a jamais su le garder. »

Un écrivain de beaucoup d'esprit, qui fut l'*alter ego* de ma jeunesse, M. Malitourne, dont les dernières années s'écoulent malheureusement dans la tristesse et loin du monde, formulait ainsi son jugement sur cet homme politique dont il avait étudié tous les ouvrages et tous les discours : « M. Thiers ! disait-il, c'est M. de La Palisse ayant le courage de ses opinions. »

J'ai beaucoup vu M. Thiers pendant son passage en différents ministères, mais je l'ai vu plus souvent, plus librement, lorsqu'il comptait dans les rangs de l'opposition.

La passion de M. Thiers pour la liberté me fait toujours sourire.

Hors des affaires, il tient, pour y rentrer, à disposer du plus grand nombre possible de journaux, dont il fait les échos de tous ses textes d'opposition et dont il exige des éloges presque quotidiens. Il me disait un jour : « Dans le *Constitutionnel*, on ne me défend pas, on ne me loue pas assez. — Mais on ne fait que cela, lui répondis-je, et même le public s'en plaint. » Aussitôt que M. Thiers est au pouvoir, n'essayez pas de l'interroger sur les questions du jour, il n'a jamais qu'un mot à vous répondre : « Abstenez-vous; ripostez vivement aux journaux qui m'attaquent, et surtout ne louez jamais mes rivaux à la Chambre. »

Dans une lettre datée de Cauterets, il m'écrivait : « Vous louez trop M. Molé. Nous devrions nous entendre demain avec M. Molé, qu'il faudrait, pour le louer, attendre après-demain. »

Ministre, il répétait souvent : « La presse est une mauvaise denrée, même la bonne. » Aujourd'hui, qu'il se croit chef de l'opposition, M. Thiers doit dire volontiers : « La presse est une bonne denrée, même la mauvaise. »

J'eus l'honneur de faire visite à M. Thiers, bien peu de jours après la révolution de février 1848. Il me dit avec tristesse une seule parole d'un grand bon sens, dont il ne paraît guère se souvenir aujourd'hui : « Il ne nous reste plus qu'à nous faire oublier. »

N'est-ce pas là le vrai M. Thiers peint par lui-même, par ceux qui l'ont étudié et par ceux qui l'approchaient ?

L'assertion de M. Guizot sur la persévérance de cet homme politique à conquérir un ministère et sur son impuissance à le garder, est prouvée par le relevé suivant :

Sous le règne de Louis-Philippe, qui dura dix-huit ans, M. Thiers a été cinq fois ministre, mais il n'a pas pu garder son portefeuille, en moyenne, plus de huit mois :

Ministre de l'intérieur, du 11 octobre 1832 au 31 décembre 1832;

Ministre de l'intérieur, du 4 avril 1834 au 10 novembre 1834 (lois de septembre) ;

Ministre de l'intérieur, du 18 novembre 1834 au 22 février 1836 ;

Ministre des affaires étrangères, du 22 février 1836 au 5 septembre 1836 ;

Ministre des affaires étrangères et président du conseil, du 1er mars 1840 au 29 octobre 1840.

Puisque les noms de M. Thiers et de M. le comte Molé se sont rencontrés, se sont heurtés dans le précédent récit, parlons discrètement de ces deux hommes d'État, sans trop les comparer.

M. Thiers, tantôt avec ce sans-façon bon enfant, tantôt avec ces manières d'écolier tapageur, n'ayant d'égards pour personne, se laisse aller à tous ses caprices de bonne ou de mauvaise humeur.

M. le comte Molé, en toutes circonstances, affectait de la tenue, de la gravité. Il montrait partout cet air digne et de bon goût, qu'on ne tient que de l'usage de la meilleure compagnie et du grand monde. Il faisait preuve de finesse, d'esprit, et surtout de dignité et de noblesse; il y avait chez lui du grand seigneur et de l'homme d'État. Il ne voulait jamais avoir plus d'esprit que ceux à qui il parlait. M. Thiers, au contraire, se plaît souvent à étaler, à tout propos, une érudition de fraîche date.

Né le 24 janvier 1780, M. le comte Molé, dans sa première jeunesse, avait donc côtoyé le dix-huitième siècle.

Au dix-huitième siècle, les beaux esprits ne discutaient pas ; M. le comte Molé discute déjà, mais avec une grande politesse, avec une grande réserve. Aujourd'hui, le goût passionné de la discussion a tout envahi : on discute partout, et sur toutes choses; et, disons-le, c'est dans les discussions qu'il se ménage à propos et qui plaisent à son esprit, que brille M. Thiers.

M. le comte Molé appartenait à une des premières familles de robe, il était fils du président Molé de Champlâtreux, mort sur l'échafaud révolutionnaire en 1794. Ses premières années se passèrent en Suisse et en Angleterre; il ne revint en France qu'en 1796. Ce fut seulement alors qu'il se livra à de sérieuses études.

Encore jeune, M. Molé fut présenté à Napoléon Ier par M. de Fontanes, en ce temp-là rédacteur du *Journal de l'Empire*, aujourd'hui le *Journal des Débats*.

Napoléon Ier prit un grand goût pour M. Molé. Le fondateur du premier Empire recherchait les hommes d'esprit et de talent, même lorsqu'il les découvrait écrivant dans les journaux. On se rappelle que, sur la lecture d'un article sensé et spirituel de M. Fiévé, il le fit préfet du premier coup. M. Molé, de maître des requêtes, devint bientôt, sous le premier Empire, conseiller d'État, directeur des ponts et chaussées; puis, en 1813, il succéda au duc de Massa comme grand juge (ministre de la justice); il reçut aussi le titre de comte de l'Empire.

Dans cette fatale année 1813, alors que s'obscurcissait le soleil de Napoléon Ier, après les désastres de

Moscou, M. le comte Molé prononça résolûment l'éloge de l'Empereur devant le Corps législatif.

Lors de la première Restauration, il se tint à l'écart; mais bientôt il retrouva la faveur près de Louis XVIII, qui lui donna la pairie.

Siégeant à la Chambre des pairs, il eut le malheur de voter avec la majorité, dans le procès du maréchal Ney, mais il fit ensuite de louables efforts pour arracher à la mort de nouvelles victimes.

M. Molé entra, en 1817, dans le ministère du duc de Richelieu, avec le portefeuille de la marine, et prit une part active aux lois et mesures de modération ou de rigueur qui caractérisent la politique de bascule de Louis XVIII. Tombé du pouvoir avec ses collègues, il combat en toute rencontre, devant la Chambre des pairs, les excès de la réaction qui devaient perdre la monarchie.

Après la révolution de juillet, le comte Molé, appelé, dès le 11 août, par Louis-Philippe, au ministère des affaires étrangères, travaille à faire reconnaître le nouveau roi par les puissances européennes, et proclame le principe pacifique de *non-intervention*. Mais, le 4 novembre suivant, il donne sa démission.

Il eut l'honneur de lutter vaillamment contre la coalition qui comptait pour chefs MM. Thiers, Guizot et Berryer ; mais bientôt la coalition triompha, et M. Molé se trouva éloigné des premiers plans de la politique.

A cette époque, il fut élu membre de l'Académie française à l'unanimité, moins une voix.

Nous retrouvons M. Molé dans des troubles plus récents. Lorsque éclatèrent les premières émeutes décidément inquiétantes de 1848, il fut appelé par le roi Louis-Philippe. Les officiers de l'état-major de la garde nationale furent alors chargés de répandre dans tous les quartiers de Paris la nouvelle presque officielle qu'un nouveau ministère était formé, et que M. Molé remplaçait M. Guizot. On vint même alors nous affirmer, au *Constitutionnel*, la nomination de ce nouveau cabinet; on en concluait que l'émeute désarmait, et qu'ainsi tout était fini.

M. Molé, avec son expérience des hommes et des choses, appréciait toute la gravité de la situation, et ne se sentait point assez de popularité pour commander aux événements. M. Thiers, plus hardi, assisté de M. Odilon Barrot et de M. Duvergier de Hauranne, accepta plus légèrement cette rude mission; on sait le reste.

Le 17 septembre 1848, M. Molé fut porté comme candidat à la Constituante; il fut élu.

Réélu en 1849 et siégeant à nouveau à la Législative, il se plaça dans le groupe des parlementaires.

Néanmoins, avec son esprit pénétrant et sagace, il fut peut-être le premier à reconnaître et à présager que le Président de la République finirait par dominer tous les partis, et qu'il parviendrait à les vaincre. Il disait, même à ses amis les parlementaires, dans l'intimité : « Croyez-le bien, le Prince Louis-Napoléon est un homme d'une grande valeur, d'un esprit élevé, très-habile, et d'un caractère résolu. »

Dans ces temps de trouble, il n'ouvrait la bouche que pour apaiser les plus ardents à la lutte et les plus fiévreux.

Au milieu des plus graves conflits entre l'Assemblée et le pouvoir exécutif, il estimait que, pour en finir, un coup d'État était nécessaire, et que le Président le ferait dès qu'il le voudrait. « Quant à nous, ajoutait-il, anciens ministres du roi Louis-Philippe, anciens parlementaires, nous n'avons plus qu'à montrer de la tenue et de la dignité. »

M. Molé est mort grand-croix de la Légion d'honneur, dans son château de Champlâtreux, d'une attaque d'apoplexie foudroyante, le 25 novembre 1855, après la vie politique la plus agitée. Il avait traversé la révolution de 89, le premier Empire, la Restauration, la révolution de juillet, le règne de Louis-Philippe, la République; il assista au commencement du second Empire; il a vu sur le trône Napoléon III.

CHAPITRE XI

Que de drames, que de comédies, dans une révolution, si, comme d'ordinaire, elle est suivie d'un changement de règne, de Constitution, de régime et d'idées ! Et que de fois, depuis un siècle, nous avons changé de règnes, de Constitutions, de régimes et d'idées! Les populations effrayées avaient été surprises du coup d'État qui les sauvait; mais que d'émotions diverses, que de troubles dans les intérêts privés, bien que la France ait de l'acquis en fait de révolutions! Ceux-ci tombent du haut de leurs dignités, de leurs titres officiels, plus ou moins sonores; du haut de leur importance plus ou moins surfaite, de leur traitement plus ou moins légitime. Ceux-là s'agitent déjà avec la ferme volonté d'arriver ou de parvenir : on parvient plus vite qu'on n'arrive.

Dans cette mêlée de prétentions ridicules, d'ambitions folles, d'intrigues souterraines, les audacieux, les effrontés ont peut-être un quart d'heure d'avance sur les hommes intelligents, capables, honnêtes, et d'une certaine valeur; mais ceux-ci regagnent plus ou moins vite du terrain, et n'ont plus à se débattre, du moins, que contre des égaux, ou plutôt que contre des rivaux en intelligence et en capacité.

Comédie ou drame, les rôles principaux appartiennent d'abord aux ambitieux; disons tout, aux ambitieux médiocres. Les autres, c'est-à-dire les éloquents et les habiles, entourés d'alliances et de prestiges, attendent que leur moment soit arrivé. La Bruyère a fort bien dit : *Jeunesse du prince, source de belles fortunes*.

A plus forte raison, si le trône est nouveau, soudain vous voyez naître et grandir les tout-puissants du lendemain. C'est un spectacle intéressant pour le philosophe, utile à tout le monde. Pendant que celui-ci s'en va, emportant les débris de sa fortune passagère, cet autre parvient ; on le reconnaît à sa joie, à son orgueil, à la fraîcheur de son nouvel habit.

Comprenez donc toutes les émotions diverses et même tous les ressentiments fébriles que devait exciter ce bouleversement heureux et subit du coup d'État. Les bourgeois honnêtes, mais un peu trembleurs, se demandaient avec inquiétude ce que le pays allait devenir : *La paix ou la guerre, la blouse ou l'habit brodé?*

M. Devinck craignait que la bourgeoisie se vît peut-être fermer désormais toutes les carrières politiques. M. Devinck, ancien président du tribunal de commerce, homme considérable par ses connaissances spéciales en matières de finances, par son expérience des choses et des hommes, par sa vie honnête et laborieuse, était mon voisin sur les bancs de la Chambre des députés. Aux élections de 1863, il fut malheureusement remplacé par M. Thiers, dans le deuxième arrondissement de Paris. Aux mêmes élections, je fus moi-même remplacé par M. Pelletan, dans l'arrondissement de Sceaux; je ne m'étais pas présenté comme candidat, de peur de faire concurrence et de nuire à l'élection de M. Picard d'Ivry, candidat du gouvernement, qui ne fut pas élu.

Les républicains vaincus s'accusaient entre eux et se mordaient les doigts d'avoir laissé échapper le pouvoir, après avoir eu l'audace de le saisir.

Les amis de la maison d'Orléans pleuraient leur roi, et leurs princes en exil.

Quelques légitimistes protestaient publiquement dans certains journaux; un d'entre eux protestait même à haute voix dans les rues de Paris et sur les places

publiques contre le coup d'État. Je ne nommerai personne ici; plusieurs de ceux-là, depuis ce grand acte
politique dont ils profitèrent, ont vu s'ouvrir devant
eux les portes du Sénat. Mais ceux qui criaient le plus
fort, c'était surtout ce groupe de parlementaires dépi-
tés, et ne se faisant plus d'illusions. De toutes parts on
se répétait, à voix basse, des calomnies, de mauvais
propos, contre le Président de la République. L'esprit
gaulois et parisien s'en donnait à cœur-joie. J'ai trop
de respect envers le chef de l'État pour reproduire ici
toutes ces vengeances en paroles moqueuses, en injustes railleries. Je citerai cependant cette appréciation dédaigneuse et faussement prophétique qui se répétait à l'oreille parmi les parlementaires, mais qui,
du moins, n'a rien d'outrageant :

« *Le Prince Président n'est qu'une allumette phos-
phorique.* »

Les faiseurs d'épigrammes prétendaient ainsi que le
Président de la République ne pouvait avoir en France
et en Europe qu'une passagère et bien mince importance, et que ce grand nom de Napoléon était un vrai
phosphore, une clarté d'un instant.

Cette ironique appréciation est bien contredite et
bien réfutée aujourd'hui par ces paroles d'un ancien parlementaire, qui fut même ministre sous le roi Louis-
Philippe : « *Napoléon le Petit*, dit-il à tout venant,
*est au haut de la colonne Vendôme ; Napoléon le
Grand est aujourd'hui au palais des Tuileries !* »

M. Saint-Marc Girardin, cet homme d'esprit, habile
et droit, qui m'a donné souvent d'honorables témoi-

gnages, m'expliquait avec beaucoup de sagacité et de convenance la double situation du Prince Louis Bonaparte, presque unanimement acclamé par les populations, et injustement raillé par les partis plus ou moins passionnés.

Strasbourg et Boulogne, me dit-il, *ont montré le Président de la République au peuple et l'ont caché aux gens d'esprit.*

La commission consultative, après plusieurs hésitations faciles à comprendre, fut définitivement composée. Elle contenait les noms les plus divers et les plus honorables.

Cette commission consultative une fois décrétée, il y eut alors certains hommes politiques qui, se couchant ambitieux la veille, se levaient trembleurs le lendemain matin devant un gouvernement plus applaudi que consolidé. Il y eut alors bien des gens qui sollicitaient la veille, du Président de la République, l'honneur de faire partie de la commission consultative, mais qui envoyaient dès le lendemain leur démission de cette dignité devenue à leurs yeux compromettante.

Un ancien vaudeville, après 1830, intitulé : *Monsieur Cagnard*, nous montrait un de ses trembleurs qu'un rien épouvante, et que rien ne rassure. On a vu plus d'un M. Cagnard aux premiers jours du coup d'État, et même plus tard sous le second Empire. Il évitait tout ce qui pouvait le compromettre. En vain vous frappiez à sa porte, elle restait fermée. Ou bien, s'il se hasardait à sortir dans la rue, il allait rasant la muraille et son chapeau sur les yeux, tant il avait peur d'un salut qui pouvait le perdre. Cependant, à mesure que se rétablissait la paix publique, et que l'autorité grandissante faisait de nouvelles conquêtes, M. Cagnard revenait à des sentiments meilleurs. Il reconnaissait, sans trembler, que le nouveau chef de la société française offrait vraiment quelque garantie. Un peu plus tard, sous les auspices de ce gouvernement qu'il avait tant hésité à reconnaître, M. Cagnard se présentait à la députation. Député, il reprenait sa place au milieu des incertains; un mois après, il était au milieu des fidèles; plus tard, le voilà tout dévoué, et, plus tard encore, il recommence à être dissident et à vouloir donner des leçons au pouvoir.

Un grand nombre cependant tint bon dans la commission consultative, et plusieurs trouvèrent dans cette espèce de stage pour les fonctions publiques la haute position qu'ils avaient rêvée.

On naît solliciteur. Pour jouer ce rôle, il faut se sentir une grande souplesse, une grande flexibilité d'esprit et de caractère; il faut se sentir l'audace, le courage, l'effronterie d'importuner les gens. Une comédie récente d'un de nos auteurs les plus féconds, qui ne manque ni d'esprit bien à lui, ni d'inventions comiques, M. Labiche, nous a même révélé, dans ce vaudeville, *le Voyage de M. Périchon*, ces tristes secrets du cœur humain : à savoir, que, bien souvent, nous faisons peu de cas de ceux qui nous ont rendu service, tandis que nous nous montrons presque fiers de notre persévérante protection envers ceux que nous avons déjà comblés de bons offices!

La Rochefoucauld a dit : « *Les hommes ne sont pas seulement sujets à perdre le souvenir des bienfaits ; ils haïssent même ceux qui les ont obligés. L'application à récompenser le bien leur paraît une servitude à laquelle ils ont peine à se soumettre.* »

Ainsi, apprentis solliciteurs, tenez-vous-le pour dit, ne parlez jamais de vos services rendus à l'homme puissant que vous sollicitez, et persuadez-lui qu'il vous a déjà comblés de bienfaits et protégés comme un père. *Parenté oblige!*

Quant à moi, je ne suis pas né solliciteur, et j'ai parcouru les diverses situations où le hasard m'a jeté, plutôt en curieux qu'en ambitieux.

D'un extérieur peu sympathique, d'un embonpoint peu élégant, à ce point que le Président de la République me dit un jour, en me recevant à dîner : « *Comme vous êtes gros, monsieur Véron !* » (Cette familiarité d'un prince flatta singulièrement ma vanité bourgeoise.) Avec un extérieur qui ne plaide pas en ma faveur, avec un caractère trop peu diplomatique, avec un sentiment de dignité personnelle peut-être exagéré, je n'usai jamais les tapis des antichambres du pouvoir.

Voilà pourquoi, au lendemain de la victoire, me connaissant moi-même, je n'ai pas sollicité l'honneur d'appartenir à la commission consultative. Peut-être avais-je mérité, par ma constance au plus fort de la mêlée, et surtout par ma résistance énergique et de tous les jours à la loi du 31 mai, d'être compté au rang des hommes qui voient juste, mais je ne songeai jamais à la récompense, et d'ailleurs, sans l'avoir sollicitée, j'obtins plus tard, sous le second Empire, la très-précieuse lettre que je garde parmi mes titres de noblesse, la voici :

« Mon cher monsieur Véron,

« Vous avez été, dans toutes les circonstances, prêt· à défendre ma politique quand elle était attaquée, et à lui donner votre suffrage comme écrivain et comme représentant du pays.

« Le livre dont vous m'avez fait l'envoi est un témoignage de plus de cette sympathie sur laquelle j'aime à compter. Je l'accepte avec plaisir et je vous en remercie sincèrement.

« Croyez, mon cher monsieur Véron, à tous mes sentiments.

« Napoléon. »

J'expliquerai plus tard, cette lettre à la main, comment et pourquoi je ne me présentai pas aux élections générales de 1863.

Plus heureux, sans être plus intrigants que moi, plusieurs de mes collaborateurs au *Constitutionnel* se virent recherchés par le nouveau pouvoir qui ne se montrait pas ingrat : M. Merruau fut bientôt nommé secrétaire général de la préfecture du département de la Seine ; quelques années après, conseiller d'État en service ordinaire. M. Boilay devint secrétaire général du conseil d'État.

Un des nôtres, M. Cauvain, avocat distingué, mais plus habile écrivain, mourut juste à l'heure de la récompense. C'était un esprit incisif, intrépide à l'attaque, prompt à la réponse.

Enfin, l'écrivain le plus politique et le plus oseur de ce groupe d'écrivains, M. Granier de Cassagnac, trouva sa place à la Chambre des députés, et fut nommé plus tard, d'abord officier, puis commandeur de la Légion d'honneur.

Au lendemain du coup d'État, le Président de la République, de chevalier que j'étais, s'empressa de me nommer, de son propre mouvement, officier de la Légion d'honneur.

« Élysée, 14 décembre 1851.

« Mon cher monsieur Véron,

« Je veux vous annoncer moi-même que, désirant vous témoigner toute ma reconnaissance pour les services que vous avez rendus à la cause de l'ordre et de la civilisation, je vous ai nommé officier de la Légion d'honneur.

« Recevez cette promotion comme une preuve de mes sentiments affectueux.

« LOUIS-NAPOLÉON. »

Dans les plus tristes journées du coup d'État, l'armée avait bien mérité du nouveau gouvernement, et elle fut dignement récompensée. Les jours d'émeute lui sont comptés comme une campagne ; un crédit assure des secours annuels et viagers aux anciens militaires de la République et de l'Empire ; le décret du 3 mai 1848, qui avait réduit le cadre d'activité des officiers généraux, ainsi que le cadre d'état-major, est rapporté. A toutes ces récompenses, il faut ajouter de nombreuses promotions.

Le 6 décembre, un décret avait institué des commissaires extraordinaires, revêtus d'une véritable autorité dictatoriale; ces commissaires étaient : M. Maurice Duval, pour les Côtes-du-Nord, le Finistère, l'Ille-et-Vilaine, le Maine-et-Loire, la Mayenne, le Morbihan, la Loire-Inférieure et la Vendée.

M. Carlier, pour l'Allier, le Cher, la Nièvre et l'Yonne.

M. Bérard, pour la Somme.

Le 8, un autre décret avait autorisé : « la déportation dans une colonie pénitentiaire de tout individu qui, placé sous la surveillance de la police, aura rompu son ban ; de tout individu qui aura fait partie d'une société secrète. Le séjour de Paris et de la banlieue est interdit à tout individu sous la surveillance de la haute police ! »

Si toutes ces mesures dénotaient une grande énergie, il y avait lieu de craindre que les vrais patriotes, ceux qui aiment l'ordre, surtout parce qu'il assure la liberté, ne s'effrayassent de cette action vraiment dictatoriale. Le Prince le comprit, et s'adressant à la nation, il lui fit entendre le 8 décembre ces remarquables paroles dans cette proclamation au peuple français :

« Français !

« Les troubles sont apaisés. Quelle que soit la décision du peuple, la société est sauvée. La première partie de ma tâche est accomplie. L'appel à la nation pour terminer les luttes des partis ne faisait, je le savais, courir aucun risque sérieux à la tranquillité publique.

« Pourquoi le peuple se serait-il soulevé contre moi ?

« Si je ne possède plus votre confiance, si vos idées ont changé, il n'est plus besoin de faire couler un sang précieux, il suffit de déposer dans l'urne un vote contraire.

« Je respecterai toujours l'arrêt du peuple.

« Mais tant que la nation n'aura pas parlé, je ne reculerai devant aucun effort, devant aucun sacrifice pour déjouer les tentatives des factieux. Cette tâche, d'ailleurs, m'est rendue facile.

« D'un côté, l'on a vu combien il était insensé de lutter contre une armée unie par les liens de la discipline, animée par le sentiment de l'honneur et par le dévouement à la patrie.

« D'un autre côté, l'attitude calme des habitants de Paris, la réprobation dont ils flétrissaient l'émeute ont témoigné assez hautement pour qui se prononçait la capitale.

« Dans ces quartiers populeux où naguère l'insurrection se recrutait si vite parmi les ouvriers dociles à ses entraînements, l'anarchie cette fois n'a pu rencontrer qu'une répugnance profonde pour ces détestables excitations. Grâce en soit rendue à l'intelligente et patriotique population de Paris ! Quelle se persuade de plus que mon unique ambition est d'assurer le repos et la prospérité de la France.

« Qu'elle continue à prêter son concours à l'autorité,

et bientôt le pays pourra accomplir dans le calme
l'acte solennel qui doit inaugurer une ère nouvelle pour
la République.

« LOUIS-NAPOLÉON. »

Proclamation aussi vraie qu'éloquente !

Une heureuse mesure du ministre de l'intérieur vint
bientôt confirmer la sincérité de cette nouvelle proclamation : l'agitation durait encore dans les départements, et cependant les commissaires extraordinaires
furent rappelés. Le 13 décembre, M. de Morny leur
annonçait la fin de leur mission.

Des commissions militaires avaient d'ailleurs été ins-
tituées pour connaître de tous les faits relatifs à l'insurrection, et l'action de la justice allait incessamment
se faire sentir.

Mais réprimer ne suffit pas; encore faut-il ramener
à l'espérance. Il y a quelque chose au-dessus de la force
pour calmer les esprits, apaiser les factions, c'est le
travail. Non pas le droit au travail, qui n'est qu'une
violence déguisée, et la spoliation sous un nom nouveau, mais le calme et régulier travail de tous les jours.
Le Prince Président avait justement le secret, j'ai
presque dit l'instinct de ce travail sérieux qui vient en
aide à tout le monde, et qui ne fait peur à personne. Il
trouva moyen de décréter un travail immense. Des
voies ferrées furent concédées à des compagnies heureuses de contribuer au rétablissement de l'ordre compromis depuis trois ans par l'oisiveté. Paris eut, comme
il l'a toujours, sa grande part dans cette distribution :

un chemin de fer de ceinture devait relier les différentes gares des lignes qui partent de son enceinte.

Les maçons et les architectes eurent bientôt trouvé
le chemin du Louvre, et cette grande œuvre semblait
tellement impossible, qu'on avait admiré le courage du
roi de juillet lorsqu'il cherchait du moins à embellir
une partie de la place du Carrousel devenue, depuis
quarante ans, une fange en hiver, un sahara en été.

Pendant que le Louvre accomplissait ses nouvelles
destinées, appelant à son aide tant de peintres sans
emploi, tant de sculpteurs oisifs, le palais des affaires
étrangères allait enfin être terminé. C'était le rêve du
dernier ministre des affaires étrangères, M. Guizot. Dans
ses moments de bonne humeur (chacun sait que son
sourire est charmant), il racontait la fête qu'il voulait
donner pour célébrer l'inauguration de son ministère.
Déjà même il avait décidé que le cabinet du ministre
serait orné du très-beau portrait que Philippe de
Champagne a laissé du cardinal de Richelieu, le plus
grand politique d'un siècle politique. Lui-même, en se
promenant sur les boulevards, M. Guizot, avait découvert, chez un marchand de tableaux, ce beau portrait
du cardinal de Richelieu... La révolution de 1848 avait
renversé ce beau rêve. Un célèbre avocat, M. Chaix-
d'Est-Ange, qui passait par là, paya de ses deniers
l'œuvre de Philippe de Champagne, et la plaça dans sa
galerie où elle est encore.

Sur ces entrefaites, et jaloux de bien indiquer au
monde attentif comment le Président de la République
voulait une autorité pleine, entière et rassurante, le

ministre de l'intérieur, M. de Morny, adressait aux préfets leurs nouvelles instructions :

« Paris, le 15 décembre 1851.

« Monsieur le préfet,

« A plusieurs reprises, depuis quelques années, le gouvernement s'est attaché à faire comprendre aux administrations et aux fonctionnaires de tous ordres quelles règles ils ont à suivre en ce qui concerne la cessation des travaux publics le dimanche et les jours fériés reconnus par la loi.

« Les efforts que le gouvernement a tentés dans ce sens n'ont point, jusqu'à ce jour, obtenu le succès désirable. Tantôt on a rencontré des résistances de la part des municipalités, tantôt des intérêts se sont crus menacés, et, chose plus grave, les agents du pouvoir eux-mêmes, soit incertitude, soit faiblesse, ont négligé de se conformer aux ordres qui leur étaient transmis.

« Le repos du dimanche est l'une des bases essentielles de cette morale qui fait la force et la consolation d'un pays. A ne l'envisager qu'au seul point de vue du bien-être matériel, ce repos est nécessaire à la santé et au développement intellectuel des classes ouvrières; l'homme qui travaille sans relâche et ne réserve aucun jour pour l'accomplissement de ses devoirs et pour le progrès de son instruction devient, tôt ou tard, en proie au matérialisme, et le sentiment de sa dignité s'altère en lui en même temps que ses facultés physiques. Trop souvent, d'ailleurs, les classes ouvrières que l'on assujettit au travail du dimanche se dédommagent de cette contrainte en chômant un autre jour de la semaine; funeste habitude qui, par le mépris des traditions les plus vénérées, conduit insensiblement à la ruine des familles et à la débauche.

« Le gouvernement ne prétend pas, dans des questions de cette nature, faire peser une sorte de contrainte sur la volonté des citoyens. Chaque individu reste libre d'obéir aux inspirations de sa conscience; mais l'État, l'administration, les communes, peuvent donner l'exemple du respect des principes. C'est dans ce sens et dans ces limites que je crois nécessaire de vous adresser des instructions spéciales.

« En conséquence, je vous invite à donner des ordres pour qu'à l'avenir, autant qu'il dépendra de l'autorité, les travaux publics cessent le dimanche et les jours fériés. Vous veillerez à ce que, désormais, lorsqu'il s'agira de travaux à entreprendre pour le compte des départements et des communes, on insère dans les cahiers des charges une clause formelle qui interdise aux entrepreneurs de faire travailler les jours fériés et les dimanches; il conviendra même que l'acte soit rédigé de telle sorte que cette interdiction ne demeure pas une formule vaine et susceptible d'être éludée. Enfin, pour ce qui concerne les règlements municipaux destinés à prohiber, pendant les exercices du culte, les réunions de cabaret, chants et autres démonstrations extérieures qui troubleraient ces mêmes exercices, vous userez, avec une sage prudence et un zèle éclairé, de votre influence pour diminuer, autant que possible, les fâcheux scandales qui se produisent trop souvent.

« *Le ministre de l'intérieur,*
« DE MORNY. »

Cette circulaire était un acte, et un acte de véritable politique. Nous ignorons, nous, habitants de Paris, les misérables audaces des esprits forts de la province. Ici, nous respectons le culte ; là, dans les moments de crise politique, on met sa gloire à l'insulter, et plus d'une ville conserve le souvenir de certaines scènes qui rappellent la saturnale si dramatiquement décrite par Walter Scott dans *l'Abbé.*

Dans ces jours malheureux le prêtre est hué chaque fois qu'il paraît dans la rue ; le culte est souvent troublé, et il faut un véritable courage pour pratiquer sa religion. La circulaire de M. de Morny, s'accommodant au temps, indiquait les motifs sociaux de l'institution du dimanche et, au nom de la classe ouvrière, en sanctionnait l'observance.

Les timides, se sentant protégés, osèrent pratiquer et unirent dans leur esprit la cause de Louis-Napoléon à celle de leur culte ; ainsi s'explique bien naturellement l'appui que le Président trouva dans les ministres de la religion et la sincérité des vœux qu'ils formèrent pour son triomphe.

« Le clergé ne se tiendra pas à l'écart, écrivait l'abbé Gerbet ; il ne se séparera pas de l'opinion publique dans la grande élection qui aura lieu dimanche prochain. S'il doit s'unir, autant que cela dépend de lui, aux vœux populations, n'est-ce pas surtout lorsque, par un mouvement à peu près unanime, un peuple s'efforce, en se sauvant lui-même, de sauver la civilisation avec lui ? Le clergé trouve dans sa propre histoire de beaux exemples que les Pères lui ont donnés dans des circonstances analogues à l'état actuel du monde. Dans les bouleversements qui suivirent la chute de l'empire romain, l'Église, les papes à sa tête, soutinrent tout pouvoir qui leur promettait de protéger la société contre les mœurs et les instincts sauvages de la barbarie. »

M. de Morny avait arrêté le travail du dimanche, il avait consacré par la main de l'État le repos du septième jour de la semaine, repos prescrit par la religion ; mais les foyers de pestilence n'étaient pas fermés, et nos campagnes, nos petites villes des départements avaient vu, depuis 1848, de véritables centres démagogiques se former dans d'ignobles cabarets.

Un décret parut le 29 décembre pour remédier au mal.

« Le Président de la République,

« Sur le rapport du ministre de l'intérieur,

« Considérant que la multiplicité toujours croissante des cafés, cabarets et débits de boissons est une cause de désordre et de démoralisation ;

« Considérant que, dans les campagnes surtout, ces établissements sont devenus, en grand nombre, des lieux de réunion et d'affiliation pour les sociétés secrètes, et ont favorisé d'une manière déplorable les progrès des mauvaises passions ;

« Considérant qu'il est du devoir du gouvernement de protéger, par des mesures efficaces, les mœurs publiques et la sûreté générale,

« Décrète :

« Art. 1er. Aucun café, cabaret ou autre débit de boissons à consommer sur place, ne pourra être ouvert, à l'avenir, sans l'autorisation préalable de l'autorité administrative.

« Art. 2. La fermeture des établissements désignés en l'article 1er, qui existent actuellement ou qui seront autorisés à l'avenir, pourra être ordonnée, par arrêté du préfet, soit après une condamnation pour contravention aux lois et règlements qui concernent ces professions, soit par mesure de sûreté publique.

« Art. 3. Tout individu qui ouvrira un café ou débit de boissons à consommer sur place, sans autorisation préalable ou contrairement à un arrêté de fermeture pris en vertu de l'article précédent, sera poursuivi devant les tribunaux correctionnels, et puni d'une amende de 25 à 500 francs et d'un emprisonnement de six jours à six mois. L'établissement sera fermé immédiatement.

« Art. 4. Le ministre de l'intérieur est chargé de l'exécution du présent décret.

« Fait au palais de l'Élysée, le 29 décembre 1851.

                    « LOUIS-NAPOLÉON BONAPARTE.

« *Le ministre de l'intérieur,*

    « DE MORNY. »

Ce n'est pas sans des motifs très-sérieux que nous

rappelons ici ces décrets bienfaisants. Ils représentent les premiers efforts d'une résistance intelligente à l'invasion des doctrines les plus dangereuses, et nous ne sommes pas de ceux qui se plaisent à cacher le bienfait pour être dispensés de la reconnaissance.

L'heure approchait enfin, solennelle entre toutes, où la grande voix de la France allait signaler ses volontés nouvelles. Le grand vote s'était accompli en deux jours; le 21 décembre, il était complet à cinq heures du soir. Dix jours plus tard, la commission consultative apportait à l'Élysée le résultat du vote universel :

« Prince,

« La commission consultative a l'honneur de vous présenter le résultat du travail de recensement des votes, auquel elle s'est livrée en exécution de votre décret; permettez-moi de vous donner d'abord connaissance du procès-verbal de la commission :

« La commission consultative, chargée par le décret du 14 décembre de procéder au recensement général des votes émis sur le projet de plébiscite proposé le 2 décembre par le Président de la République à l'acceptation du peuple français;

« Après avoir examiné dans ses bureaux, et pendant les séances des 25, 26, 27, 28, 29, 30 et 31 décembre, les procès-verbaux d'élection dressés dans les divers départements de la République et dans tous les corps composant l'armée de terre et de mer, lesquels procès-verbaux ont été transmis à la commission par les ministres de l'intérieur, de la guerre et de la marine ;

« Après avoir, dans la séance générale de ce jour, entendu les rapports qui lui ont été faits au nom de chacun de ses bureaux ;

« Considérant qu'il est établi par les pièces soumises à son examen que les opérations électorales ont été librement et régulièrement accomplies ;

« Que si les procès-verbaux d'élection dressés dans le département des Basses-Alpes, ainsi que dans quelques communes de deux départements et dans une partie de l'Algérie, ne sont pas encore parvenus au ministre l'intérieur, il convient, en présence de l'immense majorité obtenue par le projet de plébiscite, et pour ne pas retarder la proclamation du vote, de prendre provisoirement pour base, et sauf vérification ultérieure pour ces diverses localités, les chiffres indiqués par la correspondance des préfets et de porter seulement pour l'Algérie les chiffres qui sont quant à présent connus.

« Déclare qu'il résulte du recensement général des votes émis sur le projet de plébiscite du 2 décembre, ainsi que du tableau général qui en a été dressé et qui sera annexé au présent procès-verbal ;

« Que les bulletins portant le mot *oui* sont au nombre de 7 millions 439,216 ;

« Ceux portant le mot *non*, au nombre de 640,737 ;

« Les bulletins déclarés *nuls* au nombre de 36,880 ;

« Une ampliation du présent procès-verbal, signée du vice-président et des secrétaires, sera adressée au ministre de l'intérieur pour être déposée aux archives nationales.

« Fait au palais du quai d'Orsay, en séance générale de la commission consultative, le 31 décembre 1851.

> « *Le vice-président de la commission consultative,*
>
> « BAROCHE.

> « *Les secrétaires,*
>
> « BÉRARD, PEPIN-LEHALLEUR, DE MOUSTIER, MATHIEU-BODET, DE PLANCY, BATAILLE. »

Nul ne peut nier que ce résultat, très-attendu, représentait une force irrésistible. En vain quelques réclamations s'élevèrent, à peine si elles furent entendues dans l'universelle acclamation. Nous avons gardé le souvenir d'une anecdote assez curieuse, et qui tiendra fort bien sa place en ces pages sincères.

Parmi tous les votes pour l'Empire, on pouvait et l'on devait compter sur ceux de l'armée. Elle vota d'une façon presque unanime; il y eut même quelques compagnies qui trouvaient trop long le mode de voter. Le colonel d'une de ces compagnies appartenant à son régiment réunit ses soldats l'arme au bras.

« Soldats, leur dit-il, nous n'entendons rien à cette façon de donner notre avis. J'en sais une plus rapide. Attention au commandement. Ceux qui resteront l'arme au bras seront *contre*, » et, d'une voix de Stentor, il s'écria : « *Portez arme!* » et pas un ne garda l'arme au bras.

C'est ainsi que chaque instant apportait à cette position si bien prise une force nouvelle, et, pour ainsi
dire, la consécration du second Empire. Il réunissait
aux voix les plus nombreuses les espérances les plus
certaines.

Le Prince remercia la commission en ces termes :

« Messieurs,

« La France a répondu à l'appel loyal que je lui
avais fait. Elle a compris que je n'étais sorti de la légalité que pour rentrer dans le droit. Plus de 7 millions
de suffrages viennent de m'absoudre en justifiant un
acte qui n'avait d'autre but que d'épargner à la France
et à l'Europe peut-être des années de troubles et de
malheurs.

« Je vous remercie d'avoir constaté officiellement
combien cette manifestation était nationale et spon-
tanée.

« Si je me félicite de cette immense adhésion, ce
n'est pas par orgueil, mais parce qu'elle me donne la
force de parler et d'agir, ainsi qu'il convient au chef
d'une grande nation comme la nôtre.

« Je comprends toute la grandeur de ma mission
nouvelle, je ne m'abuse pas sur ses graves difficultés.
Mais avec un cœur droit, avec le concours de tous les
hommes de bien qui, ainsi que vous, m'éclaireront de
leurs lumières et me soutiendront de leur patriotisme,
avec le dévouement éprouvé de notre vaillante armée,
enfin avec cette protection que demain je prierai solennellement le ciel de m'accorder encore, j'espère

me rendre digne de la confiance que le peuple continue de mettre en moi. J'espère assurer les destinées de la France en fondant les institutions qui répondent à la fois et aux instincts démocratiques de la nation et à ce désir exprimé universellement d'avoir désormais un pouvoir fort et respecté. En effet, donner satisfaction aux exigences du moment en créant un système qui reconstitue l'autorité sans blesser l'égalité, sans fermer aucune voie d'amélioration, c'est jeter les véritables bases du seul édifice capable de supporter plus tard une liberté sage et bienfaisante. »

Quelle franchise chez Louis-Napoléon! Quel empressement à dire ce que personne autour de lui n'aurait cru pouvoir énoncer : il était sorti de la légalité, et la nation seule pouvait l'absoudre! Mais aussi, quelle décision! Absous, il va marcher à l'accomplissement de sa tâche, et il ira d'un pas ferme, car il se sent armé d'un pouvoir sans égal. Plus de 7 millions de Français l'ont nommé dictateur.

La commission consultative avait dit : *Prenez possession de ce pouvoir qui vous est si glorieusement déféré.* L'Europe entière, par la voix de ses représentants officiels, confirma cette réponse, cette adhésion solennelle de 7 millions de Français. Au même instant, le clergé de Paris, si considérable par sa bienfaisance, ses vertus, vint, précédé de son doyen, le vénérable curé de Saint-Nicolas, présenter ses félicitations appuyées de ces paroles du **prophète** : *L'œuvre de Dieu réussira quand même.*

Le lendemain (on était au 1er janvier 1852), Louis-Napoléon, ainsi qu'il l'avait annoncé dans sa réponse à la commission consultative, se rendit à Notre-Dame pour remercier Dieu qui l'avait choisi pour venir en aide à cette France désolée par tant de révolutions.

Et maintenant, laissons parler *le Moniteur :*

« A un demi-siècle de distance (18 août 1802 et 1er janvier 1852), deux Napoléons, fidèles à l'antique devise de nos pères, *Gesta Dei per Francos*, ont inauguré l'avénement d'une ère nouvelle et désirée, en venant s'agenouiller à Notre-Dame devant le Dieu de Clotilde. En 1802, un *Te Deum* était chanté pour fêter la résurrection du culte catholique; en 1852, c'est pour rendre grâces à Dieu d'avoir inspiré à la France cet espoir de sagesse qui sauve les nations. Cet exemple de respect du chef de l'État pour les cérémonies de la religion, que Napoléon, le premier du nom, n'avait pu imposer qu'avec peine à quelques-uns de ses plus illustres lieutenants, n'a trouvé aujourd'hui que des voix disposées à le louer et à l'admirer. »

Or, parmi tant d'emblèmes, de souvenirs, de grandeurs oubliées, reparaissant soudain au milieu de notre histoire, le premier soin de notre futur Empereur était de ramener sous nos drapeaux cette aigle impériale, dont Chateaubriand avait parlé comme un prophète, en disant : *Vous le verrez revenir de clocher en clocher jusqu'aux tours Notre-Dame*, et le décret suivant signala le premier jour de 1852 :

« AU PEUPLE FRANÇAIS.

« Le Président de la République,

« Considérant que la République française, avec sa forme nouvelle sanctionnée par le suffrage du peuple, peut adopter sans ombrage les souvenirs de l'Empire et les symboles qui en rappellent la gloire ;

« Considérant que le drapeau national ne doit pas être privé plus longtemps de l'emblème renommé qui conduisit dans cent batailles nos soldats à la victoire,

« Décrète :

« Art. 1er. L'aigle française est rétablie sur les drapeaux de l'armée.

« Art. 2. Elle est également rétablie sur la croix de la Légion d'honneur. »

Décret inutile, on peut le dire. L'aigle n'avait pas attendu, jusqu'à ce jour, ce décret qui lui permettait de reparaître. Il y avait des yeux perçants qui déjà l'avaient vu planer au-dessus des nuages, au milieu des tempêtes de 1848.

Avec une présidence de dix années, l'assentiment populaire, une politique bien arrêtée et l'exercice d'une autorité sans limites, le Prince-Président pouvait désormais marcher dans sa légitime et glorieuse voie ; il marchait d'un pas ferme et sans secousse.

Hélas ! la révolution la plus prompte et la plus heureuse a des nécessités cruelles. Être un obstacle, en certaines circonstances, devient un crime, et ce crime est soumis à toutes les répressions. *Ce n'est pas moi qui les ai condamnés*, disait la dictature romaine, *c'est la nécessité.*

Voilà pourquoi, dans *le Moniteur* du 10 janvier, fut publiée une liste d'exilés, déchirée par la main victorieuse de Napoléon III à son retour de Solférino.

Peu de jours après, un rapport adressé par le général de Saint-Arnaud, ministre de la guerre, au Président de la République, qui en approuvait les conclusions, réglait la situation des généraux Changarnier, de Lamoricière et Le Flô ; la solde de disponibilité de leur grade leur était assurée à l'étranger. C'était l'exil sans la pauvreté.

Le 10, un décret reconstituait les gardes nationales après les avoir dissoutes. Les considérants de ce décret étaient remarquables ; nous citerons les principaux :

« Considérant que l'ordre est l'unique source du travail, et qu'il ne s'établit qu'en raison directe de la force et de l'autorité du gouvernement ;

« Considérant que la garde nationale doit être *non une garantie contre le pouvoir*, mais une garantie contre le désordre et l'insurrection ;

« Considérant que les principes appliqués à l'organisation de la garde nationale, à la suite de nos différentes révolutions, en armant indistinctement tout le monde, n'ont été qu'une préparation à la guerre civile, etc., etc... »

Par ce décret, la garde nationale était jugée. Instituée pour être une force, un appui, elle avait été désordre et dissolution. Sa louange et son blâme avaient

également pesé sur la chose publique, et le roi Charles X avait bien su le dire, lorsqu'en revenant de sa
dernière revue où la garde nationale avait crié : *A bas
Villèle!* « *J'étais venu*, disait-il, *pour recevoir des
hommages et non des conseils.* »

Réduite à sa plus simple expression, et cessant
d'être redoutable, la garde nationale est devenue un
appui sur lequel le gouvernement peut compter. Furent nommés en même temps : le général de division
de Lawœstine, commandant supérieur des gardes nationales du département de la Seine; M. Vieyra, colonel d'état-major.

Le traitement du général Lawœstine était devenu, à
chaque session, le cheval de bataille d'un brave député qui demandait, avec acharnement, la suppression
du traitement du général. A la fin, M. de Morny, président du Corps Législatif, répondit que, si le gouvernement avait maintenu la garde nationale, il avait
consulté, au préalable, les préfets des divers départements, qui tous avaient été de l'avis qu'il fallait la
maintenir.

Le 15 enfin, toutes choses étant réglées, apparut le
texte entier de la nouvelle constitution, dans laquelle
on eût retrouvé facilement le langage et l'accent de
deux savants législateurs, vieillis dans l'exercice et
l'autorité des lois.

La constitution contenait 55 articles définitifs et
3 articles de dispositions générales, dans lesquelles
était stipulé :

1º Que toutes les lois et règlements contraires à la

constitution resteraient en vigueur, jusqu'à ce qu'il y fût légalement dérogé ;

2° Qu'une loi déterminerait l'organisation municipale ; que les maires seraient nommés par le pouvoir exécutif, et pourraient être pris hors du conseil municipal ;

3° Que la constitution ne serait mise en vigueur qu'à dater du jour où les grands corps d'État seraient constitués ;

4° Enfin, que les décrets rendus par le Président de la République, à partir du 2 décembre jusqu'à cette époque, auraient force de loi.

Depuis le vote solennel qui justifiait, j'ai presque dit, qui glorifiait le coup d'État, nos départements célébraient, comme à l'envi, la victoire de l'ordre. La France entière acclamait la prudence et le courage qui présidaient à ses nouvelles destinées. L'ordre, en même temps, reparaissait avec la prospérité générale. De grandes fortunes ont été faites en ces premiers jours par des gens qui n'ont pas eu d'autre génie et d'autre instinct que de croire à la fortune du Prince Louis-Napoléon et de s'y confier sans hésitation. Il était, plus que jamais, l'homme prudent et sage ; il se méfiait de sa force même ; il modérait ses fanatiques du lendemain, qui sont toujours *plus royalistes que le roi*. Il tempérait même les arrêts des commissions départementales ; pour peu qu'une grâce lui fût demandée par l'un de ces hommes honorables, honorés, par un poëte, par un écrivain, la grâce était facilement accordée.

Le poëte Jasmin, l'une des gloires du Midi, ayant adressé au Prince une supplique en patois, pour son ami *mousou Bazo*! le Prince Napoléon eût rappelé M. Baze, uniquement pour faire plaisir à Jasmin; mais l'exilé se fâcha, même contre le poëte, son protecteur. Plus d'une fois, le Prince alla au-devant de ces rappels et de ces grâces qui étaient au fond de son cœur. Ceci soit dit sans flatterie, en toute liberté; mais quoi de plus juste que de rendre à César ce qui est à César?

La justice est le commencement de l'histoire; elle en est le milieu et la fin. Soyons justes, et nous reconnaîtrons les nécessités de la dictature, quand elle s'oppose au meurtre, au pillage, à l'insurrection. Soyons justes, et nous reconnaîtrons que le maître absolu, dans ces jours voisins de la jacquerie, apporta un grand esprit de clémence et prêta une oreille attentive à toutes les misères qu'il put soulager sans troubler l'ordre dans le présent et dans l'avenir. L'épisode que voici, nous le trouvons dans un rapport de M. Fortoul, ministre de l'instruction publique.

« M. Vilain (J.-B.), né en 1797, est desservant de Neuvy-sur-Loire depuis le 1er octobre 1825. Il n'a cessé de prodiguer les bienfaits de sa charité à cette commune, où il a successivement fondé, avec ses seules ressources, une école gratuite de filles, une salle d'asile et une œuvre particulière pour la visite des pauvres à domicile.

« Le dimanche 7 décembre, à l'issue de la messe, ce vénérable prêtre apprend que les hommes de sa pa-

roisse sont en armes sur la place publique ; il se rend
au milieu d'eux pour leur prêcher la paix. Sa voix pa-
ternelle, loin de calmer ces furieux, n'ayant fait que
les irriter davantage, il est contraint de se retirer au
presbytère. Il y est suivi par une bande ameutée qui
lui demande ses armes : « Mes armes, mes enfants, les
voilà, répond le digne prêtre en montrant son bré-
viaire, je n'en ai pas d'autres. — Vous en avez, répondent les insurgés. Ils fouillent partout, mais ne trouvent rien, ils s'en vont.

« Quelques moments après, ils reviennent plus menaçants : — Allons, lui disent-ils en l'abordant, il faut
nous suivre. — Où voulez-vous me conduire ? — Vous
le saurez. — Mais je ne vous suivrai que quand je
saurai où je dois vous suivre. Où donc ? — En prison !
— Comment, votre curé en prison, et par vos mains !
Que vous a-t-il donc fait pour le traiter ainsi ? Depuis
vingt-six ans que je suis au milieu de vous, je le dis
sans en tirer gloire, je ne me suis appliqué qu'à vous
faire du bien.

« Il essaya en vain de les apaiser. Deux des insurgés
le saisissent. Les baïonnettes s'abaissent sur lui. Il
cède à la force, sans pâlir devant elle, et dit avec
douceur à ces méchants : « Marchez, je vous suis. »

« Il avait à peine franchi la porte du jardin qu'il
reçoit au côté droit la décharge d'un pistolet tiré à
bout portant. La balle déchire profondément les chairs
et sort par le côté gauche.

« Il est douloureux d'avoir à ajouter que ce crime si
lâche, qui aurait dû remplir les spectateurs d'indigna-

tion, excite, au contraire, leurs sarcasmes. « Tiens !
s'écrient-ils, il ne tombe pas, il n'est pas mort ! Il est
cuirassé, il faut tirer où il ne l'est pas, » Au même
instant, l'abbé Vilain est de nouveau menacé par cinq
ou six fusils, dont heureusement aucun ne fait feu. On
l'entraîne tout sanglant, on le jette dans une prison,
où il est abandonné seul, perdant son sang et ses forces,
n'ayant pas même un siége pour se reposer. Dieu conduisit auprès de la lucarne de la prison une petite fille
qui provoqua les secours auxquels le curé doit la mira-
culeuse conservation de sa vie.

« Il vous appartient, monseigneur, de compléter
l'œuvre de la Providence, en consacrant, par une récompense précieuse, le souvenir des dangers, du courage,
de la noble résignation du desservant de Neuvy-sur-
Loire.

« En conséquence, j'ai l'honneur de vous proposer
de nommer M. l'abbé Vilain chevalier de la Légion
d'honneur. »

Il reçut aussitôt le témoignage public de la sympathie honorable du chef de l'État.

Chaque jour, *le Moniteur* enregistre les actes du
gouvernement ; chaque jour, des décrets sont pu-
bliés ; de grandes institutions, comme la cour des
comptes, sont rétablies dans leur constitution première.

Eh bien ! quand l'obéissance était partout, un seul
homme en France avait hâte d'interroger l'opinion publique. A cette question formidable, la France entière

allait répondre en choisissant les membres du nouveau Corps Législatif.

M. de Morny était encore ministre de l'intérieur à cette époque. Il adressa même aux préfets une circulaire dans laquelle il expliquait les volontés du pouvoir... M. de Morny, huit jours après, le 21 janvier, avait quitté le ministère avec deux de ses collègues, M. Rouher et M. Fould.

Un ministère nouveau fut créé : ce ministère nouveau de la police fut confié à M. de Maupas ; M. Abbatucci remplaça M. Rouher à la justice ; M. de Persigny prit le ministère de l'intérieur, et M. Bineau le ministère des finances. Enfin, un ministère d'État fut institué et confié à M. de Casabianca.

J'ai raconté, j'ai expliqué les phases diverses du coup d'État ; mais, parmi tant de personnages qui apportèrent leur part, grande ou petite, à cette œuvre entourée de tant de périls, j'ai laissé dans l'ombre un homme distingué, d'un intelligent dévouement, qui, dans ce grand drame, joua peut-être le rôle le plus ardent et le plus actif. A ces mots, on a déjà reconnu M. de Persigny.

M. de Persigny appartient à la race assez rare des véritables politiques. Il sait voir et prévoir ; il unit l'audace au sang-froid, la patience à la résolution. De tous les sujets de l'Empereur, il est le premier qui ait deviné tout l'avenir réservé à ce grand nom de Napoléon ; ce fut pour lui comme une révélation.

A compter du jour où, sur la route d'Augsbourg, M. de Persigny vit le cocher de sa voiture agiter son

chapeau en l'air en criant : *Vive Napoléon !* depuis ce
jour où ce hasard lui révéla qu'il existait encore un neveu de l'Empereur, il est pris violemment d'une véritable vision. Il rêvait, tout éveillé, au dernier Empire ;
il se disait qu'il était impossible que tant de grandeur
se fût brisée à jamais, sur un rocher, à l'extrémité de
l'Océan.

Il passe la plus grande partie de la nuit dans une
sorte d'extase ; il croit voir un nouveau Napoléon ap-
paraissant au peuple et à l'armée, au milieu des acclamations enthousiastes des masses populaires.

Pendant cette hallucination, pendant le rêve de cette
révélation mystérieuse, des larmes brûlantes inondent
son visage. Une grande pensée s'est emparée de tout
son être : reconstruire un monde glorieux écroulé,
ressusciter un passé qu'admire et que célèbre l'histoire.
Telle est l'idée fixe qui domine, qui passionne un jeune
soldat, à peine sorti de l'école de Saumur ; qui l'arrache à tous les autres intérêts de la vie, et qui en fait
tout à la fois un prophète et un apôtre.

Le but immense de l'entreprise qu'il croit utile,
nécessaire, dans les temps présents, aux intérêts, à la
gloire de son pays, excite son imagination et son
courage.

Pour accomplir de grandes choses, il ne faut craindre ni la mort, ni la prison, ni l'exil, ni la pauvreté.

Pendant quinze années, cet intéressant et curieux
personnage, n'obéissant plus qu'à sa passion, ose tout,
brave tout, dans l'espoir de propager sa foi et d'accomplir sa mission. M. de Persigny, dès sa jeunesse,

se détachait ainsi, dans une haute pensée, de tous les intérêts, de toutes les passions de l'heure présente.

Étudions avec curiosité la vie et l'histoire de celui qui sut prophétiser l'avenir et qui put, chose rare, être témoin du plein succès de ses efforts et de son entreprise, conduite à bonne fin, non sans beaucoup de dangers, non sans une inébranlable persévérance.

M. Fialin de Persigny est né à Saint-Germain-Lespinasse (Loire). Se destinant d'abord à la carrière militaire, il sortit premier de l'école de Saumur. Il eut alors pour capitaine, dans un régiment de hussards, le républicain Kersausie. La révolution de 1830 le trouva en garnison à Pontivy.

En 1832, il donne sa démission de maréchal des logis, ne pouvant espérer d'avancement pendant les longues années d'une paix durable.

A l'exemple de tant de porteurs d'épée, il se trouva que ce jeune inspiré savait écrire, et son premier soin fut de publier dans le *Courrier Français* quelques articles étrangers à la politique.

Dès 1834, il fonde la revue impérialiste *l'Occident français*, et se rend à Londres, auprès du roi Joseph. Cette revue avait pour épigraphe ces paroles de Napoléon : « *J'ai dessouillé la Révolution, ennobli les peuples et raffermi les rois.* »

Le public, très-étonné, lisait ce nouveau programme, et ne s'en inquiétait guère plus que les hommes d'État qui gouvernaient la France en 1834, c'est-à-dire au moment où le règne de Louis-Philippe semblait le plus solidement établi. En ce temps-là, M. Thiers et

M. Guizot ignoraient absolument la vie studieuse et les relations sérieuses de l'habitant d'Arenenberg. Ils ne voyaient en lui qu'un simple exilé, et qui leur eût annoncé que le danger viendrait, pour leur autorité passagère, des montagnes de la Suisse, eût trouvé des sourires de pitié.

L'Occident français ne parut qu'une fois. L'unique livraison de cette revue suffit pour éveiller l'attention des princes exilés de la famille Bonaparte. Le roi Joseph tint à recevoir M. de Persigny. Ce dernier passa la nuit à composer un long mémoire sur les moyens de reconstituer un parti impérial. Le roi Joseph promit son concours actif au plan proposé, mais cette alliance momentanée n'eut aucune suite.

Le roi Louis ne fut guère plus persévérant que son frère. Ils étaient vraiment des vaincus, lassés de tout, même de l'espérance. Tout autre qu'un homme convaincu eût senti son ardeur se refroidir, en voyant les chefs de la maison Bonaparte envahis par cette invincible torpeur.

M. de Persigny apprend bientôt qu'il existe, dans l'ordre de l'hérédité, un jeune prince d'un caractère énergique, d'un grand courage et d'un esprit éminent. Celui-là était le véritable chef de sa race, et M. de Persigny conçoit alors l'espoir d'être compris par lui. « Voilà, se disait-il, le véritable héritier, le seul continuateur de la race Auguste; » et, du même pas, il s'en vint saluer le jeune prince au fond de son exil. La maison du prince était ouverte. Il ne se montrait pas, il ne se cachait pas. Entrait qui voulait. D'un seul regard, il devinait l'ami, l'ennemi, l'espion, le simple curieux. Il avait lu l'unique livraison de *l'Occident*, et, dans ces pages énergiques, il avait deviné un dévouement sans bornes. Dès la première visite à son prince, M. de Persigny était adopté comme un ami.

Le neveu de l'Empereur, l'héritier de Napoléon II, l'accueillit avec empressement, l'écouta, le comprit.

Dès cet instant, M. de Persigny, encouragé, se remet à l'œuvre ; il agit comme un homme indifférent à l'obstacle, et décidé à toutes les tentatives ; il n'hésite même pas devant la conspiration et le complot. La cause napoléonienne était, à ses yeux, la seule cause qui fût juste, et voilà dans quel esprit il parcourt les grands centres de la France, attirant à l'idée impériale quiconque avait gardé le souvenir des grandes victoires célébrées par Béranger, racontées par tant d'historiens illustres, quiconque savait par cœur, et ceux-là étaient nombreux, les poëmes de Byron, de Victor Hugo, de Casimir Delavigne et de Lamartine, en l'honneur du prisonnier de Sainte-Hélène.

Ces grands poëtes, il faut le dire, avaient contribué de tout leur génie à ramener chez nous l'idée napoléonienne, et, quand M. Thiers reportait au sommet de la colonne l'Empereur en capote grise, ou bien lorsque, président du conseil et ministre des affaires étrangères sous Louis-Philippe, il négociait avec l'Angleterre pour faire revenir en France, religieusement, avec une grande pompe, les cendres de Napoléon, il donnait à la nation française, et surtout au peuple des campagnes, un signal qui, plus tard, devait être écouté.

Voilà comment l'émissaire ardent du second Empire a rencontré en son chemin tant de sympathies. L'idée impériale était partout dans la France de 1830. Le roi Louis-Philippe avait imaginé qu'il pouvait impunément, pour l'avenir de son règne, favoriser ces retours de l'opinion publique, et se faire à lui-même un rempart des souvenirs de l'Empire. C'étaient là, surtout, les visées et les conseils de M. Thiers. Les dix-huit années de ce règne ont peut-être été une préparation à l'avénement de l'héritier de l'Empereur. Les tableaux de Versailles étaient pleins de la gloire de Napoléon Ier; les théâtres de nos boulevards retentissaient du bruit de ses victoires les plus célèbres. Sa mémoire touchait à l'apothéose; il n'y avait pas un comédien qui ne se fît, pour une soirée, par un certain côté, une ressemblance avec le vainqueur d'Austerlitz, avec le vaincu de Waterloo. Il n'était pas jusqu'aux vieilles défroques des soldats et des capitaines de l'Empire, enfouies dans le capharnaüm des fripiers, qui, soudain, ne fussent remises en lumière et rachetées avec empressement.

Voilà ce que M. de Persigny put raconter à son Prince : il avait rencontré des sympathies sans nombre. Toutefois, il se trompa dans la tentative de Strasbourg; et comme les amis du Prince Louis, ceux-là vivant dans la prudence et dans le repos, lui représentaient les malheurs de cette tentative, en exigeant une rupture avec celui qui l'avait conseillée, le Prince, indigné, s'écria qu'il avait accepté, sans hésiter, la proposition de M. de Persigny. Il ajouta que c'était lui

déplaire de mettre en doute l'intelligence et la résolution de cet ami dévoué à sa mauvaise fortune. Il voulut enfin que l'accusateur et l'accusé se donnassent la
main et que le passé fût oublié.

L'expédition de Boulogne, après laquelle tout semblait perdu, n'éteignit même pas des espérances si peu
partagées. Le Prince, avec cinq de ses amis, monte un
canot qui pouvait à peine les contenir. Tels sont les
conquérants de cette monarchie, entourée d'institutions qui semblent pleines de vie et de force.

La barque qui portait César et sa fortune approche
du rivage. Elle débarque d'abord sans hostilité et sans
résistance; mais bientôt la garde nationale se rassem-
ble; une vive opposition aux projets du Prince se produit. Il se voit forcé de reprendre la mer; la garde
nationale, seule, tire sur les fugitifs. Un des conjurés
est tué, un autre bless   Fait remarquable! La garnison de Boulogne s'abstie t de tirer; mais la barque
chavire, et bien en prit au Prince Louis et à M. de
Persigny d'être bons nageurs. Ils nagèrent entre deux
eaux, sous une grêle de balles. On ne leur donna pas
le temps de regagner les sables de cette rive inhospita-
lière; on les fit prisonniers dans le flot même qui les
apportait, et, le soir, ils étaient enfermés au château
de Boulogne. Quelques jours après, Louis-Napoléon,
sous bonne escorte, était dirigé sur Paris.

M. de Persigny fut condamné à vingt ans de déten-
tion et enfermé dans la citadelle de Doullens. C'est du
fond de cette retraite que sortit le savant livre : *la
Destination et l'utilité permanente des pyramides d'É-*

gyp'e et de Nubie contre les irruptions sablonneuses du désert.

M. Arago, rapporteur d'une commission composée de cinq membres, fit un rapport favorable sur ce curieux mémoire, que M. de Persigny avait adressé à l'Académie des sciences.

On voit que le p)litique ardent, audacieux, obéissait à toutes les aspirations curieuses, élevées.

Mais la révolution de 1848 éclate. M. de Persigny, soupçonné de propagande en faveur du prince Louis-Napoléon, est arrêté par les ordres du gouvernement provisoire et enfermé à la Conciergerie. Bientôt les cinq élections départementales qui firent du Prince un représentant du peuple, enfin, l'élection du 10 décembre, qui fit du Prince le Président de la République, vinrent donner raison et succès à M. de Persigny, justifier ses prophéties et réaliser le grand rêve qui fit couler ses larmes, lors de cette mystérieuse révélation en Allemagne.

Depuis l'avénement du Prince Louis-Napoléon à la présidence de la République jusqu'à l'ouverture de l'Assemblée législative, M. de Persigny ne fut investi d'aucune fonction officielle. Il resta l'ami discret, caché et très-envié du chef de l'État.

Aux élections générales de 1849, l'ex-prisonnier de Doullens est nommé représentant du peuple par les deux départements de la Loire et du Nord; mais bientôt les amis, les dévoués du lendemain se préoccupent du crédit de M. de Persigny. On lui attribue des discours qu'il n'avait pas tenus, des opinions qui n'étaient pas les siennes.

M. Odilon Barrot parla à la tribune *des passions dé-testables* qui circonvenaient le Prince. Et comme il fallait ôter le moindre prétexte à une hostilité qui devenait excessive, M. de Persigny fut nommé ambassadeur à Berlin.

Tel fut le commencement de ces récompenses si dignement méritées. Une seule anecdote nous suffira pour bien mettre en lumière le dévouement de M. de Persigny, poussé jusqu'à l'abnégation.

Il avait été, d'abord, désigné comme ministre de l'intérieur pour accomplir le coup d'État; mais il fit observer au Prince-Président que, dans une entreprise si considérable pour le salut de la société en péril, ses opinions impérialistes, trop connues, pourraient peut-être en altérer la moralité et l'esprit, en lui donnant le caractère d'une audace et d'un coup de tête de parti. Il lui paraissait plus politique, disait-il, de choisir comme ministre un homme également dévoué et résolu, mais dont les antécédents, dont les relations amicales avec les hommes importants de tous les partis, avec la jeunesse élégante de Paris, étaient de nature à rassurer, dès le premier abord, la population parisienne. C'est ainsi que M. de Morny fut choisi pour le rôle éminent qu'il sut remplir avec une rare intelligence, avec un courage calme et réfléchi.

Quant à M. de Persigny, il accepta le rôle modeste de surveiller, à la tête d'un piquet d'infanterie, la prise de possession du Palais législatif. Au fait, dans les journées qui suivirent le coup d'État, il était partout et revenait à chaque instant à l'Élysée pour y raconter les événements prévus ou imprévus.

L'ami du Président de la République était ministre de l'intérieur depuis le 22 janvier 1852, lorsqu'en septembre le Prince-Président entreprit, à travers le midi de la France, ce voyage triomphal où les populations l'accueillaient aux cris de *Vive l'Empereur ! Vive Napoléon III !* Au retour de ce voyage, comme nous le dirons bientôt, l'Empire fut proclamé.

Lorsque M. de Persigny se retira du ministère, en 1854, l'Empereur l'honora de la lettre suivante :

« Saint-Cloud, le 22 juin 1854.

« Monsieur le ministre, je regrette vivement que votre santé vous oblige à me donner votre démission, et je ne regrette pas moins que vous n'ayez pas cru devoir accepter la position de ministre sans portefeuille ; car cette dernière combinaison ne m'aurait pas privé des lumières et des conseils loyaux d'un homme qui, depuis vingt années, m'a donné tant de preuves de dévouement. Comme témoignage de ma satisfaction particulière, je vous nomme grand officier de la Légion d'honneur, et j'espère que votre santé vous permettra, plus tard, de me rendre de nouveaux services.

« Sur ce, je prie Dieu qu'il vous ait en sa sainte garde.

« NAPOLÉON. »

Une des grandes épreuves de M. de Persigny fut son

ambassade à Londres, en 1855. Il venait dans cette société de grands politiques et de grands seigneurs après des ambassadeurs qui s'appelaient M. de Chateaubriand, M. de Talleyrand, M. Guizot, et telle fut sa conduite, avec tant de courtoisie et de prudence, qu'au bout de trois années, il emporta les regrets de tous ceux qui avaient pu apprécier ce coup d'œil rapide et cette ferme volonté pour bien faire. Il avait été nommé, dans l'intervalle, et cet honneur était bien dû à sa fidélité, membre du conseil privé, avec cette louange donnée publiquement par l'Empereur, louange également honorable pour l'ami qui l'adresse et pour l'ami qui la reçoit :

« J'ai fait entrer, écrit Sa Majesté l'Empereur, dans le conseil privé, les représentants les plus élevés de la religion, de l'armée, de l'administration ; les présidents des grands corps de l'État ; enfin, *l'homme qui, par ses antécédents, personnifie le dévouement à la dynastie dans les jours d'épreuves.* »

Pendant sa double ambassade, M. de Persigny prit à tâche de raffermir l'alliance anglaise ; il calma les alarmes, dissipa les craintes et combattit les préjugés qui pouvaient séparer les deux peuples. Bien plus, la nécessité de l'alliance anglaise devint le texte de plusieurs discours que notre ambassadeur prononça dans diverses circonstances ; soit en janvier 1858, à la députation des autorités de Londres, soit en août de la même année, devant le conseil général de la Loire, soit le 10 novembre 1860, au banquet annuel du lord-maire.

En France, les discours de M. de Persigny sont toujours des événements. Sa personnalité, l'indépendance
de son esprit et de son caractère, sa fidélité respectueuse et chevaleresque au chef de l'État, leur donnent un caractère original, et suffisent à expliquer la
curiosité publique.

M. de Persigny, appelé pour la seconde fois au ministère de l'intérieur en 1860, y fut remplacé trois ans
plus tard.

A la fin de ce ministère, l'Empereur, voulant donner
à cet ami fidèle un éclatant témoignage de sa bienveillance pour de nouveaux services rendus à l'État,
lui conférait le titre héréditaire de duc (1).

M. de Chateaubriand montrait, comme M. de Persigny, une heureuse prescience des hautes destinées du
Prince Louis-Napoléon. Faisant à Arenenberg une affectueuse visite à la reine Hortense et au jeune Prince :
« C'est le passé, leur dit-il, qui vient saluer l'avenir. »
Ces paroles m'ont été rapportées par un témoin présent à cette mémorable visite.

En 1848, le comte de Falloux disait de M. de Persigny : « C'est l'homme le plus gouvernemental de l'entourage du Prince. »

M. Berryer, me parlant quelquefois de M. de Persigny : « Ce jeune député, me disait-il, est très-attentif

(1) Je dois dire ici que, pour écrire l'histoire de cet ami fidèle de l'Empereur, j'ai emprunté plus d'un renseignement au livre très bien fait, très-
complet, très-sincère de M. Joseph Delaroa, ayant pour titre : *M. de Persigny et les doctrines de l'Empire*. *Le Constitutionnel* a rendu compte de ce
livre avec éloge.

à tout ce qui se fait, à tout ce qui se dit dans le gouvernement ; il tiendra un jour, soyez-en sûr, une grande place dans le pays. »

Sa Majesté l'Impératrice a dit : « Persigny est le phare dans la tempête. »

Le 30 octobre 1862, jour anniversaire de l'expédition de Strasbourg, Sa Majesté l'Empereur et Sa Majesté l'Impératrice ont honoré de leur visite le duc de Persigny à son château de Chamarande. Parmi les personnes qui accompagnaient Leurs Majestés, on remarquait le prince de la Moskowa, oncle de Mme de Persigny, le duc et la duchesse de Morny, le comte Walewski et la comtesse Walewska, le comte Baciocchi, lord Malmesbury, etc.

Le château de Chamarande, situé dans le voisinage d'Étampes, est du style Louis XIII, et a été construit par le premier Mansard.

M. de Persigny fut profondément touché de ce qu'il y avait de délicatesse et de reconnaissant souvenir d'une ancienne amitié dans cette visite commémorative.

Les deux grands caractères de l'Empereur, la reconnaissance et la générosité, ne sauraient se nier sans injustice. Il donne à pleines mains, il récompense à cœur ouvert. Pas un de ceux qui l'ont servi ne peut s'en plaindre, et le plus souvent ses bienfaits vont au-dessus des services rendus. On dirait que M. de Persigny a appris à l'école de son maître le grand art de récompenser les amitiés qui l'entourent.

Pour mon humble part, je n'hésite pas à le dire ici,

j'ai à rendre des actions de grâces à M. de Persigny. Mon frère, modeste employé au ministère des finances, homme de sens et dans une situation honorable, fut très-étonné et très-heureux d'un avancement que, ni lui ni moi, nous n'avions demandé.

Je viens donc, ainsi que je l'avais annoncé, de raconter, dans ce premier volume de mes *Nouveaux Mémoires*, sinon avec talent, du moins en pleine sincérité, cette époque inquiète, agitée, comprise entre l'élection du 10 décembre et le coup d'État, qui en fut la suite nécessaire, inévitable.

Après ces jours pleins d'orages et parvenu à la fin de ces tristes récits, je puis donc, moi aussi, m'écrier aujourd'hui : *L'Empire est fait!* non dans ces accents d'hostilité fiévreuse du discours de M. Thiers, prononcé par lui à l'Assemblée législative le 17 janvier 1851 ; non, surtout, pour bombarder dans le pays, comme ce fougueux tribun, de nouvelles terreurs, mais pour acclamer, au contraire, au grand soleil, les joies, les prospérités, les heureuses et grandes espérances du second Empire, que ne peut troubler, Dieu merci, cet affligeant regain d'opposition dont se pavane aujourd'hui, avec orgueil, le nouveau député de Paris.

J'ai jugé, dans de récentes pages, la politique de M. Thiers, soit comme député, soit comme ministre sous Louis-Philippe, avec une vivacité, peut-être même avec une cruauté de souvenirs, avec une violence de langage, qui contrastent certainement avec la mesure, la modération habituelle de mes appréciations.

Mais, qu'on ne s'y méprenne pas : je n'ai dans le

cœur aucun sentiment de haine, et encore moins de
misérables et chétives rancunes contre l'ancien ministre de Louis-Philippe. N'ai-je pas même longtemps
soutenu, avec désintéressement, la politique au moins
imprudente de cet homme d'État? J'obéissais alors, en
jeune homme, à ce goût trop vif, à cet entraînement
trop facile pour les séductions de l'esprit, et peut-être
aussi à cette camaraderie flatteuse de bon enfant que
sait si bien jouer M. Thiers.

Ce que je ne puis oublier, et j'ai l'honneur, ici, d'ê-
tre d'accord avec les sentiments de bons et honorables
citoyens, c'est que M Thiers, par ses manœuvres et
par ses fautes, a certainement amené, sans doute sans
le vouloir, la révolution de 1848; et je ne puis, sans
irritation, le voir encore aujourd'hui essayer, l'imprudent! de saper les fondements du trône élevé par le
suffrage universel, au moyen des mêmes manœuvres et
de ces textes d'opposition que lui-même et tous les
hommes expérimentés en politique savent dangereux.

Il y a plus, personne n'entourait d'autant de respect
que moi celui qui inspira si longtemps la politique du
Constitutionnel. Mon respect allait même jusqu'à un
affectueux dévouement. En veut-on une preuve?

Peu de temps après que le candidat de l'opposition
du second arrondissement de Paris eût été élu député
de la Seine, je le rencontrai un soir à la Maison-Dorée;
nous causâmes exclusivement de son livre, *le Consulat
et l'Empire*. Il se plaignit à moi, avec quelque amertume, que plusieurs critiques eussent rudement attaqué son style comme écrivain, comme historien, et, pour

le calmer, ma mémoire me fournit à l'instant même cette citation de Voltaire sur le style : « *La vraie éloquence n'est pas d'entasser des figures d'orateur, mais de concevoir clairement, de s'énoncer de même et d'avoir toujours le mot propre à commandement.* »

Craignant d'avoir altéré de mémoire le texte de cette citation, je pris même la peine de l'envoyer écrite le lendemain à M. Thiers, en ajoutant que, selon moi, il me semblait avoir toutes les qualités de style qu'exige l'historien de Charles XII. M. Thiers me remercia de mon obligeant souvenir par un billet que j'ai conservé.

Dans un article que je publiai dans *le Constitutionnel* après la révolution de Février, je disais même déjà à M. Thiers :

« Continuez, monsieur, à publier ces grands tableaux d'histoire, qui, en faisant revivre le passé, conseillent l'avenir ; montez à la tribune, et venez-y braver, pour le salut de la société, ces menaçantes clameurs qui ne font qu'exciter la fécondité de votre esprit, et vous retrouverez dans *le Constitutionnel* ces preuves de haute justice, ces vifs éloges que nous ne marchandons jamais aux hommes de talent, quand ils comprennent et défendent les vrais intérêts du pays. »

FIN DU PREMIER VOLUME.

LISTE DES PERSONNES

CITÉES DANS CE VOLUME

(Les chiffres indiquent les pages où sont cités les noms qu'ils suivent.)

TABLE DES SOMMAIRES

CHAPITRE PREMIER

CHAPITRE II

CHAPITRE III

CHAPITRE IV

CHAPITRE V

CHAPITRE VI

La réunion de la rue de Poitiers. — Composition étrange de la commission pour la loi départementale et municipale. — La Montagne se réjouit de ce spectacle d'alliances inattendues; elle se divise en deux camps. — Proposition d'amnistie complète à tous les condamnés politiques depuis le 24 février 1848. — Anniversaire du 24 février à Londres au banquet des *Égaux*, toast porté par le citoyen L.-A. Blanqui à la commission des réfugiés de Londres. — L'amnistie repoussée. — M. Creton demande la prorogation des lois interdisant l'entrée de la France aux membres des dernières familles régnantes; M. Berryer; M. de Royer;

CHAPITRE VII

CHAPITRE VIII

CHAPITRE IX

CHAPITRE X

CHAPITRE XI

FIN DE LA TABLE DES SOMMAIRES

PARIS. — IMPRIMERIE POUPART-DAVYL ET COMP., RUE DU BAC, 30.

www.ingramcontent.com/pod-product-compliance
Lightning Source LLC
Chambersburg PA
CBHW060755030726
47503CB00002B/255